U0471150

成长系列丛书

譬如登山
我的成长之路

王充闾 / 著

辽海出版社

图书在版编目（CIP）数据

譬如登山：我的成长之路/王充闾著．—沈阳：辽海出版社，2023.6
　　ISBN 978-7-5451-6677-4

Ⅰ.①譬…　Ⅱ.①王…　Ⅲ.①传记文学-中国-当代　Ⅳ.①I25

中国国家版本馆CIP数据核字（2023）第108433号

出 品 人：	柳青松
特约编审：	佟丽霞

出 版 者：	北方联合出版传媒（集团）股份有限公司
	辽 海 出 版 社
	（地址：沈阳市和平区十一纬路25号　邮编：110003）
印 刷 者：	辽宁新华印务有限公司
发 行 者：	北方联合出版传媒（集团）股份有限公司
	辽 海 出 版 社
幅面尺寸：	140mm×210mm
印　　张：	14.5
字　　数：	270千字
出版时间：	2023年6月第1版
印刷时间：	2023年6月第1次印刷
责任编辑：	刘英楠　秦红玉　吴勇刚
装帧设计：	杜　江
印制统筹：	曾金凤
责任校对：	林明慧　李子夏

书　　号：	ISBN 978-7-5451-6677-4
定　　价：	48.00元

购书电话：024-23285299
网　　址：http://www.lhph.com.cn
版权所有，翻印必究
法律顾问：辽宁普凯律师事务所　王　伟
如有质量问题，请与印刷厂联系调换
印刷厂电话：024-31255233
盗版举报电话：024-23284481
盗版举报信箱：liaohaichubanshe@163.com

成长系列丛书

编委会

主　编　胡世宗

编　委（按姓氏笔画排序）

王　玮　佟丽霞　赵　阳

柳青松　袁丽娜　徐桂秋

谢学芳

成长 系列丛书

写在前面的话

时代有不同,精神在传承。

中华文明是世界上唯一没有中断的文明。在这条从未断流的文明长河里,有多少古圣先贤、志士仁人和现当代数不清的各行各业的优秀者,孜孜矻矻,自强不息,在精神上引领着中华民族,穿越数不清的苦难与险阻,最终铸就属于中国人的光荣与梦想。

作为时代的先锋和民族的未来,青年的成长成才关乎国家发展的大计。习近平总书记多次就青年一代的培养造就做出指示,强调要教育引导青年"正确认识时代责任和历史使命,用中国梦激扬青春梦",并希望广大青年"扣好人生的第一粒扣子",坚定理想信念,练就过硬本领,勇于创新创造,矢志艰苦奋斗,锤炼高尚品格,努力成为堪当民族复兴重任的时代新人。

人的成长成才是一个不断自我完善、形成价值认知、夯实人生根基,进而实现全面发展的过程。这一过程既需要主体的自我锤炼和砥砺奋进,也需要社会的多维力量作用、服务于主体。为此,我们策划、组织出版了面向广大青年读者的"成长"系列传记体文学丛书,选取现当代在文学、艺术、科学、教育等领域贡献卓著、成就斐然的知名人士，以翔实的素材和生动的笔触讲述他们的成长故事，梳理他们的成长路径和人生心得，意在以"过来人"的经验为青年朋友健康成长提供借鉴和启发，激励青年勇担时代责任和历史使命。

丛书围绕个人成长、家庭教育、师友影响、时代机遇等诸多角度全方位展开评述，真实客观地反映出主人公在人生各个阶段的成长轨迹，展现他们在赓续历史文脉、谱写当代华章的过程中，刻苦学习、矢志不渝、忘我奋斗、实现价值的成长历程，突出成长之路上的闪光处和关键点。深情回顾，娓娓道来，没有高高在上，没有凌空虚蹈，只有平等交流，真诚分享。

孔子说，"益者三友"，"友直，友谅，友多闻"，与正直的人、诚实的人、见多识广的人交朋友，必然受益。我们真诚希望青年朋友能够透过文字与优秀的前辈对话交流，在良好的阅读体验中吸取经验，获得启迪，不断茁壮成长。愿这套丛书能够成为青年成长之路上的良师益友。

一个伟大的国家，正是在一辈辈人的建设下，变得日益强盛。

一个光荣的民族，更是在一代代人的传承中，实现伟大复兴。

成长，成长，愿我们像种子一样，一生向阳，一生向上！

"成长"系列丛书编委会
2023年6月

目录

001 / 第一章 **蹒跚起步**

002 / 记得青山这一边
008 / 游戏滋养童心
017 / 父为"草根诗人"
023 / 大家闺秀的母亲
031 / "博物学家"魔怔叔

041 / 第二章 **八载寒窗**

042 / 塾师本是"老学究"
050 / 童子功是这样练成的
056 / 对句学诗
062 / 文绘《花云》

069 / 第三章　**场外助跑**

070 / 贤惠嫂嫂的碗花糕
080 / 西厢里的房客
086 / 庄稼院里去淘书
090 / "护法神"小好姐

097 / 第四章　**眼界新开**

098 / 走出家门
105 / 多姿多彩的校园生活
112 / 《青松之歌》实习课

121 / 第五章　**山路崎岖**

122 / 两个"第一课"
129 / 鸬鹚的苦境
136 / 辽河湾畔结文缘
144 / "老阔"说书意趣浓

155 / 第六章　**书生本色**

156 / 十年搁笔遁书丛
164 / 精读《反杜林论》
168 / 《后汉书》里觅熟人
174 / 我的四代书橱

181 / 第七章　**文政双栖**

182 / 辞家北上
186 / 文秘生涯
194 / 补齐知识结构短板
200 / 人才——国之宝也
205 / 骚坛三老汇营川

215 / 第八章　**挑战自我**

216 / 《清风白水》大家评
220 / 病床上的趣话
226 / 一"网"情深
232 / 放飞艺术想象翅膀
239 / 意识流特征·梦幻式手法

247 / 第九章　**乐在忙中**

248 / 众话"春宽梦亦宽"
252 / 漫话漫画大家
258 / 华发回头认本根
264 / 读无字之书
269 / 节假光阴书卷里

277 / 第十章　**归去来兮**

278 / 彝乡采风
285 / 大自然之歌
290 / "魔怔叔"伴我进课堂
295 / 灵魂生活在独处中展开
300 / 林林总总众生相

307 / 第十一章 **深情厚望**

308 / 郭峰书记二三事
313 / 春节怀沈公
321 / 益者三友
325 / 对编者的感念
331 / 作家之友——批评家

339 / 第十二章 **人在天涯**

340 / 中秋咏月
344 / 千载心香域外烧
349 / "少年版"福尔摩斯
355 / 眼　神
361 / 悠悠童话路

371 / 第十三章　**勇于碰硬**

372 / 吾与庄子
380 / 为少帅写心
385 / 攻城不怕坚
391 / 且从诗外作文章
398 / 《国粹》答问

405 / 第十四章　**山花烂漫**

406 / 温故重在知新
413 / 五封回信的辞谢
420 / "带着体温的铜板"
425 / 对　话
430 / 坚定文学信心

435 / 后记　**述往事　思来者**

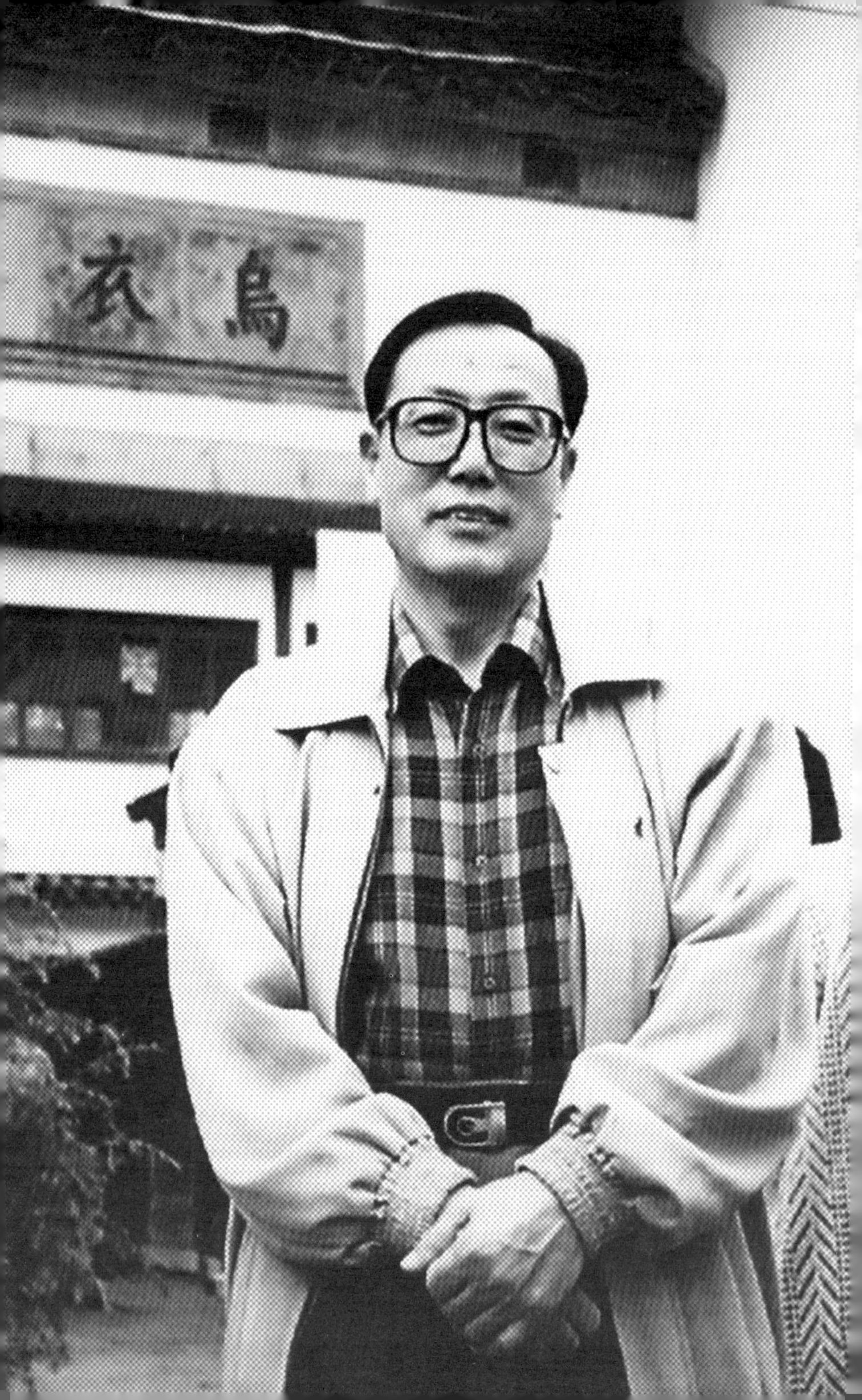
烏衣

王充闾 简介

王充闾先生为当代著名作家、学者、诗人。1935年出生于辽宁盘山。幼读私塾8年，系统接受国学教育；大学毕业后当过中学教师、报纸副刊编辑，后在省市机关工作。曾任中共营口市委副书记、市政协主席，中共辽宁省委常委、宣传部部长，辽宁省人大常委会副主任；中国作家协会主席团委员，辽宁省作家协会主席，中华诗词学会顾问；兼任南开大学等高校客座教授。

60多年来，创作文学作品《清风白水》《沧桑无语》《逍遥游——庄子传》《成功的失败者——张学良传》《国粹：人文传承书》《文脉：我们的心灵史》《薖庐吟草》《诗外文章：文学、历史、哲学的对话》《永不消逝的身影》《王充闾回想录》等80余种，共1500余万字；有《充闾文集》20卷本在全国刊行。

1997年，散文集《春宽梦窄》获中国作家协会首届"鲁迅文学奖"；2002年，《一生爱好是天然》获全国首届"冰心散文奖"；

2017年,《国粹：人文传承书》获国家"中国好书"奖；2018年,《诗外文章：文学、历史、哲学的对话》获人民文学出版社优秀图书奖。有近40篇散文作品入选高校、中学语文课本和高考试题。作品《北方乡梦》《国粹：人文传承书》被译成英文、阿拉伯文、泰文、罗马尼亚文。

经国家人事部特批，参加职称评定，为文艺一级。2004年、2007年，连续两届被中国作家协会聘任为全国"鲁迅文学奖"散文杂文评奖委员会主任。2016年入选辽宁省"十位优秀老艺术家"。30年来，王充闾先生应邀在北京大学、南开大学、中国传媒大学、北方工业大学、武警工程大学、电子科技大学、湖州师范学院、温州大学、辽宁大学等近20所高校和辽海讲坛、白云书院、辽宁省图书馆、辽宁省博物馆等论坛和机构，举办学术讲座60余场。

王充闾先生的创作水准和学术地位得到文学界、学术界的一致认可，有多位学者、文学评论家对其作品进行专题研究，结集为《王充闾散文创作论集》（1994）、《王充闾诗词创作论集》（1996）、《王充闾散文创作研究》（2001）、《历史与美学的对话——王充闾散文研究》（2001）、《王充闾：文园归去来》（2004）、《走向文学的辉煌——王充闾创作研究》（2009）、《王充闾的庄子世界：论〈逍遥游——庄子传〉》（2015）等。

王充闾先生早在20世纪90年代即为辽海出版社作者，现在又以讲故事的形式，通过形象、直观的叙述，追忆他特色鲜明的成长历程，期望广大青少年、各界读者能够从中汲取营养，深获教益。

泥土伴着童年，连着童心，滋润着蓬勃、旺盛的生机活力。可以说，我的整个少儿时代，都是在泥土中摔打过来的。尽管其时缺乏优裕的物质条件，一年到头难得穿上一套新装，也吃不着几次糖果，但是，有一点足以自豪，就是童稚时的心灵状态是无拘无束的，由于没有背负着父母不切实际的过高过强过盛的企望，基本上，能做到自己扮演自己。

探索成长之路，解读智慧人生，
本章内容，扫码聆听。

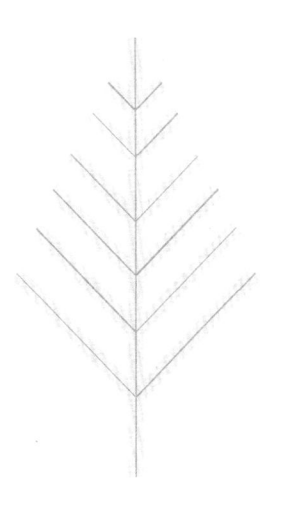

第一章

蹒跚起步

记得青山这一边

这里的"青山",特指山海关外旧属广宁府的医巫闾山。我的故里就在山下东南方向的盘山县大荒乡狐狸岗子屯。一条小街坐落在辽河冲积平原的一片沙碛上,前面有一座长满茂密丛林的沙山,侧面是成片的芦苇荡、马草场,村后散布着一些耕地,被一条条长满各种树木的"地隔子"切割成多个碎块。这里自古就是所谓"三不管"(政府不管、督军不管、土豪不管)地区。几个小村落,像是拂晓的星辰,空旷寂寥,没着没落地抛撒在望眼无边的荒野里。

我家所在的屯子,之所以叫"狐狸岗子",源于屯子前面的沙山上下,是一个狐鼠横行、雉兔出没的世界。人们在林丛里,走着走着,前面忽然闪过一个影子,一只野兔"嗖"地从茅草中蹿出来了。野狐的毛色是火红的,不足二尺的身子拖着个一尺多长的大尾巴,在人行道上款款地穿行着。

小时候，气温比现在低，冬天里雪很多，三天两头一场。绵软的落叶上，铺着一层厚厚的积雪，晚归的群鸦驮着点点金色的夕晖，"呱呱呱"地噪醒了寒林，迷乱了天宇，真是如诗如画的境界。人家早早地就封上了后门。外面还用成捆的秫秸夹上迎风障子。夜间，北风烟雪怒潮奔马一般，从屋后狂卷到屋前，呜呜地吼叫着，睡在土屋里就像置身于汪洋大海中的船上。一宿过去，家家都被烈雪封了门，只好一点一点地往外推着，一时半刻挤不出去。出得屋门，有人便一溜烟儿似的向沙岗下面的一排秫秸垛跑去。干什么去呢？十有八九的人，会猜测他是去解手。错了。原来，秫秸垛南面，向阳背风，暴风雪再大也刮不到这里，于是，便有许多山雉（野鸡）、鹌鹑、野兔跑来避风。由于气温过低，经过一宿的冻饿，它们一个个早都冻麻了腿爪，看着来人了，眼睛急得咕噜咕噜转，却趴在那里动弹不得，结果，就都成了早行人的猎物。

儿时的梦，宛如风雨中的花朵，往往是一碰就落的。这样，童年旧事，就好似这梦中情景，许许多多都变得模糊不清了。印象较为深刻的，是在每天的晚饭后，我尾随着爸爸、妈妈，到门前的打谷场上纳凉。场上的人渐渐地增多了，左邻右舍的诸姑伯叔们，有的搬出小板凳，有的拎着麻袋片，有的"吧嗒、吧嗒"地摇着扇子，有的一面走着，一面打着火镰取火——这是一种原始的取火方式，红褐色的燧石，经过火镰的敲击，溅出火花，再把蒲棒绒点燃。男男女女凑在一块,展开那种并不着意于反映信息,也没有明确目的和特殊意义的"神聊海侃"。

夜静更深,月光暗了下去,只能听得见声音,却看不清人们的面孔,时而从抽烟人的烟袋锅里,闪现出一丝微弱的红光。对那些张家长李家短的生活琐事,我们这些小孩子是没有什么兴趣的,最爱听的还是神仙鬼怪故事。听了不免害怕,可是,越是害怕,越想听个究竟,有时,怕得紧紧偎在母亲怀里,不敢动弹,只露出两个小眼睛,察看着妖魔鬼怪的动静。最后,小眼睛也合上了,听着听着,就伴着荷花仙子、托塔天王遁入了梦乡,只好由父亲抱回家去。

小时候,我感到天地特别广阔,身边有无限的空间,有享用不尽的活动余地。长大以后,随着年龄的增长,反而觉得生存空间越来越狭小了,活动起来窒碍也越来越多了。当听到人们谈论现实世界正在变成"地球村"时,便在惊悚之余,平添了几分压抑感。这反映了儿童与成年人心性的差异。

我常常想,今天的儿童实在幸运,他们有那么多丰富多彩的读物和花样翻新的玩具,又有设备齐全的儿童乐园和少年活动中心。电视看腻味了,随手打开DVD;收音机

◎ 家在青山这一边

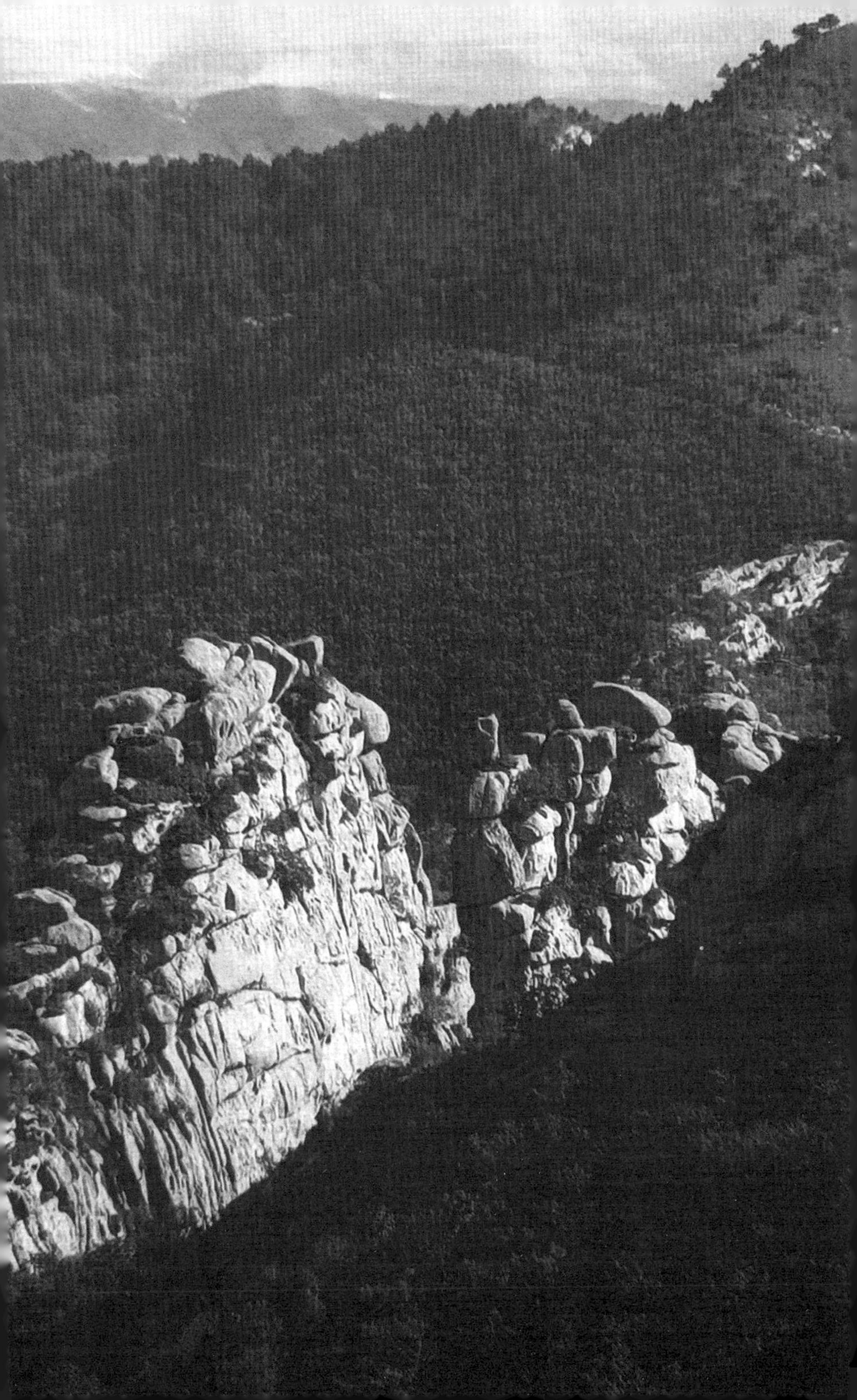

听够了，又换上了"随身听"。我生活在穷乡僻壤，同这一切完全绝缘，在那疯淘疯炸的儿时岁月里，唯一拥有的就是取之不尽的大自然，从小就怀有一种"恋土情结"。特别是每到风天雨天，总愿意在大沙岗子上，无数次地爬上滚下。夜晚光着脚板，跟随父亲在河堤旁举火照蟹；白天和小伙伴们一道，跳进苇塘里捕鱼捉虾，经常踏着黑泥，在苇丛中钻进钻出，常常是没有什么根由，就互相打起了泥球仗。由于整天在外面摸爬滚打，也就成了地地道道的泥孩儿。母亲从来都不加管束，她的"理论"是，小孩子就是玩耍着长大的。只是看到我的身子太脏了，便不容分说，将我扒得精光，然后按在一个过年时用来宰猪煺毛的大木盆里，里面灌些温水，再用丝瓜瓤儿蘸着"猪胰子"（农村土法制作的肥皂），把全身上下搓洗一遍。

　　西方一位思想家讲过：童年镶嵌在大自然里，没有亲近过泥土的孩子，永远不会真正懂得什么是童年。人类是自然之子。婴儿脱离了母体，有如人类从树上走向平地，并没有因为环境的改变而与自然隔绝，相反，倒是时时刻刻都在保持着、强化着这种血肉的联系。丰富多彩的自然界，从来都是吸引童心、培植童趣、开启童智的强力磁场。在那里，孩子们的生命张力，能够发挥得淋漓尽致，从而培育出乐观向上的内在基因，激发起探索未来世界的强烈愿望。

　　泥土伴着童年，连着童心，滋润着蓬勃、旺盛的生机活力。可以说，我的整个少儿时代，都是在泥土中摔打过来的。尽管其时缺乏优裕的物质条件，一年到头难得穿上一套新装，也吃不着几次糖果，但是，有一点足以自豪，就是童稚时的心灵状态是无拘无束的，由于没有背负着父母不切实际的过高过强过盛的企望，基本上，能做到自己扮演自己。如今的许多父母，让孩子长大了当这个"家"，做那个"师"，成为什么什么"长"，不能说完全没有道理；只是，这些梦做得再美满，再高级，无非都是家长的，与儿童无关。我们应该鼓励孩子做他们自己的梦。

游戏滋养童心

一

在每个人的生命途程中，都曾有过一个抛却任何掩饰、显现自我本真的阶段，那就是童年。著名漫画家丰子恺曾说："由于'热爱'和'亲近'，我深深地体会了孩子们的心理，发现了一个和成人世界完全不同的儿童世界……在这里可以随心所欲地提出一切愿望和要求：房子的屋顶可以要求拆去，以便看飞机；眠床里可以要求生花草，飞蝴蝶，以便游玩；凳子的脚可以给穿鞋子；房间里可以筑铁路和火车站；亲兄妹可以做新官人和新娘子；天上的月亮可以要它下来……""天地间最健全的心眼，只是孩子们的所有物，世间事物的真相，只有孩子们能最明确、最完全地见到"，儿童的心"比艺术家的心真切而自然得多！他们往往能注意大人们所不能注意的事，发现大人们所不能发现的点。所以儿童的本质是艺术的"。

在这段时间里，游戏是至尊至上的天职，通过天真无邪的游戏，孩子们充分地享受生命，凸显性灵。原本苦涩、枯燥、沉重、琐屑的日常生活，在游戏中，一变而为轻松、甜美、活泼、有趣。游戏本身也是一种创造。孩子们面对的是无限可能性，一切都可以从头做起，推倒重来；可以异想天开地进行种种建设性或者破坏性的实验，而不必像成年人那样，承担现实活动中由于计划不周、行为失范所导致的后果。

人们常说"童言无忌"，其实，"童行"又何尝有什么忌讳！孩子们的头脑中，不像成年人那样，存在着种种利害的计较、实用的打算，也没有形形色色的心理负担，想说就说，想闹就闹，不顾及哪些行为会惹起人们气恼，也不戒备什么举动有可能遭人忌恨、被人耻笑。小孩子的天性中，似乎并没有欣赏自己"杰作"的习惯，不懂得什么孤芳自赏，顾盼自雄，眷恋已有的辉煌。一切全都听凭兴趣的支配，兴发而作，兴尽而息。五岁那年，我曾耗费了整个一个下午，晚饭都忘记吃了，用秫秸内穰和蒿子秆，扎制出一辆小马车，到末了只是觉得车辂辘没有弄好，就把它一脚踏烂了，没有丝毫的顾惜。睡了一个通宵的甜觉，第二天，兴趣重新点燃起来，便又从头扎起。

小伙伴之间也经常发生纠葛，遇到什么不可心、不快活的事，也并不觉得怎样的忌恨与懊恼，只需轻描淡写地说上一句"我不跟你好了",就可以轻松、自在地结束各种关系,没有依恋,没有愧悔,没有遗憾,无须考虑什么影响和后果,更不会妨碍下次的聚合、下次的游玩、下次的重归于好。

儿时的游戏形式多种多样,印象最深的是"丢手帕"。大家围成一圈坐了下来。开始时,花毛哥拿着手帕在圈外跑,边跑边唱:"丢手帕,丢手帕,丢你身后别害怕,别人不要告诉他。"随之,把手帕丢在四丫身后。四丫发觉后,顺手拾起,立刻起身追赶。结果,没等花毛哥跑到四丫腾出的位置上坐下,四丫就把他抓住了。花毛哥受罚,进到圈子里出节目。他的动作不灵快,嘴却很巧,随口说了个谜语:"麻屋子,红帐子,里面坐个白胖子。"小朋友们齐声喊着:"花生!"过了一会儿,轮到嘎子哥丢手帕了,他就悄悄地丢在我的身后。我发现略迟一步,待我追上前去,嘎子哥已经坐在我的位置上。这样,我就被罚出个节目。我仿效着讲了四个"窝":"树上有个老鸹窝,树下有个鸡窝,鸡窝旁边有个狗窝,炕上有个小胖孩儿赖床的被窝。"小朋友们听了,一阵哄笑。花毛哥说:"窝、窝、窝,一点没意思。"

回家,我把它讲给爸爸听。爸爸说,难怪人家哄笑,四个"窝"单摆浮搁,成了不抱团儿的豆腐渣,你得把它们串联起来。憋了大半天,我才编出:这天清晨,突然刮起了大风,老鸹窝摇荡了,结果,一个小鸦雏掉在树下的鸡窝里；鸡妈妈看它很可怜，就用嘴把它叼到窗台上，喊着："小胖孩儿！快起床，赶紧爬到树梢上，把小鸦雏送回去。"可是，小胖孩儿在被窝里赖着不起来。这时，狗窝里的狗大哥晃着尾巴跑过来了，用爪子把鸦雏扒拉到地下，一口就吃掉了。事后，小胖孩儿无比悔恨，从此，他再也不贪睡懒觉了。

二

与现时的以计算机为操作平台，通过人机互动形式实现的游戏——什么《宇宙战争》呀、《星际争霸》呀、《波斯王子》啦相比，这些村童游戏，实在是"土"得掉渣儿，谈不上有什么知识含量；甚至还赶不上现在最普通的"拱猪""斗地主""打拖拉机"等扑克牌游戏。但那时的活动有个最大的优点，就是一般都在户外，充分体现"文体结合"的要求，十分有利于儿童的娱悦身心和健全体魄；而且，这些村童游戏，竞争性、吸引力也不那么强，犯不上拼战通宵、耗神费眼，总是累了就作罢，兴尽便回家，天天晚上都能睡个甜觉。所以，一个个农家孩子，小脸蛋儿都是红扑扑的，宛如刚拔出来的嫩萝卜；视力也不会受到损伤，不像现在这样，"小眼镜儿"举目皆是。

人，有记忆的功能，但也存在着善忘的癖性。本来，任何人都是从童年过来的，游戏本是儿童最正当的行为，贪玩、淘气、任性、顽皮，原属儿童的天性，也是日后成才立业的起脚点。记得德国一位哲学家说过："孩子是通过游戏变成大人的，游戏让人成了人。"可是，现在的父母亲，一经步入成人行列，许多人便会把自己当年情事忘得一干二净，习惯于以功利的目光衡量一切，而再也不肯容忍那些看似无益、无聊的儿时游艺了。

在我们初做父兄之时，也曾不止一次地做过鲁迅先生在散文《风筝》中所自责的对于儿童"精神的虐杀"的蠢事。原本以为出于好意，所以心安理得；直到读过了先生的文章，才觉得"我的心也仿佛同时变了铅块，很重很重的堕下去了"。

其实，即使单就功利而言，成年人需要向孩子们借鉴的也是不少的。比如，无论大人小孩，原本生活在同一空间里，可是，感觉却大不一样。成年人由于顾忌重重，遮蔽太多，时时有一种"出门即有碍，谁谓天地宽"的局促之感，而孩子们却无惧无虑，又兼借助于无穷的想象力，他们的空间却是云海苍茫，绵邈无际的。

记得一个电视节目中有这样一个情节：老师在黑板上画了一个圆圈，让坐在下面的几类人群回答：它像什么？幼儿园的孩子答案最多，成绩最好，竟然说出了几十种；小学生次之，讲出了十几种；中学生就差一些了，但也讲出了八九样；大学生只举出了两三样，没有及格；而成年人竟连一种也回答不出来，最后吃了个"大零蛋"，原因在于他们思虑太多，有的即使想到了也不肯讲，怕在众人面前出乖露丑，有的甚至不屑一顾，觉得老师出这样的题目"完全没有意思"。这是颇为发人深省的。

童蒙读物《三字经》里，有"昔仲尼，师项橐"之句，说的是孔子与弟子们乘车出游，见到大道边上有几个戏耍的顽童，有一童子立于大路中间，说："城池在此，车马岂能随便穿行？"接着，便向孔老夫子提出三个问题，说是答对了才能通过，否则就要绕城而行。结果，孔子没有答出，遂向童子拜师、行礼，最后绕城而过。这个童子就是项橐，时年七岁。《三字经》作者的原意，显然是颂扬孔圣人放下身段，虚心向七岁儿童求教的精神；而我更感兴趣的，倒是少年儿童无所顾忌，敢于挑战权威的魄力和勇气。

三

对于我们这些小伙伴，游玩之外，熟悉而又具吸引力的，要算货郎担了。

随着拨浪鼓的"拨浪浪、拨浪浪"的繁音急响，一副货郎担子已经摊在了大门的前边。这时候，整条街上的姑娘、媳妇，还有小脚老太太，几乎都涌上前来，霎时便把货郎担围得个水泄不通。货郎经年在乡村里转悠，什么人喜欢买什么，他都了若指掌，"万宝箱"里可说是应有尽有。

老奶奶嘻开没牙的嘴,笑指着这个中年汉子,说:我比你得大四十岁,开个玩笑不碍事——你呀,简直成了人们肚子里的蛔虫。大家听了,"哄"的一声,全都笑了。

遗憾的是,小伙伴们虽然更感兴趣,却任谁也不敢靠前。父母多次告诫:那些货郎走南闯北,什么人都打交道,说不定里面就有"拍花的",专门挑选小孩子,袖子一甩,就给你拍上迷魂药,你会不知不觉地跟着他走,最后,三块现大洋卖给"人贩子"。小伙伴们听了,尽管害怕,但总觉得货郎担好玩;越是不敢近前,越想看个究竟。逆反心理和好奇心强,从小处说,是求知欲望作祟;往大处说,人类本身具有积极探索未知世界的意向。普希金在长诗《叶甫盖尼·奥涅金》中曾经写道:"呵,世俗的人!/你们就像/你们原始的妈妈——夏娃/凡是到手的/你们就不喜欢/只有蛇的遥远的呼唤/和神秘的树/使你们向往/去吧/去吃那一颗禁果——/不然的话/天堂也不是天堂!"在现实生活中,也往往是如此。如果你想要让某件事情众所周知,只需郑而重之地申明一句"某某件事,千万不要去打听"就足够了。这要比公开号召还更有吸引力。

后来,我们终究知道了,那"拍花的"说法,纯粹是家长们为着对付小孩子的"要这、买那"的纠缠编造出来的。待到货郎担下次再来时,我们便一窝蜂似的涌了过去,结果,也未发现哪个孩子被拍走。伴随着孩子们的加入,货郎担里也增加了新的内涵，这可使我们大开眼界了。货郎带来了各种彩绘的泥玩具，木头做的刷了漆、涂了色的刀枪剑戟，黄绸子缝制的布老虎，泥塑木雕的彩人、彩马、彩车，脑袋会动的大公鸡，能发出"咕、咕、咕"叫声的鹁鸽，还有一套十二只的猴娃，有坐有立，或哭或笑，能跳能跑，一个个惟妙惟肖、活灵活现，神情动态却各不相同。我们没有钱买，便紧紧地跟在货郎担后面，从东街转到西街，饭都不想吃了。

说起猴娃之类的玩具，使我忆起那回看猴戏的事。好像是从山东那面过来的，两口子搭成了一个小戏班。女的一手敲着堂锣，大声吆喝着，一手牵着戴有假面具、穿着红绿袍褂的猴子，后面还跟着一只小山羊；男人在后面挑着担子，随时出售一些江湖野药和新奇的玩具。他们看到围拢的人多了，便撂下挑子，就地打场。小猢狲穿着一套花衣裳，屁股露在外面，鲜红鲜红的。在男人的指挥下，一会钻圈儿，一会翻筋斗，一会转圈跑场，还不时地抠抠耳朵，搔搔皮肤，挤眉弄眼，抓耳挠腮，顽皮逗乐，出着各种洋相；有时还会从胳肢窝里抓出几个虱子，放进嘴里，"嘎嘣、嘎嘣"地嚼起来，逗得满场的观众哄堂大笑。

然后，小猢狲又戴上脸幌子（面具），如果是黑漆漆的，女人就唱着："包龙图打坐在开封府，昼断阳来夜断阴。"这时，猢狲就围着圆场，腆着肚子，迈着四方台步。过了一会儿，那个男人又给猢狲换上了花脸的面具，于是，"猴哥儿"就伴随着"窦尔敦在绿林谁不尊仰"的唱词,摇着帽翅,装腔作势、狐假虎威地走动起来。为了鼓励猢狲的乖巧听话,他这时就会从口袋里摸出几个花生角,放进它的嘴里。闹哄过一阵之后,猢狲就会托出一个小竹盘,转着圈儿收取零钱。给与不给,都是自愿的。我们这些小观众,"一文不名",从来都是白看的,有时还要跟着戏班,转上个五里三村,耍猴戏的也不作兴往回撵,乐得借助我们的声势,招人聚众。

但是,有一次,不知为了什么缘由,男人忽然从扎着腰带的背后扯出了一把皮鞭,照着猢狲的脊梁,"啪啪啪"地抽打起来。只见"猴哥儿"痛得哀哀地嗥叫,还顺着眼角"滴滴答答"地流出了泪水。这给了我很深的刺激,从此,就再也不想看猴戏了。

父为"草根诗人"

在当地,我的父亲算是有文化的人。听他说,祖上原本居住在河北大名府的南郊,家里出过举人,有个宽敞的大院,在十里八村中,也算有名的宅第。他的祖父主事后,由于家庭突遭变故,逃荒避难闯关东,颠沛流离,没有享过一天福,早早就去世了。他的父亲把这引为终身憾事,为此,狠下一条心,说是哪怕"砸锅卖铁""讨饭求情",也要把儿子好好培养、造就一番。这样,父亲七岁那年,就被送进邻村三棵树屯的私塾,在那里住校读书。父亲天分很高,记忆力极强,而且刻苦用功,得到了塾师的嘉许。

本该继续深造下去,岂料人有旦夕祸福,他在那里刚刚读到第四年,我的祖父便患上了严重的胃痛和便血,多方救治,也不见转机,不久便病故了,不到四十岁。家里的二十几亩薄田,在延医求药和处理丧事过程中,先后卖出了一多半。祖母带着孤儿,再也撑持不起这个家业了,即便是办一点点小事,都要花钱找人,典当财物,直到最后把村里人称作"地眼"的两亩园田,也典当出去了,还是难以维持生计。生活无着,祖母被迫去了北镇城里的浆洗坊做佣工,父亲流浪到河西,给大财主"何百万"家充当小伙计,开始做杂役,后来又下庄稼地,当了几年长工。

家庭变故之外,社会、时代的遭际,更早地给予他的心灵以深刻影响。父亲五岁那年,正赶上中日甲午战争的辽河战役。这年三月,田庄台失守,被日军烧杀的有几千人。父亲的姨娘带着两个子女,从战火中逃出,暂住在这荒凉、僻远的亲戚家里多半年时间,直到年底前签订了《中日辽南条约》(《马关条约》的地方版),清政府支付了三千万两"赎辽费",日军才把辽东半岛交还中国,姨娘母子得以返回老家。通过兵燹亲历者的血泪叙述,这场残酷的战祸和中华民族的奇耻大辱,在我父亲的幼小心灵里,镌刻下永生难忘的影像。

听父亲讲,他做佣工的这个大户何家是旗人,祖居奉天,后来迁到河西。大少爷游手好闲,偏爱鼓曲,结交了一伙喜爱八旗子弟书和东北大鼓的朋友。一进腊月门,农村收仓猫冬,便让长工赶着马车去锦州接说书先生(这一带称艺人为先生),吹弹、说唱,往往彻夜连宵。遇有红白喜事,盖新房,小孩办满月,老人祝寿诞或者出大殡,都要请来说书先生唱上三天两宿,招待的饭菜一律是高粱米干饭,酸菜炖猪肉、血肠。到时候,镇上的烧锅(酒厂)

都要赶着马车送过来几坛白酒。所以,艺人们有一套俏皮嗑儿:"有心要改行,舍不得白肉炖血肠;为啥不挪窝?烧酒随便喝。"

何家藏有大量的子弟书唱本和一些《三侠五义》《今古奇观》之类的闲书,都是由奉天文盛堂和安东诚文信书局印行的。父亲爱书如命,嗜读成性,在服侍大少爷过程中,趁着端茶、送水、递烟枪的间隙,经常能够读到各种书籍,晚间总是偷偷看书到深夜。由于有机会接触到子弟书这种艺术形式,因此培植下终生的爱好。

文化,作为连接社会交往的中介,人类创造的具有象征意义的符号总和,经常通过"获得性遗传",对人们的性格、气质、心理、行为,产生多方面的影响。就这个意义来说,文化就是人化,人既是社会文化的创造者,又是社会文化的制成品。

父亲年轻时,由于受到那些侠义类通俗读物的影响,加上血统里留存的"燕赵感慨悲歌"的基因,"社会的自我"占主导地位,时时追求他人的注意与重视,看重地位和荣誉;任侠尚义,爱"打抱不平",喜欢管闲事,愿意出头露面,勇于为人排难解纷。由于他阅历丰富,知识面广,又能说会道,遇事总能说出个"一二三"来,因而村中遇有大事小情、红白喜事,或者邻里失和、分家析产,都要请他出面调停,帮助料理。这样,他就获得了一个"铁嘴子"的绰号。

迨至后来，年华老大，家道陵夷，生活负担加重，又兼一女二子先后谢世，自己也半生潦倒，一变而为心境苍凉，情怀苦闷，"心理的自我"渐渐占据了优势。他每年都要抽空儿到医巫闾山去进香，总愿意同那里的和尚、道士抵掌而谈，平素也喜欢看一些佛禅、老庄的书，由关注外间世务变为注重内在思考，由热心人事转向寻求精神上的寄托。他特别喜欢那些观照命运、感悟人生之类的诗词，苏轼、陆游、赵翼的诗句经常挂在嘴边。我听到最多的是"常恨此身非我有，何时忘却营营""时平壮士无功老，乡远征人有梦归""绝顶楼台人倦后，满堂袍笏戏阑时"。他除了经常吟唱一些悲凉、凄婉、感伤的子弟书段子，像《黛玉悲秋》《忆真妃》《周西坡》之类，还喜欢诵读杨升庵的《临江仙》词："滚滚长江东逝水，浪花淘尽英雄。是非成败转头空，青山依旧在，几度夕阳红。"

父亲虽然出生在关外，但他对祖居地大名，一向怀有深厚的情感。他前后去过三次。有一次路过邯郸，他顺便到黄粱梦村的吕翁祠去转了转。听说，康熙年间有个书生名叫陈潢，有才无运，半生潦倒，这天来到了吕翁祠，带着一腔牢骚，戏写一首七绝："四十年来公与侯，虽然是梦也风流。我今落拓邯郸道，要向仙人借枕头。"后来，这首诗被河督靳辅看到了，很欣赏他的才气，便请他出来参赞河务。陈生和卢生有类似的经历，只是命运比卢生更惨，最后因事入狱，病死监牢。父亲对于陈潢，同情中也

○ 故乡壮美的红海滩

夹带着不屑，随手写了一首和诗："不羡王公不羡侯，耕田凿井自风流。昂头信步邯郸道，耻向仙人借枕头。"诗的后面，他又加了一个小注："阮籍有言：'布衣可终身，宠禄岂足赖！'"有一次闲谈，他还说起塾师为他起名"德润"的涵义——二字出自"四书"中的《大学》："富润屋，德润身。"说的是财富可以修饰房屋，使住所华丽，这是外在的、表面的东西；道德可以修养人的身心，使人思想畅达，品德高尚，这才是内在的、本质的。

◎ 颜翔林教授（右）撰写学术专著《历史与美学的对话——王充闾散文研究》。此为他到我童年时读书、游戏的故地访察

盘山县旧属广宁府，满族人口较多。这一带，无分老少，吟唱子弟书十分盛行。作为铁杆的痴迷者，我父亲可以说和子弟书结下了一世情缘，只要闲下来，不，有时一边清扫院子，或者锄草、浇菜、喂牛、担水，一边就唱起书段来。童年时在家里，我除去听惯了的关关鸟语、唧唧虫吟等天籁，经常萦回于耳际的，便是父亲吟唱子弟书段的苍凉、激越的悲吟。有些书段听得次数多了，渐渐地，母亲和我也都能背诵如流了。这对我日后喜爱诗词、从事诗词写作，起到了熏陶、促进的作用；甚至，对我父亲以及我小时候情绪的感染、性格的塑造，都产生了一定的影响。

大家闺秀的母亲

旧时代,男婚女嫁,讲究门当户对。可是,我的父亲和母亲的结合,却并非如此。父亲,扛大活出身,穷棒子一个;母亲却是大家闺秀,出身于一个满族世家。金家——爱新觉罗氏,过去称作皇族,有几代都是清朝的文武官员。在外祖父家的特大樟木箱子里,我曾经看到过祖辈传下来的黄马褂、顶戴、雕翎,还有几份八股文试帖,最显眼的是一部朱笔点批的《朱子大全》,据说是很有些来头的。

不过,到了外祖父这一辈,老金家的家道已经中落,再没有出人头地的了。当然,正像《红楼梦》中刘姥姥所说的:"瘦死的骆驼比马大。"外祖父本人虽然没有什么功名,却也绝非一般白丁,在村中仍属于有地位、有清望的乡绅。青年时期,他和我的祖父曾一起到广宁买马,结下了交情;我父亲少年时又在这个屯子读过私塾,也是在老人家眼皮底下长大的,才气和人品,赢得了他的属意。

后来，尽管祖父家贫寒、落魄了，但外祖父不忘旧情，在女儿十八岁那年，仍然主动送过来成亲。

外祖父有四个女儿，后来又过继一个儿子。我的母亲是长女，自幼生活在大户人家里，衣食充足，见多识广，有着良好的教养。过门以后，突然经历辛劳、困顿的生涯，不仅没有丝毫怨言，而且，很快就适应了艰难的环境，辅助我的父亲支撑起家计。她真的像古代圣贤所说的："君子素其位而行，不愿乎其外，素富贵行乎富贵，素贫贱行乎贫贱。"（君子按其当下的地位行事，不谋求本职以外的事。处身富贵，就按富贵人的身份行事；居于贫贱，就按贫贱人的身份行事。）称得上一个标准的贤妻良母型的东方女性，相夫教子，安贫乐道，全家上下、街坊邻里，无不交口称赞。

由于外祖父恪守着"女子无才便是德"的古训，尽管家境丰裕，却不许女儿们读书识字。四姊妹从小就熟练地掌握了针黹女红技术和盛行于满族家庭的剪纸艺术。姊妹们的活动范围有限，只是庞大院落里那片狭窄的天地。至于母亲后来认得许多字，能够看些通俗的话本、鼓词，包括子弟书，都是在我父亲的熏陶浸染之下逐步习练而成的。

母亲个性刚强果断，自尊心强，端庄稳重，有一种不怒自威的气质。"任可身子受苦，绝不让脸上受热。"这是她经常挂在嘴上的一句话。她还常说："人贫不能志短；贫是外在的，志气却在内心。"出嫁时，外祖父从箱子里找出十几匹细布，是外祖母在世时积攒下的，说要拿出一半，作为女儿嫁妆。可是，我母亲执意拒绝，说弟弟、妹妹们也都大了，留给他们成亲时用。外祖父家里养了许多只母鸡、大鹅，还有几头肥猪，一年到头，鸡蛋、鹅蛋、猪肉、荤油不断，家里人吃用，富富有余。但我母亲每次回去，都是吃完就走，从来不带走一斤半两东西，总是说留给父亲、弟弟、妹妹。私下里，对外祖父说："亲爹没有啥说的，在外来的弟弟、弟媳面前，要有个身价，不能像捡破烂的，见啥收拾啥，让人看着不值钱，瞧不起。"

母亲有一句口头禅："一不当蝗虫；二不当蛆虫。"她解释：庄稼地里的蝗虫，呼啦啦一大帮，转眼就吃净拿光；粪坑里的蛆虫，咕咕囔囔，没事挑事。有些大姑姐，专门在双亲和弟媳中间拨弄是非，极端讨厌。

母亲赋性严谨，心细如发，口不轻言，平素很少和人开玩笑；对子女要求非常严格。在我四岁那年，有一次，她发现放在炕柜里的几个特大的铜钱——"洪武通宝"，据说很值钱的，不知了去向，便怀疑是我偷偷地拿出去，在货郎担那里换了糖球儿吃。于是，从早到晚审问我，逼着我承认。她铁青着脸，目光炯炯似剑，神态峻厉得有些吓人。我大声地哭叫着，极力为自己辩诬，并且，用拒绝吃饭、睡觉来表示抗议。母亲没办法，只好再一次翻箱倒柜，最后到底找到了，原来是记错了存放的地方。她长时间地紧紧地搂抱着我，深表悔愧之情；在尔后的几十年间，还曾多次提到这件事，感到过意不去。

我知道，母亲是在望子成龙的心理压力的驱使下，情急而出此。她看重的并不是几个铜钱，而是儿子的人格品质、道德修养。这对我后来的为人处世、立身行事，产生了深远的影响。在我成长的关键时刻，母亲对我进行一番生命的教育，把志气和品性传递给我，用的不是语言文字，而是行为。

母亲对子女，可说是爱之愈深，责之愈切，律之而愈严。即便是我童年时的游玩、戏耍，她也未曾随意放过。记得有这样几件事：

过年时节，来到家里刚刚半年、与我同龄的姐姐的女儿何小，堂叔的女儿英子，还有我，三个孩子一起跪在炕上"欻嘎拉哈"。这是满族儿童特别是女孩儿间最流行的一种炕头游戏。"嘎拉哈"是满语，即猪腿关节上的小骨头，一般叫猪趾儿，每个都有四个面，分别是坑儿、肚儿、轮儿、背儿。那时，农家炕上都铺着苇篾儿编织的席子。我们首先在席子上并排摆放三个嘎拉哈，再预备一个小小的布口袋，称作钱码子。游戏时，将钱码子抛向上方，趁此机会，赶快抓起一个嘎拉哈，或者将它翻动一下，按照规定进行排列组合，然后再把钱码子用手接住。要在瞬间完成这一连串的动作，必须手疾眼快，动作灵活；有一失误，就要算输。游戏的赌注是炒熟的花生角——妈妈事先发给我们每个人的，大约有四五十个。

女孩儿天生灵巧，她们两个赢的时候多，但是，即便赢了花生角也不舍得吃；而我，则是每次赢了立刻吃掉。这样下来，待我输时，由于没有积存，就只好欠账了。气得外甥女向姥姥告状。母亲说："你小舅做得不对，叫他给你们赔礼吧，或者你们弹他的脑瓜崩儿！"我便立即站起，分别给她俩鞠躬。

我以为事情已经一了百了，不料过后第二天，母亲把我叫到身旁，批评说："这叫自私自利，损人利己。自私自利的人，是没有朋友的。你以后还有脸和人家一起玩吗？人家以后，也再不肯和你玩了。"我红着脸，答说："我知道了，我错了。"

还有一次，我们几个小伙伴一起玩"过家家"。按照事先的约定，各自认认真真地扮演着丈夫、妻子、儿女、外婆的角色，学着大人的样子，盖房，娶亲，抱孩子，喂奶，拾柴火，做饭，担负起"家庭"的各种义务和责任。我刚刚四岁，由于个头比较高，便扮演着丈夫的角色，挑水，劈柴，磨刀，宰猪，模拟着成人的各种动作，十分尽职尽责。妈妈看了，说，这倒有点小大人儿的气派。

小时候，还有一件事留给我十分深刻的印象。我家院子里西厢房，住进了一位从山东搬迁过来的房客，我们称他"靳叔叔"。他人缘很好，左邻右舍的婶子大娘们，看他"光杆子"一个，就给他提媒，把邻村一个智力有些缺陷的女人介绍给他。新娘比新郎年轻，手大、脚大、脸盘大，整天笑嘻嘻的，我们都叫她"笑婶"。"笑婶"特别喜欢戴花，只要上街，她就会拿出靳叔叔给她的钱把花买下。无论是真花假花，山花野花，见着了就往头上插，十朵二十朵，叠叠层层，满头花枝摇曳，然后，就对着镜子前后左右地照。却不懂得坐下来唠唠家常嗑儿，和丈夫说句体己话。

这个"笑婶"确是有些"缺心眼儿"。妈妈看她不会做针线活，便将一件年轻时穿过的带大襟的旧棉袄送给她。不料，她却将前后两面颠倒过来穿反了，结果，费了很大劲也系不上纽扣，逗得人们在一旁窃笑。有时，在大门外，还会围上一群孩子、大人，抓住"笑婶"的一些话柄来耍笑她。每每见到这种情景，妈妈都要喊我回家，不但不让我跟着掺和，连看热闹都不许。她很看重这类问题，总是严词厉色地告诫说，这样地取笑别人，是很不道德的——痴茶呆傻没有罪过。她说不出来"尊重别人也就是尊重自己"和"己所不欲，勿施于人""恻隐之心，人皆有之"那番书本上的大道理，却极富同情心，总是设身处地，将人心比己心；而且，能从实际出发，讲出一条颇有些辩证色彩的"理论"：太阳爷不会总在一家头顶上红，三十年风水轮流转。上辈人聪明伶俐的，下辈人难免痴茶呆傻，现在你们笑人家，将来人家笑你们。

"土改"之后，靳叔叔返回老家，"笑婶"也不知了去向。一天，母亲打扫西厢房，无意间从棚顶上发现了一个小口袋，里面装有四块银洋。料想是靳叔叔唯恐"笑婶"乱花，私自藏起来的，过后却忘记了。当天晚上，母亲同全家人商量，想什么办法给靳叔叔捎回去。父亲说:"只听说他家在山东,可是,九州十府一百零八县,人海茫茫,到哪儿去找啊?你这个难题可不小。"可是,母亲并不死心,几乎问遍了屯里外出的人,人人都说:找那干啥?到街上割二斤肉,吃掉算了!就算是老靳在世,恐怕自己也忘了。可是,母亲并不这么想,她说:"人家血汗挣下的钱,我们昧着黑心眼子给花了,于良心有愧。"尔后过去了几十年,她仍然耿耿在念,钱始终放在大柜底下,任何人都没有动过。

童年时节,我经常跟随嘎子哥淘气惹事,弄些令人哭笑不得的恶作剧。我家西邻住着一位伯母,大个头,"旗装脚",像男人一样锄地砍柴,十分能干。平时待我和嘎子哥很好,桃子熟了,常常往我们小手里塞上一两个。我们对她唯一的不满,就是她一天不住嘴,老是"嘟嘟嘟",一件事叨咕起来没完,光是叨咕还不算,经常张口骂人,成本大套,没完没了,怪烦人的。这天,我发现她家的南瓜蔓顺墙爬到了我们这边,上面结了一个小盆大的南瓜,便和嘎子哥一起,给它动了"手术":先在上面切一个四四方方的开口,然后用匙子把里面的瓜瓤儿掏出来,填充进去一些大粪,再用那个四方块把窟窿堵上。经过我们观察,认为"刀口"已经长好了,便把它翻墙送过伯母那面去。隔上一些天,我们就要找个事由,过去望一望,发现它已经长到脸盆一般大了,颜色也由青翠转作深黑,知道过不了多久,伯母就会用它炖鱼吃了。果真,这天中午,见到伯母拎了几条河鱼进了院子，随后，又把南瓜摘了下来，搬回屋里。估摸着将要动刀切了，我和嘎子哥立刻赶到现场，去看"好戏"。结果，一刀下去，粪汤"哗哗"地流满了菜板，淌到灶台上，还微微地散发着臭味。伯母一赌气，就把整个南瓜扔到了猪圈里，院里院外，骂个不停，从正午一直骂到日影偏西。我们却早已蹦着跳着，"得胜还朝"了。

母亲把这件事看得很重，便和父亲商量，一起找我训话。照例是父亲开篇，说："你的情况有两种，一类是一般性淘气，这不算大毛病，也用不着干预，不是说'淘小子，出好的'吗？另一类是破坏性的，损人利己的，祸害财物的，这些都属于犯错误，应该惩处的是这方面。"

母亲说："即便是普通的淘气，也不能完全放任不管。你爸爸不是讲过'孟母三迁'吗？先是住的地方靠近坟地，孟子便学着人们哭丧、跪拜；孟母觉得不好，又迁到市集旁边，结果，孟子又玩着杀猪宰牛的游戏；于是，又迁走了。哭丧叩拜也好，杀猪宰羊也好，这两样活动倒也不是破坏性的，但它们不利于孩子健康成长，所以也要制止。有出息的孩子，应该从小就学着走正路，立大志。你这次对伯母犯下了不能原谅的大错，必须登门认错，赔礼道歉。"见我低头不语，又说："你先仔细琢磨一下，从哪几个方面认错，然后咱们一起过去。"我一见这么认真，就只好动脑子想了。妈妈说话算数，板上钉钉，绝不含糊，终于在第二天拉着我过去赔礼，才算了事。

"博物学家"魔怔叔

小时候，我有一个近支族叔，本来有名有字，可是人们却总是叫他"魔怔"。其实，他在当地，算得上最有学识、最为清醒的人，只是说话、处事和普通人不一样，因而不为乡亲们所理解。正所谓："行高于人，众必非之。"

早年，他在外面做事，由于性情骨鲠、直率，不肯屈从上司的旨意，又喜欢"叫真儿"，凡事都要争出一个"理"来，因而，无端遭受了许多白眼。千般的苦闷全都窝在心里，没有发抒的渠道，致使精神受到很大的刺激，多年来一直"僵卧孤村"，在家养病。

他那种凄苦、苍凉的心境，留给我很深的印象，却又找不出恰当的话语来表述。后来，读了鲁迅的作品，看到先生说的，总如野兽一样，受了伤，并不嚎叫，挣扎着回到林子里去，倒下来，慢慢地自己去舔那伤口，求得痊愈和平复——心中似有所感，觉得大体上很相似。当然，这里只是就事论事，没有涉及更为广泛的内容。"魔怔"叔作为一介凡夫，是不能同思想家与战士相提并论的。

"魔怔"叔的面相，一如他的心境，一副又瘦又黄的脸庞，终日阴沉沉的，很难浮现出一丝笑容，眼睛里时时闪烁着迷茫、冷漠的光。年龄刚过四十，头发就已经花白，腰杆也有些弓了。动作中带着一种特有的矜持、优雅的懒散和恓惶的凝重，有时，却又显得过度的敏感。几片树叶飘然地坠落下来，归雁一声凄厉的长鸣，也会令他惊心怵目，四顾怆然。刚说了一句"悲哉，此秋声也"，竟然莫名其妙地流下泪水来，呜咽着，再也说不出话来。

他感到空虚、怅惘和无边的寂寞。老屋里挂着一幅已经被烟尘熏得黝黑的字画，长长的字句很少有人念得出来。在我认得许多字之后，他耐心地一个字一个字地说给我听，原来是唐代诗人杜甫的七律。记得最后两句是："鱼龙寂寞秋江冷，故国平居有所思。"

他有满腹经纶，却得不到人们的赏识，心里自然感到苦闷。我父亲读的书虽然没有他多，思想感情上倒是和他有相通之处，所以，两个人还能谈得来。只是，父亲每天都要从事繁重的体力劳动，奔走于衣食，闲暇时间太少。"魔怔"叔便把我这个毛孩子引为"忘年交"，这叫作"蜀中无大将，廖化作先锋"。但是，对我来说，却有幸结识了一位真正的师长。

"魔怔"叔像一个不食人间烟火的方外之人，整天生活在精神世界里，对于物质生活从不讲究。他把各种资财、物品都看得很轻，不加料理；甚至连心爱的书籍也随处放置，被人借走了也想不到索还。他常常对我说，人情之常是看重眼前的细微小事，而对于大局、要务则往往态度模棱，无可无不可。这是人生的普遍失误。接着，就给我诵读一段韵语："子弟遇我，亦云奇缘。人间细事，略不謺謑。还问老夫，亦复无言。伥伥任运，已四十年。"开始，我以为这是他自己的述志诗，后来读书渐多，才知道是录自明末遗民傅青主的一篇小赋。

"魔怔"叔不愿与人交往，他认为，与其同那些格格不入的人打交道，莫不如孑然独处。有时一个人木然地坐在院子里，像一个坐禅的僧侣，甚至像一尊雕塑。目光冷冷的，手里擎着一个大烟袋，吧嗒吧嗒，一个劲儿地抽。任谁走近身旁，他都不会抬眼瞧瞧。一天，本地一个颇有资财的表嫂去他家串门，见他那副孤高、傲慢的架子，便拍手打掌地说："哎哟哟，我的老弟呀，就算是'贵人语话迟'吧，也不能摆出那副酸样儿！难道是哪一个借你黄金还你废铁了？""魔怔"叔睃了她一眼，现出一脸不屑的神情，冷笑着说："样儿不好，自家瞧。也没抬上八抬大轿请你来看。"

他平素不怎么喝酒，只有一次，到一个多年不见的朋友家，喝得酩酊大醉。摔了人家的茶壶，骂了半晌糊涂街，最后跟跟跄跄地走出来，居然在丧失清醒意识的情况下，不费力气地找回了自己的家门。我问他是怎么找回来的，他说，不知道。这恐怕是因为以前无数次的回家记忆，已经内化在他的思维里，形成了一种无意识的自在机制。

童年的我，求知欲特别强，接受新鲜事物也快，正像法国大作家都德说的，"简直是一架灵敏的感觉机器，就像身上到处开着洞，以利于外面的东西随时进来"。我整天跟在"魔怔"叔身后，像个小尾巴似的，听他讲《山海经》《鬼狐传》。有时说着说着，他就戛然而止，同时用手把我的嘴捂上，示意凝神细听草丛间的唧唧虫鸣，这时，脸上便现出几分陶然自得的神色。

有时，我们去郊外闲步。旧历三月一过，向阳坡上就可以看到各色的野花从杂草丛中悄悄地露出个小脑袋。他最喜欢那种个头很小的野生紫罗兰，尖圆的叶片衬着淡紫色的花冠，花瓣下面隐现着几条深紫色的纹丝，看去给人一种萧疏、清雅的感觉。

春天种地时，特别是雨后，村南村北的树上，此起彼伏地传出"布谷、布谷"的叫声。"魔怔"叔便告诉我，这种鸟又拙又懒，自己不愿意筑巢，专门把蛋产在别的鸟窝里。更加令人气恼的是，小布谷鸟孵出来后，身子比较强壮，心眼儿却特别坏，总是有意把原有的蛋或鸟雏挤出巢外，摔在地下。

"魔怔"叔说，燕子生来就是人类的朋友，它并不怎么怕人。随处垒巢，朱门绣户也好，茅茨土屋也好，它都照搭不误，看不出受什么世俗的眼光的影响。燕子的记性也特别好，一年过后，重寻旧垒，绝对没有差错。回来以后，唯一要做的事就是修补旧巢。只见它们整天不停地飞去飞来，含泥衔枝，然后就是产卵育雏，不久，一群小燕就会挤在窝边，齐簌簌地伸出小脑袋等着妈妈喂食了。平日里，它们只是呢喃着，似乎在热烈地闲谈着有趣的事情，可惜我们谁也听不懂。

鸟雀中，我最不喜欢的是猫头鹰，认为它是一种"不祥之鸟"，因为听祖母说过，它是阎王爷的小舅子，一叫唤就会死人。叫声也很难听，有时像病人的呻吟，有时发出"咯咯咯"的怪笑，夜空里听起来很吓人。样子也很古怪，白天蹲在树上睡觉，晚间却拍着翅膀，瞪起大而圆的眼睛。

"魔怔"叔耐心地听我诉说着，哈哈地大笑起来。显然，这一天他特别畅快。他问我："你知道古时候它的名字叫啥吗？"我摇了摇头。他在地上用树枝书写了一个"枭"字，说，从前称它"不孝之鸟"，据说，母鸟老了之后，它就把母鸟一口口地啄食掉，剩下一个脑袋挂在树枝上。所以，至今还把杀了头挂起来称为"枭首示众"。

我还问过"魔怔"叔：有些鸟类，立夏一过，满天都是，很多很多，可是，几天过后，却再也不露头了，这是怎么回事？他说：这些是过路的候鸟。它们路过这里飞往东北的大森林和蒙古草原去度夏，在这里不想久留，只是补充一点粮食和饮水，还要继续它们的万里征程。

说着，"魔怔"叔便领我到大水塘边上，去看鸬鹚捕鱼。只见它们一个个躬身缩颈，在浅水滩上缓慢地踱着步，走起路来一俯一仰的，颇像我这位"魔怔"叔，只是身后没有别着大烟袋。有时，它们却又歪着脑袋凝然不动，像是思考着问题，实际是等候着鱼儿游到脚下，再猛然间一口啄去。意兴盎然的鸟趣生机，给我带来无穷的乐趣。

我进了私塾以后，仍然和"魔怔"叔保持着亲密的关系。每逢塾师外出办事，总要请他代理课业，协助管束我们。由于"魔怔"叔是一位地地道道的"博物学家"，讲授的都是些活的学问，所以，我们特别感兴趣。

在这天午后的课堂上，他随手拿起一本《千家诗》，翻到"双双瓦雀行书案，点点杨花入砚池"这几行，又用手指着窗外枝头的家雀，说："因为家雀常常栖止于檐瓦之上，所以，这里称作'瓦雀'。"

接着，他又告诉我们："李清照的《武陵春》词中有这样两句：'只恐双溪舴艋舟，载不动许多愁。''舴艋舟'是一种形似蚱蜢的小船，'蚱蜢'是一种形体很小的昆虫，用它来形容，说明这种船是不大的。蚱蜢的名字，听起来生疏，其实，你们都见过。"说着，他就到后园里捉回一只翅膀和腹部都很长的飞虫，手指捏住它的双腿，它便不停地跳动着。我们认出来了，这是大蚂蚱，俗称"扁担钩"的，当即高兴地齐声念起儿歌："扁担扁担钩，你担水，

◎ 中学时代

◎ 故里重游

我熬粥。熬粥熬的少,送给刘姥姥。姥姥她不要,我就自己造(辽西方言,吃的意思)。"

我从一部诗话中看到"一样梦醒听络纬,今宵江北昨江南"这样两句诗,便问"魔怔"叔:"络纬是不是蟋蟀?"他说,络纬俗名莎鸡,又称纺织娘,蟋蟀学名促织,二者相似,却不是一样东西。说着,便引领我们走向草丛,耐心地教授如何根据鸣声来分辨这两种鸣虫。因为不能出声,他便举手为号:是促织叫,他举左手;络纬叫了,便举右手。直到我能一一辨识为止。

夏天一个傍晚,气闷得很,院里成群成阵地飞着一些状似蜻蜓、形体却小得多的虫子。"魔怔"叔告诉我："这就是《诗经·曹风》'蜉蝣之羽，衣裳楚楚''蜉蝣之翼，采采衣服'中的蜉蝣。这种飞虫的生命期极短，只有几个小时；可是，为了传宗接代，把物种延续下去，却要经历两次蜕壳和练飞、恋爱、交尾、产卵的整个历程。当这一切程序都完成之后，它们已经是疲惫不堪了，便静静地停下来，等着死掉。"

《诗经》里的"岂其食鱼，必河之鲂"，鲂就是河里的鳊花，扁身缩颈，鳞细味美——这也是从"魔怔"叔那里听来的。

但是，后来读书渐多，发现他所讲的有的也并不准确。比如，他说《诗经》中的"螟蛉有子，蜾蠃负之"，蜾蠃就是土蜂，这大概是不错的。可是，他依据旧说"蜂虫无子，负桑虫（即螟蛉）而为子"，把蜾蠃捕捉螟蛉等害虫作为其幼虫的食物说成是收养幼虫，这就是谬误了。

不管怎样说，长大以后，我之所以能够"多识于鸟兽草木之名"，和童年那段经历是有着直接关系的。我要特别感谢这位"魔怔"叔的指教，他是我的第一位老师。

旧时有句成语，叫作"熟读成诵"，可以说，它是背诵与记忆的基础，或者说大前提。实际操作，就是静心澄虑，意念专一，一句一句、一遍一遍地把诗文吞进口腔里，然后再拖着一种固定的腔调，大声地诵读出来。今天看来，这种方法实在是太拙笨了；不过，拙笨的功夫常常能够带来神奇的效果。在旧时的举业中，人人走的都是这条路子。

探索成长之路，解读智慧人生，
本章内容，扫码聆听。

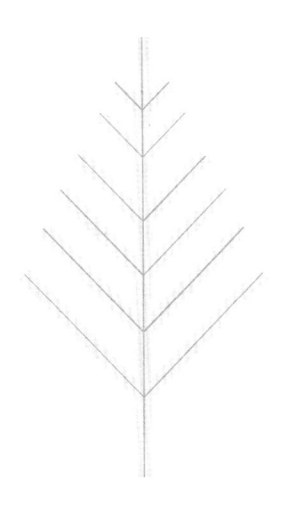

第二章

八载寒窗

塾师本是"老学究"

谈到我的读书经历,有些朋友不解:辛亥革命前后,伴随着科举制的废除,新学堂的兴起,私塾也都取消了。怎么到了20世纪40年代,还能读那么多年私塾?我的答复是:一般性中有特殊性——环境、条件使然。

我的故乡处在一个紧邻芦苇荡的荒村里。当时的环境,是兵荒马乱,土匪横行,有所谓"三人同行,必有一匪"之说;日本"皇军"和伪保安队,在别处可以嚣张无忌,大摇大摆地进进出出,唯独在这一带不敢露面,结果这里便成了一处"化外"天地;加之,居住分散、户数较少,学校自然也难以兴办。说到条件,就要提到"魔怔"叔了。他有一个男孩,小名唤作嘎子,生性顽皮、好动,三天两头招惹是非。"魔怔"叔自己没有耐心,也没有精力加以管束,便想延聘一位老学究来进行调教、造就。于是,就请到了有"关东才子"之誉的刘璧亭(字汝为)先生。他是"魔怔"

叔早年的朋友，国学功底深厚，做过县里的督学和方志总纂，只因不愿仰承日本人的鼻息，便提前告老还家了。

而我，由于得到"魔怔"叔的垂爱，他出面说服我的父亲，让我一同上学。其实，在我父亲来说，是"欲渡河而船来"，正中下怀，求之不得。这样，我便"借光"进入了私塾。母亲说："这回好了，小马驹戴上了笼头。"从此，我们这两个无拘无管、疯淘疯炸的顽童，便从"百草园"进入了"三味书屋"，惜别了自在逍遥的时光，掀开了譬如登山的青灯黄卷的艰辛册页。其时为1941年春，当时我刚满六岁，嘎子哥大我一岁。

私塾设在"魔怔"叔家的东厢房。这天，我们早早就赶到了，嘎子哥穿了一件红长衫，我穿的是绿长衫，见面后他就要用墨笔给我画"关老爷"脸谱，理由是：画上的关公穿绿袍。拗他不过，只好听从摆布。幸好，"魔怔"叔陪着老先生进屋了。一照面，首先我就吓了一跳：我的妈呀，这个老先生怎么这么黑呀！黑脸庞，黑胡须，黑棉袍，戴着一顶黑礼帽。高高的个子往那里一站，简直就是一座黑塔。

"魔怔"叔引我到厨房洗净了脸盘，便开始举行拜师仪式。程序很简单，首先是两个蒙童向东墙上的至圣先师像行三鞠躬礼；然后拜见先生，把"魔怔"叔事先为我们准备好的礼物（也就是束脩，《红楼梦》里称之为"贽见礼"）双手奉上；最后，两个蒙童拱手互拜，便算了事。

接下来，是先生给我们"开笔"。听说我们在家都曾练习过写字,他点了点头,随手在半张宣纸上,工工整整地写下了"文章得失不由天"七个大字,再让我们各自在一张纸上摹写一遍。这样做的用意,我猜想,是为了掌握蒙童写字的基础情况,便于以后"按头制帽",有的放矢。

先生见我们每人都认得许多字,而且,在家都背诵过《三字经》《百家姓》,便从《千字文》开讲。他说《三字经》中有两句"宋齐继,梁陈承",讲了南朝的四个朝代,《千字文》就是这个梁朝的周兴嗣作的。梁武帝找人从晋代"书圣"王羲之的字帖中,选出一千个不重样的字,交给文学侍从周兴嗣,让他把这些字组合起来,四字一句,合辙押韵,构成一篇完整的文章。这可是个硬头货,要拿出真本事的。"王命不可违"呀!周兴嗣苦战了一个通宵,《千字文》斐然成章。梁武帝诵读一遍,连声夸赞:"绝妙好词!"周兴嗣却熬得须发皆白。

先生说,可不要小瞧这一千个字,它从天文地理讲到人情世事,读懂了它,会对中国传统文化有个基本的概念。

当时,外面的学校都要诵读伪满康德皇帝的《即位诏书》《回銮训民诏书》和《国民训》,刘老先生却不去理会这一套。反正"天高皇帝远",没有人管束他。两个月过后,就给我们讲授"四书",从《论语》开始,依次地把《孟子》《大学》《中庸》讲授下去。

这里还要加进一个小的插曲。先生进门的当天,就跟来一个"游学的"(专门负责供应文房四宝和各种常用书

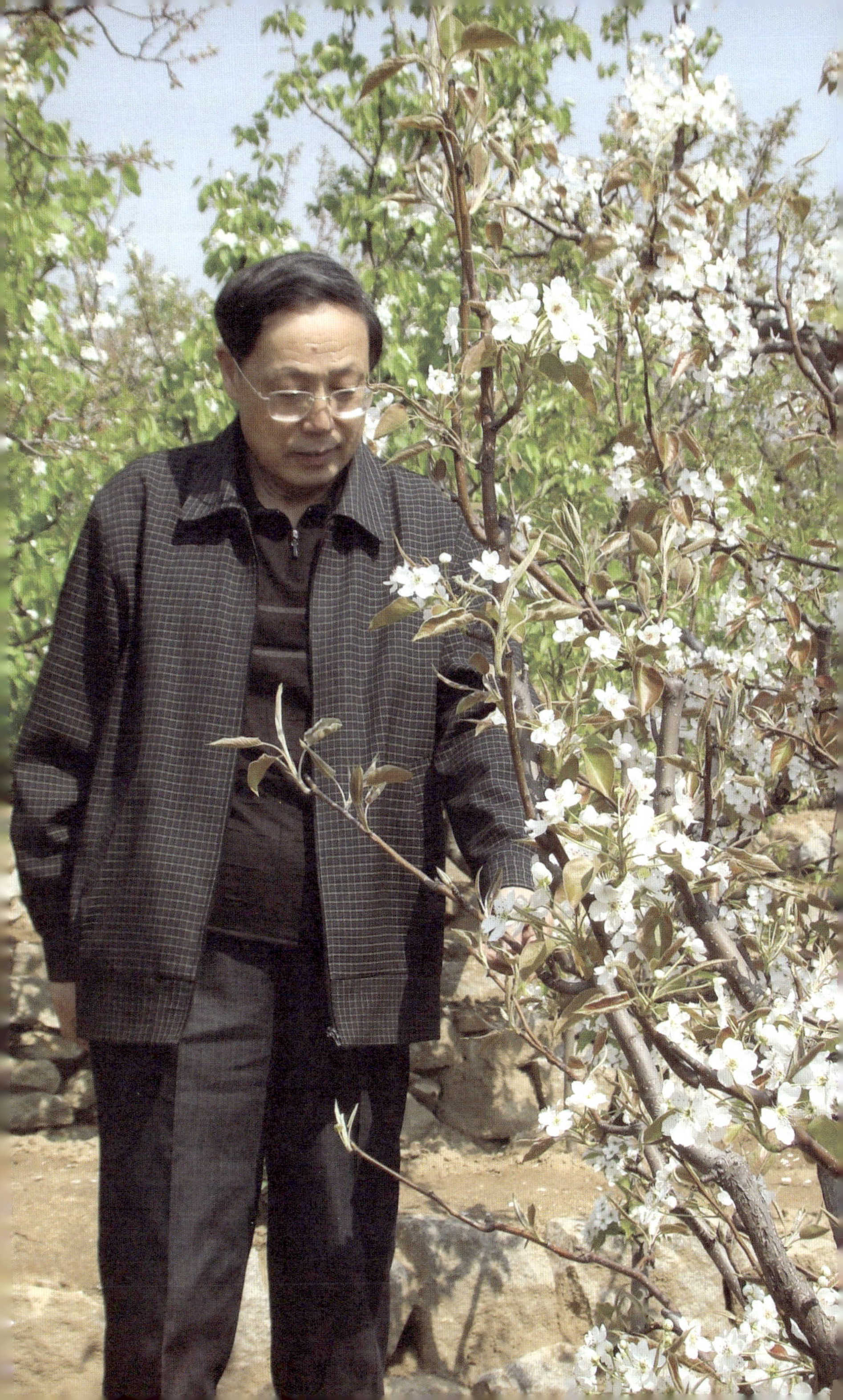

医巫闾山东麓，林原起伏，梨花似雪。童年时节，恩师刘公带领嘎子哥和我，曾来此地郊游，命题作文，我以《花云》交卷。近60年过去了，2005年春，我又重游旧地，穿行香雪海间，抚今忆昔，不禁感慨系之，蓦地记起宋人章良能的词句："旧游无处不堪寻。无寻处，惟有少年心。"

◎ 2005年，医巫闾山下当年杏花如雪，为我的旧游处籍的书商）。我和嘎子哥买足了纸张、笔墨；待到要选购书籍时，自然要请示先生。先生逐册翻看书商带来的书本，发现全都是安东诚文信书局印行的，便对"游学的"说："你请回。我这里有事要办。""游学的"说："先生忙，我明天再来拜访。"老先生说："明天也不要来了，你请回！——送客！"

书商走后，老先生对"魔怔"叔说：安东（今丹东）的这家诚文信书局，声誉不好。日本鬼子侵占东北之后，书局掌柜的为了向敌伪献媚取宠，以求得支持，承印了许多种"满洲国"皇历、教科书、教育挂图和《诏书》《国民训》等，卖力宣传"王道乐土""日满亲善""共存共荣"一类货色。最恶劣的是，出版《三字经》时，竟在"廿二史，全在兹"两句话的前面，加上了"九一八，满洲兴；康德帝，都新京"十二个字，后面改为"廿四史，全在兹"，受到各界人士的唾骂。不仅此也，他们还偷印上海、天津商务印书馆、中华书局、尚古山房等出版的流行小说和图片。由于它受到日本人的庇护，又兼坐落在"满洲国"，那些出版单位恨得牙痒痒的，也莫可奈何。

老先生说，我们一介书生，无拳无勇，没法和它对阵，唯一招数就是不进它的货，抵制它。买书不愁，用不了几天，还会有别的书商上门送货。结果，第二天，老先生就从镇上把要用的书都带了回来。

书都是线装、木版的，文中没有标点符号。先生用蘸了朱砂的毛笔，在我们两人的书上圈点一过，每一断句都画个圈，其他则在下面加个点。先生告诉我们，这种在经书上断句的工作，古人称作"离经"，意思是离析经理，使章句断开，也就是《三字经》里说的"明句读（读音为"逗"）"。"句读"相当于现代的标点符号。古人写文章是不用标点符号的，他们认为，文章一经断句，文气就割裂了。但在诵读过程中，又必须"详训诂，明句读"，不然无法理解文章的内容。有时，一个标点点错了，意思就完全反了。

先生说，断句的基本准则，可用八个字来概括："语绝为句，语顿为读。"语气结束了，算作"句"，用圈（句号）来标记；语气没有结束，但需要停顿一下，叫作"读"，用点（逗号）来标记。

先生面相严肃，令人望而生畏，人们就根据说书场上听来的，送给他一个"刘黑塔"（实际应为"刘黑闼"）的绰号。其实，他为人正直豪爽，大气凛然，却又饶有风趣。他喜欢通过一些笑话、故事向学生讲述道理。当我们读到《大学》的"知止而后有定，定而后能静，静而后能安，安而后能虑，虑而后能得"的时候，他给我们讲了一个两位教书先生"找得"的故事：

一位先生把这段书读成"知止而后有定定，而后能静静，而后能安安，而后能虑虑，而后能得"，发觉少了一个"得"字。一天，他去拜访另一位塾师，发现书桌上放着一张纸块，上面写个"得"字。忙问："此字何来？"那位塾师说，从《大学》书上剪下来的。原来，他把这段书读成了"知止而后有，定定而后能，静静而后能，安安而后能，虑虑而后能"，末了多了一个"得"字，就把它剪了下来，放在桌上。来访的塾师听了十分高兴，说，原来我遍寻不得的那个"得"字，跑到了这里。说着，就把字块带走，回去后，贴在《大学》的那段书上。两人各有所获，皆大欢喜。

讲书过程中，老先生也常常发抒自己的见解。还说断句的事例——

《孟子·尽心》有个"再作冯妇"的故事："晋人有冯妇者，善搏虎，卒为善士。则之野，有众逐虎。虎负嵎，莫之敢撄。望见冯妇，趋而迎之。冯妇攘臂下车，众皆悦之；其为士者笑之。"大意是，晋国有个叫冯妇的人，善于和老虎搏斗，后来身份提高了，成为善士。一次他到野外，正赶上许多人在追逐老虎。老虎背靠着山角，没有人敢于迫近它。人们望见冯妇来了，便快步上前迎接。冯妇于是捋起袖子，伸出胳膊，走下车来。大家都高兴地赞美他；可是，作为士的那些人却加以讥笑。

老先生在讲到这段话时，认为原来的断句有误，应该是："晋人有冯妇者，善搏虎，卒为善（后来行善了，不再杀生），士则之（士人以之为准则，效法他）。野有众逐虎，虎负嵎，莫之敢撄。望见冯妇，趋而迎之。冯妇攘臂下车,众皆悦之;其为士者笑之。"老先生说,"再作冯妇"这句成语,意为耐不住寂寞,重操旧业,含有贬义。遭到讥笑也是为此。这"笑"他的"士",就是先前"则"他的"士",要不然,"其为士者笑之",就显得有些突兀了。

看得出来,刘老先生不仅国学功底深厚,而且,探赜发微,独有创见。在与"魔怔"叔及我父亲的日常交往中,经常能够显现出他的敏捷才思,流风逸韵。在我入读私塾的第八个年头,也就是最后一年的中秋节,我父亲和老先生、"魔怔"叔,老哥仨儿又坐在一起了。因为是带有一点饯别的性质,每人都很激动,说了不少话,也喝了许多酒。喝着喝着,便划起拳来,行着酒令,什么"一更月在东,两颗亮星星,三人齐饮酒,四杯、五杯空,六颊一齐红……",每人从一说到十,说错了就要罚一杯酒。后来,又改成"拆合字谜"。一直闹腾到深夜。

这次聚会,给人留下了很深的印象,多少年以后,父亲还同我谈起过。他的记性特别好,仍然清楚地记得每人即兴说出的字谜和酒令。当时,按年齿顺序,刘老先生打了头阵,他说:"轰字三个车(指繁体字),两丁两口便成哥。车、车、车,今宵醉倒老哥哥。"接着,是我父亲说:"矗字三个直,日到寺边便成时(指繁体字)。直、直、直,人生快意对杯时。"最后是"魔怔"叔:"品字三个口,水放西旁就成酒。口、口、口,劝君更尽一杯酒。"

当年,鲁迅先生对于"中国历来教育儿童的方法",

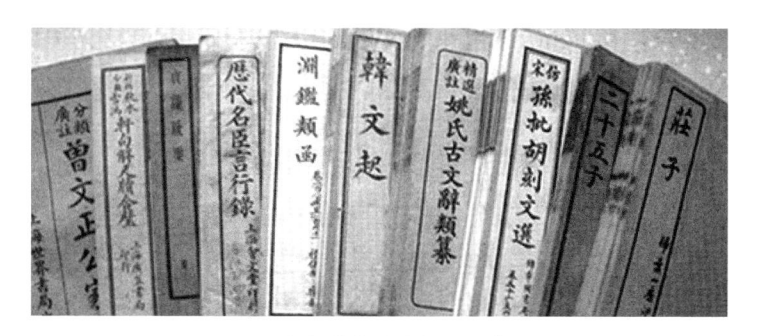

◎ 少年时读过的部分古籍

曾经给予高度的评价："中国要作家，要'文豪'，但也要真正的学究。倘有人作一部历史，将中国历来教育儿童的方法，用书，作一个明确的记录，给人明白我们的古人以至我们,是怎样的被熏陶下来的,则其功德,当不在禹下。"可是，我们的老先生，对于自己的修为，却并未认识到如此高度。他曾对着"魔怔"叔自嘲是"三家村里的孩子王"，并且随口吟出清代文人郭臣尧的《村学》打油诗："一阵乌鸦噪晚风，诸生齐放好喉咙。赵钱孙李周吴郑，天地玄黄宇宙洪。《三字经》完翻《鉴略》，《千家诗》毕念《神童》。其中有个聪明者，一日三行读《大》《中》。""鉴略"为童蒙读物《鉴略妥注》（一名《五字鉴》）的省称，"神童"为童蒙读物《神童诗》的缩写，"大""中"指"四书"中的《大学》《中庸》。

先生于光绪十三年（1887年）出生在今盘山县高升区东莲花泡村，享年七十三岁。

童子功是这样练成的

一

那些历经两三千年传诵不绝的珍贵古籍,奥义异彩纷呈,无穷无尽;可是,对于一个六七岁的孩子来说,却是"猪八戒啃人参果——食而不知其味"。西方哲人有"最崇高的乐趣,是理解带来的欢乐"的说法,而那时的我,却经常处于"囫囵吞枣"的朦胧状态,无法享受到这种欢乐。

即使经过先生讲解,也还是不懂的居多。求知若渴的我,就一句一句地请教。比如读到《论语》,我问:夫子说的"四十而不惑",应该怎么理解?老先生说,人到了四十岁,就会洞明世事,也能够认清自己了,何事做得,何事做不得,何事办得到,何事办不到,都能心中有数;再过一些年就是"五十而知天命",便又进入一个新的境域。但是,有时当我问得过于频繁了,他就会说,不妨先背下来,现在不懂的，随着历事渐多，阅历转深，经过沉潜、涵泳，会逐渐理解的。

原来，旧时私塾的读书程序，与现今的学习方法大异其趣，它不是在充分理解的基础上再作记忆，而是先由先生逐字逐句地串讲一遍，扫除了读音障碍之后，学生就一遍遍地反复诵读，直到能够背下来的程度，也就是：先背诵，再理解。"魔怔"叔说得很形象："这种做法，和入室窃贼偷东西类似，先把偷到的财物一股脑儿抱回家去，待到消停下来，再打开包袱，一样样地细看。"这么做的道理在于，十二三岁之前，人的记忆能力是最发达的，尔后，随着理解能力的增强，记忆能力便逐渐减退。因而，必须趁着记忆的黄金阶段，把需要终生牢记的内容记下来。前人把这种强记的功力，称作"童子功"。

"魔怔"叔曾对我说过，传道、解惑和知识技能的传授，有不同的方法。比如，学数学，要一步步地来，不能跨越，初等的没学习，中等、高等的就接受不了；学珠算，也要先学加减，后学乘除，一个台阶一个台阶地上。而一些传统儒学讲的人情道理，经史诗文中的奇思妙蕴，许多情况下，是依靠感悟、凭借琢磨、细加涵泳的，可以随着年龄、阅历的增长，逐步地加深理解。宋代文学家苏辙有两句诗："早岁读书无甚解，晚年省事有奇功。"大致意思是：早年读书没有深刻理解的地方，到了晚年，随着阅历的增加，对于客观事物的深入省察，却能发挥奇特的功效。有的学者把这种方法,说成是"记忆的沉潜""立体的领悟"。

宋人陆九渊曾举诗云:"读书切戒在荒忙,涵泳工夫兴味长。未晓莫妨权放过,切身须要急思量。"《孟子·离娄》讲得就更深刻了:"君子深造之以道,欲其自得之也。自得之则居之安,居之安则资之深,资之深则取之左右逢其原(源),故君子欲其自得之也。"大意是:君子依循正确的方法来加深造诣,就是要求他自觉地有所得。自觉地有所得,就能够掌握牢固;掌握得牢固,就能够积蓄深厚;积蓄得深厚,用起来就能够左右逢源,所以君子总是要自觉地有所得。之所以"戒荒忙""要涵泳""急思量",根本目的就是"欲其自得之也"。

二

旧时有句成语,叫作"熟读成诵",可以说,它是背诵与记忆的基础,或者说大前提。实际操作,就是静心澄虑,意念专一,一句一句、一遍一遍地把诗文吞进口腔里,然后再拖着一种固定的腔调,大声地诵读出来。今天看来,这种方法实在是太拙笨了;不过,拙笨的功夫常常能够带来神奇的效果。在旧时的举业中,人人走的都是这条路子。

老先生多次向我们重复这样一段话:"讽诵之际,务令专心一志,口诵心惟,字字句句,绅绎反复,抑扬其音节,宽虚其心意,久则义礼浃洽,聪明日开矣。"他并未说明此语的出处。后来读书渐多，知道原来是阳明先生的论述。

读书生活十分紧张，不仅白天上课，先生讲解，学子讽诵，晚上还要自习，温习当天的课业，以增进理解，巩固记忆。那时，家里都点豆油灯，"魔怔"叔特意买来一盏汽灯挂在课室，十分明亮。没有时钟，便燃香作记。一般复习三排香的功课，大约等于两个小时。散学后，家家都已熄了灯火，偶尔有一两声犬吠，显得格外瘆人，我一溜烟儿地往回跑着，直到看见母亲的身影，叫上一声"妈妈"，然后扑在她的温暖的怀里。

早饭后上课，第一件事，便是背诵头一天布置的课业。儿时的记忆力再强，背诵这一关也是不好过的。一年到头，朝朝如是。到时候，先生端坐在炕上，我要背对着他站在地下。按照事先布置的课业，听到一声"起诵"，便左右摇晃着身子，朗声地背诵起来。遇有错讹，先生就用手拍一下桌面，简要地提示两个字，意思是从这里开始重背。背过一遍之后，还要打乱书中的次序，随意挑出几段来背。若是没有做到烂熟于心，这种场面是难以应付的。

我很喜欢背诵《诗经》。"蒹葭苍苍，白露为霜。所谓伊人，在水一方。溯洄从之，道阻且长；溯游从之，宛在水中央。"整齐协韵，诗意盎然，重章叠句，朗朗上口，颇富节奏感和音乐感。诵读本身就是一种欣赏，一种享受。可是，这类诗章也最容易"串笼子"，要做到"倒背如流"，准确无误，就须下笨功夫反复诵读，拼力硬记。好在木版的《诗经》字大，每次背诵七页、八页，倒也觉得负担不重，可以照玩不误；后来，逐渐增加到十页、十五页；特别是因为我淘气，先生为了用课业压住我，竟然用订书的细锥子来扎，一次带起多少页来就背诵多少。这可苦了我也，心中暗暗抱怨不置。

我原以为，只有这位"黑先生"（平常称他"刘先生"，赌气以后就改口叫他"黑先生"，但也止于背后去叫）才会这样整治生徒；后来，读了国学大师钱穆的《先父对余之幼年教诲》的文章，方知"天下塾师一般黑"。钱先生是这样记述的："翌日上学，日读生字二十，忽增为三十。余幸能强记不忘，又增为四十。如是递增，日读生字至七八十，皆强勉记之。"塾师到底还有办法，增加课业压不住，就以钱穆离座小便为由，"重击手心十掌"，"自是不敢离室小便，溺裤中尽湿"。

我的手心也挨过打，但老师不是用手掌，而是用板子，榆木制作，不甚厚，一尺多长。听人说，木板经尿液浸过，再用热炕猛烙，便会变得酥碎。我和嘎子哥就趁先生外出，如法炮制，可是，木板依旧十分结实。

三

先生是一位造诣很深的书法家。他很重视书法教学，从第二年开始，隔上三五天，就安排一次。记得他曾经讲过，学书法不仅有实用价值，而且，也有益于对艺术的欣赏。这两方面不能截然分开，比如，接到一封字体秀美、渊雅的书信，在了解信中内容的同时，也往往为它的优美的书艺所陶醉。

学写楷书，本来应该严格按照摹书与临书的次序进行。就是，先要把"仿影"铺在薄纸下面，一笔一笔地描红，熟练了之后，再进入临帖阶段。由于我们都具备了一定的书写基础，先生就从临帖教起。事先，他给我们写好了两张楷书的范字，记得是这样几句古文："幼怀贞敏，早悟三空之心，长契神情，先苞四忍之行。""江山之外，第见风帆沙鸟、烟云竹树而已。"嘱咐我们，不要忙着动笔，先要用心琢磨，反复审视——他把这称作"读帖"，待到谙熟于心，再比照着范字，在旁边认真临写。他说，临帖与摹帖不同，摹帖是简单的模仿，临帖是在借鉴的基础上进行自我创作，必须做到眼摹、心悟、手追。练习书法的诀窍在于心悟，读帖是实现心悟的必由之路。

我们在临帖上下过很大功夫。先是"对临"，就是对着字帖临写。对临以形为主，先生强调掌握运笔技巧，注意用笔的起止、转折、顿挫，以及章法、结构。然后实行"背临"，就是脱离字帖，根据自己的记忆和理解去临写。背临以意为主，届时尽力追忆读帖时留下的印象，加上自己的理解与领悟。尔后，他又从书局为我们选购了一些古人的碑帖范本，供我们临摹、欣赏。他说，先一后众，博观约取，学书、写诗、作文，都应该这样做。

对句学诗

刘老先生对于清代学者王筠的《教童子法》有深入的研究。王筠认为，阅读的过程是一个不断质疑、解疑的过程，阅读应以疑问为起点，以思考为核心，以自我领悟为目的。刘老先生对此深表赞同。但是，王筠关于儿童不宜很早作文，才高者可从十六岁开始，鲁钝者二十岁也不晚的主张，他却不以为然。老先生说，只读不作，终身郁塞。作文就是表达情意，说话也是在作文，它是先于读写的。儿童如果一味地读书、背书，头脑里的古书越积越多，就会食古不化，把思路堵塞得死死的。许多饱学的秀才之所以写不出好的诗文，同这种状态有直接关系。小孩子也是有思路的，应该及时加以疏导，通过学习作文、写诗，进行表达情意、思索问题的训练。

为此，在"四书"过后，先生开始讲授《诗经》《纲鉴易知录》《左传》《史记》，兼及《老子》《庄子》《韩非子》，尔后通读《古文观止》和《古唐诗合解》等，强调要把其中的名篇一一背诵下来，并引导学童练习作文和写诗。他很重视"对句"（俗称"对对子"），说对句最能显示中国诗文的特点，有助于分别平仄声、虚实字，丰富语藏，扩展思路，这些都是诗文写作的基本功。他找出明末清初李渔的《笠翁对韵》予以讲授，这样，书窗里就不时地传出"天对地，雨对风，大陆对长空"的诵读声。

刘老先生讲，对仗，是汉语文学的一大特征。汉语的单音词很多，非常适于对偶；即使是复音词，由于具有很大的独立性，也很容易结成对子。这种对偶，也叫对仗，它取象于古代宫廷中的卫队排列（相当于今天的仪仗队），这种排列是两两相对的，故称对仗。他还讲了对句中虚实相对的要求。按照现今的语法来理解，所谓虚实，即有义可解的算实字，比如名词、代名词、部分动词；无义可解的为虚字，包括一些动词、形容词，特别是副词、介词、助词、连词等。对句时必须区分词性，一副联语中，要求名词、动词、形容词、数量词、方位词分别两两相对，并置于相同的位置，不得错位。实字比较容易处理，虚字则相对复杂一些。但诗词、联语中，虚字是必不可少的，虚实搭配得好，措置得当，可以使词语鲜活灵动、婉转多姿。像"何处""漫道""遥想""怎禁得""都付与""君不见"等，都是在诗词、联语中常见的。

那天，他从眼前景色入手，以窗前的"马缨花（合欢花）"三字为题，让我和嘎子哥找出与之对应的词。我想了想，说可以用"狗尾草"与之相对；嘎子哥说的是"猪耳菜"。老先生满意地说："对得很好，基本要求都达到了。"说着，他又拿起桌上尚未启封的盒装牛蒡茶，随口问了一句："你们说说看，用'牛蒡茶'三个字来对'马缨花'，行不行？'蒡'，读音如棒。"嘎子哥说："可以。牛、马相对，茶、花相对。"我说："恐怕不行，因为上句的'花'是平声，和它相对的应该是仄声，而'茶'是平声字。"老先生点了点头。

为了便于比较，先生还常从古诗中找出一个成句，让我们给配对。一次，正值外面下雪，他便出了个"急雪舞回风"的下联，让我们对出上联。我面对窗前场景，想了一句"衰杨摇败叶"。先生看了说，可以；不过，杜甫的原句更好。他顺手翻开《杜诗镜铨》，指着《对雪》这首五律让我看，原句是："乱云低薄暮，急雪舞回风。"先生说，古人作诗，讲究层次，先写黄昏时的乱云浮动，次写回旋的风中飞转的急雪，暗示诗人怀着一腔愁绪，已经独坐斗室，对雪多时了。

还有一次，他带领我们到十里外的马场远足，站在号称南北通衢的驿道上，看着车马行人匆匆来往，先生随口出了一副上联："车马长驱，过桥便是天涯路。"叫我和嘎子哥对出下联。我想了一会儿，对出："轮蹄远去，挥手都成域外人。"先生评论说，就平仄相协和词性对仗来

◎ 业余时间研习古籍

要求，这个下联完全合乎规格；但是，不妥之处也很明显。律诗、联语向来都避忌"合掌对"，就是不能将字义相同的词语拿来配对，比如，不宜用"千秋"对"万世"，"雪浪"对"银涛"。重复陈述，叠床架屋，招人厌弃。这里的"轮蹄"与"车马"词义相同；而且，整个上下联的含义也大体一致，上联说的是出门远行，下联仍是重复或者延伸这个意思，这叫"一顺边"，是应须避忌的。至于《笠翁对韵》中"天地"相对，"风雨"相对，那是"打比方"，属于演习性质，并非真正作诗。现在是要练习对句、写诗，应该按照要求，设法从另一面去做文章，比如，讲归来重见就比较好了。

◎ 青年时代

于是，他把下联改为："襜帷暂驻，觌面浑疑梦里身。"

改稿包括两个分句，前者采自《滕王阁序》，后者暗用杜甫诗句"相对如梦寐"，应该说是很讲究的。但是，过了一会儿，老先生又说，这个下联也不够理想，因为"襜帷"二字，其实也还是说的"车马"，乘坐车马的，遮挡前面的叫"襜",围罩旁边的叫"帷",转了一圈也没有避开。

记得是我读私塾的第八个年头,那天恰逢元宵节,我坐在塾斋里温习功课。忽听外面锣鼓声越来越近,知道是高跷队(俗称"高脚子")过来了。见老先生已经回到卧室休息,我便悄悄地溜出门外。不料,到底还是把他惊动了。只听得一声喝令:"过来!"我只好硬着头皮走进卧室,见他正与"魔怔"叔共枕一条三尺长的枕头,凑在烟灯底下,面对面地吸着鸦片烟。由于堂役(私塾的勤杂工)不在,唤我来给他们沏茶。我因急于去看高跷,忙中出错,过门时把茶壶嘴撞破了,一时吓得惊慌失措,呆若木鸡。先生并未加以斥责,只是说:"放下吧。"

这时,外面锣鼓响得更欢,想是已经进了院里。我刚要抽身溜走,却听见先生喊我"对句"。我便规规矩矩地站在地下。他随口说出上联:"歌鼓喧阗,窗外脚高高脚脚。"让我也用眼前情事对出下联。这个难度可真是太大了。我心想,撞坏茶壶惹了祸,你索性罚站、罚跪就是了,何必这样难为我?我正在发愁找不出恰当的对句,憋得额头渗出了汗津,忽然见到吸着鸦片烟的"魔怔"叔,把脑袋往枕头边上挪了挪,便灵机一动,对出了下句:"云烟吐纳,灯前头枕枕头头。"听了,他们二人齐声赞道:"对得好,对得好!"且不说当时那种得意劲儿,真是笔墨难以形容,只讲这种即时应答的对句训练,使我尔后几十年间,从事诗词歌赋写作,由于训练有素,从中获益良多。

文绘《花云》

在读私塾的年月里,最为畅怀惬意、赏心悦目的,莫过于春秋两季的郊游了。

印象最深的那次春游,是在结业那年,恰值梨花开得正闹时节。先生带领我们来到闾山东麓一处丘陵地带,整个向阳的一面坡,上上下下,高高低低,叠叠层层,到处泛滥着、奔涌着浩荡的花潮,浮荡起连天的雪浪。我们沿着一条蜿蜒曲折的土路穿行于花树丛中,像是闯进了茫无际涯的香雪海,又好似粉白翠绿的万顷花云呼啦啦地浮荡在头顶上。仰望天穹,蔚蓝而高远,雪白的云朵,像羊群、棉絮一般,舒卷着,游荡着,转盼间就变换一个模样。远处的山峦罩着烟岚晴雾,仿佛蒸腾着热气,青松翠柏间欹侧着一些奇形怪状的岩石,充满了泼辣的生意。

归来后,先生让我和嘎子哥以这次郊游为素材,各写一篇记叙文。要求既要纪实,把眼中的所见写出来,又要把心中所想也呈现在纸上。他说，高明的画师总要在图像之外给人留下一些可供思索的东西。

驱遣文字来描形拟态，状写事物的发展经过，我并不打怵；可是，一听到"思索"二字，就有些犯愁了。尽管老先生多次强调，读书中要设法疏通思路，多在思索上下功夫；但我自认，那个时节这种能力是比较弱的。当时主要精力是放在记诵上，拿起笔来，充其量也就是表情达意，而不善于分析、思辨。用绘画作比喻，只能够"写生"，求其形似，而做不到传神写意，更谈不上进入化境。

当时，很费了一番脑筋。后来琢磨出一个思路，用现在的话讲，运用了联想（其实，这里面也有思辨）。我把郊游中看到的梨花景观，同我外祖父家的梨园作了比较。我讲，外祖父家的梨园是在平地上，我进入里面，感觉像是穿越花海；而郊游中看到的梨园，却是在一个丘陵坡地上，站在下面往上一望，仿佛是一片花的云霞浮在头上。所以，我的题目叫作《花云》，写了有八九百字。卷子交上去后，我就注意观察先生的表情。他细细地看了一遍，摆手让我退下。第二天，父亲请先生和"魇怔"叔吃春饼。坐定后，先生便拿出我的作文让他们看，我也凑过去，看到文中画满了圈圈，父亲现出欣慰的神色。

原来，塾师批改作文，都用墨笔勾勒，一般句子每句一圈，较好的每句双圈，更好的全句连圈，特好的圈上套圈。对欠妥的句子，勾掉或者改写，凡文理不通、文不对题的都用墨笔抹去。所以，卷子发还，只要看圈圈多少和有无涂抹，就知道作文成绩如何了。

席间，父亲请先生为我另起个名字。早前，父亲按照辈分，并参照我的两位兄长"庆学""庆贤"的名字，为我定下了"庆良"二字；结果未出四年，他们先后谢世，迷信很深的父亲，一直觉得这个名字不祥。后来，因为嘎子哥叫"庆槐"，"魔怔"叔说，那就叫"庆沂"吧——古代王氏家族，有过"三槐堂"和"沂国公"的显赫名头。可是，用过之后，邻里、亲戚都说"沂"字不好认，有的念"斤"，有的念"芹"。所以，这次请老先生再起一个。

先生说："《晋书》里有'充闾之庆'的成语。按排序，你正好赶上'庆'字。我看，可以把'庆'字隐去，称为'充闾'。"父亲和"魔怔"叔齐表赞同，他们都熟读过童蒙读物《幼学琼林》，那里有"子光前曰充闾，子过父曰跨灶"这句话，意思是光耀门庭，强爷胜祖。先生接着又补充一句："这里的西山，名为闾山。这样，'充闾'一词就不独是荣宗耀祖，还有光耀乡邦的寓意。借用欧阳修的话说：'乃邦家之光，非闾里之荣也。'"

多年来，私塾都不放寒假。老先生曾多次说："心似平原野马，易放难收。学而时习之，要取得成效，学童应该始终保持敬、静、净的心态，最忌讳的是时做时辍，心浮气躁。"但是，进了腊月门之后，课业安排相对宽松一些。因为这段时间没有背诵，晚自习也取消了，我便常常晚上去逛灯会，看高跷。不过，有时先生还要拉我们命题作诗，或者临机对句，也是很难应付的。

这年除夕之夜，按照老先生的要求，我写了一篇纪实文和一首纪事诗。文章题目是《灯笼太守记》——

灯笼太守者，除夕灯官之谑称也。我村之太守不知其名姓为何，亦未审其身世。以平日未曾谋面，推知其原非本村人氏。

古制："嘉平封篆后即设灯官，至开篆日止。"嘉平为腊月之别称；篆者官印也，封存官印为封篆，官印启封称为开篆。官府衙门于腊月二十前后封存印鉴，公事告辍；乡村设置灯官，由民众中推选一人充任，俗称灯笼太守，暂摄民事。一俟翌年元月下旬，官府之印鉴启封，乡镇署员各就其位，灯官即自行解职。

闻之父老，此俗积年已久，渐成定例。里巷习传：充一月之灯官，将三载沦于困厄。众皆目为不祥，愿承此差事者甚少。然亦非人人皆能胜任，故灯官之遴选，颇费周章，终以乡曲之游侠儿居多。其酬金、职司、权限，由当事人与村中三老议定，各村之间类同。

近日风雪连宵，除夕阴暝尤甚。薄暮初临，百家灯火已齐明矣。少间，窗外锣鼓声喧，炮竹轰响，步出庭外，见秧歌列队款款而来。灯笼太守着知府戏装，戴乌纱亮翅，端坐于八抬大轿中。健夫二，摇旗喝道于前，旁有青红皂隶护卫，赫赫如也。

巡察中，遇有灯光不明、道路不平者，倾置粪土、乱泼污水者，太守辄厉声叫停，下轿喝问，当众施罚。如户外无缺隙可寻，即径入院中。鸡鸣犬吠、婴儿啼哭者，辄以"聒噪老爷耳鼓"受罚；而如冰雪致滑，则以"闪折太守腰肢"问罪。诚所谓：欲加之罪，何患无辞！

受罚者均乡间富户，俗称"土财主"者。赤贫之家固无油可揩，而巨室高门亦未敢轻启衅罅。凡所承罚者，均由事先圈定，届时深文周纳，务求捉定口实而后已。所获无多，以足用为限，一以酬恤太守之劳，一以应年关不时之需。而乐民娱众，固所期也。

灯笼太守出巡之夜，师尊刘汝为先生亦携杖往观，于引人发噱处，辄掩口胡卢而笑，三数日内犹屡屡话及；并以"灯笼太守"为题，命作一文一诗，借督课业。遂泚笔为文，以纪其实。

纪事诗是一首七绝，用的是"七阳"韵：

声威赫赫势如狂，查夜巡更太守忙。

毕竟可怜官运短，到头富贵等黄粱！

先生看过文章，在题目旁边，写下了"描摹实事，清通可读"的评语；对这首七绝，好像也说了点什么，记不清楚了。

我从六岁到十三岁，像顽猿箍锁、野鸟关笼一般，在私塾里整整度过了八个春秋，情状难以一一缕述。但是，经过悠久的岁月冲蚀、风霜染洗，当时的那种凄清与苦闷，于今已在记忆中消融净尽，沉淀下来的倒是青灯有味、书卷多情了。而两位老师帮我造就的好学不倦与长于思索的良好习惯，则久久坚持，数十年如一日。

此刻重翻旧籍,有如昔梦重温,说不出味道是酸是甜,情绪是悲是喜,也许是几分欣慰又夹杂着丝丝的怅惘吧。说来,我们也是患难之交了。虽然这里没有什么珍本、善本、孤本,并不具备特殊的收藏价值,但是,"书卷多情似故人",毕竟存在一种难剪难理的深厚感情。

探索成长之路,解读智慧人生,
本章内容,扫码聆听。

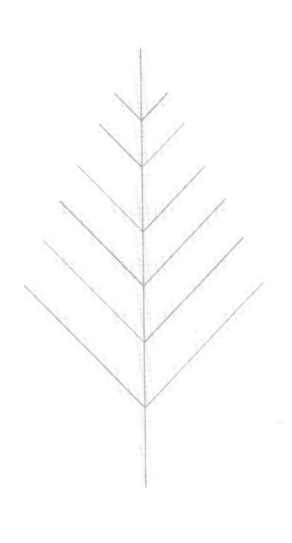

第三章

场外助跑

贤惠嫂嫂的碗花糕

上

小时候，一年到头，最欢乐的日子要算是旧历除夕了。

除夕是亲人欢聚的日子。行人在外，再远也要赶回家去过个团圆年。而且，不分穷家富户，到了这个晚上，都要尽其所能痛痛快快地吃上一顿。母亲常说："打一千，骂一万，丢不下三十儿晚上这顿饭。"老老少少，任谁都必须熬过夜半，送走了旧年、吃过了年饭之后再去睡觉。

我的大哥在外做瓦工，一年难得回家几次，但是，旧历年、中秋节却绝无例外地必然赶回来。到家后，第一件事是先给水缸满满地挑上几担水，然后再抡起斧头，劈上一小垛劈柴。到了除夕之夜，先帮嫂嫂剁好饺馅，然后就盘腿上炕，陪着祖母和父亲、母亲玩纸牌。剩下的置办夜餐的活，就由嫂嫂全包了。

一家人欢欢乐乐地说着笑着。《笑林广记》上的故事，本是寥寥数语，虽说是笑话，但"包袱"不多，笑料有限。可是，到了父亲嘴里，敷陈演绎，踵事增华，就说起来有味、听起来有趣了。原来，自幼他曾跟"说书的"练习过这一招儿。他逗大家笑得前仰后合，自己却顾自在一旁"吧嗒、吧嗒"地抽着老旱烟。

我是个"自由民"，屋里屋外乱跑，片刻也停不下来。但在多数情况下，是听从嫂嫂的调遣。在我的心目中，她就是戏台上头戴花翎、横刀立马的大元帅。此刻，她正忙着擀面皮、包饺子，两手沾满了面粉，便让我把摆放饺子的盖帘拿过来。一会儿又喊着："小弟，递给我一碗水！"我也乐得跑前跑后，两手不闲。

到了亥时正点，哥哥领着我到外面去放鞭炮，这边饺子也包得差不多了。我们回屋一看，嫂嫂正在往锅里下饺子。估摸着已经煮熟了，母亲便在屋里大声地问上一句："煮挣了没有？"嫂嫂一定回答："挣了。"母亲听了，格外高兴，她要的就是这一句话——"挣了"，意味着赚钱，意味着发财。如果说"煮破了"，那就不吉利了。

热腾腾的一大盘饺子端了上来，全家人一边吃一边说笑着。突然，我喊："我的饺子里有一个钱。"嫂嫂的眼睛笑成了一道缝，甜甜地说："恭喜，恭喜！我小弟的命就是好！"旧俗，谁能在大年夜饺子里吃到铜钱，就会长年有福，一顺百顺。哥哥笑说，怎么偏偏小弟就能吃到铜钱？这里面一定有说道，咱们得检查一下。说着，就夹起了我的饺子，一看，上面有一溜花边儿，其他饺子都没有。原来，铜钱是嫂嫂悄悄放在里面的，花边儿也是她捏的，最后，又由她盛到了我的碗里。谜底揭开了，逗得满场哄然腾笑起来。

父母膝下原有一女三男，早几年，姐姐和二哥相继去世。大哥、大嫂都长我二十岁，他们成婚时，我才一生日多。哥哥常年在外，嫂子就经常把我抱到她的屋里去睡。她特别喜欢我，再忙再累也忘不了逗我玩，还给我缝制了许多衣裳。其时，母亲已经年过四十了，乐得清静，便听凭我整天泡在嫂嫂的屋里胡闹。后来，嫂嫂自己生了个小女孩，也还是照样地疼我、爱我、亲我、抱我。有时我跑过去，正赶上她给小女儿哺乳，便把我也拉到她的胸前，我们就一左一右地吸吮起来。

但我印象最深刻的，还是嫂嫂蒸的"碗花糕"。她有个舅爷，在京城某王府的膳房里学过两年手艺，做一种蒸糕出色当行。一次，嫂嫂说她要"露一手"，不过，得准备一个大号的瓷碗。乡下僻塞，买不着，最后，还是她回家把舅爷传下来的浅花瓷碗捧了过来。一个面团是嫂嫂事先和好的，经过发酵，再加上一些黄豆面，搅拌两个鸡蛋和一点点白糖，上锅蒸好。吃起来又甜又香，外暄里嫩。家中每人分尝一块，其余的全都由我吃了。

关于嫂嫂的相貌、模样，我至今也说不清楚。在孩子的心目中，似乎没有俊丑的区分，只有"笑面"或者"愁面"的感觉。小时候，我的祖母还在世，她给我的印象，是终朝愁眉不展，似乎从来也没见到过笑容；而我的嫂嫂却生成了一张笑脸，两道眉毛弯弯的，一双水灵灵的大眼睛总带着甜丝丝的盈盈笑意。

不管我遇到怎样不快活的事，比如，心爱的小鸡雏被大狸猫捕吃了，赶庙会母亲拿不出钱来为我买彩塑的小泥人，只要看到嫂嫂那一双笑眼，便一天云彩全散了，即使正在哭闹着，只要嫂嫂把我抱起来，立刻就会破涕为笑。这时，嫂嫂便爱抚地轻轻地捏着我的鼻子，念叨着："一会儿哭，一会儿笑，小鸡鸡，没人要，娶不上媳妇，瞎胡闹。"

待我长到四五岁时，嫂嫂就常常引逗我做些惹人发笑的事。除夕之夜，她正在床头案板上切着菜，忽然一迭连声地喊叫着："小弟，小弟！快把荤油罐给我搬过来。"我便趔趔趄趄地从厨房把油罐搬到她的面前。只见嫂嫂拍手打掌地大笑起来，我却呆望着她，不知是怎么回事。过后，母亲告诉我，乡间习俗，谁要想早日"动婚"，就在年三十儿晚上搬动一下荤油坛子。

我小时候又顽皮，又淘气，一天到晚总是惹是生非。每当闯下祸端父亲要惩治时，总是嫂嫂出面为我讲情。这年春节的前一天，我们几个小伙伴随着大人到土地庙去给"土地爷"进香上供，供桌设在外面，大人有事先回去，留下我们在一旁看守着，防止供果被猪狗扒吃了，挨过两个时辰之后，再将供品端回家去，分给我们享用。所谓"心到佛知，上供人吃"。可是，两个时辰是很难熬的，于是，我们又免不了起歪作祸。家人走了以后，我们便悄悄地从怀里摸出几个偷偷带去的"二踢脚"（一种爆竹），分别插在神龛前的香炉上，然后用香火一点燃，只听"噼——叭"一阵轰响，小庙里面便被炸得烟尘四散，一塌糊涂。我们却若无其事地站在一旁，欣赏着自己的"杰作"。

自以为神不知鬼不觉，哪晓得，早被邻人发现了，告到了我的父亲那里。我却一无所知，坦然地溜回家去。看到嫂嫂等在门前，先是一愣，刚要向她炫耀我们的"战绩"，她却小声告诉我：一切都"露馅儿"了，见到父亲二话别说，立刻跪下，叩头认错。我依计而行，她则"爹长爹短"地叫个不停，赔着笑脸，又是装烟，又是递茶，父亲渐渐地消了气，叹说了一句："长大了，你能赶上嫂嫂一半，也就行了。"算是结案。

我家养了一头大黄牛，哥哥春节回家度假时，常常领着我逗它玩耍。他头上顶着一个花围巾，在大黄牛面前逗引着，大黄牛便跳起来用犄角去顶，尾巴翘得老高老高，吸引了许多人围着观看。这年秋天，我跟着母亲、嫂嫂到棉田去摘棉花，顺便也把大黄牛赶到地边去放牧。忽然发现它跑到地里来嚼棉桃，我便跑过去扬起双臂轰赶。当时，我不过三四岁，胸前只系着一个花兜肚，没有穿衣服。大黄牛看我跑过来，以为又是在逗引它，便挺起了双角去顶我，结果，牛角挂在兜肚上，我被挑起四五尺高，然后抛落在地上，肚皮上划出了两道血印子，周围的人都吓得目瞪口呆，母亲和嫂嫂"呜呜"地哭了起来。

事后，村里人都说，我捡了一条小命。晚上，嫂嫂给我做了"碗花糕"，然后，叫我睡在她的身边，夜半悄悄地给我"叫魂"，说是白天吓得灵魂出窍了。

下

每当我惹事添乱，母亲就说："人作（读如昨）有祸，天作有雨。"果然，乐极悲生，祸从天降了。

在我五岁这年，中秋节刚过，回家休假的哥哥突然染上了疟疾，几天下来也不见好转。父亲从镇上请来一位安姓的中医，把过脉之后，说怕是已经转成了伤寒，于是，开出了一个药方，父亲随他去取了药，当天晚上哥哥就服下了，夜半出了一身透汗。由于错下了药，结果，第二天就死去了。人们都说，这种病即使不看医生，几天过后也会逐渐痊复的。父亲逢人就讲："人间难觅后悔药，我真是悔青了肠子。"他根本不相信，那么健壮的一个小伙子，眼看着生命就完结了。在床上停放了两整天，他和嫂嫂不合眼地枯守着，希望能看到哥哥长舒一口气，苏醒过来。最后，由于天气还热，实在放不住了，只好入殓。父亲双手捶打着棺材，破死命地叫喊；我也呼着号着，不许扣上棺盖，不让钉上钉子。尔后又连续几天，父亲都在深夜里到坟头去转悠，幻想能听到哥哥在坟墓里的呼救声。由于悲伤过度，母亲和嫂嫂双双病倒了，东屋卧着一个，西屋卧着一个，家里死一般的静寂。原来雍雍乐乐、笑语欢腾的场面再也见不到了。我像是一个团团乱转的卷地蓬蒿，突然失去了家园，失去了根基。

冬去春来，天气还没有完全变暖，嫂嫂便换了一身月白色的衣服，衬着瘦弱的身躯和没有血色的面孔，似乎一下子苍老了许多。其实，这时她不过二十五六岁。父亲正筹划着送我到私塾里读书。嫂嫂一连几天，起早睡晚，忙着给我缝制新衣，还做了两次"碗花糕"。不知为什么，吃起来总觉着味道不及过去了。母亲看她一天天瘦削下来，说是太劳累了，劝她停下来歇歇。她说，等小弟再大一点，娶了媳妇，我们家就好了。

一天晚上，坐在豆油灯下，父亲问她下步有什么打算。她明确地表示，守着两位老人、守着小弟、带着女儿过一辈子，哪里也不去。父亲说："我知道你说的是真心话，没有掺半句假。可是……"嫂嫂不让父亲说下去，呜咽着说："我不想听这个'可是'。"

父亲说："你的一片心情我们都领了。无奈，你还年轻，总要有个归宿。如果有个儿子，你的意见也不是不可以考虑；可是，只守着一个女儿，孤苦伶仃的，这怎么能行呢？"嫂嫂说："等小弟长大了，结了婚，生了儿子，我抱过来一个，不也是一样吗？"父亲听了长叹一声："咳，真像'杨家将'的下场，七郎八虎，死的死，亡的亡，只剩下一个无拳无勇的杨六郎，谁知将来又能怎样呢？"

嫂嫂"呜呜"地哭个不停，翻来覆去，重复着一句话："爹，妈！就把我当作你们的女儿吧。"嫂嫂又反复亲我，问"小弟放不放嫂嫂走"，我一面摇晃着脑袋，一面号啕大哭。父亲、母亲也伤心地落下了眼泪。这场没有结果的谈话，暂时就这样收场了。

但是，嫂嫂的归宿问题，终竟成了两位老人的一块心病。一天夜间，父亲又和母亲说起了这件事。他们说，论起她的贤惠，可说是百里挑一，亲闺女也做不到这样。可是，总不能看着二十几岁的人这样守着我们。我们不能干那种伤天害理的事，我们于心难忍啊！

第二天，父亲去了嫂嫂的娘家，随后，又把嫂嫂叫过去了，同她母亲一道，软一阵硬一阵，再次做她的思想工作。终归是"胳膊拧不过大腿"，嫂嫂勉强地同意改嫁了。两个月后，嫁到二十里外的郭泡屯。

我们那一带的风俗，寡妇改嫁，叫"出水"，一般都悄没声的，不举行婚礼，也不坐娶亲轿，而是由娘家的姐妹或者嫂嫂陪伴着，送上事先等在村头的婆家的大车，往往都是由新郎亲自赶车来接。那一天，为了怕我伤心，嫂嫂是趁着我上学，悄悄地溜出大门的。

◎ 访察祖居地邯郸黄粱梦祠

午间回家，发现嫂嫂不在了，我问母亲，母亲也不吱声，只是默默地揭开锅，说是嫂嫂留给我的，原来是一块碗花糕，盛在浅花瓷碗里。我知道，这是最后一次吃这种蒸糕了，泪水唰唰地流下，无论如何也不能下咽。

每年，嫂嫂都要回娘家一两次。一进门，就让她的侄子跑来送信，叫父亲、母亲带我过去。因为旧俗，妇女改嫁后再不能登原来婆家的门，所谓"嫁出的媳妇泼出的水"。见面后，嫂嫂先是上下打量我，说"又长高了""比上次瘦了"，坐在炕沿上，把我夹在两腿中间，亲亲热热地同父母亲拉着话，像女儿见到爹妈一样，说起来就没完，什么都想问，什么都想告诉。送走了父亲、母亲，还要留我住上两天，赶上私塾开学，早晨直接送我到校，晚上再接回家去。

后来，我进县城、省城读书，又长期在外工作，再也难以见上嫂嫂一面了。听说，过门后，她又添了四个孩子，男人大她十几岁，常年哮喘，干不了重活，全副担子落在她的肩上，缝衣、做饭、喂猪、拉扯孩子、侍弄园子，有时还要到大田里搭上一把，整天忙得"脚打后脑勺子"。由于生计困难，过分操心、劳累，她身体一直不好，头发过早地熬白，腰也直不起来了。可是，在我的梦境中、记忆里，嫂嫂依旧还是那么年轻，俊俏的脸庞上，两道眉毛弯弯的，一双水灵灵的大眼睛总带着甜丝丝的盈盈笑意……

又过了两年，我回乡探亲，母亲黯然地说，嫂嫂去世了。我感到万分难过，连续几天睡不好觉，心窝里堵得慌。觉得从她的身上得到的太多太多，而我所给予她的又实在太少太少，真是对不起这位母亲一般地爱我、怜我的高尚女性。引用韩愈《祭十二郎文》中的话，正是"汝病吾不知时，汝殁吾不知日，生不能相养以共居，殁不得抚汝以尽哀，敛不凭其棺，窆不临其穴"，"彼苍者天，曷其有极"！

西厢里的房客

我家院子里有座西厢房,新近住进一个房客,我叫他靳叔叔。

靳叔叔大约四十来岁,个头不高,平素寡言少语,闷怵怵的,人缘却很好。左邻右舍的姊子大娘们,看他"光杆子"一个,日子过得怪清苦的,便试探着给他提媒,要把邻村一个智力有点缺陷的女人介绍给他。他说:"我家穷得叮当响,耗子进门都要掉眼泪。只要人家不嫌弃,我没有任何挑拣。"这样,没过上半个月,这门婚事就做成了。于是,西厢房里便又添了一个长头发的女人。因为她整天笑个不停,我们便叫她"笑婶"。

俗话说,人不可貌相,海水不可斗量。乡邻逐渐发现,靳叔叔原是一个很有本事的汉子。村里有不少打鱼摸虾的,却没听说过谁能捉鳖,而他却是一个捉鳖的能手。只见他拎着一支棍子,带上一个网兜,光着脚板,在沙岗子下面的池沼边上来回转悠，目不转睛地盯着水面。我好奇地跟着去看，他也并不往回撵我，只是做个手掌捂住嘴巴的姿势，我懂得，那是示意不要说话。我便悄悄地跟在他的身后，照他那样定睛盯着水面，也没有发现什么变化，他却从小小的水泡上察觉到了老鳖的踪迹。尔后，弯身捡起一块拳头大小的石头，轻轻地往水里一投，那个刚要露头的家伙，便赶忙缩紧脑袋，沉下水底。这时，靳叔叔一面下水，用脚丫子往复地踩着，一面拿木棍试探，当察觉到下面有东西了，便弯下腰杆去摸，总是手到擒来，有时，竟能接连抓出三四个，第二天，一起送到集镇的中药铺去。

秋风刮起来了。靳叔叔凑足了钱，从市集上买回几张网片，然后连缀起来，分别固定在一些细竹竿上。我猜想，他肯定又要有新的举动了。很快，气温下降，夜里下了很厚的清霜，早晨有些寒凉。我听见他在窗子外面喊了一句："抓鹰去！"便赶忙穿好衣服，步出屋外，见他扛着缝在竹竿上的几片立网，手里还提着一只冠子血红、"扑棱扑棱"乍翅的大公鸡，出门一直向东，直奔村外的一片林莽走去。

我们来到一块林间隙地，把竹竿立网架设起来，看去宛如四面围墙。在网墙的里边，插了一个木橛，把大公鸡拴在上面。然后，他就拉我走开，躲在远远的地方，悄悄地抽着旱烟。大约两锅旱烟过去，就见一只老鹰从半空中盘旋而下，几次试探着要把公鸡叼走，却由于有绳子扯着，没有达到目的，它就左冲右突，飞上飞下，终于触到了立网上，滑子一动，立网齐刷刷地扑倒在地，老鹰被严严实实地罩了起来。

"这是一只黄鹰，你看它的个头多么大！"说着，靳叔叔便从网里把它取出，用绳子紧紧地勒住了双翅，叫我把它拴在远处的树丛里。他看了看大公鸡，说："受了伤，不碍事，咱们趁便再抓一个。"于是，便又把立网架了起来。

回到拴鹰的场所，我发现它有两根毛羽折断了（也许是猛劲勒断的），心痛地大声说："毛羽一断，明天到集上就不容易出手了。"不料，靳叔叔却龇着牙狞笑着，说："明天？我还能让它活到明天？"话音刚落，他一抬腿，就把黄鹰踢个翻白，再也不动弹了。一时我竟惊呆了，见他没有好气，也没敢问个究竟。

沉闷了好一会儿，他才又说了一句："看来老鹰也知道，落在我手里，没有好下场。"

转眼间，又到了"猫冬"时节。一天傍晚，不知他从哪里弄来了一些炒熟的驴肉，还有一瓶烧酒，硬拉上我父亲到他的屋里小酌——这里面自然带有酬谢房东的意思。母亲看他家没做晚饭，就让我给送过去一大盘菜饺子。靳叔叔便拉我坐在"笑婶"旁边。

这天晚上，显然他是喝过量了，平素沉默寡言的他，此刻却说起来没完，说着说着，竟落下了眼泪。我们这才了解到有关他的身世，听到了一桩发生在三年前的惨痛往事——

靳叔叔一家，祖居山东省临沂县，父一辈子一辈，已经不知道多少代了。到了他出生之后，赶上了从城里搬来的"土霸王"赫连福。从此，开启了他们父子的终生厄运。

赫连福心黑手狠，欺男霸女，横行乡里，无恶不作。靳叔叔形容他是"三角眼，吊梢眉，眼睛一眨巴一个坏点子"。一只鹰，一条"狗"，加上这个赫连福，被称为"村中三害"。"狗"是两条腿的，指他的狗腿子，是个有名的打手；鹰，据说是从俄罗斯买进来的，勾勾着嘴，圆瞪着眼，翅膀一张三尺挂零，整天怒气冲冲的，凶神恶煞一般。

鹰，是赫连福的爱物，片刻不离身旁，走到哪里带到哪里，以致老太太们早晨揭开鸡窝时，总要唠叨两句："小鸡小鸡细留神，小心碰上赫家人。"这当然无济于事，年复一年，被这只老鹰叼走的鸡，毛血淋漓，不计其数。眼看着自己精心喂养的大母鸡被老鹰叼走，老太太们心疼得都要流出血来，却只能忍气吞声。如果有谁敢于说出半个"不"字，狗腿子便会立刻闯进门来，敲锅砸灶，闹得倾家荡产。

靳叔叔的父亲，从年轻时就在赫家当长工，已经在这座黑漆大门里熬过四十个春秋了。这年秋后，他起了一个大早，赶着牛车去给东家拉秫秸，路上坡坎很多，不慎翻了车，右腿被砸伤了。伙伴们把他背回家去，刚刚躺下，赫连福就打发人来，叫他过去。他拄着拐杖，一瘸一颠地进了门，赫连福恶狠狠地吼着："真是个窝囊废！你跌伤了，倒没有啥；这大忙季节，叫我到哪里去雇人？"

老人越听越觉得不是滋味，气得"回敬"了一句："怎能说跌坏了腿还没有啥呢？"赫连福冷笑一声，说："有啥没啥，与我没关系。找你来，是让你收拾收拾，赶紧回家歇着去！"就这样，苦奔苦曳了半辈子的老长工，一句话就被辞退了。

老人回到家里，没吃又没烧，三天两头揭不开锅。这天早晨，喝了一碗高粱面糊糊，就一瘸一拐地下地去拾柴火。也是冤家路窄，合该出事，刚走出大门口，就和"村中三害"碰上了头——赫连福摇摇晃晃地从东面走了过来，一只胳膊上挎着文明棍，另一只手臂上架着那只外国的老鹰，身后紧跟着那个打手。见到场院里有几只鸡正在低头啄食，赫连福便止住脚步，把鹰撒开。只听"嗖"的一声，那老鹰便闯入了鸡群，对着那只肥大的母鸡，开始搏击。靳爷爷一见被捉的正是自家那只下蛋最多的母鸡，一时"怒从心上起，恨自胆中生"，照着老鹰就是一耙子。

靳叔叔说，当时老人想的是"撕了龙袍也是死，打了太子也是死"，反正是一码事，一不做二不休，干脆揍死这个鬼东西，也算给村中除去一害。说来也巧，耙子一抡出去，不偏不倚，正好打穿了老鹰的天灵盖，翅膀一扑棱，就玩完了。

这可闯下了弥天大祸。老人被赫连福和打手劈头盖脸地揍了一顿，最后又被带回去关押起来。靳叔叔当时在外村扛活，听说家里出了事，连夜赶了回来，托人说情，争取和解。赫连福对来人说，若要放人回去，必须应下三个条件：第一件，这只鹰是神物，要为它举行隆重葬礼，出殡那天，他们父子二人，要给它披麻戴孝；第二件，要像对待他家的老太爷一样，葬在坟茔地里；第三件，犯案的本人干不动活了，要由他的儿子献工三年，赔偿损失。

靳叔叔一听，立刻就火冒三丈，觉得实在是欺人太甚；但一想到遭受苦刑的老父亲，也便忍着怒气答应下来。可是，当去接父亲回家时，老人却死活不肯挪动地方，说是干脆死在他赫家就算了，也省得受这份窝囊气。结果，伤势本来就重，已经奄奄一息，加上又气又恼，第三天就一命呜呼了。靳叔叔草草地埋葬了父亲，趁着夜静更深，索性一跑了之，隐姓埋名，下了关东。这时候，我才知道，他原本姓葛，靳是母家的姓氏。

后来，临沂解放了，他便捆起了行李卷，只身回去了。过了几天，"笑婶"也不知去向。我家的西厢房重新空了下来，依旧寂然无声。

庄稼院里去淘书

一说淘书,人们会立刻想到北京的琉璃厂、上海的文庙、南京的朝天宫旧书摊。可是,在我小时候,莫说这些大都会,就连本县的县城也没到过。这里我只是借用,不过是想说说去姑妈家挑选古书的一次经历。

俗话说:"姨娘亲,不是亲,死了姨娘断了筋;姑妈亲,才是亲,姑妈死了连着筋。"实际情况,倒也未必。我的姑妈家在冯坨子,离我们家不到十华里;可是,姑妈死后,两家就很少走动了;说是形同陌路,也不过分。

我问过母亲:"这是为什么?是不是因为咱们穷?"

母亲说:"不要那么讲。姑父是读书人,不习惯走动;孩子们都在外地;续弦的姑母毕竟生疏,自然就来往少了。其实,他们也谈不上豪富,早已经成了破落户。"

在我就读私塾的第七年冬天,姑父捎过话来:"听说小侄读书上进,请哥哥(指我父亲)带他过来挑些书去。"

父亲笑说,拿挑书做引子,肯定还有别的事。

我却是欢呼雀跃;母亲也在一旁促驾,并且稍稍给我打扮一下。这样,父子俩就上路了。父亲在前面挑着两个椭圆形的荆条筐,我背起一个书包,紧跟在身后,走了多半个时辰,就到了。

姑父已经等候在门前,个头不算太高,戴个养目镜,也许是眼睛不太好;胖乎乎的,却是一脸的愁容。

三间砖房,比较高爽。我们刚刚坐定,寒暄了几句,姑夫便挑明了话题:"外面风声很紧,下一步不知道怎么变化,趁着现在还平静,你们把那些书挑一挑,凡是有用的,赶紧拿走。"他叹了一口气,又接着说:"人间万事,分由天定,书的命运也是如此。喜欢的时候,舍命收藏;最终难免聚之尽锱铢,散之如泥沙。"说着,就带我到对面屋子里——也算是书房吧,让我自己挑选。

我早就听说,姑父家是书香门第,从前也阔过;到姑父这一辈,已经家道陵夷,但他嗜书如命,早年积存了很多书,后来尽管手头拮据,也没舍得出卖。

书架上覆盖着一层灰尘,我用笤帚简单地打扫一下,看出来,多数都是经书、史籍。由于"十三经"和《史记》《汉书》《资治通鉴》等我都有了,并且多数已经读过,所以,重点是挑选一些手头没有的,包括未曾闻见的,如《渊鉴类涵》《贞观政要》《韩文起》《朱子语类》《涵芬楼秘笈》《秋水轩雪鸿轩句解尺牍合璧》《词综》《李太白诗文集》

等，四十左右种，装满了两个荆条筐。最后，我还把十二册铜版的《金玉缘》和一部《容斋随笔》塞进书包里。

本来是数九寒冬，外面滴水成冰，我在阴冷的空屋里，却忙乎得满头冒汗，双手和脸上沾满尘灰，棉袄外面罩上的一件新大褂也看不出了本来的模样。心里却是感到异常的充实，觉得回去后，也就可以坐拥书城、顾盼自雄了。

我在厨房里洗净了脸和双手。一个六十多岁的老大妈——大概是女仆吧，正在擀面、烙饼，准备午间的饭菜。

姑父和父亲依旧围坐在火盆两旁，低声地交谈着。我蹲在地下，继续摩挲着那些心爱的书籍；待到饭桌上，凭着记忆，向姑父报了挑选的书目。姑父笑说："我们都是土埋半截子的人，日后的希望就寄托在你身上了。"接着，又夸赞了我一通。

父亲谦抑地笑着，说："小时了了，大未必佳。"

本来，妈妈让我代她向续娶的姑母问好，可是，直到吃饭时，仍未见到踪影。姑父说，她患了重病，正在住院。

吃过了午饭，姑父又拉着我父亲，去了村北高坨子下面的墓地，我也跟过去了。

眼前，是一列像我家沙山那样的坨子岭，但这里不是沙子，而是黄土。上面也是长着高高低低的各种林木，在这水瘦山寒的季节，益发显得苍凉、萧瑟。唯有姑父家的墓园前面，两棵几丈高的大松树，翠色青苍，葳郁中透着生气。父亲上前试着围抱一下树干，根本抱不过来。

姑父说:"古人讲志气,'战死不丢臂上弓,穷死不砍坟上松'。我这也是事出无奈呀!"

父亲听了,没有答话,便拉着我,回去担起书筐,踏上了归路。

到家后,父亲告诉母亲:"孩子他姑患了肺痨,抵押、借贷凑了一笔钱,买到一批进口药。因为急等着用钱,姑老爷想把坟前的两棵松树卖出去,叫我帮助找个买主。"

这些与我无关,我要干的事,是一函一函地擦净了书上的灰尘,然后,又把它们整齐地摆在靠墙的大柜上。父亲戏谑我,说:"这叫'穷汉子得了狗头金',你可发大财了!"

我在翻检过程中,发现《东坡居士诗集》的扉页上,有几行毛笔字,原来是坡公那首凄绝千古的《江城子》词,中有句云:"料得年年肠断处,明月夜,短松冈。"我拿给父亲看。他说:"这是你姑父手题的,应该是写在你姑妈去世之后。"

"护法神"小妤姐

我想了一下,这篇回忆文字,需要从我整理旧书说起。

"文革"后期的一个星期天,我从下放劳动的市第二纺织厂回来,趁着风日晴和,把装在两个木箱里的线装书一一散开,放到太阳底下晾晒。入塾八年,我读过的、收藏的旧书不少,总有百八十部吧。那淡淡的书香中,不仅埋藏了我的辛劳、凄苦的童年,浸透着近三千个日夜的心血;而且,许多书册上都留存着塾师的"手泽"——用朱笔点出断句。此刻重翻旧籍,有如昔梦重温,说不出味道是酸是甜,情绪是悲是喜,也许是几分欣慰又夹杂着丝丝的怅惘吧。说来,我们也是患难之交了。虽然这里没有什么珍本、善本、孤本,并不具备特殊的收藏价值,但是,"书卷多情似故人",毕竟存在一种难剪难理的深厚感情。

翻着翻着,我发现,其中的"四书"(《大学》《中庸》《论语》《孟子》)是用一条布带打着"十"字花捆起来的。我记起来了，那是1948年的深秋，小好姐看我这部"四书"放在一边有些凌乱，而且因为翻检频繁，有些书页已经打卷儿了，便把它带回自己的房间，精心地用蜡液将书页的边角全部熨得平平展展，然后用布条将它捆束在一起。因为此后不久，私塾就"散馆"（停办）了，这套书我再也没有翻检过。

我解开布带，翻开最上面的《大学》首页，看到一张写在带格的彩纸上的字条。铅笔字，不怎么熟练，有些歪歪扭扭，却写得十分认真。三十几个字，都是竖着写的：

我要走了，也许以后我们再也不能见面了。
嘱咐一句话：你太淘气，闹了几次危险了。

小好姐是谁？她是我的塾师刘璧亭先生的小女儿。看她待我的那种真诚，那份情意，简直像我的亲姐姐一样。在我整个就读私塾期间，除了"嘎子"这个铁哥们儿，还有一个"课外指导"，就是小好。

她小小年纪便遭遇惨痛的不幸。十岁那年，在警察署长家充任家庭教师的母亲，因为遭到东家的奸污而含愤跳进了辽河。嫁到邻县的姐姐把小好接了过去。待到刘先生在我们村里安顿下来，她又从姐姐那里回到父亲身旁。父亲受"女子无才便是德"的封建思想影响，不让她念书识字。可是，由于她赋性聪敏，又兼较长时期在私塾这种文化环境里熏陶，也懂得许多文化知识。她认识许多字，而且，会背《名贤集》《神童诗》中的不少诗句。

小妤姐的性格有些内向，比较孤僻，平素很少和邻居的孩子们交往，这可能和她从小就遭遇苦难、失去母爱有关；但与我却很合得来。我虽然小她四五岁，个子却比她还高，生就一副"孩子王"的英雄气概，又兼天资颖悟、课业拔尖，因此，很受她的青睐。

有一次，我们坐在一起闲谈，说起了她的名字。她说："小妤，是我的小名，母亲起的。我出生时，父亲已经四十多岁了，因此，我的大名叫晚芳；待到我母亲去世后，父亲日夜思念，为了纪念我的母亲，便放弃了我的大名，叫起了小名。"

每天，我到塾斋都很早，她就过来和我闲谈，还常常拿出一些花生米和糖块给我吃。一次，她悄悄地告诉我，父亲昨天晚上犯了烟瘾，早晨起来就没有好气，让我背书时多加小心。背书，都要站在地下，背对着老先生，面向着孔夫子像。有几次，我从侧面的门帘缝隙，看到小妤姐隐在门后的身影。我知道，她是在偷偷地听我背书，生怕我出现差错，招致斥责。

我那时特别贪玩，在复习功课时，经常从炕席上拆下一些苇篾，弯作弹弓，去弹射嘎子哥，以致时间一长，屁股底下便破出一个大窟窿。她便悄悄地用牛皮纸抹上浆糊加以粘补，有时，还趁我们放学回家，把苇席调换一个角度。

遇到夜黑天，伸手不见五指，路上绝少行人，我念完三排香的"夜书"回家时，她总是拎起门后的一条木棒，往前护送一程，然后，自己再独自回去。

过大年前后，私塾临时停学几天，我便常常跟着小妤姐到前村去看戏。戏台距离地面有五尺高，用木板搭成，坐北朝南，台下挤满了看客。这天，我们看到了最精彩的节目。台上跑着一只"金钱豹"，神气活灵活现，简直和真的一样，一蹿，一闪，一跳，一滚，博得了满场的掌声。还有一个武生，出场时，先是威风抖擞地亮个俊相，然后把一支钢叉朝着戏台上方飞掷过去，不偏不倚，端端正正，恰好扎在戏台的柱子上。亏得他功夫到家，扎得准，不然，稍稍出了一点儿偏差，飞叉就会掷到台下，扎在看客的脑袋上。尽管没有出现事故，台下的人群早已慌作一团，吓得一个劲儿地"妈呀——妈呀——"地乱叫，过了好一会儿，才想起来拍巴掌喝彩。这时，武生却已踅回台后去了。我还瞪着一双眼睛，定定地等着看他的新招法，小妤姐却不容分说，拉起我的胳膊就往外走，嘴里一迭连声地叨咕着："白给咱八百吊钱，也不看了——太危险。"

我们还曾去村子东头看高跷秧歌。广场上的人，围得里三层外三层，唢呐翻着样儿吹，铙钹、锣鼓敲得震天价响。钻到里面一看，扮武丑的"头跷"刚好转到我们的身边。见他头戴一顶黑尖帽，勾了个三花脸，嘴角旁留着个倒"八"字胡，手里摇着一条马鞭，左翻右摆，闪腰垫步，

◎ 查阅古籍

跳着各种秧歌的舞步。最有趣的是那个丑婆，身穿一套花衣红裤，耳朵上缀着两只红辣椒，手里攥着一把棒槌，嘴上还叼着一个烟管很长的大烟袋，搔首弄姿，忸怩作态，洋相百出。当她发现许仙和白娘娘正在眉目传情、亲亲热热地翩翩对舞时，便忙不迭地跳过去，抡起棒槌捣乱，一而再、再而三地加以干涉。我已经看得入神，张着大嘴呵呵地笑，小好姐却把嘴巴凑到我的耳边，嘟囔了一句："你看这个老妖婆，多烦人！"

这里，顺便说说小好姐的字条上写的"淘气闹了几次危险"的事。

次数说不清了,最险恶的有两次:《贤惠嫂嫂的碗花糕》一文中写了我被牛犄角挑起四五尺高的险情;还有一次,我站在秫秸垛上与隔院的孩子打土坷垃仗,脚下一出溜,不慎滑进了两个秫秸垛的夹缝里。秫秸的茬子尖尖的,像锋利的枪刺一般,把我全身的皮肤划出了十几处伤口,这样,人们还说:"太幸运了,多亏没有扎着眼睛。"最尴尬的是,处在两个柴垛的夹缝中,左右动弹不得,往哪面靠都有尖刺顶着,而且,根本无法出来。最后,还是由我父亲和东邻的二哥帮忙,把秫秸一捆一捆地捣动开,才算解救出来。

听到我讲述这些情节,小好姐喃喃地说:"简直把人吓死了,你可不能再这么闹下去。"

她就是这样对我一片真情,时时处处关心着、照应着我。只是,由于我当时年龄太小,不懂得感情上的事,甚至连一句感激的话都没有表露过。

不久,私塾就"封馆"了。塾师父女返乡那天,我跟在父亲后面,早早地过去向恩师辞行,我满怀着深情与敬意,庄重地施了三鞠躬礼。然后又到小好姐身边,看到她苍凉、凄苦的样子,心里也很难过,只是行了一个礼,却一句惜别的话也没有说。年少轻离别,我绝没有想到,这竟是最后一面。

那时的中学生，朴实单纯，健康向上，虽然眼界不宽，思辨能力较弱，对问题的认识也谈不上深刻，但都充满澎湃的激情，满怀壮志，向往未来，充满了必胜的信念。在大家的心目中，事事无不可为，一切理想都必将实现。

探索成长之路，解读智慧人生，
本章内容，扫码聆听。

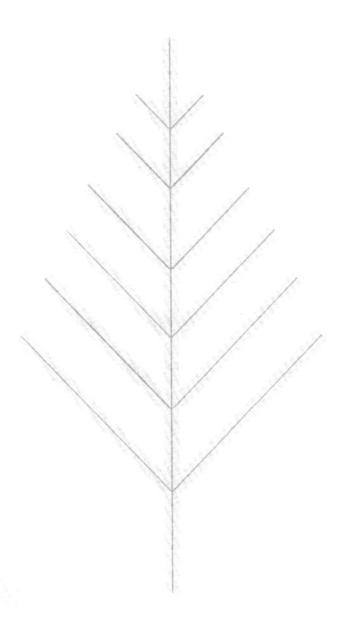

第四章

眼界新开

走出家门

结束私塾这段学业之后,次岁上半年,我到八里外的高升镇高级小学就读,补习功课;7月考入盘山中学。考试只有语文、算术、时事政治三科。语文满分,政治及格,算术二十分——我带个算盘,加减乘除四则题,答案都对,但不会列方程式,因此,只得了五分之一的分数。幸亏口试、面试时成绩优秀,始被录取。

口试中,主考老师是王志甫先生,像唠家常一样,他首先让我介绍一下家庭状况和个人的学习经历,我如实地汇报了自己的情况。王老师说:"怪不得,你没有读过正规小学呀!不过,你的语文基础相当不错,字也写得好。那么,你读高小这半年,最喜欢的是什么课程?"我说,喜欢地理。又问:"为什么?"我说,我志在为文,长大了以后,要学徐霞客,撰写游记。"那好,我就考你这方面的问题。"王老师略加思索,便说:"你注意听着,试

1998年,返回母校盘山中学,参加建校五十周年活动,拜会师长王志甫(前排中)、王文生(前排左)二位先生

题是这样的:我想从这里(指盘山县城)到广州去看望外祖母。你看,要怎么走才能经济、省时,而且方便?要求有三条:一要尽量减少经费,二要尽最大限度节约时间,三要汽车、火车、江轮、海轮都能坐着。"

我说,可以从盘山县城坐汽车到锦州,然后换乘京沈铁路的列车前往北京,再转乘京沪线的火车抵达南京,从南京登上长江客轮到达上海,再从上海乘海上轮船前往广州。

"你再考虑另外一种方案,"王老师说,"我的出行计划有些改变，因为发生了新的情况。我的妹妹在陕西的宝鸡读高中，放暑假了，她也要一同去看望外祖母。你看，这要怎么走？我怎样同她会合？"

我说，那就事先通知她，登上陇海铁路的东行列车，赶到江苏的徐州，彼此约定好车次和到达的时间。老师还是从这里坐汽车到锦州，再坐火车到天津，然后换乘津浦铁路的列车，在徐州车站接妹妹上车，依旧是到南京下车，然后换乘江轮到达上海，再转乘海轮前往广州。

"好！"王老师高兴地说，"给你打一百分。"

这样，尽管我笔试的成绩并不理想，但还是以第十九名的靠前位置，被录取为初中一年级插班生。

那时是春季始业，为了补充生员，实行暑期扩招，我所在的初中一年甲班和另外的乙、丙、丁三个班，都加进去一些插班生。我们的班主任，就是口试时的王志甫老师，他教数学；还有几位科任老师，也都一起同新生见了面。为了帮我接上数学这条"短腿"，王老师利用星期天和几个晚上，集中给我补课，使我较快地跟了上来，而且，培养了钻研数学的兴趣。孔子说过："知之者不如好之者，好之者不如乐之者。"意思是，懂得它的人，不如爱好它的人；爱好它的人，又不如以它为乐的人。看得出来，爱好、兴趣对于知识、技能的掌握，至关重要，所以有"兴趣是最好的老师"的说法。

出乎意料的是，在语文方面，我竟遇到了难关。开学一个星期之后，教授语文的石老师发现我的作文用的竟是文言，便在作文簿上郑重地写了一条批语："我们是新社会，要用新的文体写作。今后必须写语体文。"课后，又把我叫到教研室，说："文言词语简练，你这个'洎乎现世，四海承平'，确实比'到了今天，国内社会环境和谐、安定'节省许多字，可是，'文章合为时而著'，新时代的写作，要面向工农兵大众，对象不是少数精神贵族。你左一个'洎乎'，右一个'与夫'，又有几个能懂的！"

这番话，对我来说，确实产生了振聋发聩的效果。为此，我痛下决心，要改弦更张，从头做起。除了认真理解、背诵课本里的现代范文，我还有意识地阅读了许多"五四"以来的新文学作品。

不久，石老师因为咯血，住进医院养病；语文课由富老师暂代。一次上语文课，富老师拿了一本冰心的《寄小读者》。她说，这是中国现代文学的一部代表作，也堪称是"爱的经典"，同学们可以传着看一看。说着，就递给了我（当时我是语文课代表），让我先看。我用午后自习和晚上时间，突击看了一遍，然后提议：大家传看，每人不要超过两天；鉴于全书共二十九篇书简，可以选出二十九名同学，或者自告奋勇，每人抄写一篇，随看随抄。富老师同意我这个建议，当即从前向后，依次指定二十九位同学，按照编号顺序，每人看后，分别抄写一篇。这样，三个月之后，这本手抄的《寄小读者》，便装订成册，成

◎ 主编中学校刊时留影（后排中）

为全班的公共财产了。而对于我，这本散文集更起到了学习语体文的示范作用。

我读初中时，"偏科"现象十分严重。除语文、地理、历史、数学之外，对于俄语、物理，总是引不起兴趣，每逢上这两门课时，我就在下面偷看小说。期末考试时，靠着"临阵磨枪"，耍小聪明，勉强维持到三分以上（当时是"五级分"制）。一次，教授物理课的王达老师突然走到我的桌前，说："我已经发现多次了，你不认真听课。本想给你留点面子，等待你自觉纠正，无奈——"当即指令我：下课后，要把书桌里的所有小说，给他送过去，由他代为保存。

走进新的学堂，有两件事令我大开眼界：

一件是在校内，参加富老师的婚礼，文明、体面、简朴，令人耳目一新。首先是，新郎（本校另一位老师）新娘共同谈恋爱经过。接着是，互赠礼物：新娘送给新郎一支派克笔，并亲自插在对方中山装的上兜里，由于紧张、激动，富老师的手竟然有些颤抖；新郎回赠的是一方漂亮的围巾，也是当众围在新娘脖子上。第三项，两位新人为主婚人、介绍人和来宾送糖、敬烟。最后是，领导祝词，提出希望。

另一件在校外——锦州之行。因为我的文笔比较好，粉笔字又写得工整，入校第二学期，便被学生会聘为壁报、黑板报《盘中青年》的主编。其间，赶上了1950年5月在省会锦州召开的辽西省第一届人民体育大会。运动选手除了来自省直及所属四市、二十一县的政府系统和企业、文化、卫生等部门，全省三十一所中学的师生是主力军，因而各派出一支代表队。我们盘山中学有二十八名选手，由教体育的由老师带队，我是随团报道员。

当晚八点，赛会在大剧场举行预备会，全体与会人员到场。这是我有生以来见到的最豪华建筑，庄严、壮观、气派，心灵立刻被震撼了。当时电力供应不足，场内灯光比较幽暗，好不容易才找到自己的座位。这时，由老师过来了，低声问着："环境好不好？舒服吗？"我说："太好了。"略一迟疑，我又悄悄地问："老师，椅子怎么硌屁股呢？"他俯身看了看，原来我是坐在木板楞上。他扑哧地笑了，告诉我，要把椅座放平。说着，他又四下看了看，像我这样坐的，竟有好几个。我们这些农家孩子，没有进过剧场和礼堂，不知道里面的木板座椅平时为了进出方便总是立起来，落座前需要把它放平，结果像刘姥姥进大观园那样出了洋相。

赛程空隙，《辽西文艺》编辑高柏苍先生来到我校代表队住地，看望他的海城老乡由老师，还带来了几本刊物。由老师翻了翻，顺手交给了我，并向客人做了引荐。高先生随之介绍：刊物是面向工农大众的，作品以曲艺为主，也刊载一些连环画，当即给我留下通信地址，说欢迎多多投稿。高先生热情、诚恳，谈吐博雅，风度翩翩，这是我见到的第一位专业作家。因为从小受到子弟书的熏陶，对这种文艺形式十分熟悉，回校后，我连续写了几篇，内容都是歌颂学校新生活的，居然都被采用了。这在当时影响很大，于是，博得了"校园小作家"的赞誉。

多姿多彩的校园生活

20世纪50年代初,中学校园的文艺生活十分活跃。每逢周末,学生会都要组织文艺晚会,节目全部是在老师指导下,学生自编自演。记得我们初二甲班曾经演出过一个三幕小话剧:《老头三年生》。

我们班以女生为主体,男生占少数,但一个比一个调皮、淘气。都是十四五岁,多数来自农村,脑子里常常结记着在故乡抓螃蟹、养蝈蝈、捅马蜂窝一类的乐事;身在书桌旁,心却像孟老夫子说的,"以为有鸿鹄将至,思援弓缴而射之";当老师点名提问时,往往是蓦地站起,答非所问。针对这种情况,教授语文的富老师就提议:以此为题材,排一个小戏。由两个富于才情和想象力的女生,出思路,编故事,我负责台词加工、润色。

剧情梗概是:一个小学生终日嬉游耍闹,不肯用功读书,结果课业荒疏,屡屡降级。这天,他忽然做了一个梦,恍惚间，自己已经头秃齿豁，垂垂老矣，却仍和八九岁的儿童一起读小学三年级。建校六十周年庆典到了，同学们的祖父母——他当年的同学们，纷纷从全国各地赶回母校。这里有工程师、农艺师、大学教授，也有工厂经理、劳动模范、军队将领。他们听说还有一个当年的老同学仍然在校，便都捎过话来，与他相约叙旧。这个"老头三年生"听了，感到非常愧怍，登时汗流浃背，悚然惊觉。从此，他刻苦自励，加倍用功，矢志成才。

房筱兰同学身材较高，长得也比较丰满，富老师便让她扮演小学老师；"三年生"找谁呢？筱兰提议让又矮又瘦的金玫扮演，最后变成老爷爷时，由个头高大的李学颜替换。工程师、农艺师、教授、劳模等，也都是由男女同学化装扮演。还有一些小学生，班里实在找不出来，便由家在县城的同学调来弟弟、妹妹充数。

演出很成功，在全校产生了轰动效应，后来还参加过全省校园演出大赛，得了三等奖。其实，小戏情节简单，主题也没有脱出"少壮不努力，老大徒伤悲"的俗套。但在当时，对我们这些思想单纯、可塑性强的青少年，还是起到了有力的鞭策作用。

记得，我们班还在全校文艺演出会上，集体朗诵过著名作家石方禹的长诗《和平的最强音》。这是新中国成立初期颇有影响的一首长篇政治抒情诗。诗人以奔放的热情、昂扬的声调，歌颂了人民反对侵略战争、保卫世界和平这一庄严的主题。有些诗句至今我还能背诵下来：

不许战争！/ 为了无数家庭骨肉团圆 / 为了星期六的跳舞晚会 / 为了我们的工厂 / 我们的学校 / 我们的农庄 / 我们的戏院 / 不许战争！/ 让无数的丹娘继续念中学第九班 / 让刘胡兰活到今天成为劳动模范。

在周末晚会上，我还朗诵过一首《到远方去》的诗歌，是诗人邵燕祥的作品：

收拾停当我的行装 / 马上要登程去远方 / 心爱的同志送我 / 告别天安门广场 / 在我将去的铁路线上 / 还没有铁路的影子 / 在我将去的矿井 / 还只是一片荒凉 / 但是 / 没有的都将会有 / 美好的希望都不会落空。

不过，这类活动，庆槐兄（也就是嘎子哥），我没看见他参加过。当时，我在初二甲班，他在初二乙班。有时在操场碰面，他也不像当年那样顽皮、好动，而是神情呆板，沉默寡言，一改从前的活泼个性。他住在城内表姑家，表姐阚一芸与我同班，因为年龄大三四岁，我们都叫她"阚大姐"。大姐对我们俩小时候的淘气"劣迹"了如指掌。

当我问到庆槐兄的情况,她说,简直是换了一个人,少年老成,规规矩矩,稳稳当当。我笑说:"都是大姐调教得好。"——他们二人的关系我了解,三年后果然成了亲。那时,如果我读过歌德的名言,会逗趣说:"难怪说,男人是女人的产品。"

假期,嘎子哥从不回家;我则坚持每年两次。初中二年开始,我戴上了近视眼镜,但"近乡情怯",总是在村前三里之外便摘下来。当时,乡下戴眼镜的根本没有,人们说,"四眼狗"没好人,不是汉奸,就是恶棍。不过,眼镜戴惯了,突然摘下来也带来了许多麻烦,比方说,迎面来人了,不敢不打招呼,怕被说是"目中无人";可是,又不敢贸然搭话,唯恐把人认错,造成彼此尴尬。

我一直挂念着"魔怔"叔,想要过去看看。父亲说,他的身体日渐衰弱,现在,长住在外村的女儿家。那么,刘老先生呢?我也想到他家去见上一面。父亲叹气道,他走了之后,杳无信息,怕是已经到了黄泉路上。

抱着一种怀旧的心情,我到当年私塾的所在转了转,屋子已经改做了初级社的会计室;而窗外的合欢树,却愈见高大,幽绿依然,风翻叶动,飒飒有声。忆及旧日般般情景,心境为之凄然。

回校后,照样地上课,照样地淘气,也照样地广泛涉猎各种文学作品。从新学年开始,我被安排和房筱兰同桌。她受母亲的影响,特别喜爱唐五代词,尤其是李后主的,

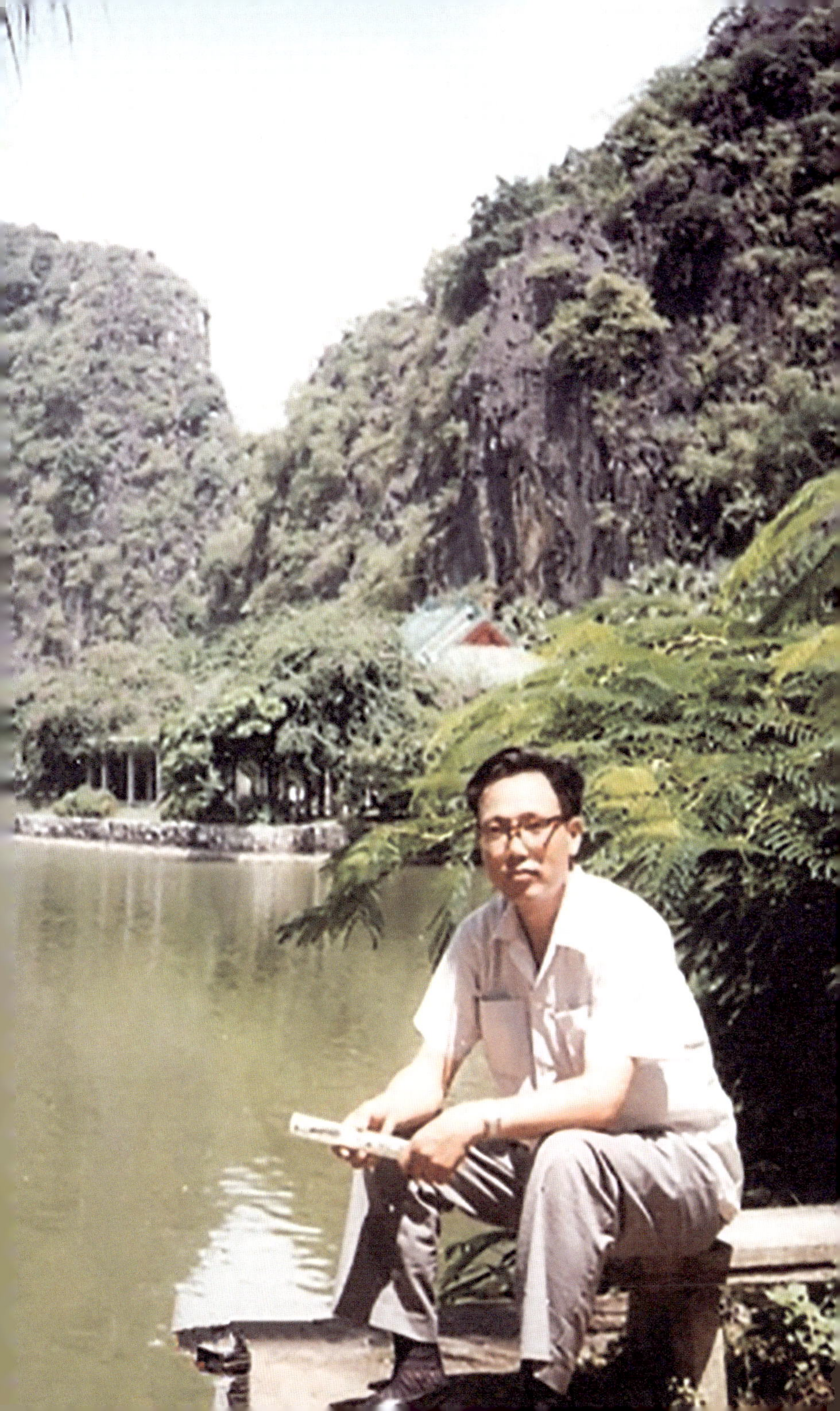

1984年春，游观广东名胜七星岩，为五湖、六岗、七岩、八洞诸般美景动心动容。记得叶剑英元帅当年曾题诗以赞："借得西湖水一圜，更移阳朔七堆山。堤边添上丝丝柳，画幅长留天地间。"堪称绝唱。

◎ 1984年，广东肇庆七星岩，美景尽收眼底遇到有所不解，随时向我问询。记得她曾问过："笙歌未散尊罍在"，"尊罍"是什么？怎么念？我说，是盛酒的器皿，罍读"雷"。在这些方面，我接触得比较多，对她有些帮助。她家经营一个酱油酿制厂，广有积蓄，她又是独生女，父母视若掌上明珠，每天午间带饭，都很丰盛。她见我们食堂顿顿都是高粱米粥、白菜汤，便常把肉包子和蒸饺分给我吃，也算是一种酬答吧。

她的后座，就是那个扮演"三年生"B角老爷爷的李学颜，是出了名的"淘气包"。由于一起演过小戏，也就对房筱兰分外顽皮，一口一个"老师"（剧中角色），却不住地搞恶作剧。那时，我们的书桌很简陋，是从上面揭盖儿的，他便将一个大青蛙偷偷放在筱兰的桌子里；待到她入座取书时，突然，一个大青蛙蹦到脸上，吓得"嗷"的一声尖叫起来。还有一次，我们正在闷头自习，他在后面，悄悄地把房筱兰的两根长辫子系在凳子上。然后捅咕我，示意让她起身。我便说："房筱兰！门外有人喊你。"她立刻起身，结果，辫子拉得她头皮发痛，当即滴下了眼泪。她赌气在我的笔记本上写了四个字："没良心的！"

那时的中学生，朴实单纯，健康向上，虽然眼界不宽，思辨能力较弱，对问题的认识也谈不上深刻，但都充满澎湃的激情，满怀壮志，向往未来，充满了必胜的信念。在大家的心目中，事事无不可为，一切理想都必将实现。记得高中毕业前夕，同学们即将分手了，共同怀着依依惜别的心情，开展一项名为"彩链"的演讲活动。男女同学不是端庄整肃地坐在教室里，而是在三五月明之夜，围坐在双台河畔开阔的沙滩上，别开生面地开展户外主题班会活动。

当时学生主动性、动手能力比较强，这类活动，一般情况下老师都不参加，全由班委会组织。那次晚会活动按事先约定，每人在演说正题之前，都要引述一段出自文史哲典籍中的名言警语或诗歌、故事，内容不限，只是不许重复他人。这样，我们每人事先都得准备三四种，以供临时选择。出场顺序的确定方式也很奇特，"击鼓传花"，花束停在谁的手上，谁就开讲。

皓洁的月华照得奔流的河水波光激滟，好似万条金蛇在凌波腾舞，月色是清新的，晚风是清新的，人的心境也是清新的。讲演在一阵阵掌声、鼓点中进行。留下深刻印象的，一是赵令娴同学讲她未来要当新闻记者，遍访神州处处、尽写人间春色的志向。开头的引子是南宋词人张孝祥的《西江月》："满载一船明月，平铺千里秋江。波神留我看斜阳，唤起鳞鳞细浪。　明日风回更好，今朝露宿何妨？水晶宫里奏《霓裳》，准拟岳阳楼上。"再就是萧期同学，以高亢的语调朗诵了奥斯特洛夫斯基的"当他回首往事的时候，不因虚度年华而悔恨"那段名言，他要当一位地质勘探技师。

伴着咚咚的鼓点，花束落在我的手上。我略微定了定神，站起来首先讲了苏联卫国战争时期著名作家盖达尔的一篇童话。小伊凡迷了路，在藓苔上发现一块石头，上面写着："谁能把石头搬上山去敲成碎块，他就可以返老还童，从头活起。"好心的伊凡把这块魔石送给了一个残疾老人，他以为这位老人很不幸，应该从头再活一次。可是，老人却根本不想去敲它。他告诉小伊凡：他的腿是当年反对沙皇时撞断的，牙齿是在敌人监狱里因唱革命歌曲被打掉的，脸是在追击白匪时被砍伤的。他说："切莫以为我老了，残废了，很不幸；实际上，我是很幸福的人，因为我光荣，我高尚。"随后，我说，我的志向是当一位作家，"学海皆汗海，文缘是苦缘"，乐亦在其中也。

听着听着，大家都兴奋、激动起来，鼓也不敲了，七嘴八舌地议论起理想与人生、奋斗与幸福这个永恒的话题。

《青松之歌》实习课

高中毕业时,家中唯一的劳动力——我的父亲已经六十三周岁了,母亲也已年过花甲,作为唯一的子息,在亲老家贫状况下,我理应立刻参加工作,以撑持家计。可是,在万难之下,父亲还是让我继续深造。这样,作为公费生,我考入了沈阳师范学院。

因为是要培养合格的教师,学院教学自然要围绕这一目标进行,一切都服务于如何当好教师,不可能有其他选择;加之受到苏联凯洛夫《教育学》的直接影响,教条主义明显,教育之外,其他人文学科受到严重忽视。当时中文系刚刚独立分出,即便是讲授语言文学,也在很大程度上从毕业后教学需要出发,注重语法修辞、课文解析,而对于写作则视有若无。在校期间,有过几次教育实践活动和观摩教学,我当时都做了笔记,回来也写了论文报告,尽管比较认真,但与文学创作无关。

《文艺学概论》是当时中文系的主要教材，学起来很枯燥，除了记诵一些教条、词语，并没有留下更多的深刻印象。其时，教育以苏联模式为主宰，文学理论方面也不例外，可能是受苏联文学理论界影响，当然也和课文分析相关，系内关于文学体裁的讨论比较热烈。大致是"三分法"和"四分法"两类意见。所谓"三分法"，就是分为叙事的、抒情的、戏剧的；"四分法"则是分为小说、诗歌、散文、戏剧四大类。

持"三分法"的出发点，是文学作品塑造形象的不同方式。其中叙事文学中又包括神话、史诗、小说、叙事诗、报告文学、传记文学等；抒情文学包括抒情诗和抒情散文，它们以抒发作者的感情为主要特色；戏剧文学是供舞台演出的脚本，它通过角色的对话和动作反映社会生活、塑造艺术形象。

而"四分法"是根据文学作品在形象塑造、体制结构、语言运用、表现手法等方面的不同来划分的。其中诗歌类包括抒情诗和叙事诗；散文类除了抒情散文、叙事散文外，还有游记、小品、杂记、杂文、随笔、报告文学等。

"三分"说大约来自西方，据说从亚里士多德时代就出现了，可谓悠哉久矣；"四分"说属于国产，据说诞生于清末，定型于20世纪30年代。支持前者的，强调"三分法"是以文学性质为标准做出分类，而"四分法"是针对文学作品形式的，属于外在层面。主张"四分法"的则强调，从称谓模式本身而论，"三分法"的叙事与戏剧、抒情与戏剧，在外延上不能并列，概念是混乱的。当时，我从常识上、习惯上加以考究，是倾向"四分法"的。但是，由于我们的老师在《文艺学概论》讲授中力推"三分法"，我便也不敢坚持己见了。当然，就我当时的理论根底看，也并不具备参与争辩的能力。

其间，尽管我酷爱文学，但只是读些文学名著，以苏联的为多；至于写作，基本上就没有进行。那个时节，经常萦回脑际的是如何登上三尺讲台，做一个合格的语文教师；至于"作家梦"，甚至想都没有想过。其实，当时莫说是师范院校，即便是普通的大学中文系，恐怕也未必真正重视学生审美欣赏和写作能力的培养、训练。杨晦先生就曾明确地说："北大中文系不是培养作家的。"难怪有的志在为文的同学说："考大学是进错了门。"

据我了解，他这么说，并非无谓的牢骚，而是有其一定的学术背景的。从整个发展趋势看，自从工业化降临大地，诗文创作便遭逢了厄运。工业化带来的是机械化和理性化，速度、效率为先，同一、简单、抽象为其本质特征。诗情画意、文思隽语，失去了悠闲、舒缓的心态和田园牧歌式的氛围的依托，葬身于匆促、慌忙、躁进之中。而20世纪50年代的社会政治环境，也并不适合于文学这朵奇葩的绽放。记忆中有这样一件事：

一个星期天，我们几个同学在北陵公园闲步。不知是谁提出"什么样的小说最伟大"的问题，有的说是《战争与和平》，有的说是《钢铁是怎样炼成的》，有的说是《牛虻》，相互争持不下。说着说着，话题又转到"作家成功的路径、最佳的选择"上。对这个问题大家的看法比较一致，都认为最好是写本身经历，并且举出苏联和国内许多作家的实例，除了耳熟能详的高尔基、奥斯特洛夫斯基，还有曲波（《林海雪原》），杨沫（《青春之歌》），杨益言、罗广斌（《红岩》），吴运铎（《把一切献给党》）等一大串名字。最后得出这样一个结论：我辈青年学子经历简单，缺乏足够的生命体验、人生阅历，纵有文学天才，纵然百倍努力，也难以获得成功。

这些看法存在一定的局限性，但它确是反映了当时大学生认识的实际。受其影响，那个时期我写的几篇作品，几乎全是纪实性的。即便是名为短篇小说，也基本上是写实，而不善于虚构与想象，谈不上塑造典型环境、典型人物。

就学的第三个年头，我们到辽西建平县中学实习。其间，听说有几十名男女青年响应党的号召，结队上山建设青松岭，我们便前往参观、访问。听了他们的介绍，当时真是热血沸腾、奋发鼓舞。回来后，作为实习课，我写了一篇散文，名为《青松之歌》，刊发在校报上。前两部分记叙青松岭青年建设者的事迹，同时描述了此间山川形貌以及过去自然生态恶劣的状况，下面是文章的最后部分：

创业维艰，古今同理。但是，正如荀子所言："良农不为水旱不耕，良贾不为折阅不市。"真正的革命者，绝不会因为艰难险阻而中断奋斗。呼唤暴风雨，迎着困难前进，正是时代英雄的本色。青年时代的马克思写过这样的诗句："火焰充满着我的整个心房，我怎能安闲地游荡！迎着风暴，投身斗争，我怎能在半醒半梦中闲逛！""为了不致在空虚的苟且偷安中生活得碌碌无为，来吧，我们一起走向困难重重的遥远的途程。"

幸福，是斗争的伙伴。一个人如果胸无大志，畏难苟安，整天像蝴蝶似的空虚地飞去飞来，企鹅般地把头伸到崖岸底下去逃避风雨，那还有什么幸福之可言呢！——可悲而已。

契诃夫有一篇题为《哀伤》的短篇小说，写老旋匠格里高里·彼德洛夫，跟老婆一块儿过了四十年，可是，那四十年如同在雾里一样过去了，尽是醺醉啦、打架啦、贫穷啦，处在半睡半醒之中，既不知道什么是哀伤，也不知道什么是快乐，一句话："根本没有觉得是在生活。"后来，老婆在绝望中病危，他赶着借来的马车，在风雪迷漫中，送她到城里就医。一路上，他回忆起了过去，认识到过去的生活实在是糟糕，深感后悔，从内心深处发出"再从头生活一回才好"的想望，盘

◎ 营口日报社参加"四清"人员

算着添置新工具，承揽定货，要好好地干活；发誓再不打老婆，再不逼她去讨饭，要把钱全都交给她。可是，一切一切，都为时过晚，无法挽回了。老婆已经死在半路上，他自己也因在雪地里受凉，到医院后在哀伤中死去。

这真是一场悲剧！如果说"哀莫大于心死"，那么，痛则莫大于无聊——

无聊会使人处在麻木状态，造成生命活力的停滞与枯竭。

现在，我们唱着时代的凯歌走进了人类的新天地，用斗争和劳动开辟了一个辉煌的历史时期，心中充满了幸福感与自豪感。每当想到未来的人们，便会立刻喷涌出无穷的热力。为了后代人生活得更美好，此刻，我们宁愿付出更艰巨的劳动。诚如列宁所说："我们想要建立八小时工作制，可是我们自己却往往做了至少两倍时间的工作。"前人种树，后人乘凉。通过我们的双手，大地披胸献宝，长河摇尾欢歌，万古荒原涌起金黄的麦浪，千亩秃山开遍绚烂的花朵——而这些，正是新时代的凌烟阁、纪功碑。

青松岭上的青年建设者，无疑也将在时间的洪流中老去，然而，他们的精神、他们的业绩，却是永世长新的。遥想几十年后，当未来的一代登上青松岭时，面对着绿浪接天、浓荫蔽日的松林，咀嚼着那又甜又脆的水果，饱游饫看之余，再联想起旧县志上记载的"山上秃子头，山下鸡爪沟，刮风狼烟起，雨后洪水流"的情景，他们该是怎样地感佩这班艰苦创业的先行者啊！

文章并不出色。"立此存照"，只是为了展示一番当时写作的基本风貌，一睹其时代特色而已。

20世纪60年代之初,我单身在外工作,父母住在五十华里外的乡下,两个多月骑自行车回家一次,路面凸凹不平,至少需要三个小时。这天,幸而遇上了顺风,只花一半时间就进了家门。高兴得又唱又跳,剩余的精力用不完,我就坐下来写文章。

探索成长之路,解读智慧人生,
本章内容,扫码聆听。

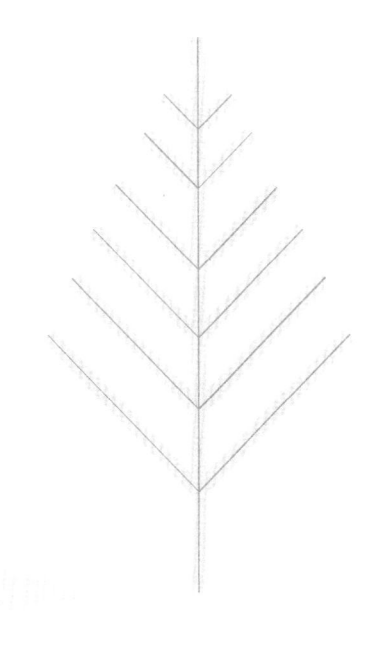

第五章

山路崎岖

两个"第一课"

走出大学校门,我就到盘山第一中学担任初中班语文教师。讲授的第一课是老舍先生的《我热爱新北京》。教导主任是我上两班的校友,事先嘱咐我:"上好第一课至关重要,要投入足够的精力做好准备。以你的文学水平,肯定能够叫座。"直到上课前,他还叮嘱我:"切记按时结束,不要'压堂'。"说着,从腕上摘下了手表,放到我的粉笔盒里。

走进教室,我扫视了一下全场,几十名学生坐得整整齐齐,静穆无声,最后一排坐着语文教研室的几位同事。简单地做了自我介绍,我便开始转入正题。讲解课文之前,首先对作者生平、北京历史作了阐释。尽管其时我还没有到过首都北京,与老舍先生更是素昧平生,但我讲得还是绘声绘色,自认生动感人。特别是讲到龙须沟,因为我事先看了老舍先生的剧本,发挥得更是淋漓尽致。

我说，老舍先生生在北京，长在北京，写了一辈子北京，他对北京的感情极为深挚。1936年，他曾写过一篇《想北平》的散文，说："真愿成为诗人，把一切好听好看的字都浸在自己的心血里，像杜鹃似的啼出北平的俊伟。"十五年后，他又写了这篇《我热爱新北京》，将解放前后的北京加以对比，一个"新"字道尽了北京的沧桑巨变，也写出了作家对新中国首都的炽烈深情。

我就这样，洋洋洒洒地讲，完全模糊了时间观念，更忘记了看上一眼粉笔盒里的手表，以致外面响起了下一节课的上课铃声，我还在那里滔滔不绝地讲啊讲。结果，回去后被教导主任"训"了一顿。多亏教研室的几位同事在一旁大力为我解围，肯定我的课文讲解内容充实，生动感人。

尔后一年多的教学生涯，就显得从容多了，掌握了主动权。我已经深深地爱上了这一行，下了"终身以之"的决心。可是，不久就接到下放农村锻炼的调令，地点是棠树林子乡秃尾沟村。

我被安排住在生产队长家的一间空房里，吃饭是到老贫农刘大伯家入伙，干活参加青年突击队，当时主要农活是从河滩往耕地里挑黑土，改良土壤。晚间，在夜校里教男女青年识字。村里原有十名团员，加上我，组成一个团支部，选我为支部书记。

这天，农业社的管委会主任到队里来，听说我教过中学，来到队里很快就和群众打成了一片，当众鼓励了一番；

然后，又领着我在村里村外转转，帮助我熟悉一下周围的环境。我知道，这是在向我进行热爱乡土、献身农村的实际教育。

望着大堤外黑黝黝、油汪汪的河滩地，我被深深地迷住了，当下情不自禁地甩了两句学生腔："多么肥沃的宝地啊！真是插进一根锄杠也能长出庄稼来的！"管委会主任却说："地是没比的，只是年年受涝，除了一茬麦子，再没有其他收成了。"

"下茬种豆子不行吗？"我问。他充满忧虑地回答："这里，年年夏天涨大水，二三十天下不去，什么样的豆子也挺不住哇！"从此，我的心里便结记着管委会主任所忧虑的事。

一天晚上，在大队部看到《人民日报》第二版上登载一则消息，介绍河南省商水县农村种植一种富有营养、具有很高药用价值的药玉米。它的抗涝功能很强，水中浸泡三四十天，仍有较好收成。回到住处，我连夜给商水县县长写了一封信，并寄去五元钱，请他帮助购置一些药玉米种子。这事是悄悄干的，没有告诉年轻的伙伴。因为我知道"一县之长"工作很忙，未必能去过问一个外地青年的请托。

过了半个多月，接到一个邮件通知单，我以为是家里寄来什么物品，便委托去镇上赶集的刘大伯代我取出来。带回来的是两个枕头般大小的包裹。打开一看，正是我日夜盼望的药玉米种子。捧在手里，粒粒珍珠一般，椭圆形，淡褐色，有光泽，共有十斤左右。包裹里还夹了个便笺，简单地介绍了播种日期和它的喜肥喜水的习性。

我在连夜召开的团支部紧急会议上，当众宣布了这一秘密。然后，大家一起研究、拟定了为期两年要使全社滩田受益的"宏伟规划"。一张张极度兴奋的青春面孔，在煤油灯的照映下，看去像涂上了一层油彩。

清早起来第一件事，便是去找管委会主任，请他批准划拨一块肥腴的腹地，作为栽培药玉米的青年试验田。老主任听了我和回乡高中生赵书琴描述的神话般的远景，乐得合不拢嘴，马上就答应下来。第二件事，便是挨户到团员、积极分子家里收集上好的农家肥。大家牢记着商水县县长复信中讲的"喜肥"二字，决心把这个"大地的骄子"喂养得壮壮的。经过一天一夜的紧张动员，试验田的旁边矗立起一座小山似的肥堆。

转眼到了播种时期。我们起早睡晚，苦心经营着这块腹地，先是把那些上好的农家肥倾撒进去，再细致地平整土地，最后套上一副牛犁杖，开了沟，起了垄。我们觉察到了，帮助干活的两个老庄稼把式——我的"饭庄"的刘大伯和书琴的父亲赵大叔有不同看法，但他们憋着不说，只是一个劲儿抽着老旱烟。也许是为这些孩子们的冲天热劲所感动，尽管有不同意见，也不忍心泼冷水。但是，回到家里以后，赵大叔按捺不住了，申斥女儿说："我看你们是瞎胡闹！什么事情都要有个限度。巴掌大一块地方，下了那么多的肥，将来还不得长疯了！"女儿书琴，这个坚定的"跃进派"，嘴上不说，心里想的却是：老脑筋，老保守，到秋天放个"高产卫星"给你看！

下种的第三天，正赶上一场透雨，真是天遂人愿。此后，几乎每天早上，我们都要跑到地头，伏下身子，察看萌芽的踪迹。药玉米终于齐刷刷地钻出了地面，它们摇摆着两片娇嫩的小耳朵，向主人微笑着。一个星期过后，我们又浇了一遍蒙头水。同伴们互相揶揄着，说是以后结了婚、生了孩子，也未必能像这样嘘寒问暖，关怀备至。

药玉米终于蔚然成林，手指般粗细的茎秆上，枝分叶布，绿影婆娑。趁着雨季尚未到来，我们又一次踏勘河滩地，计算着明年大体需要多少药玉米种子。当时，想到了尽量节省用量，以便拨出一些支援兄弟社。

但没过多久，这种乐观的情绪便为沉重的焦虑所取代了。大家注意到，那么葱茏蓊郁的药玉米秸棵上，竟没有几串花序，更很少见到颖果。随着时间的推移，连那几个最活泼、最乐观的女青年也把头耷拉下来。有的分析认为，是异地种植水土不服所致，还引证了"橘逾淮而北为枳"的古训。多数人不同意，理由是：河南的小麦、湖北的棉花到这里落户，不都生长得很好吗？

最后，我跑了三十里路，请来乡农业技术推广站的技术员。他的诊断是："营养过剩，造成贪青徒长。"接着他又指出："你们机械、片面地领会了那位县长的嘱咐——他不会知道你们是种在肥沃的河滩地上，更料不到你们上了那么多上好、优质的农家肥。"

我们听了这番训诫，一个个低下了脑袋，共同承认受到一场深刻而实际的唯物辩证法教育。也进一步觉得，应该老老实实拜老百姓为师。药玉米真的"长疯了"！赵大叔的预言竟不幸而成为现实。结局自然是"一幕悲剧"——割倒后装满两大车，拉到村东头五保户家做了烧柴。过后，团支部专门召开会议，总结教训。作为带头人，我向同伴们坦诚地做了检讨，承认在这件事上负有重要的责任。

试种药玉米——劳动锻炼的"第一课"，我没有上好。不过，就整体来说，一年辛苦，收获还是巨大的。除了熟悉农村、经受锻炼、获取宝贵的经验与教训，最重要的是，包括这些青年伙伴，我和当地农民群众建立了深厚感情。这些心痕意蕊，都珍藏在我的记忆里。

辽河截流之役，连续奋战三个昼夜，我迷迷糊糊地回到住处，一头扎在炕上，再也不想起来了。嘴里喃喃地喊着"渴，渴"，房东大嫂立刻烧水。可是，等她把水碗端过来，我却早已"呼呼"地睡着了。大嫂便坐在一旁，静静地等候着，一当我嘴里又咕哝着，马上就扶我坐起，帮我端着碗把水喝下去。

房东陈家夫妇正直、善良，心眼好。陈大哥的岳父家在邻村，大雪封门，家里一条老狗冻饿而死，妻侄把煮熟的两条狗大腿送过来。陈家孩子多，当天就吃光了一只；但夫妇俩看我累瘦了，就把另外一只送给了我。当时正值三九天，我就把它吊在房梁上冻起来。每当我晚上回来，大嫂的五岁女儿小云都要过来看，手指着上面问："叔啊，你那腿啥时候吃啊？"逗得家里人哄堂大笑。我便把它解下来，洗了洗，用菜刀一片片地切开，和几个孩子一起，大快朵颐。

家庭般的温暖，加上亲身参与轰轰烈烈的生产建设热潮的鼓动，一时激情四溢，燃起了蓬勃的创作欲望。于是，我利用两个晚上写出一篇纪实小说《搬家》，内容是：河湾村历年遭受辽河侵袭，为了保护农田修堤筑坝，社员赵老明需要搬家，这便产生了公私矛盾，经过一番家庭内部的纷争、激辩，最后是小局服从大局。当时投给了《辽宁日报》文艺副刊。很快就刊发出来。得了四十八元稿费，献给生产队，买了一套锣鼓和高音喇叭。

鸱鹆的苦境

农村劳动锻炼结束后,我即调任县报社责任编辑。按照当时的解释:"责任编辑"者,即虽为一般编辑却要担负很大责任也。那么,难道上面再没有负责人吗?有的,我的上面有编辑室主任,再上面还有总编辑。

到任那天,总编辑找我谈话。他亲切地拉着我的手,显得蔼然可亲,平易近人。他说:"你知道,我是个大老粗,说说、干干还行,动笔头子就玩不转了。咳!硬把一个渔场的场长调来办报,这是'赶鸭子上架'。"他慢慢地点上一支烟,猛劲地吸了一口,接着说下去:"你呢,念过大书,教过中学,满腹经文(他不说"满腹经纶"),是个笔杆子——我点名要的你,当然了解你的情况。咱们把话挑开来说,因为你还不是党员,在党的机关报社当不了主任。但是,还要重用你——我是爱才如命啊,叫你当'责任编辑',报纸的文字、版面由你全权处理。"

一席话，说得我情怀似火，热血沸腾，对如此知遇之恩，真的要感激涕零了。

我原以为，"全权处理"云云，不过是客套话，没想到，总编辑竟真的大甩手了。主任审过的稿子，他也要我进行文字加工，然后再送给他。他呢，总是坐不安站不稳的，不是一味地晃荡着座椅，就是躺在床上，两脚搭着床头，根本不看稿子，只问一句："你不是认真看过了吗？"看我点头默认，便马上坐起来签字，然后，由我送往印刷厂发排。晚上，也由我先看版样，再径送县委宣传部长审查。熟悉了以后，部长便一边看着报样，一边与我唠嗑儿，有时还故意提出一些问题，听我讲述个人的看法。

就这样，一天到晚忙个不停，编辑室——印刷厂——宣传部，奔驰在这个"等边三角形"上，转眼一个季度过去了。我试探着询问总编辑，对我有什么意见、要求，他一迭连声地说："好，好，你表现得很好嘛！"我心里想，既然我表现得很好，你怎么不提我入党的事呢？但我马上就反驳了自己：入党都得自己主动申请，这标志着个人的觉悟与决心，组织上怎好动员呢？于是，我花上一个星期天，字斟句酌地写了一份入党申请书，郑重其事地上呈报社的党支部书记，也就是总编辑。

一个月过去了，又一个月过去了，杳无信息，也没有人找我谈话。有时看见党员开会，心想，大概是讨论我的组织问题了；可是，等了两天还不见动静，才知道猜错了。

一天，路上碰见了中学母校的校长，他先是夸奖我聪明能干，又讲了两件闲事，最后，诚恳地告诫我，要学会"夹紧尾巴做人"，不要逞才触忌。我忙问"出了什么事"，他说"没什么，没什么"，就分手了。我心里放不下，就去找师母透底。原来，是在宣传文教系统的领导联席会上，宣传部长问起了我入党的事，说"这是一个人才，加入组织之后，可以进一步发挥作用"。当场总编辑就说，这个人小资产阶级意识浓重，锋芒外露，修养不足。现在，主要是帮助他改造思想，入党问题还谈不上。听了师母转述的这番话，犹如兜头浇了一瓢凉水，心里很不是滋味，但除了自省自责，也没有往别处想。

转眼到了中秋节，我去朝鲜族聚居的中央村采访，正赶上他们举办歌舞盛会。优美的舞姿，悠扬的旋律，衬托出浓郁的生活气息、和谐的时代气氛，令人心旷神怡。特别是荡秋千，两个靓妆女郎，真像僧人惠洪诗中写的，"飘扬血色裙拖地，断送玉容人上天"，上下往还，翩然若仙。回来后，写成一篇反映民族团结进步的文艺通讯，见报后又被省报转载了。不少人看后都称赞文章有思想、有文采。

两天后，总编辑找我谈话，一反那次蔼然可亲的神态，冷冷地说，下去写东西可以，但注意不要署个人名字。劳动人民创造了世界，也没见哪个到处署名。写篇小稿算得了什么？落上个"本报记者"就蛮好了。荣誉应该归于集体，不要突出个人。

按说，记者下去就该写东西，为什么只是"可以"呢？文艺通讯为什么不能署个人名字？我想不通，却不敢问。

不久，省报决定从各地记者站充实一批年轻记者，点名调我。我们报社却以"不是党员"为由挡了驾。几天过去，省报又来人商谈，说虽未入党但具备近期发展条件的也可以。这次由总编辑直接出面，告诉来人："该同志三年内入党没有希望。"同时，推荐我们的编辑室主任为省报驻县记者，几天后，调令就到了。

这位主任是忠厚长者，人品很好，而且，具有实践经验，熟悉农村情况，但平时很少动笔。转到记者站之后，每逢重大采访任务，他总要拉上我，由我执笔，然后，两级报纸分别采用。因为总编辑有话，我们自己报纸刊发时，便署名"本报记者"，而登在省报上则由主任单独署名。

一次，我们去高家湾采访，见到渔人驾着舢板在河中撒网，同时带上两只鸬鹚捕鱼。它们不时地在水中钻进钻出，每次必叼出一条大鱼放进舱里。我是头一次见到这种场景，便好奇地问这问那。老主任告诉我，不能放任鸬鹚随意吞食，否则，吃饱了就不再干活了，所以必须带上脖套。但隔一会儿，也要喂它一点儿小鱼，以示奖赏。又要它叼鱼，又不让它吃饱，这就是驾驭鸬鹚的学问。

接着，他说，我们的总编辑从小就玩这个鸟儿，处事也深得此中奥秘，但他只做不说，只有一次喝得醺醺大醉，才志得意满地泄露了"天机"。听到这里，我当即打了个寒噤,原来,我正处于鸿鹄的苦境啊。看来,只要他老兄当政,我大概是没有希望脱颖而出了。

我开始利用闲暇时间写作散文,然后悄悄地寄给《中国青年报》《光明日报》和北京《大公报》的副刊,全部使用笔名,而且,再三叮嘱编辑部:"毋须退稿,如不刊用,置之纸篓可也。有事确需联系,请寄信某街某号。"——这是本城内我姨娘家的住址。

但"智者千虑,终有一失",稿件确不曾直接退还到本单位,但是,报纸发表作品总需要了解作者情况。结果,一星期之内,单位连续接到两封中央报刊询问作者情况的信件。因为我毕竟没有什么政治问题,所以单位也只好盖章"同意",这样,两篇散文先后都见报了。

但是,从此便惹下了麻烦。总编辑几次在会上不点名地批评,说有的人提出了入党申请,却不注意改造思想,整天"不务正业","名利思想冒尖","个人主义十分严重"。我实在想不通,为什么他在业余时间打扑克、下象棋,可以理直气壮;而我在业余时间搞创作,就叫不务正业?但没有勇气"叫真儿",只是蒙着大被痛哭一场。

20世纪60年代之初,我单身在外工作,父母住在五十华里外的乡下,两个多月骑自行车回家一次,路面凸凹不平,至少需要三个小时。这天,幸而遇上了顺风,只花一半时间就进了家门。高兴得又唱又跳,剩余的精力用不完,我就坐下来写文章。想起这两年一直都是背时憋气,劲没少使，汗没少出，到头来撞了满脑袋大包，真是"文章误我，我误青春"。唯有这次算是遇到了好风，只是太稀少了。于是，以清人潘耒的诗句"好风肯与王郎便"为题，顺手写了一篇随笔。

回到单位后，重看一遍，觉得有的地方失当，便删除一些牢骚语句，换成正面表述。只是由于实在偏爱这首清诗，把"好风肯与王郎便，世上惟君不妒才"保留了。结果，见报后又引起了一场轩然大波。

本来，文中已经说明了诗中讲的是唐代文学家王勃的故实。那年他去交趾省亲，船过马当，幸得一夜好风相送，使他赶上了南昌的盛会，写下千古名篇《滕王阁序》。但是，我们这位总编辑，虽然心思并不放在报纸上，文才也不高，嗅觉却异常灵敏。他一眼就看出了，这是借古讽今，发泄不满情绪。他说，必须抓住这个典型，进行深入批判。

好在其时政治环境比较宽松；又兼宣传部长亲自出面，说了"通篇还是正面文章，只是引诗不当，终究未脱知识分子习气"等解围的话，才算不了了之。

谁知一波未平，一波又起。报社房子漏雨，临时搬到印刷厂办公，编辑们除了携带一些必需的材料，其余资料都集中放在会计室里。会计是个刚从学校毕业的女青年，酷爱文学，尤其喜欢背诵古诗。那天，她闲翻大家寄存的文稿、剪报，从我的资料袋里看到一首七言绝句，便抄录在笔记本上："技痒心烦结祸胎，几番封笔又重开。临文底事逃名姓？'秀士'当门莫展才！"这是我在投稿遭到批判后顺手写的，过后忘记销毁了。若是其他同事碰上了，因为了解诗中的含蕴，估计不致公开议论；而女会计新来乍到，不知避忌，且又天真烂漫，渴求知识，便当面问我："秀士"是不是指《水浒传》中的白衣秀士王伦？直吓得我恨不能用手堵住她的嘴，但一切都晚了，总编辑恰好在场，而且听得一清二楚，脸子唰啦一下撂下来，比哭丧还难看。我知道，这一关是无论如何也难以躲过了，只有硬着头皮等着挨批吧。

幸好"绝处逢生"，县里连着开了几天会，总编辑没有破出工夫来追查此事；等他开会回来，宣传部又转来了中央关于整顿全国地方报刊的通知。我们这张小报定在撤销之列，"老总"面临的首要课题是他的未来去向，少不得要观察风色，奔走权门，已经没有精力过问这场"文字官司"了。当时已是市带县的体制，在这"兵荒马乱"之时，市报"趁火打劫"，调我去办文艺副刊，总编辑无可奈何地说了一句："许多问题还没有交代清楚，就这么拍拍屁股走了，实在是便宜了他！"

辽河湾畔结文缘

接到《营口日报》要我去做农村记者的调令，其时正值1962年春节后的雪消冰泮时节。因为隔着一条大辽河，当时又没有修桥，报社批准，可以等到河川解冻、通航之后再去上班，但我等不得，硬是带上行李，搭乘火车，绕经省城沈阳前去报到。一路上，我认真盘算着怎样采访新闻，如何深入农村发现新生事物，怎样同基层干部交朋友；我还想到，要购置一辆轻便的自行车，加上一件雨衣。

可是，出乎意料的是，进了市委大院，到宣传部报到时，秘书科梁科长直接把我领到董连璧部长的办公室。部长鼓励我"继续奋力前行，创造新的成绩"，并且亲笔在调令上批了一句话："老丁：我的意见，让王充闾去编文艺副刊。"丁立身总编辑自然尊重董部长的意见，这样，我的工作岗位便由农村部改换到文教部，开启了为时四年的副刊编辑生涯，可说是意外的文缘。

这里补白一句：几天后在会场上见到梁科长，他说：你在报纸上发的《绿了沙原》《插在货郎担上的一束鲜花》《红梁赋》《春夜》等，我们都读过了，董部长还问了你的情况。这给了我莫大的鼓舞。

从县报到市报，尽管业务大体相近，但环境、气候有很大的改变。我感触最深的是，这里有一种鼓励奋发成才、催人上进的清新、健康的氛围。总编辑是"老报人"，曾供职于《辽东大众报》，视野开阔，他在大会上公开号召，要立志当名家，要敢于出头、冒尖。他说，有人讲，不想当元帅的不是一个好士兵；同样，不想当名记者、名编辑的，也绝不是一个合格的报人。这番话，对我来说，不啻空谷足音，晴天炸雷。

因为过去在我所供职的单位，漫说公开讲这种话，即便私下议论，也是绝对不可以的。在那种场合，哪个敢冒"走白专道路"的大不韪呢！那里是"武大郎开店"，嫉贤妒能，我不行你比我更不行才好；而在这里，则是群峰并峙，"百舸争流"，大家相竞而生，互争雄长，唯恐落后一步，遭到出局淘汰。"蓬生麻中，不扶而直"，想偷懒也不成。这种良好的环境、氛围，颇有益于年轻人的成长。

副刊编辑这个岗位，使我有条件接触到当地数得上的一些文艺界、学术界的名流，结识了许多文友，无论是孔子说的"以文会友"，还是庄子谈的"乘物以游心"，都切实有了着落。由于整天生活在文学圈子里，显著地增强了创作意识。当时，由总编辑创议，以《北京晚报》的《燕山夜话》为榜样，在副刊版开设了一个《辽滨寄语》专栏，每天发一篇杂文或随笔，基本上由编辑人员包揽。这样，写出作品来不愁没有地方发表，只怕你江郎才滞拿不出东西，可说是"海阔凭鱼跃，天高任鸟飞"。加之，每期版面上都有一些补白和随感式的短论，要靠编者待稿子凑齐之后即兴撰写，这种短、平、快的"点睛之笔"，时间紧，要求高，最能锻炼笔头子。本事是逼出来的，逼的次数一多，"鸭子"慢慢也就学会上架了。

这里，值得人书一笔的，是以评报活动为主要形式，以创新驱动、提高质量为基本目的的民主办报制度。编辑部向例：本报重要稿件发排后，先打出小样交各组讨论，大家尽情修改，从总编辑到见习记者，作者为谁，不遑计也。每天上班后，第一件事便是评议当天出版的本报，往往一张报纸画得朱墨琳琅，而且，常有不同意见交锋，气氛十分热烈。读报、评报，就是很好的学习过程。当时我曾写过两首小诗，以纪其盛：

史笔千秋重是非，无须曲意定依违，
摘疵辨误挥朱墨，不管文章属阿谁。

编采由来问舆情，每从议报见分明。
阿侬不是初笄女，头脚人前任品评。

◎ 与时任《辽宁日报》总编辑武春河（右）、时任锦州市委副书记邵秉仁（左）相聚辽西

我还写过一首《听课》的诗：

昼采新闻夜拜师，青灯课读似儿时。
苏洵发愤年同我，学海扬帆未觉迟。

编辑部向来就有浓郁的读书氛围，为了帮助编采人员开阔文学视野，提高写作能力，编委会特意从高校聘请专家学者前来讲授古文，开办外国文学讲座，当时听课者颇多，甚至包括市委机关的一些干部。予时年二十七，故有"苏洵发愤"之喻。

编辑副刊之余，我还有许多外出采访的机会。进山乡，入农户，风帆出碧海，谷场话年丰，其乐融融。每当我徜徉于大自然赐予的那一片片敞开的大地上，总有一种生命还乡的欣慰与生命谢恩的热望。我把这种感觉写下来，于是，便留下了笔底心音。它是我在自然的怀抱中居停的宣言书和身份证，是我探寻真源的心灵印迹和设法走出有限的深深的感悟。站在大自然的一座座时空立交桥上，任心中波涛滚滚翻腾，那种凿穿了生命隧道的欢愉，那种超拔的渴望，飞腾的觉悟，走向自由自在的轻松，又使我渐渐地有了对于儒、释、道以不同方式界说的"天人合一"的深悟。

当然，编辑生涯也并非时时都是诗意盎然、悠然自得

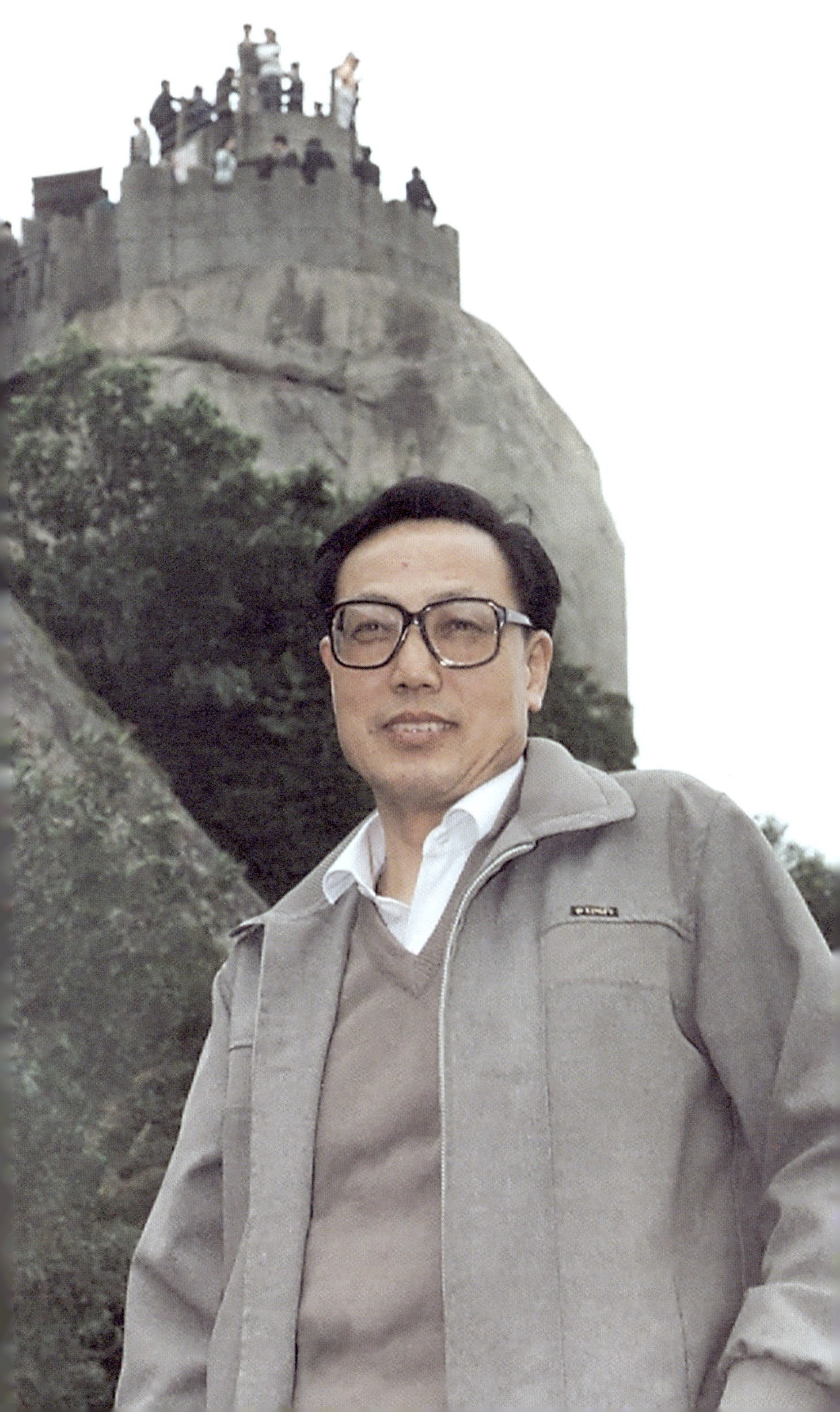

1990年春,赴福州、厦门采风,登鼓浪屿日光岩。日光岩亦称龙头山,众人争先恐后,气喘吁吁,竞攀绝顶;我便甘居人后,踯躅中峰,静观遐想,没有跟着去抢占"鳌头",倒也自得其乐。

1990年,福建厦门,登上日光岩,鼓浪屿一览无余的，经常会在没有充分准备的情况下，突然接到紧急任务，需要仓促应命，临时突击。我到任不久，就曾经历过这样一件事：市委决定表彰一批战斗在生产第一线、和群众同呼吸共命运的"人民公仆"型优秀干部，报纸上除了刊登先进事迹，要求副刊上也要配发文艺随笔。总编辑接到通知，已经是晚上七点了。当即要我立刻构思、动笔，特别指出：属于遥相呼应，不是直接评论；十点前必须交稿。这样，我就紧急赶写出一篇"千字文"——

行路琐谈

"踏遍青山人未老"，映现出革命家的豪情；"步随流水赴前溪"，自是诗人的雅兴。生命在于运动，行路有益身心——此论于中外古今当无异议。尤其在今天的神州大地上，足迹所及，无论是普通公务人员，还是各级负责干部，作为"人民公仆"，安步当车，随处可见。可以说，走路，现已成为日常工作、生活中一种十分普遍的活动形式。

但是，在旧时代的官场，出外办事，却必须乘车坐轿，步行走路是不可想象的。唐代的李贺弱冠能诗，才名卓著，都官员外郎韩愈和侍御皇甫湜听说后，想亲自考察了解一番，便坐着车子到家去看他，李贺当场作诗，题目就叫《高轩过》。

所谓"高轩",就是高车,"轩"是古代一种前顶较高而有帷幕的车子,专供大夫以上官职的人乘坐。后来,诗人刘迎吟咏这件盛事,有句云:"正以高轩肯相过,免教书客感秋蓬。"

在封建时代,为着"谨出入之防,严尊卑之分",读书士子一经入仕,便与徒步绝缘。《聊斋·夜叉国》中有个形象的描述:"问:何以为官?曰:出则舆马,入则高堂,上一呼而下百诺,见者侧目视,侧足立。"真是威风了得!据古籍诠释,官者,管也,牧也,为民父母也。旧时代把长官治理下民看成牧人看管牛羊一样,典型地反映出封建制度下处于对立状态的官民关系。清末一首《京都竹枝词》就是这样描写的:"一双蔗棍轿前催,曲巷回过喊若雷,更有双鞭前叱咤,威风扬起满城灰。"

对于这种腐朽的官场习气,在旧社会是不易摆脱的,包括杜甫那样恫瘝在抱、体恤民瘼的伟大诗人在内。他曾在朝做过一任微官,入了仕自然就与普通士子不同了。在一首名为《逼侧行赠毕四曜》的诗中,他是这样写的:"逼侧何逼侧,我居巷南子巷北。可恨邻里间,十日不一见颜色。自从官马送还官,行路难行涩如棘。我贫无乘非无足,昔者相过今不得。不是爱微躯,非关足无力。徒步翻愁官长怒,此心炯炯君应识。"过去还可以街头徒步,常相过从，但做了微官之后就不能了，尽管住得非常近。"不是爱微躯，非关足无力"，只是因为徒步上街有失官家体面，那要惹官长生气的。

其实，这种当了官就不能步行的规矩，早在两千多年前就已经形成了。《论语》记载，孔子的高足颜渊死了，他哭得哀恸逾常，说：天老爷要我的命啊，天老爷要我的命啊！但当颜渊的父亲请求孔子卖掉车子为颜渊置办外椁时，孔子却说，我儿子孔鲤死时，也只有内棺，而没有外椁，我不能卖掉车子来替他买外椁，原因是："以吾从大夫（进入大夫行列）之后，不可徒行（徒步而行）也。"

记得老作家曹靖华过去曾经写过一篇散文：《忆当年，穿着细事且莫等闲看》。嗟呼，艰难岂止穿着事，行路当年未等闲！

在次日的评报中，这篇短文颇获好评。有些了解情况的编辑同仁，也许考虑到了它的产生背景；而我所关注的，倒是这种"急就章"对于创作与思考的特殊效益——它能最充分地激活智力，发挥潜能，调动内在的积极性，从而产生意想不到的效果。俗话说"本事是逼出来的"，"人在被追赶的时候跑得最快"，此之谓也。

"老阔"说书意趣浓

1965年8月底，报社接到市委通知，抽调我到营口县大石桥镇东窑村参加农村社会主义教育运动（通称"四清"）。听说，这里是市委书记陈一光同志的联系点。

入村之后，我惊喜地发现，著名评书演员袁阔成先生也在我们这个工作组。原来，陈书记不仅特别关心袁阔成的政治进步——两个月前，他光荣地成了一名共产党员，而且，对于他的评书艺术备极欣赏，多次鼓励他多说新书，说好新书，为全市文艺队伍树立一个榜样。在工作组全体成员见面会上，组长老李介绍过袁先生之后，又向我交代：在开展"四清"工作中，接受实际锻炼，提高思想政治觉悟（前此，我曾几次提出入党申请）；同时，帮助袁阔成先生收集、整理一些农村素材，充实、丰富其评书艺术资源。说，这是陈书记的意见。

尽管我也从事文学创作，但离曲艺专业很远，怎么竟荷蒙市委主要领导"钦点",分派这样一项任务呢?会后,袁先生告诉我,那次向市委汇报赴矿山、海防演出时,他谈了下一步说新书的打算:要投身农业第一线,进一步深入群众,体验生活;同时,抓紧阅读一些新出版的优秀长篇(记得"四清"期间,他的床头曾放有一部解放军文艺出版社印行的《欧阳海之歌》)。陈书记表示支持,还说要找个人帮助整理素材、研索思路。啊!原来如此。

工作队下分六个组,我们这组五个人,包括袁阔成和我——两人同睡一铺炕,同吃农家"派饭",一同下地干活;除了参加生产劳动,就是串门入户,访贫问苦,向社员了解村里情况。工作队纪律十分严明,突出强调队员必须和社员同吃同住同劳动,绝对不许搞特殊化。当时农家饭菜,多是大白菜、小豆腐、高粱米粥;稍微有点差异的,是经领导特批,农家大嫂专门给袁阔成随锅烙上一块玉米面饼,为的是增加一点热量,饭后好给大家说书。怎么称呼呢?他是市曲艺团团长,"四清"规定一律不叫官衔;叫"老袁"吧?他还没到不惑之年,并不老;直呼其名,又显得不太尊重。于是,社员们便叫他"老阔",亲切、得体,老少咸宜,应该说是很妙的。

到后的第三天,午饭轮到了一户铁路工人家庭,房间较为宽敞。撂下了饭碗,收拾过炕桌,就发现窗前、门外挤满了人,有的老头、妇女还上了炕。地面留出空场来,供"老阔"摆架势。房东大嫂依据看到的说书场景,事先摆上个木桌，后面放上一把椅子，倒了一杯茶水，还找出一把折扇，只待说书人"咔嚓"一声打开扇子，便会开讲。可是，"老阔"却全是另一套架式，他亲自动手，把桌椅连同茶杯、扇子挪开，随口说道：咱们庄户院，一切简办。其实，即便是在城市剧场，他早已革除了这一套。听说，他在演艺界创造了"三个第一"：第一个让评书走出小茶馆，进入社会大舞台；第一个脱掉传统的长袍大褂，换上中山装；第一个撤掉场桌、折扇、醒木，改坐着说为空手站着说。

这天说的是《肖飞买药》，故事改编自《烈火金刚》21、22两回。五一反"扫荡"，隐蔽在小李庄的八路军一批伤病员，急需消毒、疗伤药品，可是，要买药就得进城，日本鬼子监守着城中据点，怎么办？上级经过审慎研究，决定派遣县大队侦察员肖飞前往执行任务。一路上，他先后制伏了特务队长何志武和几个小特务，最后又智斗日本宪兵头子川岛一郎，巧夺脚踏车、摩托车，胜利地闯关越卡，终于把我军急需的药品弄到手中。通过"老阔"的精彩表演，肖飞这一勇敢机智的八路军侦察员英雄形象活灵活现。

在尔后的六七个月，总得超过上百次吧，"老阔"都像这样，午饭后或晚上，随地打场，即兴演出；有时还到瘫痪、孤寡老人家里去献艺。演出的绝大部分都是新书，而《肖飞买药》《江姐上船》《许云峰赴宴》《舌战小炉匠》等最受欢迎，可说是百听不厌。一位见过世面的退休老工人说，故事还在其次，就是爱看"老阔"扮演的英雄形象，一身正气，大义凛然。

那天，"老阔"刚刚说完《江姐上船》，老奶奶就合掌念佛，说：江姐、许云峰、杨子荣、肖飞是救苦救难的"四大菩萨"现身的。还有一次，我和"老阔"一道，扛着锄头进菜园子铲菜，发现小记工员正在那里模仿着他，说肖飞把烟头摔在狗特务的脸上，"滋啦"一下就烫出一个泡来，狗特务一哆嗦，烟头又顺着脖梗子往下滑，滚到胸脯上，疼得直打激灵。小记工员又学着"老阔"的腔调，问道："没想到吧，何志武？"对方唔拉了一句，心想："我想这干啥？碰上你肖飞，这不倒霉吗？"一举手，一投足，做派、声调，活脱脱的一个小袁阔成。逗得大家笑个前仰后合。一位老大嫂说："师傅到了，快快跪下，叩头！"

我曾反复地琢磨过，村里民众对于袁阔成的一些评书段子，之所以听了还想听，要说是缘于故事情节，那早已谙熟于心了，而且，有的也并非特别曲折、复杂。那么，吸引力究竟何在呢？结合我的切身体验，觉得核心在于他刻画的英雄人物智勇双全，充满了人格魅力。记得金圣叹说过，《水浒传》"只是看不厌，无非为他把一百八个人性格，都写出来""一样人，便还他一样说话"，所谓"各有派头，各有光景，各有家数，各有身份"。这对我的启示是直接而深刻的。

熟悉情况的人都知道，袁阔成不仅表演上出神入化，同时还是出色的作手。可以说，每个精彩的书段中，都饱含着他的深邃的思考和独到的匠心。他善于借鉴、吸收长篇小说的成功经验，一改受中国戏曲影响的传统评书主要是交代故事情节的做法，高度重视细节刻画和心理描写，既细致入微，又合情入理。评书《许云峰赴宴》中，为了刻画这位英雄人物的沉着镇定、处变不惊的气质和心态——当然也是表现他正在精心思考应敌之策，评书中摹写了他的眼中所见："休息室布置得很别致，地下铺着地毯，周围摆着几张沙发，对面有一架老鹰牌的大座钟，一人多高，钟砣'嘎噔嘎噔'地来回摆动，东西两侧有二米见方的两个水晶鱼缸，里边是清冷冷的水，绿莹莹的草，百十条热带鱼，在里面游来荡去。……他坐在一只沙发上，若无其事地抬起左腿搭在右腿上面，伸出双手，扯平了长衫的衣襟儿，轻轻地往膝盖上一搭，双手自然地放在胸前，两只眼睛悠闲自得地看着缸里的游鱼。"与此形成鲜明对照的，是写肖飞登上川岛一郎的挎斗摩托车，"头闸拱，二闸拽，三闸没有四闸快"；咕嘟嘟，离开药房，冲出东门，再一次经过日军岗哨时，鬼子一瞧肖飞来了，心说：你看怎么样，我就知道是自己人嘛，有急事，把自行车扔在家里，骑摩托来了。肖飞到了眼前，鬼子大喊一声："乔子开！"（日语，意为立正）肖飞一听，什么？饺子给？燕窝席也没工夫吃了。二者一静一动，一庄一谐，弛张有致。前者写的是激烈交锋的前奏，"万木无声待雨来"，使听众产生悬念与期待；后者属于闲笔，信手拈来，触处生春，令人忍俊不禁。

一次，我和"老阔"坐着大板车往镁矿职工食堂送菜。路上，我们唠起小说写作有全知视角与限知视角之别，如果是第一人称，当你不在场时，叙述视角就会受到限制。他说，评书的好处，都是全知视角，但在内容方面，有交代故事情节的叙述和描摹故事中人的言行、心理的表述之分。我问：这一叙一表，二者哪个更难？他说，相对地看，表述的要求更高、更全面。难在人物的声口话语、做派行为与心理活动，都必须充分体现个性化。

我说："你说的评书段子，人物林林总总，八路军将士、知识分子、扛大活的、摆小摊的、大特务、狗腿子、恶霸地主、管账先生……即便同属革命队伍，团政委、大队长、小战士，也是'人之不同，其异如面'。到了你的嘴里，个个特征鲜明，绝不雷同。为了体现个性化，你在表演中像相声大师侯宝林那样，描情拟态，绘声绘色，惟妙惟肖，不仅模仿人的各种动作，令人拍案叫绝；就连开汽车，哪怕是一个挂挡的微小动作也不放过，一听就能分辨出是大型客车、载重货车还是小轿车，简直是'绝了'。"

袁先生说的人物、事件，高度形似中又略带夸张，但能掌握分寸。既真实可信，又凸显特点，画龙点睛。在对古代经典小说的学习、借鉴中，他有所扬弃、取舍。比如，《水浒传》《三国演义》中都有过度夸张、渲染以致脱离

◎ 与评书演员袁阔成（中）一同参加"四清"，二十年后重访辽宁大石桥东窑村

常态的情况，像鲁智深倒拔垂杨柳、武松空拳打虎、周瑜因气致死等，袁先生都尽量加以避免。

除了高超的演技，我觉得，袁先生最值得看重，或者说最能反映先生本质特征的，还是他的高风亮节、艺品艺德。闲谈中，他给我讲了说新书和撤掉场面桌的往事。

1958年他在营口市曲艺团，以《舌战小炉匠》荣获全国曲艺优秀奖。演出归来，他便走出市区，深入工矿、农村、部队。一天，他在海防前线慰问守岛战士，行走在崎岖不平的石路上，看到小战士吃力地背着表演用的桌椅，汗流浃背，不由得感到心疼；当他走进会场，面对战士们一双双充满渴望与期待的眼睛，恨不能置身其间，把自己的全部评书家当和盘托出。可是,眼前却被一台木桌隔离开了,而且,还要安然坐下。于是,毅然决定,撤掉桌椅,自己要站在战士中间,面对面地表演。这样,一下子就消除了同战士的距离,从而取得了从艺以来最佳的演出效果。也正是从此开始,他断然革新了评书几百年传承下来的"以坐相示人、高台教化的半身艺术",转而为"手、眼、身、法、步全部亮开的全身艺术"。

这里,说的是撤掉场面桌的过程,而我心领神会的却是一位青年艺术家与工农兵心贴心的动人心曲。在我们相处的二百多天中,可以说,每天我都感受到他对农民父老兄弟的灼灼爱意、脉脉深情,以及一种天然的亲和力。作为共产党员,他宛如鼓足了前进动力的风帆,浑身注满了政治热情与生命活力,决心要倾尽一己之所长,为人民大众说书献艺。由于从心眼里喜欢,庄户院的诸姑伯叔,常常不依不饶,说上一段,还得再说,有的还喊起口号:"好不好?""好!""再来一个,要不要?""要!"立刻腾起响震屋瓦的掌声。这时候,他感到最为开心。他特别看重听众的反应,经常和我讨论,如何抓住听众特别是抓住年轻人的耳朵,让他们听得进、受感染。而对自己,则谦卑自抑,处处从严要求。其时,他在全国评书界的首席地位已经确立,可说是誉满神州;但他从不以"权威"自居。当听到有人赞颂时,他总是那句话:"不要瞎吹乱捧啊!吹捧不好。"

◎ 与评书演员袁阔成（右一）畅谈

他是"艺以化人""寓教于乐"的忠实维护者，十分反感"听书只图个热闹，只是乐和乐和"的说法。我曾听他愤激地指斥（这种情况很少见）："图个热闹——怎么可以这么讲呢？我们不能忘了艺术的价值。"他一贯主张评书是严肃的艺术，提倡高雅，反对粗俗。他尤其重视艺风、艺德，强调"人有人格，艺有艺格"。我注意到，他每次登场，都很重视仪容。即便是在地里干活，休息时应社员请求临时打场，自然来不及换妆，但也总要从衣袋里掏出小梳子，拢一拢头发，迅速进入"端乎其形，肃乎其容"的状态。

这里反映出，他对于祖国的传统艺术、人民的文艺事业，秉持一种敬畏的心理。

不知不觉间，六个多月就过去了。工作队总结座谈中，我说，最大的收获是接受实际教育，获得政治思想上的进步。1965年12月18日，我在这里光荣地加入了中国共产党。其间，听遍了袁先生说的《红岩》《烈火金刚》《林海雪原》《暴风骤雨》《赤胆忠心》《敌后武工队》《野火春风斗古城》等新书中的著名段子，既饱饫了精神滋养、艺术享受，更充分接受了革命传统教育，也从他那高尚的情操、品格、艺德中，认知了一位艺术家所应遵循的正确道路。这对于一个志在献身文学的青年，是至为珍贵的偏得。如果说有遗憾，就是"帮助整理素材、研索思路"这项使命落空了。主要是我缺乏应有的主动性；而他也实在太紧张忙累了，几乎所有业余时间都用来说段子，很难找到倾谈机会。其实，即便时间允许，要给一位艺术臻于至境的名家以"帮助"，又谈何容易！当时我曾表示，回去后想法加以弥补，比如，认真写几篇报道，大力彰扬袁阔成同群众打成一片，充满政治热情，说新书，讲艺德，以及刻苦钻研、精益求精的事迹。没有料到的是，回到市里不久，"文化大革命"就开始了；而我已经调离报社。这样，那些报道的构思与设想便付之东流了。

四代书橱，比肩而立，占去了我的卧室与客厅的半壁江山，使原本就不宽敞的居室显得更为褊窄。但环堵琳琅，确也蔚为壮观。纵然谈不上桂馥兰馨，书香盈室，但，"四壁图书中有我"，毕竟不失雅人深致。尽可以志得意满，顾盼自雄，说上一句："丈夫拥书万卷，何假南面百城！"

探索成长之路，解读智慧人生，
本章内容，扫码聆听。

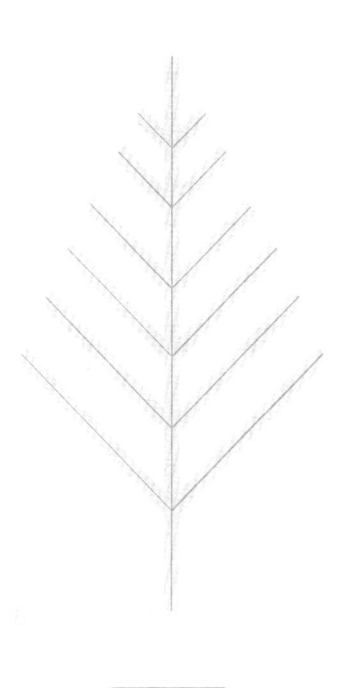

第六章

书生本色

十年搁笔遁书丛

由于在报社编辑副刊,又写过一些杂文、散义、随笔,"文革"初期受到过冲击,机关里哪个群众组织也不愿吸收为成员,这样我就过起了逍遥派的生活,正好摆脱干扰,埋头读书;与之相呼应,"文革"十年,我也没有发表过一篇作品。

我之所以搁笔,究其原因:一是,接受了消极教训。曾几何时,自己还曾因为那些"宝贝文章"而洋洋自得,现在竟都成了背上的沉重包袱,担心哪一天会重新遭到批判。为此,甚至觉得县报"老总"出于忌恨,不许我署自己名字,到头来却是一种无意的"保全"。二是,对"帮派文章"那种"拿'不是'当理说"、生拉强扯、诬枉不实、蓄意倾陷的内涵和居高临下、武断蛮横、矫揉造作的格调,从心里反感,无意、更不屑于往里面掺和。三是,文章的书写必须发自内心冲动,心有所感,情有所注,方能泚笔为文。创作对于心灵的遵从，是不容否认的。"文革"期间，谈不上有什么激动，有什么感悟，就是说，没有了精神资源，那还写什么？

"文革"中还发生过这样一件事，事出偶然，尤感突然。1968年9月下旬的一天，市革委会政工组长找我谈话，说是全市只剩营口日报社没有建立革委会了，国庆节前必须实现全市"一片红"。经过军队、地方领导反复酝酿，最后确定由我做报社革委会主任。由于丝毫没有准备，我一听，脑袋就大了，紧跟着问："你是不是开玩笑？我怎么能担这个重任？"政工组长严肃地说："怎么能开玩笑！"接着神秘地说："这是由韩政委亲自点将啊！政委说你是一个难得的人才。在北京两派谈判时，我也在场，政委就是这么说的。"他说的"政委"是某野战军的一位首长，当时任营口市革委会主任。

原来如此！

这年年初，中央号召地方各派大联合，分批召集各地群众组织"头头"进京谈判。记得是1968年1月26日，突然接到通知，说是韩政委要我到北京去。我感到特别突然，也十分紧张，不知出了什么事——我一介书生，区区一个小科长，找我干什么？坐了一夜火车，第二天早晨被接到京西宾馆。韩政委对我说："周总理亲自部署和主持这项工作，要求全国各地群众组织，务必在1月28日前实现大联合。可是，我们市里两派头头各执一词，争持不下，联合协议签订不了。现在，急需起草一份既符合中央要求，两派组织又都能接受的联合协议。明天是最后期限，凌晨五点前必须达成协议。中央的口径是：一、两派都是群众性的革命组织；二、两派都犯有错误，不能'唯我独左'；三、各自多做自我批评，团结一致向前看。"

最后，他说："你没有介入两派纷争，立场中立，不怀成见，比军队同志还要超脱一些；而且，文学修养、表达能力都是拔尖的。这样，由你起草协议，他们很容易接受。"

接下任务后，我带上两派分别起草的协议稿，就被送进一个房间，整整突击了四个小时，最后送交首长审定。认为措辞严谨，没有偏颇，一碗水端平了；特别是强调顾全大局，情辞恳切，很有感召力、说服力。这样，在两派"头头"会谈中，韩政委主持，由我宣读协议书，都没有提出异议，算是正式通过。

因为记着这件事情，这次准备对我予以重用。可是，我却"不识抬举"，一迭连声地说："不行，不行，绝对不行。我可担负不了这个重担。"我对报社深知深解，那里是人才荟萃的地方，也是龙潭虎穴，水深莫测。那两天，我正在看《庄子·列御寇》篇：在骊龙颔下取珠，"使骊龙而寤"，"子为齑粉夫"！"子见夫牺牛乎？衣以文绣，食以刍菽，及其牵而入于太庙，虽欲为孤犊，其可得乎！"

由于我死活不肯就任，最后没办法，军里派了一位秘书科长，担任了报社革委会主任。他一到任，就赶上"清理阶级队伍"。粉碎"四人帮"后，这位科长调回部队；剩下两个地方副主任，都不怎么管事，但也受了处分。我如果当了"一把手"，即便是消极应付，因为有责任在身，也得被划为"三种人"，开除党籍、公职。

报社一位同仁，后来见面时对我说："你具备政治智慧，很有预见性，不然的话，一生就毁了。"

我说："预见谈不到，更说不上有什么政治智慧，主要是从小读《庄子》，加上父亲的影响——他很信仰道家的思想，对名利、功业一向看得比较淡，没有那么强烈的欲望。当然，对于那些造反派'头头'拉拉扯扯，不学无术，权欲熏天，兴风作浪，确实也看不惯，心存戒备，不想和他们混在一起，这也是重要因素。"

他说："一个是淡泊名利，一个是洁身自好。具备了这两条，即便是从政，经风历浪，同样也能立于不败之地。"

作家石杰在《王充闾：文园归去来》一书中所描述的，颇近实际：

> 命运似乎和王充闾开了一个玩笑，让他经受了一场磨难后，又沿着它早已为他安排好的路子走下去。然而，此时的王充闾还没有完全从这场噩梦中解脱出来，当权者在运动中的遭遇更是让他心灰意冷，犹有余悸。本来，他的政治欲望就不

很强，此刻，对他来说，从政更没有太大的吸引力了。实际上，他的进取心是很强的，只是没有放在事功上，他所拼力追求的，是想望在学术研究、文学创作上有所建树。然而遭逢不偶，如今已年届不惑，治学与创作两个方面均未能实现预期，岂不愧对组织栽培，也愧对一己的抱负！这个期间写就的一首七言绝句，充分表露出他的心迹："星月争辉映敝庐，深宵何事久踟蹰？不成一事年空长，有愧人间大丈夫。"

当时的局面也甚为动荡。"四人帮"活动猖獗，政治斗争十分激烈。他给自己定下了一条戒律：处中游，随大溜儿，既没有鲜明抵制的觉悟，也绝不想跟着运动去捞油水。有一次，他去东郭苇场的南井子，这里是大凌河入海口，最为偏僻、宁静。心里非常喜欢这个地方，窃想：如果能够在这里住上十天半月，带上一部《汉书》，静下心来读一读，该有多好。由此，亦可见其内心深处的矛盾心理和避世心态了。他渴望人生有成，却不喜欢政治斗争；治世中他入世，乱世中他宁愿躲到书斋里去。然而不管怎样，他已经踏上了仕途这条路，在日后很长一段时间，他都处在入世与出世、为官与为文的矛盾漩涡里。

正是由于心中蕴蓄着做学问、搞研究的抱负，所以，辍笔绝不意味着对文学的放弃，只不过是找到了另一个出路，就是拼命读书，充实自己。马丁·路德·金在《我有一个梦想》中，有过"从绝望中寻找失望"的说法。借用过来，可说是"从绝望中寻找希望"。这样一来，十年浩劫，倒使我在天崩地坼、浮尘十丈中悄然结下了书缘。

最初那段时日，我主要是读毛选，读鲁迅，这是造反派们所允许的。我很喜欢鲁迅的小说。那种冷眼看人生的峻厉、深藏的压抑，以及广大的同情心、深刻的批判性，引起了我的共鸣。《鸭的喜剧》一开头就说："俄国的盲诗人爱罗先珂君带了他那六弦琴到北京之后不多久，便向我诉苦说：'寂寞呀，寂寞呀，在沙漠上似的寂寞呀！'"读到这里，我的心猛地一震。

控制不住读古书的欲望，我就常常偷偷地躲进宿舍去翻看，但外边总要包上一张报纸，以防意外。《庄子》和《红楼梦》这两部百科大全书，让我钻进去就不想出来，暂时竟忘却了身处逆境，今夕何夕。读《庄子》，使我增长了人生智慧。"游于世而不僻，顺人而不失己"，这是绝高的生存智慧。而读《红楼梦》，则往往流于消沉，曹公倾其十年心血写就的乃是其人生理想的三部曲：追求、激荡与幻灭——现在看，这种认识有失偏颇，显然与当时的处境直接相关。

其间，将近两年，在纺织工厂劳动，干的活是接线头、推布捆，前者琐碎，后者乏累。不管如何，回到宿舍，躺在床上还是要看一会儿书，周围总是一片鼾声。每星期休息一天，是我集中读书的大好时节。读苏俄的小说《在人间》《复活》《罪与罚》，读郭沫若的《蔡文姬》，读巴金的《激流三部曲》，也读《聊斋志异》《桃花扇》。当我读到："俺曾见金陵玉殿莺啼晓，秦淮水榭花开早，谁知道容易冰消！眼看他起朱楼，眼看他宴宾客，眼看他楼塌了。这青苔碧瓦堆，俺曾睡风流觉，将五十年兴亡看饱。"似乎从中悟出了一些神秘的奥蕴，却又说不清楚。

"文革"开始时，红卫兵"破四旧"，从一些人家搜出大量文物、藏品，也有许多古旧书籍，统统放在市财政局的仓库里。后来"落实政策"，物品陆续归还原主，而这些旧书却一直堆放在仓库里。"批林批孔"要找靶子，市革委会宣传组就让我到那里去清理，因为我读过"四书五经"，在全机关是出了名的"饱学之士"。弄了两整天，从中挑出有价值的（当时说成是可供批判的）古书三百三十多种，我把它们用卡车运到市委机关，在办公楼的几个卷柜里锁了起来，钥匙由我掌管。这在我是求之不得的。

从此，我就堂而皇之、名正言顺地以准备批判材料为借口，找出各种各样的线装古籍，阅读、摘抄。其实，那时军代表关注的是联系现实，他们不愿意也不懂得翻动那些古旧东西。你不是要"评法批儒"吗？那我就读了《韩非子》，还有杂家吕不韦的《吕氏春秋》，刘安的《淮南鸿烈》和王充的《论衡》。反正周围那些人，也分不清谁是儒家、法家、道家、杂家。我倒是乐得迷恋在这个"桃源世界"里，"不知有汉，无论魏晋"！我记了几本笔记，中间也没有人催我写批判文章，顾自在那里饱享嗜书的乐趣。郭沫若的《十批判书》、范文澜的《中国通史》、梁启超的《饮冰室合集》，也都是这个时期读的。或许是有了一些阅历的缘故，觉得书读得深了，理解得也比较透辟了，心中逐渐豁朗起来。

精读《反杜林论》

1965年入党之后，我就抓紧了理论学习，当时主要是读《毛泽东选集》；1971年初，党中央号召学习马列六本书，除了参加读书班，我还专门利用三个月时间，精读了其中的《反杜林论》。在这部堪称马克思主义百科全书的作品中，恩格斯阐释了马克思主义认识论的基本观点，研索了科学社会主义产生的历史过程，指出唯物辩证法使马克思完成了唯物史观和剩余价值学说这两大发现，从而使社会主义学说从空想变成了科学。

那段时间里，我以浓烈的兴趣刻苦钻研这部理论经典，首先是逐字逐句逐段地精读原文，对照书末的230条注释，务求准确地把握原意。这样读了两遍，每次都在书上画出重点，记下心得体会；以后三遍精读，按照一些专题作分类的系统研究。这有点类似苏东坡的"八面受敌"读书法，"每次作一意求之"，前后列出二十几个课题，逐一理出头绪，弄清杜林的错误观点所在，恩格斯是怎么讲的，最后得出明确的结论。

比如，在自由与必然的关系上，恩格斯批评杜林离开自然规律的绝对自由的观点，指出："自由不在于幻想中摆脱自然规律而独立，而在于认识这些规律，从而能够有计划地使自然规律为一定的目的服务。"所谓"必然"，就是客观规律性，"自由"就是掌握了规律性。客观必然性是自由的前提；认识客观必然性是自由的基础；运用客观必然性改造世界，是自由的标志与实现。

看得出来，"自由"是与人们认识和运用外部自然规律、社会规律密切联系在一起的，而由于人们的这一实践活动是历史的、具体的，因而，"自由"同样具有历史和具体的性质，泛泛地谈不清，把它绝对化更属于谬误。

再如，关于认识论问题，杜林强调"终极的真理、永恒的真理"，主张"思维的至上性""认识的绝对可靠性"，也就是肯定人的认识能力的无限性和绝对性。而恩格斯则立足于唯物辩证法，指出：人的思维不是指个别人的思维，而是指整个人类的思维。作为无数亿过去、现在和未来的人的思维，是至上的、无限的，是能够完全认识客观世界的；而对于一定历史发展阶段上的个别人来说，他的思维能力要受到种种历史和现实条件的限制，因而是非至上的、有限的。正确的认识应该是，人的思维能力是有限与无限、相对与绝对的统一；人的思维是至上的，同样又是非至上

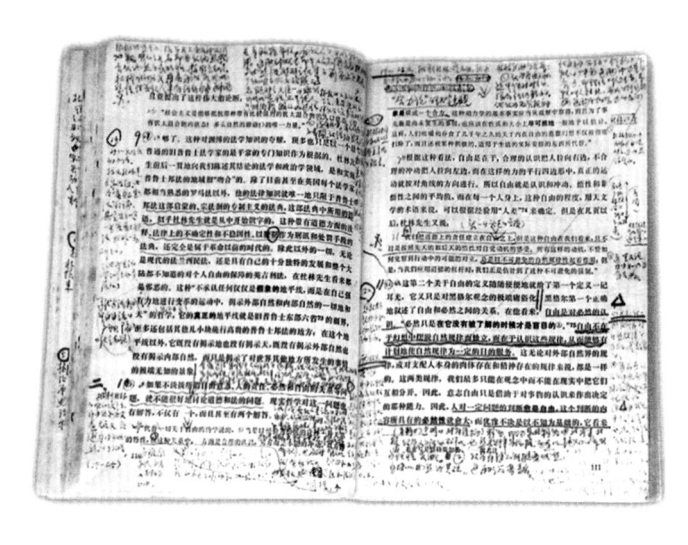

◎ 精读《反杜林论》

的；人的认识能力是无限的，同样又是有限的；个人思维存在着可靠性，但它是相对的，只能是表现在它能够在特定的条件下，在一定的时间、空间内正确地反映事物。

后来，我在散文集《春宽梦窄》的题记中，实际运用了这一观点。我说："'春宽梦窄'，原是一句宋词，现在把它摘取来作为书名，意在说明大千世界和人生旅程是丰富多彩的，是无限的；而作为现实与有限的存在物，人的想象能力、认知能力、表现能力，按它的个别实现和每次的现实来说，则是有限的。因为人的思维都是在完全有限地思维着的个人中实现的，不能不受到时间和空间的制约。其结果就是所谓的'春宽梦窄'。"

《反杜林论》（1970年版）整本书上，留下了我当时精心札记的五种笔迹，密密麻麻，勾画圈勒，载录了一个文学青年灯前苦读的意蕊心痕。十多年后，干部考核时，省里一位负责同志看到了这本书，好奇地询问："其时你也就是三十多岁吧？不浮躁，静得下心，坐得住冷板凳，怎么竟有那样的学习定力？"我想了想，说：可能和我从小读经有关系，积八年之久，像韩愈《进学解》中所说的，"口不绝吟于六艺之文，手不停披于百家之编"，"焚膏油以继晷，恒兀兀以穷年"，长期养成了苦读精思的习惯。

　　功夫不负苦心。回过头看，几十年来坚持马克思主义经典著作的研究，为我的认知与领悟开启了一扇窗户，特别是及早确立科学的世界观，确是受益无穷。

《后汉书》里觅熟人

1974年的一个早晨，我在家里下楼取东西，因过于急迫，错将两个台阶当作一个，结果导致左脚踝骨撕裂。医生警告说，撕裂的恢复较骨折为难，必须卧床静养。这样，在家待了三个多月。日长似岁，痛苦难熬，我便卧床通读中华书局出版的十二卷本《后汉书》。早年在私塾读过《史记》，后来又读了《汉书》《三国志》。这样，"前四史"只剩了《后汉书》未读，这次算是一次史学补课。

读史书，需要原原本本，悉心研索；但我辈不同于史学专家，没有专门课题，缺乏周密计划，在通读过程中，如何读出兴趣、理出端绪，是个很现实的问题。开始时我也感到有些枯燥，好在逐渐地摸索出一些窍门。

——"找熟人，抓线索。"书中人物已经死去一千八九百年了，哪里会有熟人？有。凭着知识积累，许多人早已耳熟能详。我喜欢看京剧，《上天台》（又名《打金砖》）中许多人物，像光武帝以及姚期、马武、邓禹、岑彭、陈俊、吴汉等一干将领，他们的形象、修为一直刻印在脑子里。尽管历史上并无"二十八宿上天台"之事，但这些功臣名将在《后汉书》里都有传，读起来甚感亲切。

同样，《三字经》里有"香九龄，能温席，孝于亲，所当执"。我在读《文苑列传》时，发现了黄香的传记，眼睛立刻一亮。记得童年背《三字经》时，父亲说过，这个黄香和他的儿子黄琼都在我们祖居地大名所在的魏郡当过太守。还有，于今尚能背诵的童蒙读物《幼学故事琼林（增订本）》中，至少有四十人的典故，像"马融设绛帐，前授生徒，后列女乐""雷义之与陈重，胶漆相投""孟尝廉洁，克俾合浦还珠""蔡女（文姬）咏吟，曾传笳谱"等，都出自《后汉书》。由于有了这么多"熟人"，史书入眼经心，就变得活灵活现，如逢故人，分外亲切了。

——作由此及彼的联想，实现多光聚焦。前面说到黄香，由他联系到其子黄琼；又由黄琼联系到李固。父亲殁后，黄琼居家不仕，州郡屡次征辟都拒绝不应。由于朝廷不少公卿推荐，汉顺帝派公车征召，黄琼被迫晋京，却又在途中称疾不进；皇帝下诏书，指令地方政府以礼催他上道。黄琼的友人李固，出于景慕与关心，便写信催促，对他寄予深切希望。信中有"'峣峣者易缺，皎皎者易污'。阳春之曲，和者必寡；盛名之下，其实难副"之警语。1966年，毛主席曾专门推荐过李固的这篇《遗黄琼书》。

而我之晓得李固，则是源于《幼学故事琼林》中的这句话："李固不夸父爵，可称子弟之良。"这也算是攀上了"熟人"。

——由联想又引出比较。钩稽史料，鉴古知今，需要比较。有比较才有鉴别，察源流、评得失、辨高下，非比较莫办。读史比较，又可分为：横向即空间上的比较，以扩展史学视野、加深对历史现象的认识；纵向即时间上的比较，以利于获取认识历史规律的一种有效中介。

由于前汉与三国时期人才最为集中，读这两部史书时，我在比较方面下的功夫颇大。读《后汉书》同样如此。出于创作需要，对于阉宦一流我曾做了大量的比较研究。东汉"宦竖盈朝"，祸国残民，为害至烈，多篇传记中都有记载。我在《宦祸——封建藤蔓上的毒瘤》一文中，将东汉与晚唐、明代相比较，揭示宦官政治恶性膨胀、愈演愈烈的发展轨迹。

还有与西汉名将张骞齐名的后汉班超，他的"不入虎穴，焉得虎子"的名言流传千古，我在探索西线与南线丝绸之路时，把张骞、班超通西域和司马相如、司马迁经略西南夷地区进行比较，写成《文经武纬各千秋》文化历史散文。

——同前几次读史比较，这次在读书方法上有所改进。当年业师曾经教诲：读古代典籍，别具只眼，独出己见，自是头等重要；但溯源导流，参阅诸说，撷采众长，择善而从，借他山石以攻玉，同样不可忽视。清代史学家赵翼认为，"阅史必参观各传，彼此校核，始得其真"，为此，主张"博

◎ 书生意气

采群言,旁参互证";只有"博揽群书,而必求确核,盖取之博而择之审",才能称得上"良史"。

就中尤以清代学者赵翼的《廿二史札记》,使我获益最多。赵翼"亦考亦论",着重于论史。这样,不仅勘正了《后汉书》中一些史实谬误,而且多有创见,读后增长了许多见识。比如,在《东汉诸帝多不永年》一文中指出:"国家当气运隆盛时,人主大抵长寿,其生子亦必早且多。独东汉则不然……人主既不永年,则继体者必幼主,幼主无子,而母后临朝,自必援立孩稚,以久其权。"讲得十分透彻。

——借鉴赵翼的治史经验，运用联想、比较、诸说参看的方法，我得出一些较为系统的新的结论。

以《马援列传》的研索为例。马援一生，出生入死，驰骋疆场，从弟少游曾劝说他：人活一世，只要衣食丰足，乘短毂车，骑缓步马，为郡掾吏，乡里称善人，也就可以了。何必贪求无度，徒招自苦！可是，他听而不从。"男儿要当死于边野，以马革裹尸还葬耳"，这是他的名言。出征交趾，立功绝域归来，恰值湘西南"五溪蛮"暴动，年已六十有二的马援，再次主动请缨前往讨伐。结果，战场上遭遇酷暑，士兵多患疾疫，马援也染病身死。最后却遭到诬陷，妻儿惊恐万状，连棺材都不敢归葬祖茔，成为历史上有名的一大冤案。就此，我们会问：光武帝素性平和，宽待功臣，何以唯独在马援身上，失去常态，听信谗言，打击迫害？

赵翼指出：光武帝喜好学问，"虽东征西战，犹投戈讲艺，息马论道"，实行了"退功臣，进文吏"的政策。对这一点，光武身旁的一些功臣都看得清清楚楚，"莫敢复言军事"。唯独马援却逆势而行，兢兢于鞍马征战，自为君主所厌弃。

关于马援身后的评价，应该说，论者对其才智、修为，在光武诸将中实为佼佼者，认识是一致的；但于其晚年苦果之吞咽，也有种种看法。最有代表性的是《后汉书》作者范晔，他说，马援规劝别人如何避灾免祸，十分高明，却无法使自己躲开谗言嫌隙。莫非是身处功名之际就束手无策了？遇事，利害跟自己无干，容易看得清楚，了解透彻；对于他人纯以大义判断，结论必然凌厉、苛刻。如果能以观察别人的态度观察自己，用对待自己的恕道去对待别人，就好了。

当代著名作家孙犁对此不以为然。他说，这种评论，虽然说得很精辟，对人，却有点求全责备的意思了。"功名之际，如处江河漩涡之中；即远居边缘，无志竞逐者，尚难免被波及，不能自主沉浮，况处于中心，声誉日隆，易招疑忌者乎？虽智者不能免矣。"中国台湾作家柏杨也曾指出，范晔讥讽马援智不保身，以为己之智慧足以保己，结果他想求马援的下场而不可得，范晔的结局是被绑赴刑场，砍下人头。"马援只不过是鲨鱼群中的牺牲品，这种事情历史上层出不穷。"这可说是一语中的。

我的四代书橱

古有惠施"腹载五车",边韶"腹便便,五经笥"的佳话。《明史·文苑传》记载:"(周玄)尝挟书千卷止高棅家,读十年,辞去,尽弃其书,曰:'在吾腹笥矣。'"腹笥繁富,自是令人艳羡,但其人终属奇才异秉,而平凡如吾辈者流,大概是无法企及的。因此,自幼便渴望有个专门藏书的书橱。

这个愿望,在20世纪60年代之初终于实现了。书橱样式,即在当时也谈不上新颖,但十分宽大、坚固。抬将过来,居然有二三同道称羡不已。他们帮我把二十年来积聚起来的书籍一一细心地存放进去。其中,解放后出版的新书居多,也有我在童蒙时期读过的"四书五经"和《纲鉴易知录》《古唐诗合解》《昭明文选》等旧书数十种。

"书卷多情似故人,晨昏忧乐每相亲。"它们原来挤压在几个木箱里,随我出故里、入县城、进都市,历尽流离转徙之苦。于今，看到这些"故人"终于有了安身立命之所，心中颇觉畅然，甚至有一种"向平愿了"之感。

当时书价低廉，但薪俸也少，去掉必要的开支，已经所余无几。每当走进书店，总是贪馋地望着琳琅满架的新书，不想移步，无奈阮囊羞涩，只能咽下唾涎，空饱一番眼福，无异于"过屠门而大嚼"。尽管如此，几年过去，书橱里竟也座无虚席。工余归来，即使再累再乏，只要启开橱门，浏览一番书卷，顿觉神怡目爽，倦意全消。

不料胜景不常，"文革"中赶上"破四旧"，自忖橱中书籍十之八九当在横扫之列。为了安全渡过劫波，只好将它们再度塞回木箱，放置楼顶天花板上。尽管有些过意不去，但形势所逼，也只好屈尊了。转眼间三年过去，我从劳动锻炼的工厂归来，进门第一件事，便是从楼顶上搬下木箱，拂去蛛网尘灰，将书籍重新摆上书橱。"故友"重逢，恍如梦寐，相对唏嘘久之。

70年代后期，大批新书上市，许多旧版书也陆续重印。冷清已久的书店，又是熙熙攘攘，门庭若市了。我呢，十年间开销不大，手头略有些许积蓄。这样，几乎每次从书店出来，都要带回几本新书。加之，在"海、北、天、南"等大都市工作的朋友，知我嗜书如命，也都纷纷为我代购。一时间，床头、桌下，卷帙山积，竟然"书满为患"。于是，我又添置了两个新的书橱，是为第二代。

80年代中期，散文集《柳荫絮语》出版后，我开始了随笔集《人才诗话》的创作。当时，做了两方面的准备：一是购置与借阅上百种历代诗词别、总群集，从中选出三百余首与人才问题有关的诗词；二是搜集、研读各种人才学论著，以及古今中外关于人才问题的故实、轶闻、佳话。在此基础上，兼顾"人才诗"（这是我杜撰的一个名词）的内容与人才现象、人才思想、选才制度、成才规律等各方面课题，草拟近百个题目，边准备、边构思、边创作，以文学的形式、史论的笔法，把情与理、诗与史熔于一炉，每月可得五六篇。其中有些篇章，曾在《人民日报·海外版·望海楼随笔》专栏中刊载过。通过这部书的写作，使我有机会研究了大量诗文典籍，也积聚了相当数量的书籍。为此，我又新置了两个书橱，是为第三代。

大体上与此同时，我开始自觉进行补课，西方哲学、美学、历史方面的经典大量购入。这样，持续到90年代之后，新书购进更多，堆积于地上、床头、案边，几乎不能下脚。再加上，这个期间，我又出版了几本散文集、一本旧体诗词，尽管稿费无多，总还是一个进项，也为我购置新书创造一些条件。特别是因工作之便，还能定期收到省内各出版社的新书样品。日积月累，数量也颇为可观。适应这些方面的需要，我又添置两对高与梁齐、装上有机玻璃拉门与铝材滑道的现代化书橱。后来居上，这第四代可称是"佼佼者"了。

鉴于多年来书籍随进随放，见缝插针，有些杂乱无章，

◎ 《读三峡》手稿

◎ 书橱前读书

我曾运用"宏观调控"手段，对它们进行一次综合治理，实行分级管控，分类陈放。藏书中，以文学门类为多，我让它们进驻第四代几个书橱；哲学、史书、古代经典等学术著作，由第三代书橱安置；第二代书橱中，一个用于存放各类社会科学杂著和文友赠书，一个存放历年订阅的《新华文摘》《文史知识》《读书》等杂志。

与上述三代书橱相比，制作于20世纪60年代的第一代书橱，未免有些寒酸、陈旧，有的朋友劝我改作他用，另置新橱，我却敝帚自珍，割舍不得。它已经与我同甘共苦几十年了，彼此结下了深厚的情缘。"贫贱之交不可忘"，我为它派下了特殊用场，专门陈放我自己的作品，样书之外，还有全国各地报纸杂志发表的、转载的样刊样报和选载我的作品的文学选本。

四代书橱，比肩而立，占去了我的卧室与客厅的半壁江山，使原本就不宽敞的居室显得更为褊窄。但环堵琳琅，确也蔚为壮观。纵然谈不上桂馥兰馨，书香盈室，但，"四壁图书中有我"，毕竟不失雅人深致。尽可以志得意满，顾盼自雄，说上一句："丈夫拥书万卷，何假南面百城！"

清夜无眠，念及众多古圣先贤、硕学鸿儒、骚人墨客，各以其佳篇名著，竞技闲庭，顿觉蓬荜生辉，萧斋增色。陶彭泽当年不为五斗米折腰，而今却伫立橱中，静候主人光顾；而开创了中国大写意派，"病奇于人，人奇于诗"的徐文长，也居然俯首降心，屈己以待。

惭愧的是，橱中许多书籍我只匆匆过眼，有的连点头之识也谈不到。我当在有生之年，焚膏继晷，夕惕朝乾，加倍地黾勉向学，以不负诸贤的青睐。

没有艰难的思索,绝不会有独到的创造。应该说,每一次创新都是思考所绽放的鲜艳花朵。创造与思索是艰难的,有时甚至是痛苦的,但里面却蕴藏着一种特殊的魅力和幸福感。

探索成长之路,解读智慧人生,本章内容,扫码聆听。

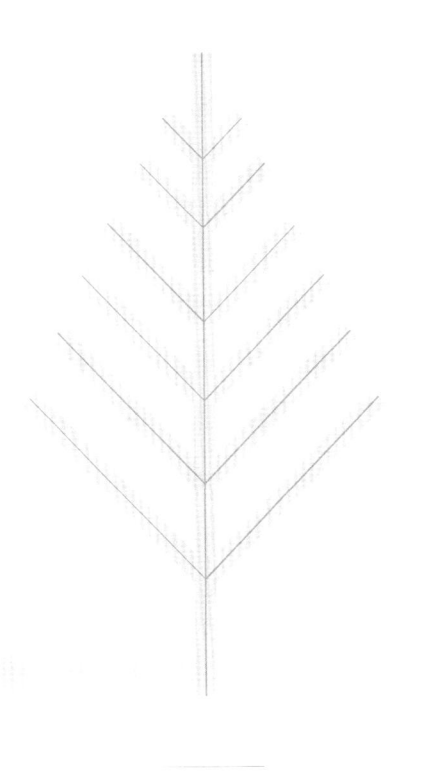

第七章

文政双栖

辞家北上

1980年春,我参加了省委党校县处级干部培训班。课程之外,三个月读了上百部中外文史典籍,收获甚丰。回到市里四个月后,又接到调令,到省委组织部工作。

听到这个信息,当时心情比较矛盾。明知这对今后仕途发展是个绝好机会,可以说是求之不得的,周围一些同事也都纷纷祝贺,有的还引用《诗经·小雅》"出自幽谷,迁于乔木"的诗句,说"出谷迁乔",鹏程待展。可是,我对升迁、提拔,向来都是淡然处之,没有太高太强的愿望,只是想静下心来,读书写作,研究学问。而且,对于生活了四十多年的乡土,不无眷恋之情。唐诗里讲:"黄莺久住浑相识,欲别频啼四五声。"人就更不用说了。

而反应最强烈的还是我那已经进入耄耋之年的老母亲。父亲去世之后,她倍感孤独寂寞,睡眠不好,身体十分衰弱。老人家从心眼里不情愿我走,但是,她知道我是

"公家人"，身不由己，最后还是忍痛放行了。告别时，久久地拉着我的手不放，一再地嘱咐："往后是见一次少一次了。只要能抽出身，就回来看我一眼。"听了，我的心都有些发颤，唰地眼泪就流了下来。后来听妻子说，我走后还不到一星期，母亲就问小孙女儿："你爸爸已经走一两个月了，怎么还不回来看看？"

一方面是我不怎么积极，迟迟于行；另一方面，因我主持办公室工作有年，许多业务需要交代处理，以致拖延了半个多月。省委组织部便连续多次电话催促，这样，我就收拾行装，登车北上。

按照常规，一个处级干部前来报到，至多由一位副部长接谈，可是，令我感到意外的是，副部长谈过后，省委常委、组织部长陈一光同志又约我谈话。

陈部长是我的老上级，十多年前他任营口市委第一书记时，我们曾有过接触。那是1962年，我以报社记者身份，跟随他到几家工厂调研，主要是了解落实知识分子政策情况。在前往熊岳印染厂的路上，他问我：周总理关于知识分子的讲话，你们传达过吗？我说，基本精神知道一点——肯定了知识分子的工人阶级属性。他说，最重要的就是这一点。既然是自己人，就不该乱给人家"抓辫子、戴帽子、打棍子"。

这天，陈书记在印染厂的图案设计室召开了技术人员座谈会。为了切实听取他们的要求和意见，他请大家先讲。

原来，图案设计是一项相当复杂、煞费心血的精神劳动。要同时满足广大群众物质与精神的双重要求，既须实用、经济，又要美观、秀雅，既要寄寓着人们的理想、愿望，又须顾及现实中的使用价值。设计人员像采花酿蜜的工蜂一般，四处采集花样，广泛听取用户意见。举凡公园里的名花异卉，古典建筑上的彩绘花纹，城市姑娘入时的新妆，农家少妇精心的刺绣，一张剪纸，几朵流云，一般人也许全不在意，可是，进入设计师的眼中，就都成了勾花的蓝本。发言中，李技师讲了一件趣事。他在大连的集市上，看到一个装扮入时的女郎戴着一个绣花头巾，图饰非常亮眼，可是，有一半掩在领子里，他斟酌再三，还是红着脸，嗫嚅地请求人家把头巾展露开。起初还引起了误会，后来他说明身份，并送过去画夹子，展示一番绘制的各种图饰，女郎才愉快地答应了他的请求。此后，还曾多次收到她寄赠的花样。这番情趣盎然的陈述，把平素不苟言笑的市委书记也逗笑了。他说：我们的科研人员就是这样勤劳敬业，朴实可爱，党对知识分子属于劳动人民的基本估计是完全准确的。回来后，我写了一篇散文《赏花吟》，发表在《营口日报》副刊上。

"文革"开始前陈一光同志离开营口，出任锦州市委第一书记。这次见面，他还记得我。亲切地说："听干部处汇报，你还是像过去那样爱读书，肯思索，喜欢动脑子，现在调你到组织部政策研究室——新时期的党建、干部工作，面临大量新的课题，你可以更好地发挥作用。"

他说："人才的成长带有规律性。一个人老是蹲在一个地方，安时处顺，死水一潭不好，人才需要流动，最好是上上下下，基层待长了，需要到上层开阔视野。面对多种难题、各类矛盾，多多历练，这有利于激发活力、增长动力、释放潜力。人才是实践的产物，需要多经多见。'见识'这个词儿很好，德才学识，识要靠见，多见才能多识，一个人最怕视野闭塞、胸襟狭窄。

"人才成长，特别是年轻人，环境非常重要。'鹤立鸡群'好不好？这要分析。如果你所处环境平庸无奇，只有你一枝独秀，'矬子里显大个'，这种情况当然最舒适，没压力，但是对于成才却是非常不利的，时间长了就会安于现状，无意进取了。最好是千帆竞渡，群体乘势而上，大家相竞而生，比赛着成长。我们反对的是嫉妒，嫉妒是'武大郎开店'，我矮你也不许高；提倡的是竞争，标杆在前，你好我要比你更好，形成良性循环的态势。"

陈部长是延安时期"老革命"，武工出身，阅历极为丰富。他的话令我铭感于心，直接受益，没齿难忘。

文秘生涯

我在省委组织部政策研究室不到三个月，工作又变动了，被选派为省委书记徐少甫同志秘书。少甫同志主管全省组织人事、纪检监察工作，同我谈话时说："选你当秘书，看中了两条：一是人品端正，勤奋好学；二是'文革'中没有介入两派斗争。今后工作，主要是协助我整理、搜集一些有关文件、资料，作为决策研究参考。""决策研究参考"，这个要求无疑是很高的，对我个人来说，颇有助于提高思想、工作水平与处理问题能力。由于他年前做过胃部肿瘤切除手术，尚处于健康恢复阶段，每天午后三点便回家休息，这样，我也就有较多业余时间读书学习。

少甫同志不仅工作认真，生活也十分严谨，平日不苟言笑，很少谈论工作、思想以外的事情；尤其勤奋好学，精于思考，老而弥笃。我在他的身边将近一年后，对此有

泰山行，前排左起为少甫、李荒同志

深刻的印象。

省委全会期间，一天晚饭后，少甫同志同我谈心。他说："现在有些青年人惰性强，随大流，不肯动脑子，喜欢走捷径，有时耍小聪明，和我们年轻时不一样。我在读高中的时候，校训就是'业精于勤荒于嬉，行成于思毁于随'。《进学解》里的这两句话，到今天也没有过时，仍然应该成为我们的座右铭。"

我说，韩愈写这篇文章的时候，是四十六岁，现在我也四十六岁了。当时他是国子博士，我现在也在进学。自从到了省委领导身边工作，随时随地都受到这些"老革命"的熏陶。列席旁听省委常委会，每一位领导的发言，都各具特点，见解深刻。至于实际工作中，直接受到的教益就更是难以计数了。

少甫同志说："听说你有写札记、记日记的习惯，包括我的讲话、工作安排你都录下，记这些有什么用？"我从提兜里拿出笔记本，请他过目。他颇感兴趣地翻看，翻到1981年8月7日这天，他念着：

少甫同志有丰富的领导经验，工作紧贴实际，凡有重要举措一定先做调查，找准关键环节，绝不坐在屋里靠"拍脑门"决策。

近日，上级给省人事部门拨来两千个干部指标，供在农村工作多年的"以农代干"人员转正使用。如何分配？徐书记找人事部门汇报。他们想得比较简单，参照传统习惯与兄弟省区做法，原则上定下几个政策杠杠，年龄、工龄、文化程度，符合要求的便予转正。

少甫同志说，这是一项关乎党群关系、干部政策的重大问题。那些在农村苦干硬拼了几十年的同志，可说是盼了一辈子，怎么能一"表"了事？应该立刻组织摸底调查，把握全省有多少"以农代干"的，以及年龄、工龄实际情况，看看有哪些难题需要研究处理；与此同时，召集县乡领导与有关同志座谈，听取意见、建议，有的还应该向中央有关部门反映。总之，要从本地实际出发，更多地考虑"以农代干"人员的实际。这里的最大问题，是年龄杠杠如何把握。应该考虑，这次落实政策属于处理历史遗留问题，不要把它同任用干部等同起来。这就要照顾大多数——这项制度已经延续很多年了，许多同志年龄都比较大了；如果像你们定的，一律卡在四十岁以下，那么，大多数都将出局，体会不到党的政策的温暖。

少甫同志考虑问题的立足点以及从实际出发、富有创造性的相关举措、工作方法，使我深获教益。

看到这里，徐书记点了点头，说，实践证明，这样处理是正确的。

一次，我陪同徐书记到本溪市调研，顺便游览了当时尚未对外开放的本溪水洞。回来后我写了一篇散文《古洞泛舟》，发表在《鸭绿江》文学杂志上。当时，我还有些顾虑，没想到徐书记看了，不但没有批评，还大加赞赏，多予鼓励。少甫同志知识渊博，于文学艺术十分熟悉。抗战时期，曾在陕甘宁边区的庆阳县、镇原县当过宣传部长，还曾任职于陇东地委宣传部。《刘巧团圆》就是那个时期由真人实事改编为文艺节目广泛流传的。

◎ 起草讲话稿

尔后，我又在天津《散文》月刊上，先后发表两篇散文。后写的《有信自远方来》，讲春节刚过，我收到一封由《散文》编辑部转来的信件。寄信人为重庆市师范学校的一位女教师。信中说："1937年秋，我的胞兄同家人失散，四十多年杳无踪影。昨天阅读《散文》，发现一篇文章的作者，竟然与我胞兄姓名完全相同，真是喜出望外。请问作者：是不是昆明籍贯？可还记得有个名叫'冠华'的妹妹？"

其实，这是一场误会。我出生在辽河岸边，1937年尚在襁褓之中。我并没有胞妹，却曾有过一个姐姐，在我幼年时期，即因屡遭丧乱，贫病交攻，过早地弃世。姐夫哀恸欲绝，在一个风雨凄凄的夜晚，鸿飞冥冥，一去便无下落。我是深谙乱离之苦和失去亲人的哀痛的，尽管和这位大姐相隔万里，但悠悠此情，彼此相通。尽管信到之日，即彼失望之时，但我觉得，还是应该及早作复，以释远念。回信中，除了说明有关情况，还劝慰她要放开襟怀，切莫悲观失望。我写道："虽然您没有找到失散多年的哥哥，但是，在异地他乡总还结识一个深为同情和关怀您的弟弟。愿我们今后常通音讯，互勉互励。"

很快就收到了她的复信，略谓：从信中深切体味到了同志间的温暖，真是四海之内皆兄弟，祖国到处有亲人。我还没有来得及回复，紧接着，又收到了王冠华的来信。原来，她的丈夫温功义先生有个胞弟，名叫温功智，解放后一直在沈阳工作，兄弟间书信频传，互通情愫，可是，在十年动乱期间，彼此的处境都十分艰难，音信便完全隔绝。来信委托我代为探询他们弟弟的消息。

我按照信中提供的名字和线索，多方查访，了无结果。后来在一次闲谈中，偶然提及此事，凑巧，省委宣传部一位老同志熟悉此人，他们曾一道在辽西山区下放锻炼，其人现已调入省作家协会任秘书长。原来，他前些年改用了笔名"闻功"，以致费了许多周折方才找到。我满怀着喜悦的心情，马上与他取得联系，并请他看了来信。回信，自然无须我代劳了。过后老大姐专函致谢，她以欢快的笔调告诉我："这些天，我们全家沉浸在欢乐的气氛之中。

◎ 老领导徐少甫（左）80寿辰，举杯庆祝，右为其夫人李柯

虽然我没有找到哥哥，但我们老两口却相继找到了各自的弟弟。"也许是因为做了一件有益于人的事情吧，我也深深感到快慰。

这件事，包括这篇文章，也同样得到少甫书记的赞许，他还笑着对我说："我在沈阳当过市委书记，和闻功很熟。你若早点问我，就会免除许多周折。"

秘书生涯结束前，还有这样一个小插曲：那天午后，听省委组织部一位处长说，营口市委书记王宝纯同志到省里来汇报换届事宜。我调来省城之前，曾经直接在他领导下工作，已经两三年没见面了。于是，晚饭后便到东北旅社去看望他。临分手时，我说："王书记，你知道我的家还在营口，一直两地分居，干脆把我调回去吧！"他却严肃地说："这应该是组织上考虑的事。"因为说得在理，我自然也没有任何想法。几天过后，省委组织部尚文部长找我谈话，征求意见：是否考虑过工作调动问题？我如实地讲了上述想法。尚部长问："宝纯同志来，你见过吗？"我把那次谈话原原本本地说了一遍。尚部长一听笑了，说："正是宝纯同志代表市委提出要求，省委同意了市委要求。但他原则性强，一切公事公办，不想个人买好。"

补齐知识结构短板

20世纪80年代，中国文坛正在发生巨大的变化。小说界呈现出"寻根文学"与"现代派"双峰对峙的局面。美学界就"美的本体"等基本问题，大张旗鼓地展开了争辩，成为名副其实的显学。一时间，西方的哲学、美学、历史、文学等各种著作被大量译介过来。这对于封闭已久的中国作家来说，无疑敞开了一个全新的世界。这些思潮、流派、理论、方法上的争论，也大大促进了文学创作的发展，创作风貌脱离了较为单一的模式，艺术方法的探索和革新以更大的步伐推进；作家的主体性在这一时期的创作中表现鲜明，文学在朝着本体回归。

如果说，上述这些因素，对于我是催生变革的大环境或曰外因的话，那么，我自身的认识与需求，便形成了内在的动力。苏格拉底说过："没有经过自省检讨的人生是没有价值的。"通过自查、自讼，我认识到，幼读私塾，接受过八年系统国学教育，数十年间，朝乾夕惕，无时或懈，投入的不可谓不多，但收获的终嫌太少。清夜无眠，幡然自省，觉得自己面临着一系列亟待解决的课题：知识结构不够完整，表现为中国传统文化这条腿比较粗，而缺乏现代思维方式、科学精神、理论架构的支撑。现代人文学科缺乏坚实的基础，相对于中国传统学问的研索与掌握，两者不相匹配，不能相得益彰。这样的结果，必然是思想境界拓展不开，不能与时俱进。外语不过关，所学俄语大多遗忘；接触西方哲学、史学比较晚，研究更谈不上系统、深入。资料记载，郁达夫先生在新加坡买了三千册英文书，一夜看一本。有人问："为什么不看中文书，连一部《辞源》也不买？"郁先生说："九岁我便会作诗，十八岁赴日留学，读的中文书数以万计，专攻过《辞源》，现在应该多读英文书。"思之怃然。为此，我自认必须同时做好两件事：已知的应该更新，与时俱进；未知的抓紧补课，补齐短板。

对自我的认识，还有一点：供职于省市领导机关，在分析问题、处理复杂事务方面积累了经验，认识问题比较客观、全面；但是，在洞明世事的同时，未免磨损了至性，从一定程度看，规范性、程序化的工作流程与思维方式，影响、制约了探索意识与创新能力，特别是艺术想象力的发展。对一个有志于挑战自我、渴望超越的作家来说，这是必须突破的关隘。

于是，我从个人实际出发，在前些年精读恩格斯《反杜林论》的基础上，从80年代开始，又花费几年时间，深入研读了马克思和恩格斯的《德意志意识形态》、马克思的《1844年经济学哲学手稿》、黑格尔的《美学》、罗素的《西方哲学史》、丹纳的《艺术哲学》、卡西尔的《人论》等哲学、美学名著；同时，也研读了国内几位美学家的著作；还有法国年鉴派史学、美国新历史主义方面的史学著作。其间，还有计划地阅读了外国文学名著。这样，一直延续到90年代，对于马克思主义理论和西方的文史哲美的学习、研索，迄未间断。如果说，70年代初那段理论学习的目的性还不甚明确的话；那么，80、90年代这番较长时间的补齐短板，就带有鲜明的指向了。

我深切地体会到，现代是一个作者与读者相互寻找、相互选择的时代。正是通过阅读活动，读者的视域与作者的视域，当下的视域与历史的视域，实现了对接、激荡与融合，从而为彼此真正的理解、有效的沟通提供了条件。一旦作品面世，它就变成公众的了，它不再仅仅为作者所有，同时也为读者所有；而读者总是在自己所处的特定的社会环境中、现实的语境下接触作品，不可能与作者原初的意图尽合榫卯。特别是文学作品的解读，不同于科学常识、科学结论的认同，往往难以整齐划一，可能有多种解释，多种看法。

这里的关键，在于找到一个准确的、独特的视角。其实，哲学研索本身就是视角的选择，视角不同，阐释出来的道理就完全不同。这是著名学者李泽厚说的。视角和眼光是联系着的。爱因斯坦看人看世界，用的是宇宙的眼光，因而能够跳出"人为中心"这个成见，得出人不过是宇宙中的一粒埃尘（没有骄傲的理由）这一结论。

伟大的精神产品，具有不可复制性和无限可能性的品格。艺术的魅力在于用艺术手段燃起人们探索未知领域的欲求。布莱希特在谈到自己的"叙述性戏剧"与传统戏剧观念的区别时说，传统的戏剧观念把剧中人处理成不变的，让他们落在特定的性格框架里，以便观众去识别和熟悉他们，而他的"叙述性戏剧"则主张人是变化的，并且正在不断变化着，因此不热衷于为他们裁定种种框范，包括性格框范在内，而把他们当成未知数，吸引观众一起去研究。现代文学观念认为，文学的生命力在于能够使读者拉开心理距离，能够为读者提供一种契合其文化心态的情境或者思想。假如有一天，你拿起先前酷爱的一部作品重读，却发现它已经了无新意，也就是再也拉不开那段心理距离，这说明在你的心目中它已不能给出新的审美期待。

补课过程中，一点最深刻的体会，是读书必须同思考结合起来。鲁迅先生说过，没有悲哀和思索的地方，就没有文学。思想大于存在。有人提倡作家学者化，实际上，更应倡导作家成为思想者，因为学者未必就是思想者。思想的自觉，是学者最高的自觉。有些书的作者很聪明，有才气，文章也流光溢彩，可就是思想含量不足，精神内涵空虚，像白开水一样，读过之后，获益无多。同样，作为读者，也应该善于思索。读书应该善于提问题，找话题，要有强烈的"问题意识"，要有一种鲜明的研究姿态。

长时期以来，人们将读书学习的基点定在掌握知识上，"知识就是力量"成为公认的真理。知识当然重要，但更值得珍视的，是人生智慧、哲学感悟。知识与智慧处于不同的层次。大部分知识是关于某一领域、某一科目、某一程序、某种思想方法、价值准则等方面的学问；而智慧则是在生命体验、哲学感悟的基础上，经过升华了的知识，它是知识的灵魂，是统率知识的，是指能够把知识、感受转化为创造性的特殊能力。在读书、思考中，悟性是至关重要的，但有了知识不一定就能具备悟性。知识只有化作对生命的一种观照能力，才能变成智慧。因此，智慧总是与内在生命感悟和创造性思维有关。

从前的史学往往注重史实与过程的记述，着眼于历史的客体；而自从分析的历史哲学提出以来，历史哲学家们的重点就逐步转到历史思维上来，即转到了主体如何认识历史的客体上来。我国古代史学以叙述为主，阐释为辅；而现代史学，则以阐释为主，叙述为辅。所谓"叙述"主要是指翔实地记述史实、事件；而"阐释"则着眼于史论，重视历史研究。

中国史学文献《左传》中的"君子曰"，《史记》篇末的"太史公曰"，都是属于史论性质的文字。它们往往并不独立成章，只是附于书后，或者夹叙在行文中间。史论的大量出现和独立成篇，大体上肇始于宋代，到了清代有了进一步的发展。在这种发展进程中，有些饱学之士炫富矜博，腹笥不可谓不丰厚，占据史料也十分充足，但由于缺乏浓厚的研索意识，不善于发现问题，穷追苦诘，结果终其一生缺乏理论建树。这个教训我们应该认真地汲取。

没有艰难的思索，绝不会有独到的创造。应该说，每一次创新都是思考所绽放的鲜艳花朵。创造与思索是艰难的，有时甚至是痛苦的，但里面却蕴藏着一种特殊的魅力和幸福感。萧伯纳说："人生有两大悲剧，一是没有得到你心爱的东西，另一个是得到了你心爱的东西。"这里讲的是占有会给人带来痛苦。未得到满足自然是痛苦的，已经得到满足又会感到索然无味。这是人生的悖论。破解之道在于不断地思索，不断地创新，这就会把两大痛苦变成两大快活。没有实现你所向往的，可以从潜心思索、奋力追求中得到快乐；已经实现了所向往的，可以在品味成功之余，进行新的思索、新的创造，这也同样可以获得欢乐。

人才——国之宝也

回到营口市担任领导,第一次出行,是和市长带队去苏州参观访问,学习那里发展建设的经验。我们一下火车,就受到了东道主的热情接待。在前往宾馆途中,接待处长问询我们:"可曾到过苏州?"听我说是第一次来,处长便热情地介绍了市情。

他说,苏州是人才荟萃的地方。古代,可以说是"状元、进士之乡",中国历史上共出了五百九十一名状元,苏州占了五十个;十万六千八百名进士中,苏州有一千五百多人;现当代,又可称为"院士之乡",中国科学院、工程院的院士中,苏州籍的近百位,像贝聿铭、王淦昌、吴健雄、张光斗、王大珩、钱伟长、李政道等,都是苏州人氏。

我的天哪!听了实在令人震惊,令人心折,令人兴奋。当时,我心里想,怪不得这里经济社会发展得那么快,应该说,"其来有自"呀!

在惊赞、钦佩的同时,我还有一点强烈的感受与启发:一个地方,一个时代,一个社会,究竟什么是最可宝贵的?素有"地上天堂"美誉的苏州,要论经济发展,社会进步,文化、科学、教育,旅游资源,风景名胜,在在都足以"翘起拇指",丰富人们的谈资。可是,在当地领导成员、机关干部心目中,最足以夸耀于世的,却是人才。一般地说,出于职业的习惯,接待部门往往注重于游览、观光的去处,以及文物古迹、知名特产,这在苏州是最具优势的,即使放到全国的大背景下,也可以说,数一数二;而且,这位处长也了解我们的身份,此行并非专一考察人才工作,而是着眼于全市的经济社会发展。可是,他向远道客人推介的,却首先是当地的人才资源。这种不经意的闲谈,恰恰反映出他们"以人为本""所宝唯贤"的价值取向和眼光,着实启人心智,发人深思。

古籍《国语·楚语》中有一篇文章谈道:楚国大夫王孙圉到晋国访问,晋定公设宴招待,由赵简子出面作陪。为了彰显其地位与身份,赵简子故意弄得身上的佩玉叮咚作响,以引起客人的注目,同时也炫耀本国的富有。席间,他问王孙圉:"楚国的佩玉白珩还在吗?它作为宝物有多长时间了?"显然,在这位讲究奢华、看重享受的重臣眼里,只有宝玉才是至高无上的。

王孙圉的答复却是:"我们未尝以此为宝啊。"就是说，在楚国人心目中，白珩是算不上什么宝物的。这种劈头作势、截断众流的回复，确是有些出人意料。既然白珩未足为宝，那么，楚国究竟还有没有宝物呀？有的。接上，他就举出两位长于外交与内政的贤才：一位是观射父，他精于撰著训导，娴熟外交事务，善于同各国诸侯打交道，辅佐国君不辱使命；另一位是左史倚相，通晓先王的训典，能够陈述各种事物，朝夕把成败利钝的经验献予国君，使他无忘先王之霸业，并能取悦神明，顺应规律，使国家不致招致怨尤。谈话到了结尾，他又照应开头，说：至于白珩之类的佩玉，只是先王的玩物，哪里称得上是什么国宝呀！

无独有偶。同楚、晋两位大夫论国宝相对应，史书上还有齐国和魏国两位君王相聚而论国宝的故事。《资治通鉴·周纪》记载：齐威王和魏惠王在郊外会猎。魏惠王问："齐国也有宝贝吗？"齐威王说："无有。"魏惠王说："我的国家虽小，尚且有直径一寸的珍珠十枚，能够照车前后各十二辆。像齐国这样的大国，怎么会没有宝贝呢？"齐威王说："我之所以为宝者，和你的不一样。我的臣子中有个檀子，派他把守南城，楚人就不敢寇边进犯，泗水上的十二诸侯都纷纷前来朝觐；还有个臣子名叫盼子，委任他镇守高唐，赵国人就不敢东下黄河捕鱼；我的官吏中有个叫黔夫的，派他守护徐州，则燕人祭北门，赵人面对西门祭祀求福，迁徙过来要求居住于齐国的有七千多家；

◎ 与省十四大代表徐少甫（中）、王光中（右）合影

我的臣子钟首，差遣他防备盗贼，就会做到路不拾遗。这四个臣子的声威，能够照耀千里，岂止十二辆马车呢！"魏惠王听了，面呈愧色。

　　本来，作为一国之君，在外交场合会谈，应该胸有全局，"务其大者"；而魏惠王竟然像个乡下的土财主，同人家比起珠宝来了，真是井底之蛙不足以言天宇之大。齐威王的这一课，上得实在是好。两相比较，胸襟与眼界之差，不啻霄壤。

同样，苏州的接待处长也给我们一行上了一课。当时我就联想到：如果做个"换位思考"，由我们出面接待苏州的客人，那该会是怎样情境呢？热情周到，这是毫无二致的；只是在介绍情况时，一定会主要着眼于物产——辽南营口地区是"三水之乡"，盛产水果、水稻、水产呀；大概没有谁会想到介绍此间出现的人才。这里反映一个观念问题。

我的意思，不是说这些物产不宝贵，不值得向外介绍，只是想说，我们首先应该着眼于人才。其实，推介物产也并非不必要，前面说到的王孙圉，他就是在讲过了两位贤才之后，接上来列举了楚国丰富的物产资源，一连说了十二种，说明楚国确是物华天宝。但是，大前提是必须拥有贤才，"有人斯有土，有土斯有财"。以人为本，所宝唯贤，此乃千秋不易之理。

说到这些，也许有人会说，我们所在的地方，本身就是人才匮乏，不能"哪壶不开提哪壶"。人才是否真的匮乏，这要加以分析。同地处江南的苏州相比，我们当然甘拜下风，但是古人有言："十室之邑，必有忠信"，"十步之泽，必有香草"。出色的人物可说到处都有。何况，"尺有所短，寸有所长"，人才总是相对而言，没有这一类，还有那一类，无非是等级有差而已。关键在于，我们往往是"见物不见人"，这是问题的症结所在。

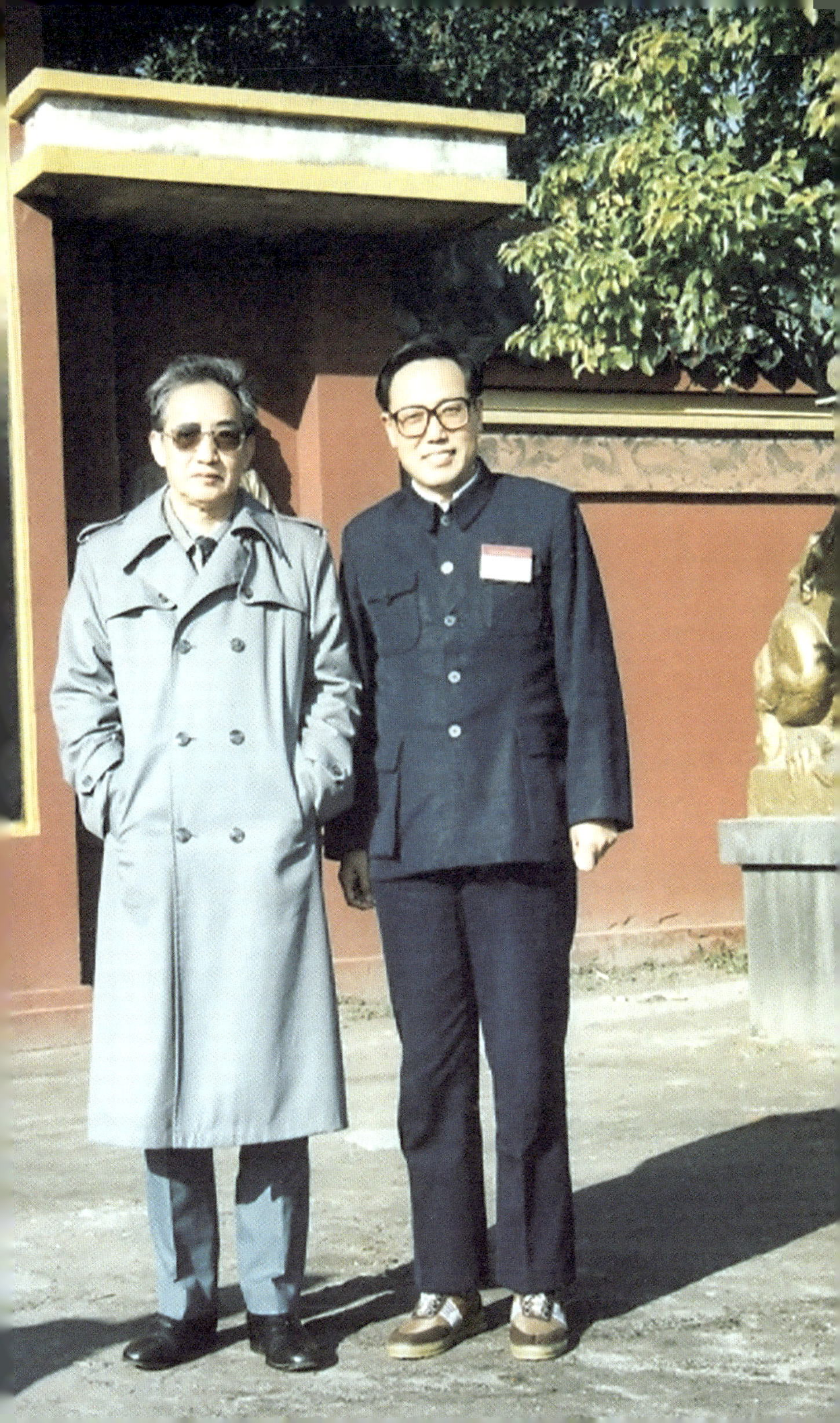

1975—2005 年，我曾供职于县处、市厅、省部三级领导岗位，同时进行文学创作与学术研究，度过 30 年所谓"文政双栖"的劳苦生涯。

　　此为 1990 年 10 月在湖北沙市参加全国精神文明建设会议时留影。左为时任中宣部部长的王忍之同志。

1990 年，湖北沙市会议中，与时任中宣部部长王忍之合影

骚坛三老汇营川

在辽沈大地上,清代康雍乾时期有过"辽东三老"之说。而在现当代,这里又有了"营川三老"——沈延毅、吕公眉、陈怀先生,都是出色的诗人。

营口地当大辽河出海口,素以交通便利、经济发达、人文荟萃著称。我在主持全市宣传文教工作的五年间,同当地学人常相过从,谈诗论道,同时参与创建了"金牛山诗社"。沈、吕二位应聘为诗社顾问,陈怀先生当选为首任会长。诗社开展了多项有意义的活动,文朋诗侣,济济多士,写下了为数可观的华章。

早在1980年春,我就同沈老相识了。那次在沈参观"全省地方、军队老同志书展",我在留言簿上即兴题写了两首七绝:"翰墨辉光映绮霞,宗王范柳各名家。毫端饱蕴腾波势,临镜何须感岁华!""山惊海立字如人,虎顾鹰瞵力万钧。戎马平生存浩气,纵横墨沈写尧春。"籍贯盖州（隶属营口市）、定居沈阳的著名书法家沈延毅先生看到了，当即约我到堂上一叙。他的名气，在我早已如雷贯耳，只是未得识荆，这次有机会接谈，藉聆清诲，自是备感欣慰。老人个头很高，面容略显清癯，嘴里叼着个大烟斗，两只臂肘架在座椅的把手上，腰杆挺得直直的，矍铄中透着一种傲岸之气。

老人同我谈起盖州历史上的许多诗人。近代的一为蒋荫棠，系传世名歌《苏武牧羊》的词作者，为沈老业师；一为于天墀，我从沈老的记诵中录下了他的《咏蟹》七绝："爬沙响处费工程，隔岸遥闻下箸声。毕竟世间无辣手，江湖多少尚横行！"我喜欢它的借题抒愤，别有寄托，后来引进散文《捕蟹者说》里。

过了一段时间，承一位文友告知，沈老写了一首《祝贺女排获冠军》的七古，我想一睹为快，便再次登门过访。不料，老人却一个劲儿地摇头，连声说"不咋的，不咋的"。看来，这天他的情绪不怎么好。一见面，就愤然抨击时下的书风，说书法艺术本是圣洁无瑕的，可是，在有些人手里，却成了捞取名利的资本，甚至造作事端，嘘枯吹生，招摇过市；还有的受外面浮靡之风的影响，书体追求怪异，脱离汉字规范，弄得非今非古，非书非画。这次没有多谈，我就回去了。

三年后，我奉调回营口市任职，前去辞行时，给老人带去两条家乡产的"营口"牌香烟。他说："日后你再来

◎ 与沈延毅先生（左）合影

看我，不要破费很多钱买东西，非得要带的话，弄上几斤盖州产的小米就蛮好了。"我见他已经磨好了墨，正准备写字，不便多打扰，就起身告辞。他拉着我重新坐下来，顺手从桌子上扯出一张纸片，略加思索，用大狼毫记下了几行小字，然后又圈改了两处，认为满意了，就在一张"四尺宣"上，笔走龙蛇，一挥而就。

先生作字，悬腕竖掌，中锋行笔，指、腕、肘并力于毫端。据说，老人年轻时，曾有幸拜识旅居大连的康有为先生。南海书艺格调超拔，兼容汉魏，在清末书家中独树一帜。沈公从南海先生挥毫作字中体悟真诠，经过简练揣摩，谙熟于心，遂使茅塞顿开，逐渐形成自己独特的书体风格。他勇于创新，不袭窠臼，以行书来写魏碑，同时杂糅汉隶，熔碑帖于一炉，雄健中显现蕴藉温雅，峻劲挺拔，拙媚相生，非常耐人寻味。从创造书法独特艺术语言的角度，沈公的书法成就堪与全国晚近的任何一位大家媲美。启功先生曾赋诗以赞："白山黑水气葱茏，振古人文大地同，不使龙门擅伊洛，如今魏法在辽东。"

这天，沈老写的是一首五言绝句："虎跃龙腾志，天空海阔心。身经无量劫，一笑过来人。"下面是"充闾小棣有行赋此志感"。我真是喜出望外，回去后便把它细加装裱，多年来一直挂在床头。

吕公眉先生也是盖州人士，毕生献身教育事业，及门桃李，彬蔚称盛，但著称于世的主要还是诗文，早在20世纪30年代就蜚声文坛，为沦陷时期东北地区著名的进步诗人和散文家。先生早年丧偶，未曾留下子息，晚年孤身一人住在盖州城内一间小平房里，一米八几的颀长身材往地当央一站，几乎要碰上檩条；一袭旧中山服罩在身上，显得干净利落，天冷时脖子上围着一条长长的毛线围巾；拄着一根黑色手杖，皮鞋擦得光亮，不见一点尘土，脚步带着特有的文人的优雅。他和蔼可亲，对人彬彬有礼，无论长幼，一律谦诚相待。面部表情平静，嗓门清亮、高亢。赋性淡泊，喜欢独处，很少外出交游，更不愿意出席与诗文不相干的集会，从不参加各种娱乐活动。他的身边，却聚集了一大批年轻的学者、诗人。他曾悠然自得地吟哦："老去幸余堪乐事，一时贤士尽从游。"

先生学殖深厚，博览群书，对中国古典文学和现代文学、历史均有深厚修养。工旧体诗，尤擅七绝，以神韵见长，清新隽永。著名老诗人张秀材有言："吕公眉诗极冲淡雅致。绝句本难工，而先生则好为绝句，颇得唐人神韵，所谓'诗人之诗'是也。"

先生对我格外垂青，包括品评我的诗文集，前后赠诗二十余首。诗中情真意切，感人肺腑。1987年元宵节，我曾去先生寓所拜望；五月初，先生到营口专程枉顾，值我公出未遇，留下了四首七绝，以诗代柬。其一曰："风雪元宵一别离，清明又见柳依依。小桃欲落春犹浅，着意余寒莫减衣。"其四曰："何曾咫尺是天涯，争奈缘悭莫自嗟。别后流光君记否？上元灯火到槐花。"脉脉情深，令人永生难忘。一年过后，我奉调重回省城，出任省委宣传部部长，特意前往辞行。临别依依，吕老紧紧地握着我的手，送我登车上路，频频挥手作别。次年深秋，金牛山诗社有重九登高之会，先生又咏诗寄怀："登高寒色扑衣襟，满目蒹葭感客心。我欲辽天北向望，雁声嘹呖海云深。"

不仅感旧怀人之作，即使是书评之类的论说诗，他也同样写得形象鲜明，情景交融。他在读拙著《柳荫絮语》散文集时，曾感赋五首七绝，其中两首是："山光水色冷诗筒，蜡屐深探造化工。最是文行寒艳处，碧潭轻点落花红。""拂地长条态自酣，风流笔底更毵毵。春风春雨无端梦，直使营川作汉南。"

蓬庐又著大文章，思古情开，智慧光且超庄生重化蝶，翩翩辽左觅书香

光闻大作诞子传问世学界文坛捧读热议好评，如潮爰赋俚句赘之甲午清明溟生李仲元并书

书法家李仲元先生赠诗

陈怀先生著籍安徽庐江，长期在营口师专任教。记得是1984年的三月上旬，一个天宇晴朗、东风劲吹的星期日，营口市在体育场举行城乡风筝大比赛。场上，几百只各式各样的风筝，漫天飘浮，吸引了成千上万观众的视线。一些热心捧场的中小学生索性跟在放风筝人的后面，欢呼着、雀跃着。我忽然发现，已经年届古稀的陈怀先生，也杂在人群中间，随着风筝的上下飘浮，在场上往复走动，时而开颜逐笑，时而指指点点。我怕他过于劳累，便吩咐工作人员请他到看台上就座，喝杯茶水，休息休息。

先生个头不高，精神矍铄，黑红的脸膛，头发略显花白，两眼闪着熠熠的光，一身合体的西装更使他现出干练、潇洒的姿采。他向在座的各位颔首致意之后，便找个位置坐下，然后，很有礼貌地把帽子脱下来，放在手里。我把一杯茶水送到他的座前，笑着说："不有佳咏，何伸雅怀？"他随口接上："如诗不成，罚依金谷酒数。"周围的两位文友听我们俩在那里背李白的《春夜宴桃李园序》，轰然笑了起来。

这天，应《营口日报》记者的邀约，我以风筝比赛为题，写了两首七律。其一云："的是今春乐事浓，花灯赏罢又牵龙。千般妙品争雄处，万丈晴空指顾中。兴逐云帆穷碧落，心随彩翼驾长风。只缘寄得腾飞志，翘首欢呼众意同。"先生看了，稍加思索，即把笔作和："遥天引上众情浓，谁辨真龙与叶龙？彩蝶似疑离梦境，霓裳宛欲下云中。红楼妙手传新谱，白雪新词送好风。忽忆金猴留幻影，异邦赤子此心同。"先生诗才之敏捷，涵蕴之丰厚，遣词之工丽，令人叹服。这一天，他显得特别兴奋，手之舞之足之蹈之，自己也说，真的已经"返老还童"了。

先生天性好动，喜欢外出游览，友朋遍于各地，尤其笃于夫妇、手足之情，家中子息、姻亲，一堂团聚，其乐也融融。诗集中每多亲友寄赠、唱和之作。他有一个四弟，羁身台北，80年代中期忽然隔海飞鸿，传过来七绝一首："卅年台海泪痕干，锦绣中华纸上看。何日干戈成玉帛，放怀一览旧河山。"陈老喜极而泣，中夜起而赋诗。在《水调歌头·遥寄台北四弟》中，有"卅年梦，今宵月，兆团圞。寄我缠绵诗句，无限旧情牵：叮嘱冶山扫墓，祝愿干戈玉帛，放眼看河山。故里春常在，只待鹤飞还"。

陈老工书法，擅多种书体，尤以行书见长，所作劲健柔婉，秀美流畅。1985年负责创办营口业余书法艺术专科学校。一天，我在办公室临时召集一个小会。门开处，陈怀先生一阵风似的涌了进来。满脸带着怒气，手也有些抖颤了，任是怎么让他坐也不坐，水也不喝。开口就是："岂有此理！"原来，先生鉴于现在大多数年轻人字写得太差，主持开办了一所青少年业余书法研习班，不收取任何费用，主要是占用周末假日，讲授书法知识，夙兴夜寐，风雪不辞，非常热心。可是，个别家长却在一旁说风凉话："老陈头吃饱了撑的，'没有灯泡找个茄子提溜着'（当地俗语，意为没事找事，多此一举）。字写得再好，又有啥用！

也填不了肚子。"先生听到后,感到很伤心。

我听了也有些气恼,但不能火上加油,只好劝解说,他们可能是担心孩子贻误学校的课业,未必是针对书法本身的。我说:"如果您真的就此解散了研习班,相信绝大多数家长都会哭着叫着挽留您的。"这时,老先生才在椅子上落座,并且端起茶杯来,猛劲喝了一大口。我随手递过去一本新近买的《王右军书法精华》,请他过目。他一边翻看,一边随口吟出前人的名句:"《黄庭》一卷无多字,换尽山阴道士鹅。"我说,是呀,既然王羲之的字能够换鹅,又怎么能说填不了肚子呢!先生"噗哧"笑了,一腔怒气已经释放得差不多了,便闪过身子,甩手走开,嘴里还喃喃地叨咕着:"耽误你开会了,对不起,对不起!"

80年代末,我奉调到省里工作后,仍然同先生保持着通信联系,有时,彼此寄上几首诗,藉抒怀抱。记得先生寄的诗中有这样一首:"辽滨凉露浥兼葭,遥忆伊人沈水涯。蔽芾甘棠碑在口,人才说论笔生花。云泥分隔时萦梦,文教遐敷远济槎。何日重聆吟好句,壮游诗赋动京华。"诗中记叙了我们之间的深挚情谊和先生的垂注之殷。

后来,听说先生患了膀胱癌,在医院做了切除手术。趁新年回市探亲机会,前往问疾。床头执手,畅叙移时,临别依依,不料竟成永诀。后来听人告诉我,先生临终前,曾写过一个条幅,是李商隐的两句诗:"春蚕到死丝方尽,蜡炬成灰泪始干。"这用来概括他的一生,真是再确切不过了。

人过中年,世事惯经,沧桑历尽,有意识地广泛阅读、深入研究一些想象力丰富的文艺作品,颇有助于激发创新活力,破除思维定式,拓展创造性思维。

探索成长之路,解读智慧人生,
本章内容,扫码聆听。

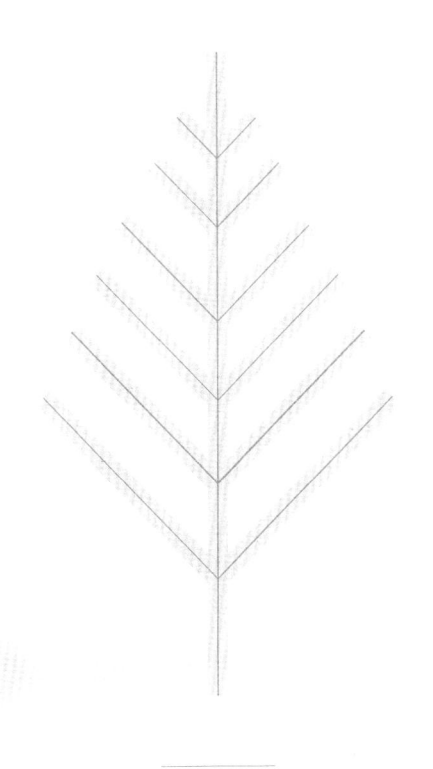

第八章

挑战自我

《清风白水》大家评

中国作家协会会同作家出版社、辽宁省作家协会，于1994年10月4日，在京召开拙作《清风白水》研讨会，三十余位知名作家、评论家与会。会议由中国作协党组书记、副主席玛拉沁夫主持；林非、吴泰昌、张锲、石英、谢冕、周明、阎纲、崔道怡、徐怀中、雷达、莫言等多位名家，依次发表了意见。大多数都是头一次见面。他们在充分肯定作品收获的同时，也指出了我创作中的不足与今后努力方向。

我印象最深的，首先是，资深文学评论家、文化部原副部长陈荒煤先生的以信代言。老先生正在医院，特意给作者写了一封近两千言的长信。核心是说：

> 我拜读了郭风同志所写的序言，并拜读了你这部作品中的部分篇章。我很同意郭风同志的评价。你的散文，的确独具一格；对那些一般游记、抒

情散文的某些模式来讲，你确如郭风所说，是"出格"了。但是，如《清风白水》与《青天一缕霞》等篇写得如此洒脱，放得开，撒得远，自由自在，如述家常，真情实意，随时可见，且情景交融，又扣得很紧，看来是漫游无边，却往往画龙点睛，恰到好处，所以文章收得拢，煞尾煞得好，由此可见你的功力。何况，你对中国古诗词较为熟悉，应用自如，增添了更多的诗情画意。按照你的"出格"的格式继续前进，保持和发展这独具一格的创作，我相信，你会在散文天地闯出一条新路来的。

但也有一个不知是否有当的想法供你参考。散文之"散"，关键在于作者自由地就所见所闻随意抒发自己的感受，虽然也不能不联想到古今中外名文名篇，诗词歌赋，所得到的启迪与深思，可以旁征博引，但我觉得不宜太多，有人可能会认为近似炫耀。还是以少而精为好，着重地表现自己特有的感受更好。对你的散文我读得很少，对中国古诗文也欠缺研究，这点感受恐怕不准确。而衷心的期望是，还是你自己更要洒脱，更自由自在地抒发自己的真情实意为好！

荒煤先生是我素所敬重的前辈学者，立论诚挚、中肯，批评直击要害。听了不啻醍醐灌顶，甚至是击一猛掌。那

玛拉沁夫先生（右）主持会议

时我的散文最大的缺陷，正像荒煤先生所指出的：引述过多，"近似炫耀"，缺乏"自己特有的感受"，看不到更多的作者自我。此后，我便注意有针对性地读一些主体意识较强的作品，重点钻研鲁迅的文章，反复玩味个中的奥妙。如果说，后来的创作有所进步，获得某些新的成果，不能不归功于荒煤先生的指点。

再就是，中国散文学会会长林非先生的发言。他就散文集做了全面分析，在谈到《读三峡》一文时特意指出，这是一篇很有特色、创新意识较强的作品。因为已经有了刘白羽的《长江三日》在前，如何别出心裁，另辟新路，对于作者来说，构成严峻的挑战。本文构思奇特，改变一般游记采取"移步换形"的写法，而是别出心裁地把四百里延长的三峡当作一本大书来读；这就需要调整视角，平视不行，仰视也不行，只能俯视。于是，作者立足天半，俯视山川，气魄极为宏阔，令人耳目一新，确实有所突破。

最后，要说到小说家莫言先生的谈话。他还很年轻，不过三十几岁，但《红高粱家族》已经使他名满天下了。整个会上，他都眯缝着眼睛，跷着二郎腿，静静地思考着，也许只是默默地养神。合议结束前，他说话了，简而赅，没有一句套话，却能一语破的，分量很重。他没有具体剖析文章，而是着眼于作者的生命体验与文学道路。

他说，看了王充闾的作品，知道他的人生道路很平稳，心态很平和，运笔也很从容；平稳、平和——欠缺的是深刻的生命体验。以他的文学功底，如果能够有陀思妥耶夫斯基那样的经历，比如以囚徒、罪犯身份流放西伯利亚十年八年，那就成气候了。

他在这里谈到了文学创作的一个重要课题。生命体验对于一个作家是至关重要的，它能够以强烈的心灵震撼和情感共鸣引起艺术发现的欲望，激发作家寻求形象的表达。这是一种穿透性、原创性很强的极具生命力的思维形态，它的本质特征是直观性与超越性。生存苦难和精神困惑，往往是超越性的前提。中外文学作品依此而取得巨大成功的实例不胜枚举。当然，也可借助他人的体验，通过灵悟，达到感同身受。中国台湾学者徐复观先生把它称作"追体验的工夫"。

主持人玛拉沁夫作了总结，说：这次研讨涉及散文创作的诸多方面，不单是讨论王充闾的作品，实际上也是一次散文创作的专题研讨会。

病床上的趣话

我年轻时得过结核病，当时本已治愈，想不到四十年后原发病灶上又出了变故，"江东子弟"卷土重来，结果，肺部挨了一刀，过上了备受熬煎的病榻生活。

值班的小护士，要我讲些有趣的故事。我就说，二十年前，我在营口市工作，一个外地的老朋友公出到此，突然扁桃体发炎，住进了医院。我把刚刚收到的吐鲁番产的葡萄干给他送去，并附了一首小诗："日晒风吹历苦辛，清新浓缩见甘醇。区区薄礼无多重，入口常怀粒粒心。"然后，我就下乡了。一个星期之后回到办公室，发现案头放着一封挂号信，拆开一看，正是那位老朋友寄来的，里面装着一个小纸包和一张信纸。说到这里，我卖了个"关子"，住口了。小护士忙问："纸里包着什么？"我说，你猜猜看。她歪着小脑袋想了想，说："听我妈说，那时粮票、油票、布票很珍贵，肯定是什么票。"错了！我告诉她，那里包的是七个蚊子和八个臭虫。信纸上写了一段话:"小病幸已痊愈。佳诗美味,受用已足,无以为报,献上近日在病房中俘获的战利品,并戏题俚诗一首,借博一笑:'深宵斗室大鏖兵,坦克飞机夹馅攻。苦战苦熬一整夜,虽然流血未牺牲。'"小护士笑得前仰后合。而我,却记着老舍先生讲的说相声要领:"要放出一副冷面孔,始终不笑,而且要控制住观众的注意力,用干净利落的口齿,说到要紧处时,斩钉截铁地迸出一句叫座的话。"

一天,护士长带队前来查房,诸事完毕,看我精神状态很好,她们央求我讲个故事。我说,那就讲苏东坡吧!宋朝有个宰相名叫王安石,生性古怪,喜欢抬杠。这天,大文豪苏东坡拿过一方砚台请他过目,说是花了很多银子买到手的,言下流露出炫耀之意。王安石问这个砚台有什么特异之处,苏东坡说,呵上一口气就可以磨墨。王说:"这有什么出奇的?你就是呵出一担水来,又能值几文钱!怕是你一连呵上五十年,也挣不回本钱来。"苏东坡被噎得只有苦笑的份儿,心说:这个"拗相公",真是拿他没办法。

接着我又讲,就是这个苏东坡,每到一处总喜欢作诗,像我喜欢看书一样,无论如何也抑制不住。可是,他竟忘记了身旁经常有人往上打"小报告"。结果,招来了种种麻烦,惹下了无穷的后患,弄得颠沛流离,四处流放。他到杭州去做官,知心好友苦苦劝他:"北客若来休问事,西湖虽好莫吟诗。"但他还是吟了。结果,七年后被人罗织罪名，最后遭贬黄州。后来几经辗转，又流放到惠州，住了一段时间，他感到很舒适，人也胖了，脸也泛出红光，便情不自禁地写诗抒怀，其中有两句："报道先生春睡美，道人轻打五更钟。"谁知又被人打了"小报告"，说他在这里享了清福，朝廷便又把他流放到更为荒远的海南岛。

听到这里，小护士们齐声说，那些打"小报告"的人真可恨。我说，是呀！古往今来，这种人名声都不好，咱们可要以此为戒呀，以后我再看书，你们可不要向护士长"告密"了。大家"哗"的一声笑了起来，说："我们上当了，原来，你绕着弯子来表示抗议。"

这里，我也是开玩笑——遵照医生嘱咐，术后一段时间禁止看书，以利于宁神静养。护士自然应该配合。但没有书看，又睡不着觉，确也苦楚难熬，只好天马行空般地驰骋着思维的野马。

不知什么时候，悄然坠入了黑甜乡。梦中我再次登上了黄山，醒来还是气喘吁吁的。我突发奇想：一千八百米高的天都峰我都能攀登，哪里有什么病呀？那么，医生会诊，上手术台，切除一个肺叶，这一切是不是一场梦境呢？我记起了《列子》中"蕉叶覆鹿"的故事——

郑国有个樵夫在山上打柴，看到一头受惊的鹿，他赶上去把它打死，但又恐怕别人看见，慌忙把鹿藏在一条干沟里，上面盖了些柴草。过了一会儿，他重新回去，却找不到藏鹿的所在了，以为是做了场梦，还沿途向人说起这件事。有个人在一边听到了，就按照他的话找到了那头鹿，回到家后，对妻子说："刚才有个樵夫梦里打死一头鹿，却忘了藏鹿的地方，现在鹿被我找到了，他果真做了个好梦呀！"妻子说："恐怕是你梦见樵夫得到一头鹿吧！难道真有那个樵夫吗？现在你真的得到了一头鹿，我看你是做了一场梦吧！"这人却说："反正鹿已经到手了，还管什么他做梦、我做梦呢！"

梦境既是现实的反映，又是现实的虚化、幻化，最是真假难辨、虚实错杂的存在。白居易就曾写过《疑梦》诗："鹿疑郑相终难辨，蝶化庄生讵可知？假使如今不是梦，能长于梦几多时？"英国人类学家弗雷泽指出，野蛮人是不分醒时与梦时的。对他们来说，梦只是醒时的一个插曲。他说，一个野蛮人梦中进入一片树林并杀死一头狮子；醒来时，他想他的灵魂曾离开他的躯体，并在梦中杀死了一头狮子。这一切都是可能的，而且，野蛮人的这种想法自然符合那些不能很好区别醒时与梦时的孩子们的想法。

…………

这一切胡思乱想，都曾在那一刻萦回脑际，当然，很快也就清醒过来得以解脱，回归作家的"本来面目"，从而进入梦与文学的审美世界。可以说，作为一笔取之不尽、用之不竭的巨大财富，梦幻给予几乎所有现存的人类艺术形式以出色的灵感和启发。

是呀，只要翻开一部中国文学史，什么蝴蝶梦、高唐梦、南柯梦、黄粱梦啊，便纷至沓来，数不胜数。至于域外，也没有什么特殊，同样是幻梦婆娑，五光十色，就中当以博尔赫斯的小说最为出色当行。

在博氏作品中，梦的价值是广泛而深刻的。依他看来，生活本身就是做梦，文学更是清一色的生活之梦的一种。他说："一种语言意味着一个说话者和一种梦幻、一种做梦的人。"在他笔下，梦作为变化莫测的一种心灵活动，得到了客观存在的充分肯定。他是梦的执着探索者，并在探索的同时告诉我们，这种探索本身就是一个更大的梦。

博氏小说中的人物，纵横驰骋于生死、梦醒之间，跨越时空，自由来去。小说《双梦记》的情节，与《列子》中的"蕉叶覆鹿"有异曲同工之妙，主人公受梦的启示，长途跋涉去伊斯法罕寻找财宝，却很不走运，不仅没有得到财宝，还被抓起来，并遭到殴打。颇具戏剧性的是，听了他的描述后，那个曾经嘲笑他的卫队长，原来也曾梦见了财宝，财宝的地点竟是主人公家院里那棵树下。这时，不远万里、外出寻宝的主人公，一无所得，铩羽归来，却又根据那个卫队长讲述的梦境，意外地在自家花园的树下挖得了财宝。

在小说《敌人》里，敌人拿着枪对小说中的博尔赫斯说："现在，你到了我的手心里，除了等死，还能做什么？""我"回答说："还能做一件事。"他问："什么事？""我"答："醒来。""我"真的这样做了，一切了事。不过，小说家有时也故弄玄虚，制作障碍，记得博尔赫斯有一篇小说，讲一个人睡着后做梦，梦见自己在做另一个梦。在那个梦里，他又做着另一个梦。就这样，一个梦套着另一个梦。他得从最里面的那个梦醒来，然后逐一退出梦境，退向清醒的现实。但是，后来他忘记了前一个梦在哪里，弄乱了顺序，结果没有办法醒来，永远迷失在梦境里走不出来。

不过，我倒是醒过来了。醒是梦的死亡，否则，也就不会有这篇《病床上的趣话》了。

一"网"情深

当世界已经进入信息时代,信息的处理速度已经超出了以往的理解力,运用电脑写作(俗称"换笔")便成为一种新的时尚、新的诱惑、新的挑战。

当时,我正在北京开会。文友李晓虹博士察知我的这个想望,慨然愿做我的"换笔"老师。这天正赶上星期天,早饭后,打开新买的 IBM 笔记本电脑,"老学生"便开始乖乖地就教了。原本缺乏电脑知识,又兼不会英文,面对着说明书上"键入""回车""主菜单""任意键"等一大堆术语,登时觉得头昏眼花。又兼我未曾读过小学,不会拼音,这就逼着要使用五笔字型输入法,而这恰恰又是难以掌握的。"王旁青头戋五一,土士二干十寸雨……"不仅要背下这一百三十种基本字根,而且要把每个汉字拆分得开,再一个个敲击出来。大前提是必须准确地掌握每个字的写法,否则就休想打上去。

就这样，硬着头皮冲闯电子关。一整天工夫，敲出了几百字，但这也带给我足够的信心与慰藉。面对打印出来的第一张由漂亮的宋体字组成的文稿，我反复地端详着这个"宁馨儿"，心中的得意和快活实在难以言表。每当打开计算机，在自己设定的绿色屏幕上打字、编辑、修改、复制，总有一种涉身现代化的自豪感，体验到手指运作的一份快意，尝到了应用现代科学技术的甜头，也进而理解新的工作方式给人们生活方式以至思维方式带来的巨大变化。

工作效率的提高是喜人的，既免除了抄写之劳，又能将大量资料搜索出来、存储在硬盘里，以备随时调用。当然，这还仅仅是开始，电子计算机每一程序所能展示的深广世界，对我来说，许多仍是未知数。在它面前我必须承认："弱水三千，只能取一瓢饮。"

学习过程中，文字编辑软件也在更换。先是用WPS，经过一段操作，达到熟练程度；听说UCDOS优越，便又练习用这种软件操作。不久，老师又向我推荐WINDOWS和Word软件，说它的编辑功能远远超过WPS。这样，学起来又遇到了新的麻烦。界面不同了，一个个的窗口，一个个的下拉菜单，由过去的"熟头巴脑"一变而为面目全非。术语改换了，功能键的作用不同了，操作方式也变化了，"块删除"命令变成了一把形象的小剪刀，靠控制符编辑的文件变成了"所见即所得"……一切都变得陌生，不习惯。

但是，在老师演示下，它的神奇、强大的排版、编辑功能所产生的诱惑力，使我再也无法排拒。经过一两天的刻苦磨炼，我总算又同这种新的软件结了情缘，可以熟练掌握，运用自如了。

电脑写作，苦乐相循，在诸多的快感中，也夹杂着新的烦恼。有时，一个误操作使整个屏幕变成一片空白；临时性的断电曾导致几个小时的劳动成果化为乌有。我也曾产生过返回旧路、重新把笔的念头，但是，终因电脑太多的优越性而不忍"移情"。相交日久，我才发现，原来电脑这个"劳什子"也懂得"欺生"，当你和它磨合好了，摸准它的脾气，"调皮蛋儿"自会变得百依百顺，成为亲昵的"方脸大情人"。

我想，一个人只要有志于成为电脑发烧友，时时向往遨游在因特网上，徜徉于地球村中，渴望进入"人机交流"的全新境界，起码就心理来讲，距离真正的老境总还有一段路程吧。

文友们都说，我是一个渴望超越，不断地挑战自我的人。我也自知，总不那么安分守拙。几乎是与"换笔"同时，我又开始在晓虹博士的指导下，练习上网搜索信息，以邮件形式与友人通信联系。

在网络世界中，"距离"已经失去了固有的涵义。想想烽火关河、他乡行役的杜陵叟"寄书长不达""家书抵万金"的悲慨，体味一番前人为与远行的亲友互通情愫而绞尽脑汁，最终不免嗒然失望的衷怀，怎能不为生活在现代的我们得以尽情享受科技进步的成果，而感到庆幸和自豪呢！

在尽情享受着网络交流的快捷的同时，我和每个"网虫"一样，还拥有网络时代的海量信息。网上，确实是一个精彩、神奇的世界。只要点开"搜索"的引擎，我们的眼前便仿佛展开一个光怪陆离的万花筒。我观察过昙花的开放过程，在扁平的叶状新枝的边缘，翠玉般的花蕾竟和电影特写镜头里的一模一样，次第地展开了，层层花瓣上的每根筋络都在拼力地舒张，似乎要把积聚多年的心血倾泻无遗，把全部美感和爱心奉献出来。网上信息的展现同花蕾的绽放有些相似，也像是要在美妙的时刻，毫无保留地向"网虫"们展示出全部珍藏。

心房疾速地搏动着，手指在键盘上轻快地起落着，一个个窗口被敲开，以复杂的感情、诧异的双眼，扫描这里，窥视那个，充满了冒险抉奇的快感。此刻，颇像童年时期悄悄地从家里的后门溜出，跑进一个未曾寓目的崭新天地，尽情地浏览着。在现实空间越来越狭窄的情况下，人们竟能在这里开启一扇精神之门，剥离物质世界五光十色的表象，回归人文精神的家园，释放一下现代人过重的精神压力，放飞那不无沉重的浪漫，展示着不倦的追忆，去践履那没有预定的心灵之约，多一份对人生的感悟，多一份创造的激情。

有时我也感到惊讶,曾几何时,还在向旁人询问DOS的基本命令,练习WPS的排版技巧,仿佛一夜之间就闯入了网络时代。呼呼啦啦地筹划着调制解调器的安装,浏览器的使用,新邮件的收发……应该承认,我们确实是在尚未做好充分准备的情况下,迎接了计算机化、信息化、网络化的到来。面对着这一系列新的技术、新的知识、新的挑战,真有如刘姥姥懵里懵懂地闯进了大观园。

网络世界,作为一种无法逃避的生存状态,一种加速度的内驱力,正在营造着一个与现实不同又紧密结合的虚拟天地,使人们跨越了时间与地域的界隔,迈向无限的自由空间,自然也改变着思想和行为方式。就这个意义来说,同网络的结缘,与其说是工具手段的变换,毋宁说是观念形态的更新。它使人记起了丘吉尔的话:"人们改变世界的速度,总是快过改变自己。"

当然,事物通常总是利弊互见的。网络并非无影灯,在璀璨光亮的背后,也潜藏着阴幽的暗影。它在带给人们巨大方便的同时,也有其不可忽视的负面效应。有人把因特网比作潘多拉的魔盒,人们在充分享用这一技术创新所提供的种种便利的同时,也难免要承受"被拿捏"、被制约的尴尬。一般地说,在浩瀚的虚拟空间里,人们的心灵既变得容易沟通,也完全可能逐渐走向自我封闭;由于网络的程式化、通用性,容易使人失去特点,泯没个性。上了网,人就幻化成一个以"比特"为单位的符号,一种虚化了的角色，有时，甚至会忘怀那个真实存在的自己，也便远离了现实世界。运作快捷、量化分割的结果，是过程的简化，情感的弱化，那种温馨、甜蜜的韵味，人与人之间交往的亲切气息，也会因之而削减，甚至出现某些变味。假如我们不时时加以警惕，自觉地进行抵御，就会把鲜活的感情变得生硬呆板，面临着异化的难堪。

但是，在科学发展面前，人们总不能因噎废食，弃置不用。我绝对相信人类的智慧与理性，相信在文化自觉之光的烛照下，通过不断地探索、创新、选择、扬弃，总会展现出日臻完善的前景。因之，对于网络世界，我还是一往情深。

放飞艺术想象翅膀

一

对于一个作家,创造性思维具有绝对重要的意义。特别是人过中年,世事惯经,沧桑历尽,有意识地广泛阅读、深入研究一些想象力丰富的文艺作品,颇有助于激发创新活力,破除思维定式,拓展创造性思维。也正是为此吧,年过花甲之后,我把增强艺术想象力问题放在突出的位置,贯穿到读书、创作、研究的各项艺术实践中去。

说到艺术想象,我想到了刚刚读过的英国著名女作家伍尔夫的短篇小说《墙上的斑点》。她从墙上斑点这一独特的视角,瞬息间,阅遍了人间万象,像中国文论古籍《文心雕龙》中所说的:"文之思也,其神远矣!故寂然凝虑,思接千载;悄然动容,视通万里。"我一边读着一边想:比起她的运思、想象能力,真是望尘莫及,不禁愧汗淋漓。

小说中的叙述者"我",第一次看到墙上的斑点,是在冬天,炉子里正燃烧着火红的炭块,于是,"我"由红红的火焰产生城头飘扬着红旗的幻觉,产生无数红色骑士跃马黑色山岩的联想。"我"还想到,斑点是一个钉子留下的痕迹,由此臆想前任房客挂肖像画的情景:他的艺术趣味保守,认为艺术品背后必然包含有某种思想,由此推及生命的神秘、人类的无知和人生的偶然性。

斑点,也可能是夏天残留下的一片玫瑰花瓣,由此,"我"联想到一座老房子地基上一株玫瑰所开的花,那多半是查理一世在位时栽种的,于是,又勾出关于查理一世的历史,是奥地利的?匈牙利的?还是那不勒斯和西西里的国王?想到希腊人和莎士比亚,想到维多利亚时代。这斑点,也可能是阳光下的圆形的突出物,于是联系到一座古冢,想到了考古学者——是巫婆抑或隐士的后代。斑点是不是一块木板的裂纹呢?由是想到树木的生命,它虽然被雷电击倒,却化为生命分散到世界各处。有的在卧室里,有的在船上,有的在人行道上,有的变成房间里的护墙板。

最后认定,这斑点是个蜗牛。叙述者的意识还原到现实,与蜗牛的意象合而为一。

拓展文学作品的想象空间,还有一个显例:美国作家马克·吐温的微型小说《丈夫支出账单中的一页》。全文只有七行字:

招聘女打字员的广告费……（支出金额）

提前一星期预付给女打字员的薪水……（支出金额）

购买送给女打字员的花束……（支出金额）

同她共进的一顿晚餐……（支出金额）

给夫人买衣服……（一大笔开支）

给岳母买大衣……（一大笔开支）

招聘中年女打字员的广告费……（支出金额）

账单像巨大的冰山所露出水面的一小部分，故事的详情有待读者借助想象加以填补，进而组成完整的丈夫、妻子、年轻女打字员、岳母、即将招聘的中年女打字员等人物构成的意义世界。其间有着广阔无边的想象空间，留待读者去构建，去设想，去填充。

一种构想是：丈夫招聘到了年轻的女打字员，并向她献媚，提前预支薪水，送花，同她共进晚餐……结果被妻子发现了。于是，妻子又打又闹……丈夫迫不得已，给夫人买了衣服以缓和关系，还给岳母买了一件大衣，以便讨得妻子的欢心；最后达成和解，另招聘一个中年女打字员。可以推想，年轻女打字员已经被辞退了，一场风波归于平息。以广告费始，以广告费终。一笔、一大笔有区别，是付出的不同代价。

西方有些作品，表面看是实写，实际上，饱含象征的意蕴。如狄更生诗句："要造就一片草原，只需要一株苜蓿，一只蜂，一株苜蓿，一只蜂，再加上白日梦。"它使我们思考许多问题：文学创作中，如何在写实性里驰骋宝贵的想象力？如何既置身于当下的"生活流"中，又不至于琐屑地"流"下去？如何在对世俗生活的关注和肯定中，恰当地容留艺术的批判向度和审美精神？等等。

二

无远弗届的现实空间再广阔，也是有限的存在，而艺术的想象空间却是无限的。人说，描绘现实是有中生有，艺术想象是无中生有，当然，"无"之花，也需要植根于"有"之土。

中国传统绘画中有一种"留白"技法。为了给观赏者提供一个足够的想象空间，艺术家把"虚实相生""计白当黑""以无胜有"的艺术精神本质，灌注到艺术作品里去，使之在一种简约得几至于"无"的状态中，呈现出高远境界、空灵意象的"有"的意蕴。当代西方有所谓"在场与不在场"的哲学阐述，凭借想象力的支撑，让不在场的东西通过在场的东西显现于直观之中，二者相依互动，形成一种魅力无穷的召唤结构，从而充分调动、激发受众的想象力，使有限文本具备意义生成的无限可能性。

且以"米洛斯的维纳斯"的断臂雕像为例。看了它在卢浮宫的展出，一些艺术家、历史学家、考古专家便筹划着为她复原双臂，恢复原有姿态，并给出了多种整修方案。可是，原有双臂的原型姿态又是怎样的？谁也没有见过，这样，就只能靠凭空想象，从而做出了种种设计、种种猜想——

一种是，原来的维纳斯，是左手拿着苹果，搭在台座上，右手挽住下滑的腰布；

另一种设想，维纳斯原本是两手托着胜利的花环；

还有一种推测，维纳斯右手擎着鸽子，左手拿着苹果，像是要把它放在台座上，让鸽子啄食；

有的设想更加离奇，认为维纳斯正要进入内室沐浴，由于不愿以裸体现身，右手紧紧抓住正在滑落的腰布，左手握着一束头发；

还有一种猜测，维纳斯的情人、战神马尔斯战胜征服者，载誉归来，两人并肩站着，维纳斯右手握着情人的右腕，左手轻轻地搁在他的肩上；

…………

当然，最后的结局是：由于争议不休，哪一种方案也未获采纳；人们公认还是现有的断臂状态为最美。

应该说，那个美丽的断臂女神雕像，正是由于它的不完整性，或者说不确定性、模糊性，才留存下悬念、疑团，使得人们可以无限度地驰骋想象。

三

作品是作家、艺术家与读者辅车相依、相生相发的统一体；而就拓展艺术的想象空间来说，尤其需要读者的参与和配合。也正是从这个意义上，英国作家王尔德才说："作品一半是作者写的，一半是读者写的。"马克·吐温的小说《丈夫支出账单中的一页》，就是这方面的典型文本。而我，此刻作为读者，总是自觉、主动地参与这种创造活动，以培植、激活艺术想象的能力。

挪威著名剧作家易卜生的代表作《玩偶之家》，是一部典型的社会问题剧，主要写女主人公娜拉摆脱玩偶地位的自我觉醒过程——从全身心地关爱丈夫、无保留地信赖丈夫，到认识并坚持自己生命的选择，最后决心与丈夫决裂，离家出走。自从1879年首演，便掀起层层波浪，随着"楼下呼的一响传来关大门的声音"，整个欧洲，包括五四运动后的中国知识界都被震动了。而广大读者与社会学家所共同关注与探讨的，是娜拉走后的命运怎样。鲁迅先生有言："（娜拉）走了以后怎样？伊孛生（易卜生）并无解答；而且他已经死了。即使不死，他也不负解答的责任。因为伊孛生是在作诗，不是为社会提出问题来而且代为解答。"这就有赖于读者的想象了。在我看来，核心的问题是妇女的解放。娜拉只有首先在经济上取得独立，才能争取独立的人格。然而，在素来把妇女当作玩偶的社会里，娜拉的独立解放只能沦于空想。鲁迅先生也提到了："从事理上推想起来，娜拉或者其实也只有两条路：不是堕落，就是回来。"

事有凑巧，整整过了一百年，在美国，罗伯特·本顿导演、改编的社会伦理片电影《克莱默夫妇》于1979年在美国上映，同样在欧美各国引起了热烈反响，并获得了奥斯卡最佳影片奖。影片反映了美国社会中一个相当普遍的家庭婚姻问题。个人的理想、事业与家庭生活之间的矛盾导致了夫妇冲突和家庭离异的悲剧，同样涉及妇女解放问题。一开始就是矛盾激化，克莱默夫人离家出走，断然离婚；尔后是女方对儿子的思念，爸爸带着小儿子生活遇到种种困难，夫妻为争夺爱子越吵越凶，情感联结点在争夺中越来越鲜明。最后，通过在法庭上互相揭露，彼此进一步加深了相互了解；结尾则是乔安娜回来，放弃了领走爱子的要求，在丈夫的目送下，拭去眼泪，走进电梯。欲知后事如何，下回没有分解，只能由观众去猜想。显然，聪明的编导不想给出一个固定的答案，与其作出某种选择，从而封闭了其他一切选择的通路，倒莫如把这个难以破解的苦涩问题交给观众与读者，通过想象、思考，去叩问生命、体验人性、设计人生。

文学艺术作品中，这类开放式的结局，具备双重效应：调动、展示作家、艺术家的想象能力，而对于观众、读者，则提供了广阔的想象空间。

意识流特征·梦幻式手法

拙作《清风白水》《春宽梦窄》《沧浪之水》付梓后，获得文学界的广泛关注，就中有两位知名学者不谋而合地指出，这些散文作品具有一种独特的美学标识——梦幻情结，即带有意识流特征的空灵自由的梦幻式写作手法。

王向峰教授说："我们判定充闾有一个梦幻情结，是因为他特别倾心一个'梦'字，有多篇散文是直接以梦幻为题材的，而且还有对于梦的近于理论分析的充分认识。作为解除外在束缚以自由飞升的一种动力源，这种情结在他的诗文创作中，已呈日益鲜明之势。翻开他的几部散文集，随处可见或为自我，或写他人的纪梦述梦之作，如《梦游沈园》《春宽梦窄》《细雨梦回》《邯郸道上》《青山魂梦》《梦雨潇潇沈氏园》《春梦留痕》和《情在不能醒》等。"

在《历史与美学的对话——王充闾散文研究》一书中，颜翔林博士指出——

◎ 获得首届鲁迅文学奖后,辽宁省委宣传部举行创作经验座谈会

"笔者所界定的王充闾散文的梦幻笔法,类似于西方新马克思主义的重要人物之一布洛赫的'艺术为幻想的白日梦'的美学观念。在创作过程中,作家充分运用了自由联想、意识流动、梦幻体验等心理功能和审美手段,最大限度地展现存在个体对现实世界、历史现象、人生境遇、生命隐秘的感知、理解、领悟和认识,以空灵飘逸的艺术精神,拓展了当今散文的表现领域,丰富了修辞技巧。这

些都体现了梦幻式散文的独特魅力。

"且以《涅瓦大街》（片段）为例：

正是这种浓重的艺术氛围，使我漫步在涅瓦大街时忽然产生一种幻觉：仿佛19世纪上半叶活跃在这里的俄国作家群，今天又陆续复现在大街上。看，那位体态发胖、步履蹒跚的老人，不正是大作家克雷洛夫吗？他是从华西里岛上走过来的，他喜欢花岗岩铺就的涅瓦河岸，喜欢笔直的涅瓦大街和开阔的皇宫广场。在他后面，著名的浪漫主义茹柯夫斯基不紧不慢地踱着方步，仿佛正在吟咏着他那把感情和心绪加以人格化的诗章：'这里，有着忧郁的回忆／这里，向尘埃低垂着沉思的头颅／回忆带着永不改变的幻想／谈论着业已不复存在的往事。'

那个匆匆走过来的穿着军装的青年，该是优秀的年轻诗人莱蒙托夫吧？是的，正是。他出身贵族，担任军职，自幼受过良好的教育，经常出入于上流社会的沙龙和舞场，但他同沙皇、贵族却始终格格不入。1840年新年这一天，他出席彼得堡的一个有沙皇的女儿、爵爷的贵妇和公主参加的假面舞会。在那红红绿绿的人群的包围、追逐下，诗人感到十分疲惫，极度厌恶。他找个借口离开舞厅，急速地穿过涅瓦大街逃回家去，恚愤中写下了那首题为《常常，我被包围在红红绿绿的人群中》的著名诗篇，以犀利的笔触尖刻地嘲笑了那班昏庸的权贵……

别林斯基也是涅瓦大街上常客。他个头不高，背显微驼，略带羞涩的面孔上,闪着一双浅蓝色的美丽的眼睛,瞳孔深处迸发出金色的光芒。他是君主、教会、农奴制的无情的轰击者,他激情澎湃地为反对社会不平等而奋争。在给友人的一封信中,他写道:当在涅瓦大街上,看到'玩趾骨游戏的赤脚孩子、衣衫褴褛的乞丐、醉酒的马车夫……悲哀,沉痛的悲哀就占有了我'。当然,最了解'彼得堡角落'里下层民众疾苦的,能够用'阁楼和地下室居住者'的眼睛、用饥饿者的眼睛来观察涅瓦大街的,还要首推革命民主主义诗人涅克拉索夫。他亲身经历过城市贫民的悲惨生活,在寒风凛冽的涅瓦大街上,他穿不上大衣,只在上衣外面围了一条旧围巾;为了不致饿死,他在街头干过各种小工、杂活。1847年,他写了一首描写城市生活的著名诗篇——《夜里,我奔驰在黑暗的大街上》……

在涅瓦大街旁,矗立着一列庞大的建筑,背后却是一个个拥挤不堪的小院落、小客栈。清晨,小公务员、小手艺人、小商贩们鱼贯而出,向涅瓦大街走来。就中有一个二十岁开外的青年,脸刮得净光,头发剪得很齐,穿着一件短短的燕尾服,看去颇像一只翘着尾巴的小公鸡。这就是果戈理……他浏览着涅瓦大街的繁华市面,仔细观察过往的行人,情绪在不断地变化着,时而兴奋,时而消沉,时而忧伤,而最令他欢愉的莫过于在涅瓦大街上邂逅普希金了。他们谈得十分投机,有时竟忘了饥肠辘辘。他比普希金整整小了十岁,自1831年相识之后,二人便成了莫逆之交。他常

◎ 与作家初国卿（右）交谈，他最早著文评论我的散文

说，'我的一切优良的东西都应该归功于普希金。是他帮助我驱散了晦暗，迎来了光明'。

"《涅瓦大街》一文，精妙绝伦，充盈着激情与灵感，颇有点契合柏拉图所声称的艺术创作是神灵附体、从而令诗人获得灵感和迷狂的理论。《涅瓦大街》无疑隐含着灵感和迷狂的心理体验，这就是作者的'幻想的白日梦'所产生的意识流动和情感漫游，而且毫无做作和矫情的因素，一切显得既合理又自然，使读者明白地知道这是虚拟的想象和幻觉的假设，然而又不得不沉醉在由作家所虚构的情境中，随着作者的意识流动走入遥远而亲切、熟悉而陌生的异域世界和人物内心。这个虚拟的'白日梦',包含着作者对俄罗斯文化的亲近感,闪烁着作者对逝去的文学巨匠的怀念与追忆,对历史与文明的哲学思考。因此,这种'幻想的白日梦'不单纯是非理性的,也不是纯粹无意识的感性结果,而是将幻想与理性、直觉与逻辑、梦境与现实、虚拟与历史有机和谐地统一于艺术文本之中。这种散文笔法,无疑代表了当今散文创作的新的走向。"

两位著名美学教授从学理方面对于梦幻式手法已经讲得很透辟了,原本无劳作者辞费,这里只就个人体验补充几句。我一向觉得,自由飞翔的愿望和现实的种种羁绊之间,仿佛永远隔着一道无形的、难以穿越的障壁。古人喜欢用"心游万仞""神骛八极"之类的话语来状写人的心志的放纵无羁;可是,到头来却是,或则被弃置在灵魂的废墟上,徒唤奈何,或则被拘禁在自己设置的各种世俗陈规的樊篱里,不能任情驰骋,像一只笼鸟那样,即使开笼放飞,也不敢振翮云天。倒是酣然坠入了黑甜乡后,神魂在梦境中,可以凭借大脑壳里的方寸之地,展开它那重重叠叠的屏幕,放映出光怪陆离、千奇百怪的画面。既不受外界的约束,自己也无法按照计划加以规范,完全处于一种自在自如的状态。而由于任何人在梦中都会撤下包装,去掉涂饰,从而显露出各自的本来面目,因此,梦境中的那个自我,往往比清醒状态下的更真实,更本色。梦境是一部映射心灵底片的透视机,可以随时揭示出人的灵魂深处的秘密。

说来，梦境也真是奇妙无比，哪怕是天涯万里，上下千年，幽明异路，人天永隔，都可以说来就来，要见就见。梦中似乎不存在时间与空间的概念，也不大考虑基础和条件。清人胡大川《幻想诗》中，有"千里离人思便见，九泉眷属死还生""天下诸缘如愿想，人间万事总先知"之句，现实生活中根本做不到，可是，梦境中却能够如愿以偿，般般兑现。歌德说过："人性拥有最佳的能力，随时可在失望时获得支持。"他说，在他一生中有好几次是在含泪上床以后，梦境用各种引人入胜的方式安慰他，使他从悲伤中超脱出来，从而得以换来隔天清晨的轻松愉快。中外古今，梦幻式写作手法之所以广为应用，而且争奇竞巧，花样翻新，良有以也。

我习惯于把读书、创作、治学、游览紧密地结合在一起。以创作、治学为经，以脚下游踪与心头感悟为纬，围绕着所要考察、研究、撰述的课题，有系统、有计划地阅读一些文史哲书籍，以一条心丝穿透千百年时光，使活跃的情思获得一个当下时空的定位，透过人文化了的现实风景，去解读那灼热的人生、鲜活的情事，同时也从中寻找、发现自己。

探索成长之路，解读智慧人生，本章内容，扫码聆听。

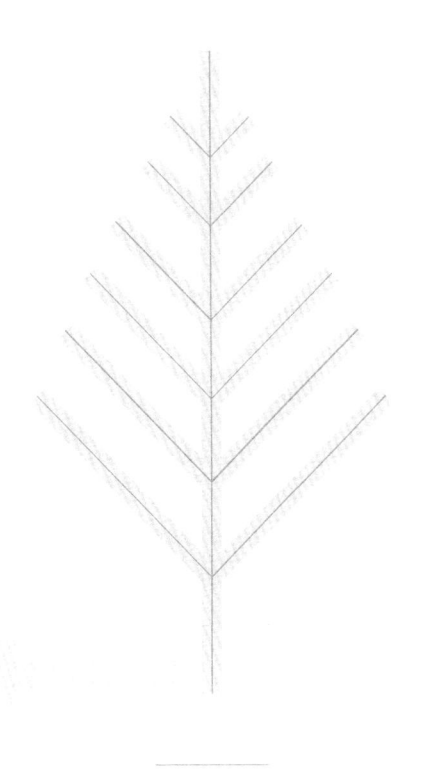

第九章

乐在忙中

众话"春宽梦亦宽"

散文集《清风白水》付梓后,作为姊妹篇,又有《春宽梦窄》出版。前者绝大多数篇章写作于1980年代,后者为90年代前期作品,它是春风文艺出版社"布老虎丛书"的一种,七十余篇,涵盖了纪游、叙事、抒怀、思辨等各类散文。其中有欣戚心迹,有风雨萍踪;有纯情的忆念,有热切的憧憬;有新旧异质的递嬗,有出世入世的融合;有"今古乾坤秋一幅",有"万里灯前故国情"。开印即达三万册,而且发行渠道畅通,样书到手后第五天,我即接到西藏自治区党委宣传部李维伦部长电话,说是在拉萨见到了《春宽梦窄》,表示祝贺,我当即给他寄了一本。

就艺术特征来讲,如果说,《清风白水》属于"美学化的散文",集中表现了作者诗意的审美情怀;那么,《春宽梦窄》的美学标识,则呈现出一种较为明显的心灵化、主体化、个性化以及梦幻式手法的特征。在审美视角、叙述立场、心理定式方面，由外部客观世界向着创作主体内心世界靠拢，较多地关注精神追寻、生命叩问、终极关怀，体现了文学向审美本质回归的特点。

著名文学评论家冯牧先生在《书生本色 诗人襟怀》一文中说："在步入文学道路之始，王充闾就具备了相当充分的思想文化准备，相当丰富和广泛的生活积累，相当敏锐和深沉的艺术才思，以及颇具大家风范的把握与驱遣文学语言的功力。"为此，"我还是愿意把他看作是一位文学写作的斫轮老手，一位在散文写作上出手不凡和独具机杼的散文家"；"他的有些文章常常使人感到，他并不只是像一个普通旅人那样地在尽情地享受着、赞叹着和摹写着生活的美，而是能够时时像一个诗人和哲人，不但以自己的眼睛，而且以自己的性灵在探索着、发现着生活的美。为了使这些美的底蕴更加集中地鲜明地展现出来，他还能够以一个饱学之士的渊博素养，把前人的一些精辟之论，融汇在自己的感受与描写之中，这就使得他所着意追求的和讴歌的那些来自生活也来自作者心灵的美，那些可以丰富与升华人们思想境界的美，显得更加具有光彩，更加具有思想和艺术的感染力"。

北京大学教授、著名学者谢冕先生指出，"王充闾的创作实践是通往散文学者化的进程"，"他在散文方面的贡献，是把平日思考与读书心得结合起来，把知识的积累与实际运用引入各种体式的散文中，而使这些散文展现出

◎ 散文集《春宽梦窄》在新华书店举办签名售书活动

浑厚的文化氛围。它的好处是能在保全散文体式的前提下，使它具有作者致力追求的知识的进入"。郭风说"王充闾的散文闪现出'独特的个人散文文体的光彩'，这是很中肯的"，"他正是建立一种属于个人的散文风格"。

当代美学家颜翔林博士认为："充闾先生善于运用自由联想的方式去结构散文，以审美幻觉的自由流动将历史与现实、时间与空间、逻辑和直觉、自然与心性，水乳交融地组合于文本之中，使散文达到一种起承转合的潇洒自如，思理跳跃的灵巧活脱，格调情趣的绚烂多姿。《春宽梦窄》散文集中诸多篇章，即是依凭着作者的自由联想的活动，表现了深刻丰富的精神主题和雅致超越的审美趣味。这一艺术文本所包含的'幻想的白日梦'，往往属于艺术家有意识虚拟的精神果实，它蕴含了一定的情感内涵和思想意义，属于有意味的审美符号和感性意象，体现了形式化的美感。"

《春宽梦窄》获得首届鲁迅文学奖之后，研讨会上，京、津、沪、辽等地专家学者，在对艺术文本进行深入剖析的同时，还就我的文学道路、发展历程展开了研讨。他们指出，作者实现了两个方面的质的突破：一是，作者国学功底深厚，但相对来说，现代文史哲美基础比较薄弱，通过长达十年的自觉补课，达致了在马克思主义指导下，新学与旧学、传统与现实较好的整合与对接，产生了相生相发、相辅相成的互补效应；二是，作者的创作实践，是在业余的条件下进行的，面对着从政与从文的"双栖之累"，不仅成功地解决了心态、时间等方面的矛盾冲突，交出了数量可观的答卷，而且保持了活跃思维与创新能力，反映在艺术文本中，想象力、联想力、感应力都比较突出。这两个充满挑战性的难题，解决它、超越它都十分不易，因而，非常难能可贵。

漫话漫画大家

一

20世纪90年代，德高望重、深受广大读者爱戴的漫画大家华君武先生到沈阳来，我有幸陪同他观看了两场足球赛。渐渐熟识了之后，在餐桌上，大家七嘴八舌地唠起了他的漫画。

一位与他相识四十余年的老同志，说起了他的《磨好刀再杀》。1947年，解放战争节节胜利，蒋介石采取两面派手段，一面抛出"和平方案"以迷惑人民，一面积极备战。君武先生用简洁生动的画面深刻反映了这一复杂的历史事实。漫画中蒋介石脚穿美国大兵皮靴，头上扣着美式船形帽，高颧骨、小胡子，眼里射出凶光，太阳穴上贴着一块四方形的黑色膏药，既突出其混迹于旧上海的身份、特色，又暗示他天天打败仗，无时无刻不在头痛。漫画发表在《东北日报》上，人们争相传看。在街头一些启事栏上，甚至在路边的电线杆上，都张贴着这幅漫画，一时间，成了人们茶余饭后谈论的话题。国民党当局十分恼火。当时，破获了一个国民党的地下特务组织，发现一份暗杀名单，其中就有华君武，罪名是"侮辱领袖"。

华老听着，不住地点头微笑，似乎又回到了当年岁月中去，深情地说："我很怀念哈尔滨那段生活，总是留恋秋林的里道斯香肠，还有风味可口的大列巴、酸黄瓜、鱼子酱、红菜汤。和你们这桌丰盛的晚餐没法比了，可是，像年轻人的初恋一样，旧情依依，永生难忘。"

席间，一位中年朋友说，华老漫画中最有趣味的，是讽刺"文革"后一段时间买什么东西都要搭配：一个老头儿手里拎着蔬菜，背上还驮着个人，嘴里叨咕着："买点青菜，店里非搭配一个经理不可。"

华老转向在座的两位青年，并附带问了身份、职业。那位体育局的女干部，说她看过一幅《误人青春——送给离题万里的发言》，很有警示意义。另一位是报社记者，他最喜欢华老刊发在《光明日报》东风副刊上的漫画：《科学分工》——两个人吹笛子，一个人按眼儿，一个人吹；还有《曹雪芹提抗议》——"你研究我有几根白头发干什么？"

那天，我坐在华老身旁，发现他兴致很浓地听大家讲述，没顾上动筷夹菜，便用公筷送给他一块鳕鱼，两条竹笋，看着他吃下去，便说：我是他的"铁杆粉丝"，只要能看到他的漫画，一幅都不肯漏。他问我喜欢哪一类的，我说，印象最深的还是那些社会风情画，忘记是在哪本杂志上看到的，20世纪30年代一幅反映小市民生活的漫画：一个人站在马路上，抬头看一座大楼顶上，接着，又来了两个人，也停下来好奇地往上望，结果，马路上所有的人纷纷奔走相告，一起抬头望着那个地方，仿佛那里发生了什么大事。可到后来，最早往上看的那个人若无其事地走开了，大伙儿谁也说不清楚究竟为什么都这么看。我说，这种集体无意识、群体性的盲目心态，至今仍然存在。作品具有哲理思维，又带典型性。

这时有人插言，说有一幅讽刺戒烟的，一个人把烟斗从楼上扔下去，立刻就后悔了，飞快地跑到楼下，伸出手去把烟斗接住了。构思太巧妙了，怎么想得出来呢？华老笑说，这是依据延安时期的一个真人实事，那个同志把烟斗扔到了山下，画的时候，为了增强效果，把山下改成了楼下。他说："其实我自己就是一个烟民，从前多次尝试戒烟，都因为下不了决心，宣告失败；直到六十四岁那年，因为咳嗽得太厉害，才算把烟戒掉了。漫画带有自嘲性质。"

二

听说华老酒量可观，第二次聚餐时，有人向他敬酒。

华老说，他过去确实喜欢喝酒，喝多了还曾行为失控，出过洋相。"在延安时，有一次，冼星海要到城里去指挥一个音乐会，可我喝过量了，硬是拉住他不放，说什么也不让他走，还把他怀里揣的指挥棒拽出来，挥舞着，指挥冼星海唱歌。弄得影响很不好。从那以后，我牢牢记取了醉酒的教训，喝酒格外节制。"

华老谈话，幽默生动，令人忍俊不禁。他说："我们画漫画的和动物学家，都需要观察动物，可是，观察的角度和着眼点不一样。我观察动物，习惯按照人的心情去推测动物的心情。我常常在住的院子里观察一群猫的活动，它们围在一起，坐在那里，煞有介事的。我就琢磨：它们到底在干什么？观察了好一阵子，终于发现它们原来是在开会议事。因为我想到，我们——人，就是常常以这种形式开的。""一个漫画家上街，和普通人不一样。普通人上街逛逛，买点日用品，就完成任务；漫画家则要用漫画的眼睛去观察、体验、分析人和事。我身上经常带着一个小本子，有所感触就及时记下来。记下这些东西，有的可以成画，有的虽一时不能成画，却可以帮助思索，有朝一日也可以用上，这个记事本对我的漫画创作有很大的好处。"有这样一个实例：他到火车站送客人时有所感悟，便在他的小本子上记下两个字"送行"。过了些天，《车站送别有感》的漫画就出来了，画面上，车窗里的人向站台上的人挥舞着帽子，站台上的人也面向车内的人挥手。

旁边题了一首打油诗:"里面直挥帽,外边频摆手。我说请回吧,他说再来游。其实都在想,就盼车快走。"

华老的日常生活,也饶有风趣。"文革"中下放到天津一个农场养猪种菜,他苦中作乐,为了给猪挠痒痒,特意做了个小挠爬,天天使用。那些猪一见他过来了,立刻自动排成一排,等着他给挠痒。前两年,画家杨之光给他画了一幅头像。他十分喜欢,随手题写了一首打油诗:"女大十八变,变成一枝花。人老也要化,化得皱巴巴。朽木不可雕,顿悟辩证法。"

三

华老是名副其实的德艺双馨的艺术家,不仅创作成果辉煌,艺术精湛,构思巧妙,内涵深刻,风格独特,妙趣横生,堪称国内首屈一指的大漫画家,而且,以其优秀的品德、高尚的人格、强烈的社会责任感,为文艺界树立了榜样。

他的作品尖锐、辛辣、深刻,一针见血;而为人却谦虚谨慎,不尚虚华,热诚真挚,光明磊落。阅读他的传记,留给我印象最深的,有这样两个情节:一是力辞"大师"称号,痛斥沽名钓誉的不良风气;二是襟怀坦白,勇于认错,绝不讳疾忌医。

1990年5月,华君武先生在杭州举办漫画创作六十周年回顾展,开幕式上,一向谢绝各种应酬、深居简出的美术界泰斗、著名画家叶浅予先生,代表全国美协发表了热情洋溢的讲话,以"漫画大师"许之。当时有位女记者要把这番话报道出去,华老没有同意。他说:"叶老过奖了。我不太同意'大师'的提法。因为大师一个国家只能有几个人,我也不够大师的条件。时下大师成风,阿猫阿狗都可算大师,大师提滥了。我看不如用'漫画大家'的提法更恰当。"

华老除了画画,还经常做一件自认十分重要的事,就是反复道歉。"文革"中他遭受过残酷的批斗,而在"左"风盛炽的年月,他也曾以漫画形式伤害过一些同志和朋友,"文革"结束后,他在公开场合一一赔礼道歉。有人统计,至少达三十次。对于文化名人是如此,涉及普通民众也不例外。2000年,他到山东参加一个展览,会后执意要去曲阜陈庄。原来,当年他曾在那里搞过"四清"。一位生产大队长因为多喝了一碗片儿汤,被定性为"多吃多占",受到了批判、撤职。这件事他始终记在心上,坚持要找到当事人当面道歉。在场的好多人都加以劝阻;有的说,这个大队长年龄比您还大,估计早已不在人世了。但华老表示,即便本人不在了,也要向他的后人道歉。最后,还是冒着大雨来到陈庄,幸好这位九十多岁的老人还健在。当人们看到八十五岁高龄的大画家真诚地向老农民赔礼道歉的情景,无不为之感动。

华发回头认本根

一

"知也无涯",而个人作为现实与有限的存在物,"生也有涯"。认知能力、表现能力,按其个别实现和每次的现实来说是有限的。这是摆在人类面前任何人都无法回避的无解性矛盾。古代哲人庄子曾经企望达到一种"大知"境界,但他分明知道,这种"大知"目标的实现,绝非个体生命所能完成,只能寄望于薪尽火传的生命发展历程之中。

人生是一次单程之旅,对生命的有限性和不可重复性的领悟,原是人生的一大苦楚。它包括在佛禅提出的"人生八苦"之中,属于"求不得"的范围。由于时间是与人的生命过程紧相联结的,一切作为都要在这个串系事件的链条中进行,所以,古往今来,人们对于时间问题总是特别敏感，倍加关注。古人说："恨不得挂长绳于青天，系此西飞之白日。"还幻想有一位鲁阳公挥戈返日，使将落的夕阳回升九十里。凡是智者、哲人，无不对于时间倍加珍惜；自然，也可以反过来说，珍视生命，惜时如金，正是一切成功者的不二法门。

随着年龄的增长，这种珍惜时间的情结会越来越加重。特别是文人，对于流年似水、韶光易逝更是加倍的敏感。可是，时间又是一匹生性怪诞的奔马，在那些对它视有若无、弃之如敝屣的人面前，它偏偏悠闲款段，缓步轻移，令人感觉走得很慢很慢；而你越是珍惜它，缰绳扯得紧紧的，唯恐它溜走了，它却越是在你面前飞驰而过，一眨眼就逃逸得无影无踪。尤其是过了中年，弹指一挥间，繁霜染鬓，"廉颇老矣"。米兰·昆德拉说得很形象：一个人的一生有如人类的历史，最初是静止般的缓慢状态，然后渐渐加快速度。五十岁是岁月开始加速的时日。

在与时间老人的博弈中，从来都没有赢家。人们唯一的选择是抓紧当下这一段或长或短的时间。清代诗人孙啸壑有一首七绝："有灯相对好吟诗，准拟今宵睡更迟。不道兴长油已没，从今打点未干时！""从今打点未干时"，这是过来人的沉痛的顿悟之言。过去已化云烟，再不能为我所用；将来尚未来到，也无法供人驱使；唯有现在，真正属于自己。

其实，手中握得的现在何尝不是空的，因为时间从来没有停留过片刻,转瞬间现在已成过去。但这样,未免迹近虚无,所以还是要讲,与其哀叹青春早逝,流光不驻,不如从现在做起,珍惜这正在不断遗失的分分秒秒。"东隅已逝,桑榆非晚""失晨之鸡,思补更鸣"。

二

有些年轻人见到一些上了年纪的人仍然分秒必争,寸阴是竞,觉得不能理解——都"土埋半截子了",还拼个啥?拼又有啥意义?这里体现出两方面的差异:一是价值取向不同;二是切身体验各异,如同百万富翁体味不到穷光蛋"阮囊羞涩"的困境一样。世间许多宝贵的东西,拥有它的时候,人们往往并不知道珍惜,甚至忽视它的存在;只有失去了,才会感到它的可贵,懂得它的价值。

也有好心的朋友,见我朝乾夕惕,孜孜以求,便引用清人项莲生的话:"不为无益之事,何以遣有涯之生?"加以规劝。我的答复是,如果这里指的是辛勤劳作之余的必要调解与消遣,那是完全必要的,不能称之为"无益"。可是,项氏讲的"无益之事",指的是填词,这原是一句反语。前人评他的《忆云词》:"荡气回肠,一波三折""殆欲前无古人"。哪里真是无益!而且,他在短暂的三十八年生命历程中,一直惜时如金,未曾有一刻闲抛虚掷过。"华年浑似流水,还怕啼鹃催老",这凄苦的词章道出了他的奋发不已的心声。

人们的理想追求差异很大，同样，兴趣、快活之类的体验，也往往是"如鱼饮水，冷暖自知"，他人难分轩轾，更无法整齐划一。所谓"趣味无争辩"，就正是这个意思。在这方面，我与一般身临老境的人不同。总想找个清静地方，排除各种干扰，澄心凝虑地读经典、做学问、搞创作，把这看作余生最大的乐趣。总觉得，过去肩承重任，夙夜在公，暇时甚少；现在退休在家，撂下了工作担子，正可"华发回头认本根"，作"遂初之赋"，实现多年的夙愿。因此，每天除去把"三餐一梦"和一两个钟头的散步作为必保项目外，其余时间就都用于读书、治学、创作，间或拨出一点儿必要时间，与文友交往，或者去高校讲课、外出考察。

我习惯于把读书、创作、治学、游览紧密地结合在一起。以创作、治学为经，以脚下游踪与心头感悟为纬，围绕着所要考察、研究、撰述的课题，有系统、有计划地阅读一些文史哲书籍，以一条心丝穿透千百年时光，使活跃的情思获得一个当下时空的定位，透过人文化了的现实风景，去解读那灼热的人生、鲜活的情事，同时也从中寻找、发现自己。

三

　　创作切忌雷同，艺术的生命力在于不断创新。如果千头一面，那么天地间又何贵乎有我这个人；如果千篇一律，那么，文坛上又何贵乎有我这些文字！因此，在散文创作中，我苦苦追求自己的特有风格。我重视吸收、借鉴他人的长处，但耻于依傍，无意模仿。不是有个冷笑话吗——"和尚在此，我却何往？"这总是很难堪的。

　　当然，形成自己的风格，固属不易，但是，尤为难能可贵的还在于不断地挑战自我，取得新的突破。一个作家最大的前进障碍，正是他自己营造的樊篱。他必须时时努力，跳出自己现成的窠臼。对我来说，这是更大的难题。

　　我不懂得"百无聊赖"是一种什么滋味，每天都过得异常充实，"忙"是生活的主调。架上经典繁多，苦于没有时间细读；许多优秀影视作品，朋友们再三推荐，却抽不出时间浏览；多地出版、报刊部门约稿，未能一一满足。清代诗人吴伟业说："不好诣人贪客过，惯迟作答爱书来。"他说了四件事。我呢，和他一样，不好访问别人，喜欢捧读来函；不同的是，我能及时作复，却不贪恋过往宾客。这并非由于生性孤僻，只是因为舍不得破费时间。朋友们也都理解，有要紧事必须找我，总是说，知道你忙，只打扰五分钟。我散步时总是踽踽独行，为的是便于一边走路，一边进行创作准备,思考问题。

这样一来,生活是否过于清苦、单调,缺乏应有的乐趣呢?每当听到朋友们的这类询问,我总是会心一笑,戏用庄子的语式以问作答:"子非我,安知我不以此为乐耶?"明代的归终居士有句十分警辟的话:"要得闲适,还当在一'劳'字上下功夫。盖能劳者,方体味得闲适。"从前,对这句话缺乏理解,现在体会到,劳作与闲适是相反相成的。闲适是一种心境,这种心境的产生,有赖于充实与满足。无所事事的结果,是身闲而心不适,百无聊赖。情有所寄,才能顺心适意。读书、创作、治学,本身就是一种寄托,实际上也是一种转化,化尘劳俗务为兴味盎然的创造性劳动,化喧嚣为宁静,化空虚为充实,化烦恼为菩提。

多年前,我曾大病一场,几乎和死神接了吻,而今尚称顽健。友人向我请教养生之法,我想了想,说,还是"借花献佛"吧:漫画大家方成先生有一幅自画像,画面上,年登耄耋的方老,轻快地骑着一辆自行车,前边车筐里满载着笔墨纸砚,后座上驮着高高的一摞书,画上题了一首"缺腿的"打油诗"生活一向很平常,骑车画画写文章。养生就靠一个字——忙"。

读无字之书

往古来今，书有两种，一种是有字之书，一种是无字之书。有字之书，尽管卷帙浩繁，如山如阜，远不止"汗牛充栋"，但毕竟还能以卷数、篇章计算；而无字之书则充塞宇宙、囊括古今、遍布社会、总揽人生，是任何手段、任何仪器都无法计量的。

读无字之书，自然包括旅行，特别是那些名城胜迹、名山大川，总是古代文化积淀深厚，文人骚客留下无量数的屐痕、墨痕的所在。当你漫步在布满史迹的大地上，似自然的漫游，观赏现实的景物，实际却是置身于一个丰满的、有厚度的文化世界。像读有字之书一样，通过认知的透镜去观察历史，历练人生，体验世情，解读社会，从而获得以一条心丝穿透千百年时光，使已逝的风烟在眼前重现华彩的效果。

前此，读过一篇汪涌豪教授关于论述旅行哲学的文章，文中指出，一切多情又深于情的人，都把旅行当作岁月的清课、精神的受洗。他们从学理上驳正20世纪以来仅从经济角度界定旅行的粗浅认知，抱持一种文化论立场，凸显其背后所蕴藏的诗的本质与哲学的品格。旅行走的是世路，更是心路，而那个可称"归处"的"家园"与人的实际籍贯无关，它只是让人回到自己的诗意栖居。它是颠簸中的安适，转徙中的宁静，是在过去中发现当下，在自然中发现人性，在一切看似与己无关的人事中发现自己。

从一定意义上说，赏鉴自然风景，游观大千世界，在感受沧桑、开拓心境的过程中，同样可以体味古今无数哲人智者灌注其间的神思遐想，透过人文化的现实风景，去解读那灼热的人格，鲜活的情事，耀眼的丰姿。同时，恰如汪教授所说，也是在从中寻找、发现和寄托着自己。在这里，我们与传统相遭遇，又以今天的眼光看待它，于是，历史就不再是沉重的包袱，而为我们解读当下、思考自身，提供了种种可能性。

历史老人和时间少女一样，都是人类自觉存在的基本方式，是随处可见，无所不在的。比如，我在江苏吴江的同里、昆山的周庄这两个江南名镇里，就曾同历史老人不期而遇，觉得它们都有说不尽的话题。像对待有字之书一样，我的当务之急，或者说我所集中思考的问题，同样是如何认知、如何解读、怎样分析这些历史话题。

在前往同里的汽车上，听司机讲了它的"命名三部曲"：由于交通便利，灌溉发达，土壮民肥，同里最初的名字叫作"富土"；后来人们觉察到这样堂而皇之地矜夸、炫耀，不太聪明，既加重了税负，又无端招致邻乡的嫉妒，还经常不断受到盗匪、官兵的骚扰，于是，就改成了现在的名字——把"富土"两个字叠起了罗汉，然后动了"头上摘缨，两臂延伸，屁眼打通"的手术，这样，"富土"就成了"同里"；十年内乱期间，为了赶"革命"的时髦，造反派曾经给它起个动听的名字，叫"风雷镇"，但是，群众并不买账，为时很短，人们就又把它改回来了。你看，简简单单的一个镇名，就经历了这般奇妙的变化，焕发出许多文采，真应赞叹这无字之书的意蕴丰盈。

在周庄，看了几处历代名人宅第。船出双桥，前行不远，就到了明代江南首富沈万三的后人建于乾隆初年的敬业堂，现在习称"沈厅"。走进了这处七进五门楼，一百多间房屋，占地两千多平方米的豪宅，人们自然免不了感慨系之地谈论一番沈家的兴衰史。

沈万三的祖上以躬耕垦殖为业，到了他这一辈，借助此间水网条件，进行海外贸易，从而获利什百，资财巨万，田产遍于四方，富可敌国。无奈，做生意他虽称高手，可是，玩政治却是一个十足的笨伯。他同所有的暴发户一样，见识浅短，器小易盈，不懂得封建政治起码的"游戏规则"，一味四处招摇，不肯安分守常，结果，接二连三干下了种种蠢事，最后竟招致杀身惨祸。性格便是命运，信然。

为了拍皇上的马屁，沈万三进京去奉献什么"龙角"，还有黄金、白金，甲士、甲马，并斥资建筑了南京廊庑、酒楼。这下可爆出了名声，显露了富相。朱元璋修建南京城正愁着银根吃紧呢，当即责令他承包城墙三分之一的建筑工程。结果，他"抓了个棒槌就当针"，修过城墙之后，竟然异想天开，要拨出巨款去犒赏三军。这下子惹翻了那个杀人成瘾的朱皇帝，当即下令："匹夫犒天子之军，乱民也。宜诛之！"亏得马皇后婉转说情，才算免遭刑戮，发配到云南瘴疠之地，最后客死他乡，闹得人财两空。此中奥蕴多多，一一彰显在无字之书里，关键在于后人能否解读出来。

如果说，这个堪笑又堪怜的悲剧角色，还留得一点儿历史痕迹的话，那就是周庄街头随处可见的名为"万三蹄"的红烧猪蹄膀。这是当年沈万三大摆宴席的当家菜。据说，有一天，朱元璋带着亲信到他家里来做客，他受宠若惊，一时竟不知用什么珍馐美味招待是好。恰巧，这时膳房里飘出一股浓烈的肉香味，皇帝问是什么佳肴，他便让厨师把炖得皮鲜肉嫩，汤色酱红，肥嘟嘟、软颤颤的猪蹄膀端了上来，随手从蹄膀下侧抽出一根刀样的细骨，轻盈地划了几下，皮肉便自然剖开。朱皇帝见了馋涎欲滴，一面大快朵颐，一面连声称赞：这"万三蹄"真是好。从此，这道沈家名菜便誉满江南。

无独有偶。"万三蹄"之外，周庄还有一种列入江南三大名菜的"莼菜脍鲈羹",也同样联结着一位著名的历史人物。西晋文学家张翰,尽管和异代同乡"沈大腕儿"生长在一块土地上,喝的是同一太湖的水,但他却是典型的潇洒出尘、任情适性的魏晋风度。史载,一天他正在河边闲步,忽然听到行船里有人弹琴,便立即登船拜访,结果,两人谈得非常投机,"大相钦悦"。许是像俞伯牙与钟子期那样以旷世知音相许吧,最后他竟随船而去,而未及告知家人。到了洛阳,被任命为大司马东曹掾。后来,他因眼见朝政腐败,天下大乱,为了全身远祸,遂于秋风乍起之时,托言思念家乡的菰菜、莼羹、鲈鱼脍而买棹东归。朝廷因其擅离职守,予以除名,他也并不在乎。他说,人生贵在遂意适志,怎能羁身数千里外,以贪求名位、迷恋爵禄呢!后人因以"莼鲈之思"来表述思乡怀土之情。

当然,解读史事,不要说"往事越千年",即便是不久前发生的情事,待到我执笔叙述的时节,它们也都像王右军在《兰亭序》中所说的,"向之所欣,俯仰之间,已为陈迹"。而这类历史的叙述,总是一种追溯性的认识,是从事后着手,从发展过程完成的结果开始的,因而不能回避也无法拒绝笔者对于历史的刻意抉择与当下阐释。就是说,作为"无字天书"的解读者(同时也是叙述者),我总会通过当下的认知而印上个人思考的轨迹,留下一已剪裁、归纳、判断的凿痕。——这同解读有字之书,是原无二致的。

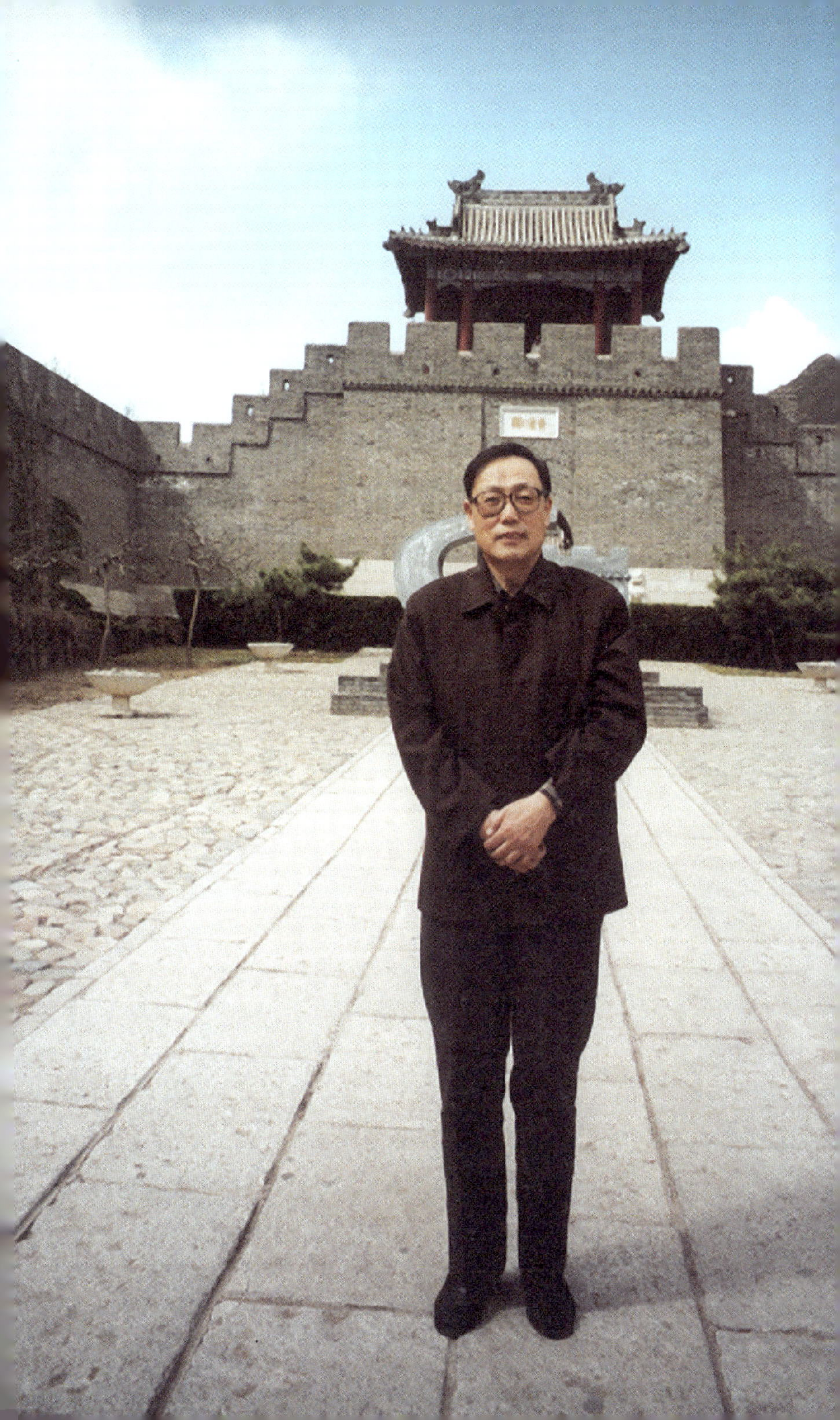

2002年4月15日，获聘南开大学文学院兼职教授，陈洪副校长颁发聘书后，我以《挑战自我 勇于创新》为题，讲授了第一课。次日，获邀登上"津门十景"之一的险峻雄伟的黄崖关。同行的师友笑吟《水调歌头》词："讲罢南开课，又闯黄崖关。"我接上说："才力自知不逮，踔厉勇登攀。"师友再续："不管风吹浪打，胜似闲庭信步，高唱凯歌还。"

2002年，天津蓟州黄崖口关，以年代久、变化多、布局巧、设施全，成为长城建筑史上的杰作

节假光阴书卷里

宋代诗人陈与义有两句诗:"客子光阴诗卷里,杏花消息雨声中。"千古脍炙人口。因为喜爱它,我把"客子"二字易为"节假",用来描述我的业余读书生活。这里的"节假"属于泛指,既包括节假日,也包括课余、工余时间。

每逢节假,一些青年朋友挈妇(夫)将雏,到岳父母家欢聚,以尽人子之情,叙天伦之乐;如果风日晴和,有些朋友则与亲友一道,赶赴名园胜地,共尽游观之兴;或者趁雨天雪夜,聚三五朋侪,垒方城,跳伴舞,畅一日之欢。我以为,节假期间无论省亲、访友、游玩、聚餐,都是正常生活的组成部分,纯属个人自由,无须他人置喙。

当然,这里有一个摆放在何等位置,支配出几许时间来安排的问题。人才成长规律表明,如何利用业余时间,对于专业研究、科学艺术发展具有不容忽视的作用。爱因斯坦甚至说:"人的差异主要在于业余时间。"中外古今,

节假光阴书卷里

无数事实都证明了，这是无可置疑的科学论断。革命导师恩格斯在曼彻斯特纱厂工作，但他利用业余时间钻研了大量古典哲学和古典政治经济学，写出许多经典名著，终于成为马克思主义创始人之一。鲁迅先生不承认自己是天才，他认为，自己只不过是把别人聊天的时间喝咖啡的时间都用到了工作和学习上。莎士比亚在成为戏剧大师之前，是一个勤杂工，剧本创作属于他的业余爱好。《百年孤独》的作者马尔克斯，成名之前是记者，创作原是他工作之外的业余活动。日本知名作家村上春树的处女作《且听风吟》，也是在从自家经营的爵士酒吧下班后写成的。而智利诗人聂鲁达，作为正式的外交官，他那些得了诺贝尔文学奖的诗篇，同样也都是业余时间的产品。

每个人所拥有的时间资源，大体上是相同的，而如何利用时间，特别是业余时间，就千差万别了。一般情况下，八小时工作时间内，都有统筹划一的要求，而业余时间则尽可根据爱好、兴趣、天赋、环境条件，作出选择性的安排。这对于一个人向何种类型发展、最终达到何等层次，往往起着关键作用。业余时间既能造就人，也可以毁灭人，既能造就杰出人才，也完全可能生产出庸人、懒汉、酒鬼、赌徒，不仅工作业绩有别，更区分开人生道路的歧异。

曾经看过一份资料，说一个人一生如果按72岁计算，睡觉占了20年，吃饭6年，生病2年，文体活动8年，工作14年，而闲暇时间竟有22年。22年的空闲时间，远比工作占据的时间更长，这些一生中最宝贵的自由时间，如何支配，自然无比重要。三国时期学者董遇利用"三余"（冬者岁之余，夜者日之余，阴雨者时之余）时间勤学苦读，终成大才的佳话，至今还广为流传。为此，毛泽东同志经常告诫身旁的青年：要让学习占领工作以外的时间。而且他是身体力行的。

一百多年前，曾经有个数论的难题，难住了全世界的数学家："2的67次方减去1，究竟是质数，还是合数？"据说，破解它的难度，不亚于"哥德巴赫猜想"。全世界的数学家们做过种种尝试都徒劳无功。但在1903年10月，在纽约举行的世界数学年会上，一个名叫科尔的数学家，默默地走向黑板，写下了一个等式：

$2^{67}-1=193707721 \times 767838257287=147573952589676412927$。

因为可以分解成两个因数，可见，它不是质数，而是合数。

一阵寂静之后，会场爆发出热烈的掌声。有人问他："您论证这道题，花了多长时间？"他回答说："三年来的全部星期天，尽用于此。"

这里，我想结合个人实际，谈谈利用业余时间读书的问题。我从六岁开始接触书籍，先是"三百千"启蒙，而后读"四书五经"、诗古文辞，到了"志于学"的年龄，在中学第一次走进了图书馆，尔后，大多数星期天、节假日，我都钻进图书馆里不出来，从此，与书卷结下了不解之缘。

我的老师里没有叶圣陶、朱自清那样的名家，但是，他们自有其高明之处，就是从来不肯用繁杂的作业把孩子们的课余时间全部占满，而是有意无意地纵容、放任我们阅读课外书籍。我的父母也从不因为我在节假日埋头读书、不理家务而横加申斥。这大大地培植了我读书的兴趣，以后，便一发而不可收，像王羲之爱字、刘伶好酒、谢灵运酷嗜山水那样，与生命相始终，从来没有厌倦书卷的时候。

但兴趣与自觉性还不是一码事。我的切身体会是，读书自觉性的形成，首先来自迫切的需要。我相信培根说的"知识就是力量"，相信理论是行动的指南。我曾下过很

◎ 在营口家中创作

大功夫埋头钻研马克思、恩格斯和黑格尔的著作，每读一次，都被其中强大的思想魅力所吸引，都有新的收获。我也相信苏东坡所说的："学如富贾在博收，仰取俯拾无遗筹。"因此，举凡左史庄骚、汉魏文章、唐宋诗词、明清杂俎，以及西方近现代的一些代表性学术著作，我都综罗博览。在我看来，书犹三江五湖，汇而成海，浩无际涯，而个体生命却是很短暂的，"任凭弱水三千，只能取一瓢饮"。所以，必须竭尽一切可能，充分利用业余时间。

古诗中说："人生七十古来少，前除幼年后除老。中间只有不多时，还有一半睡着了。"

特别是人过中年，时间仿佛过得更快，"岁月翩翩下坡轮"，光阴自当以分秒计。这是就一般而言，而我的文学之路，一直是在繁重的政务夹缝中展开的，所谓"文政双栖"。这样，自是加倍的劳碌。无论节假日、早午晚，一切工余之暇，我都攫取过来用于读书、写作。即使每天凌晨几十分钟的散步，也是一边走路一边构思、凝想；甚至睡前洗脚，双足插在水盆中，两手也要捧着书卷浏览，友人戏称之为"立体交叉工程"。

当然，时间冲突之外，还有一个心态问题，这是更深层次的矛盾。学术研究特别是文学创作，需要有个心灵的自在空间，需要化身到文学对象中去；需要沉潜到文化与生命的深处，透过生活表象去勘察社会人生的真实状态，采掘人的内在心理活动的富矿；文学是灵魂的曝光，内心的折射。苏珊·朗格说，艺术表现的是人类的情感本质。这种情感本质，必然是人类深层意识的外射，是个体生命对客观世界的深刻领会与感悟。也就是说，作者要通过自身的灵性和感受力，通过哲学思维的过滤与反思，去烛照历史，触摸现实，探索文化，追寻美境。而我每日所面临的繁杂的公务、纷扰的世事，应该说，这种矛盾、冲突的应对，难度是更大的。

面对如此层层叠叠的难关，无疑需要一种强大的内驱力。其实，说来也很简单，凡事着迷、成癖以后，就到了"非此不乐"的程度，不仅没有厌倦情绪，而且甘愿为此付出种种代价，甚至做出牺牲。明人屠本畯平生好读书，至老尚手不释卷。有人问他："老矣，何必自讨苦吃？"他的答复是："我于书，饥以当食，渴以当饮，欠伸以当枕席，愁寂以当鼓吹，未尝苦也。"看过《聊斋志异》中《娇娜》这篇小说的文友，当会记得这样一个情节：佳丽娇娜给孔生割除胸间痈疽，"紫血流溢，沾染床席，（孔）生贪近娇姿，不惟不觉其苦，且恐速竣割事，偎傍不久"。

对于一个痴迷文学的"书呆子"，希腊神话中的文艺女神缪斯的魅力，正不知胜过娇娜几多倍呢！

每当我徜徉于大自然赐予的这一片敞开的大地上,总有一种生命还乡的欣慰与生命谢恩的热望。我把这种感觉写下来,于是,便留下了笔底心音。它是我在这自然的怀抱中居停的宣言书和身份证,是我探寻真源的心灵印迹和设法走出有限的深深感悟。

探索成长之路,解读智慧人生,
本章内容,扫码聆听。

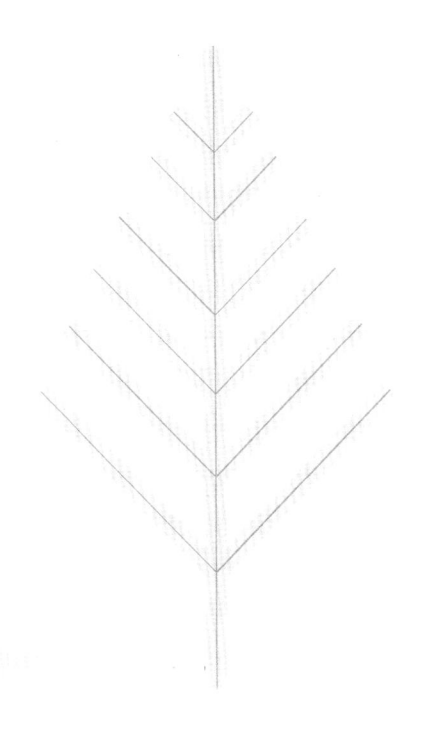

第十章

归去来兮

彝乡采风

退休了，作为专业作家，参加中国作协组织的采风活动，畅怀适意，了无挂牵，心情与前大不一样。

原根意义的"采风"，是搜集民间歌谣。这次来到凉山彝乡，当然不只是撷采歌诗，主要还是访史问俗，亲炙这一神奇大地的沧桑巨变。但是，既然来到这素以"歌的海洋"艳称中外的八百里凉山，又不能不为遍地的山歌、情歌、酒歌、舞歌、婚嫁歌、祭祀歌、丧礼歌、节庆歌而忘情倾倒。

有人说，到了凉山，忘了吃，忘了喝，忘不了彝家姑娘一曲歌。

彝族民歌中数量最大的自然是情歌；其次，酒歌占有相当重要的位置，"人生酒歌"一般以敦勉、教诲为目的；还有一种"塘酒歌"，老人们坐在一起，通过歌唱，谈古论今，展示才智，这种酒歌多为鸿篇巨制，内容淹博，素有"歌母"之称。

据熟谙声乐艺术的朋友讲，彝家唱歌发声的方法很科学，很考究。他们善于使口腔、喉腔、胸腔和鼻腔巧妙、自然地加以配合，达到音距大、吐气长，音量宽阔，即使数十拍的长乐句，也能一气呵成。

彝族人民能歌善舞，有着悠久的历史传统。早在西汉时期，司马相如就在《子虚赋》中记载了彝族先民的"颠歌"。唐人樊绰所著《蛮书》中，也有关于彝族男女吹笙跳歌的描述。

古籍记载，这里的男女老少皆擅弦歌，转喉开口，一唱百和，举凡爱恋、婚嫁、喜庆、悲戚、放牧、农作、狩猎、行役，无不以歌讴抒怀达意。他们把弦歌看作是彝家心声自然流露的情感通道，又当成反映人情世态、时代生活的一面镜子。他们自豪地说，彝家的史书，记在弦歌之中。

凉山彝家以真诚质朴、热情好客闻名于世。每当我们踏入彝寨，都会遇到人们主动地问询："曲博，卡波？"意思是：朋友，你去哪里？你只要说出准备拜访的人家，他们便会热情地前趋指路，甚至一直陪送到那一家。

有时，我们没经事先联系，随意走进哪个彝家，男女主人也总是很有礼貌迎迓接待，决不会冷落了这种不速之客。里巷徜徉，随时都能听到彝家暖人情怀的祝酒歌：

远方的朋友，来哟，来哟！

> 珍贵的客人，来哟，来哟！
> 请喝一杯彝家祝福的酒，丰收的酒哟！
> 彝家的心像篝火一样红，金子一样真哟！
> 请喝下这珍贵的酒啊，接受彝家的一片深情哟！

客人登门，酒是必备的，往往客人一就座，主人便立即递过来一杯酒，然后边叙边饮，以酒代茶，一直喝到客人起身告辞。彝家待客慷慨大方，他们有句俗话："一斗米不吃十天，难以度年；十斗米不做一顿，无法待客。"这次，作家采风团来到凉山彝寨，热情好客的主人更是早早地欢聚村头，置酒接风。一队靓装丽服、美目流盼的彝族姑娘，手里擎着酒杯，高歌侑酒。我以素无饮酒习惯为辞，姑娘们便齐声唱着：

> 大表哥，你要喝。
> 你能喝也得喝，不能喝也得喝，谁让你是我的大表哥！
> 喝呀，喝！我的大表哥！

在这种情殷意切的态势下，别说是浓香四溢的美酒，即使是椒汁胆液，苦药酸汤，也不能不倾杯而尽。

这次彝乡采风的压轴戏，是参加一年一度最隆重的节日——火把节。

在彝族群众心目中，火是圣物，它能够净化一切。年节祭品要一一在火上转三圈，或将一块石头烧过，经淬水冒出蒸汽，再将祭品在上面绕三圈以除掉一切污浊。他们视火为神物，视锅庄、火塘为神之所在，严禁人畜践踏与跨越。猎人、牧人常用的引火绳，在家要挂在屋壁上方，用后只能用手压灭而不许用唾沫淹灭。火是中心，哪里有了火，哪里便会围上一圈人，火成了凝聚人们的轴心。

人类最初一代的文明，是被火焰照亮的。世界上许多民族都有关于火的崇拜、火的禁忌的习俗。然而，像我国彝族那样，把火的崇拜神圣化，并以节日形式固定下来，同预祝丰收相结合，却是不多见的。

关于火把节，当地流传着这样一个传说：很久以前的一个夏天，旱情十分严重，庄稼长得瘦弱不堪。可是，天神仍然派出差役，下界催租逼债。人们苦苦求饶，还是颗粒不留，统统被收走。这激怒了英雄惹地豪星，决心把这个恶差除掉。结果在六月二十四这天，豪星在比赛摔跤时把他摔死了。正当人们欢庆胜利的时候，天神放出天虫，遮天蔽日的天虫，转眼之间，便把一片片庄稼吞噬净尽。豪星看了，心痛如焚，情急生智，动员男女老幼采来蒿秆扎成火把，漫山遍野燃烧起来，经过九天九夜的激战，终于消灭了天虫，保住了即将收获的庄稼。后来，人们为了纪念这位英雄，也为了祈祷丰收，年年都点燃火把，久而久之，就形成了火把节。

我们来到凉山时，恰好赶上了农历六月二十四的彝族火把节。吃过早饭，大家就乘车来到普格县五道箐乡拖木沟的一处非常开阔的草坪，四周天然隆起，形似看台，上上下下已经坐满了人，据说有三万多。彝家有一句谚语：过年是嘴巴的节日，火把节是眼睛的节日。意思是，过年讲究吃好喝好，而火把节讲究的是穿戴打扮，好玩耐看。放眼望去，尽是姑娘们的七彩裙、花头帕、绣花坎肩，小伙子们的白披毡、蓝披毡、花腰带，好像一个硕大无朋的五彩花环，罩在青苍的碧野上。

最先出场表演的是彝家女儿，她们打着黄油伞，相互牵着三角彩巾，围成一个又一个圆圈，唱起了优美动人的"朵乐荷"。歌声美，舞步轻，织成了一条情韵绵绵的女儿河，又好似一朵朵太阳花，在蓝天下缓缓滚动。最能充分展示这种美的姿彩的，是已有千年历史的选美活动。选美，既要看姑娘们的身材容貌、穿着打扮，又要看她们的仪态风采，还要看平时的道德品行，包括对待父母长辈的表现。评委们都是山寨中德高望重的老人，他们一整天在过节人群中寻觅、拣选，反复比较、协商，评判意见颇具权威性，没有人会怀疑、指责。每次火把节只选三名，一旦评出，便成为小伙子们心仪的目标，姑娘们心中的偶像。哪家出了美女，那家的瓦板房四周，晚间便口弦声不断，清晨背水路上的脚印最多。

过去我总以为，处于比较封闭状态下的民族，未必会追求强度的刺激、激烈的变换和一定程度的紧张。可是，来到凉山之后，却发现这里的精神生活，更适应那种紧张、热烈的现代生活方式。这从场上观众对于摔跤、赛马、斗牛、斗羊是那样的投入，那样的兴致勃勃、全神贯注，便可以看得出来。它说明广大彝族地区，较之追求宁静、安适，以农业文明为主的汉族地区，更具活力，更为开放，"生命之光"发射得更充分。彝族地区长久以来生产、生活的流动性大，获取生活资料艰难，自然条件恶劣，也许正是因为这些情况，促成了其生命力旺盛，神经系统一直保持较高的激活与兴奋水平。

天色暗了下来，人们在街前广场上，点燃起干蒿扎成的火把，排成长长的队伍，高声唱着火把节祝歌，走向田野，走向山岗。于是，漫山遍野都响起了：

朵乐荷／朵乐荷／烧死猪羊牛马瘟／
烧死吃庄稼的害虫／烧那穿不暖的鬼／
烧那吃不饱的魔／朵乐荷／朵乐荷！

由于火把节适值盛夏，田里秧苗正处于旺盛的生长期，也正是各种危害庄稼的昆虫繁殖的高峰期。当火把在四野燃起，那些害虫便迅速攒聚趋光，一齐葬身火海。所以火把确有除害保苗的实效。

时间已到深夜，登高四望，但见漫山遍野，到处都有金龙飞舞，起伏游动，浩荡奔腾，人们仿佛置身于火的世界。城市里也同时施放礼花，把光明送到天上，让暗淡的长天也大放异彩。古人有诗云："云披红日恰含山，列炬参差竞往还。万朵莲花开海市，一天星斗下人间。"可说是真实而确切的写照。山在燃烧，水在燃烧，天空在燃烧。与此相应合，人们的情绪也在燃烧、激扬、纵放，沉浸在极度的兴奋之中。面对着星河火海，我也不禁手之舞之，足之蹈之，高声朗诵起郭沫若的《凤凰涅槃》中的诗句：

我们生动／我们自由／我们雄浑／我们悠久／
一切的一，悠久／一的一切，悠久／……
火便是你／火便是我／火便是他／火便是火／
翱翔！翱翔！／欢唱！欢唱！

火把节自始至终体现了一种狂欢精神，但更重要的是反映了现代人的一种精神需求。从更广泛的集体心理来说，人们都愿意借助这个节日，营造一种规模盛大的、自己也参与其中的欢乐氛围，使身心放松、亢奋，一反平日那种循规蹈矩、按部就班的生活秩序，而同时又不被他人认为是出格离谱、荡检逾闲。

大自然之歌

每当我徜徉于大自然赐予的这一片敞开的大地上,总有一种生命还乡的欣慰与生命谢恩的热望。我把这种感觉写下来,于是,便留下了笔底心音。它是我在这自然的怀抱中居停的宣言书和身份证,是我探寻真源的心灵印迹和设法走出有限的深深感悟。

"人诗意地栖居在大地上",荷尔德林这句诗因海德格尔的阐发而在世界上广为流传。悠悠万物,生息繁衍,无始无终,作为个体的人却不过是匆匆的过客。而要使这短暂的居停超越瞬间走向永恒,就理应把存在审美化,使之与自然和谐地融为一体,用海德格尔的话讲,就是"通过原一,大地与天空、神圣者与短暂者,四者统一于一"。由此,便产生了原根意义上的诗性。

世界上没有哪个民族能与中华民族对于自然美的虔敬和敏锐的审美感受力相比。从庄子、屈原到谢朓、王维、

◎ 与诗人吉狄马加（右）在四川凉山

李白、杜甫、苏轼，诗人们一直行进在寻求存在的诗化和诗的存在化的漫漫长路上。这些诗哲留给我们的绝不仅仅是一幅幅风景画，它是一种人与自然和谐的情绪，即海德格尔所说的，它是人"诗意地栖居"的情怀，是对自然的审美观照。

当我面对山川胜景时，前人对于自然的盛赞之情便从心中沛然涌出。这些美的诗文往往导引我走向那些人与自然互相融合的审美境地，从古老的文明中寻求必然，探索内在的超越之路。于是，我"因蜜寻花"，或如庄子所言，"乘物以游心"，心神任随外物的变化而遨游。脚踏在自在的敞开的大地上，一任尘封在记忆中的诗文涌动起来，同那些曾经驻足其间的诗人对话。心中流淌着时间的溪流，在溟蒙无际的空间的一个点上，感受着一束束性灵之光。

仁者乐山，智者乐水。在山水间，大自然与那一个个易感的心灵，共同构成了洞穿历史长河的审美生命、艺术生命，"天地精神"与现实人生结合，超越与"此在"沟通。大自然成为人们的生命之根、艺术之源。

当我沿着历史的长河漫溯，极目望去，也常常会感受到生命之重，前思古人，后望来者，天地悠悠，心潮喷涌。作为地球上的暂住者，我习惯于饱蘸历史的浓墨，在现实风景线的长长的画布上，去着意点染与挥洒，使自然景观烙上强烈的社会人文色彩，尽力反映出历史、时代所固有的纵深感、凝重感、沧桑感。

站在大自然的一座座时空立交桥上，任心中波涛滚滚翻腾，那种凿穿了生命隧道的欢愉，那种超拔的渴望，飞腾的觉悟，走向自由、自在的轻松，又使我渐渐地有了对于儒、道、释以不同方式界说的"天人合一"的深悟。

当我仰望星空，俯瞰大地，目既往还，心亦吐纳，许多人生感慨就会从胸中涌荡出来。宣泄心灵深处的欢乐与悲哀、沉重与轻松，物我双会，见物见心，还一个真实的完整的生命，这实在是一个召唤，一个诱惑。

正是从这里出发，我读懂了许多作家，也读进了自己。青天云霞，让我看尽了女作家萧红的风景线，也隐约展现了自己内心的风景。绍兴沈园，梦雨潇潇，写下陆游一生"爱别离""求不得"的苦痛，连同沈园那雅淡、萧疏的韵致，一起走到我的心灵深处，触发着我的情思。七夕牛女鹊桥会，凄绝千古的动人传说和"巫山云雨"恍兮惚兮的爱情神话，同样是在自然中倾注心声，也使我情动于中，思与境偕。

当我行进在连天朔漠、茫茫瀚海之中，这些时间上悠远、空间上浩瀚的景物，往往成为可以与之直接对话的生命之灵，使你切实感悟到生命有涯而大块无涯。苍茫的大地托着浩渺的天穹，显得格外开阔，至此，才真正有了百年一瞬，万古如斯的感慨，才在灵魂深处，与千百年前的那个声音合鸣：哀吾生之须臾，羡宇宙之无穷。

我也喜欢那些未经开发的、原始粗犷的自然景观，那里往往蕴藏着一种野性力量，一种蓬勃的生机，一种旺盛的生命活力。而当面对九寨沟的造化神工，又会忘情于清风白水般的自然天籁、荒情野趣。那淙淙飞瀑，飒飒松风，关关鸟语，唧唧虫鸣，那宛如娇羞不语、情窦初开的少女的笑靥的杜鹃花萼，那隐现在水雾氤氲的瀑面上，酷似七彩神龙天矫天半的虹彩，那悬挂在枝头的一丝丝、一缕缕，随风飘荡，如新娘头上轻柔的婚纱的长松萝，那五角枫、高山栎、黄栌木、青榨槭的如霞似火、燃遍天际的醉叶，那充盈着质朴的美、粗犷的美、宁静的美的梦之谷、画之廊，都在人类感情的琴弦上奏起美妙的和声，不期然地淹入了你的性灵。置身其间，真如裸体婴孩扑入母亲的怀抱，生发出一种重葆童真，宠辱皆忘，挣脱小我牢笼，返回精神家园，与壮美清新的自然融为一体的感觉。

保护、珍惜大自然的这些恩赐，是我们"诗意地栖居"的前提，是我们以性灵之光驱逐黑暗，让大地不再被遮蔽的路径。然而，作为自然之子的人类，却往往忽视和忘却了大地母亲的恩泽，疯狂地掠夺它，野蛮地践踏它。有朝一日，当大自然失去了青春、活力和平衡时，它会痛苦而愤怒地实行报复，从而使人类陷入难以摆脱的困境。

我一直对破坏大自然的野蛮行为表示愤怒，为那些戕害大地母亲也贬低自己的人感到耻辱。有时，我甚至想，假如工业文明的物欲满足是以破坏生态平衡为代价，那么，宁愿让自然美景再沉睡百年、千年，直到人类的"居住"真正成为"诗意的栖居"。

无论如何，山川万物总是与我们同在。诗人何为？诗人使人达到诗意的存在。此刻，似乎读懂了庄子，又似乎与荷尔德林长谈，吟着他的诗句："我们每人走向和到达／我们所能到达的地方。"

"魔怔叔"伴我进课堂

2010年3月与11月，我曾两次应邀访问吉林大学附属中学。

第一次是讲学，谈散文写作。会场约有四百人，同时，通过电化教学听讲的还有七千多人。学校非常重视，把拙作《碗花糕》《青天一缕霞》《冰原上的盛事》三篇文章印了八千份，发给全校同学。听讲时，人手一份。课后，又与学校"一鸣文学社"成员对话、答问。

校长偕同十一位语文教师，陪我共进晚餐。大家边吃边谈，中心话题围绕就读私塾、接受传统国学教育，还有其他文学问题，直至晚上十点。他们告诉我，因为近八千学生听讲，又阅读了三篇文章，结果引起了巨大轰动。三天来，学生们纷纷到书店买我的散文集，整个长春市区书店的存货全部售罄，估计至少买了五百本，仅今天拿书等着签名的，就有十七种散文集，近一百人。十一位语文老师中，也有五位备有我的散文集。

此行，使我深受启悟与感动，进一步增强了文学信心。美国学者米勒有个"未来文学消亡论"的说法，未免过分悲观了。应该说，斯文不坠，万古长存：我们的后代是大有希望的。

我第二次来吉林大学附属中学，不是讲课，而是听课，听初三年级李晶老师授课，课文为散文《我的第一位老师》（见本书第一章《"博物学家"魔怔叔》）。外校观摩者很多，我以作者身份，应邀到场。

上午11时，李老师进来，学生起立如仪。李老师介绍过课文作者后，先按事先的部署提问：哪位同学说说王先生还写过哪些回忆性记人叙事类散文？一个同学答：《青灯有味忆儿时》《碗花糕》《绿窗人去远》。我想，李老师之所以事先部署看这些作品，也许是为了让学生更多地掌握一些学习背景，以便顺利进入彼时彼地的情境，亦即《教案》中说的"导入"。

然后，李老师概略地说了：课文共分12个自然段，可以归纳为五部分：开头领起，结尾收束，中间三部分：2~4段，5~7段，8~11段。她分别启发学生概括说出三部分的内容：描写"魔怔"叔性格、形貌和为人处世；交代作者与"魔怔"叔的关系；记述"魔怔"叔代课时讲授的内容。

李老师提问：作者笔下的"魔怔"叔，是个什么样的人？学生答：最有学识，最为清醒。

李老师提问：作者是怎样叙述、描写"魔怔"叔是"最为清醒"的？共有五个学生通过复述原文加以刻画，对于"魔怔"叔的苦闷而高蹈的心灵世界，体会得都比较深刻。

李老师要求两个学生站在前面，表演一下"魔怔"叔与表嫂的对话场景。学生表演得比较拘谨、呆板，最后由李老师作绘形绘声的表演，极为生动，博得满场掌声。

李老师提问：作者是怎样叙述"魔怔"叔是"最有学识"的？有两个学生作了回答。

李老师提问：叙述中作者把人品、性格放在前面，学识放在后面，是出于怎样的考虑？三个学生作答。有的说，作者更看重人品；有的说，作者最先接触的是"魔怔"叔这个人，看到了他的性格、形貌；有的说，这是叙述上的需要，先说对"魔怔"叔的印象，再讲他有什么学问，以及如何为学生授课。

李老师提问：作者对"魔怔"叔具有怎样的感情？三个学生作答。有的说：不同于一般人的偏见，作者对"魔怔"叔很佩服，在作者眼中，他一点儿也不怪，他有一片童心，而且是一个了不起的人物；有的说，作为一个孩子，作者看"魔怔"叔不带着世俗眼光，没有歧视心理；有的说，作者把"魔怔"叔当作亲密的朋友，对他感情深厚，像"小尾巴似的"，整天跟在身后。

李老师提问：作者说"魔怔"叔讲的是"活的学问"，

怎么理解"活",表现在哪儿?有两个学生作了回答。

李老师要求学生从课文中挑出文言成语,有三个学生找出:"行高于人,众必非之""孑然独处""陶然自得""枭首示众""格格不入""木雕泥塑""戛然而止""凝神细听"。有的说,"僵卧孤村"也是。老师顺便解释:"僵卧孤村"四字之所以加上引号,是因为出自陆游的诗句"僵卧孤村不自哀"。

李老师提问:"魔怔"叔讲关于燕子的那一番话,有没有什么意向?有学生答:燕子"随处垒巢,朱门绣户也好,茅茨土屋也好,它都照搭不误,看不出受什么世俗的眼光的影响","魔怔"叔是很欣赏、很认同的,人禽之间有共通的东西。

李老师提问:作者为什么称"魔怔"叔是"第一位老师"?有学生答:是按照授课顺序说的,名副其实的塾师刘先生是后到的;有学生答:他讲授的是活的学问,直接来源于现实生活,生活在前,知识在后。李老师幽默地说,是不是这样,还有待王先生指点。

授课的最后十几分钟,重点放在分析作者的写作方法上。李老师首先作了提示,然后分别由学生一一作答:刻画人物有什么特点?怎样描绘形象、抓住细节?叙事的条理、章法表现在哪些方面?如何准确地使用语言以及文白夹用,有机融合?叙事、抒情、说理如何结合起来?开头、结尾有什么特点?通过这样细致地剖析,对于散文写作会有直接的帮助。

课程结束后，作为课文作者，我应邀作了简要发言。略谓：我的到场，在同学来说，吃了鸡蛋又看到了老母鸡，满足了好奇心，增加了亲切感；而对于我，则是一个深受启发、鼓舞的难得机会。难得李老师如此用心、如此精彩的讲授，对此表示衷心的谢意。坐在课堂上，我有一种时光倒流的幻觉——仿佛回到了五六十年前的中学生时代。亲切之余，也有些怅惘——除了"镜中无复少年时""青春背我堂堂去"，我还联想到，如果当年也有在座同学这样的优越条件，也许基础会打造得更好些。为此，我向无比幸运的同学们寄予深切期望。古人说得好："而今三丈树，元是手中枝。"愿你们都能成为参天大树，期望将来在你们中间涌现出大批的知名作家、知名学者。

到场的省教育厅刘厅长及众多听课老师课后认为，这是一堂精彩的示范课，预定地认识"魔怔"叔的形象及其对"我"的影响和学习作者回忆性叙事散文的写作方法这两个目的，都很好地达到了；课堂上师生互动，启发式教学十分成功，生动活泼，别开生面，具有创造性；效果明显，学生不仅能够从中受到很好的思维训练，掌握许多写作技巧，而且，品格修养方面也能得到有益的熏陶。

灵魂生活在独处中展开

为了突击完成一部书稿,那些天,我特意躲进辽东山区来独居索处。此间名为山庄,实际上只是一座三层小楼,很像一个孤悬在大树丫杈上的鸟巢,遗落于绿涛翻涌的林峦深处,淹没在喧啸如潮的鸟噪虫吟里。此情此境,让我蓦然记起了现代诗人朱湘的名章隽句:"有风时白杨萧萧着,无风时白杨萧萧着,萧萧外更听不到什么。野花悄悄的发了,野花悄悄的谢了,悄悄外园里更没有什么。"寥寥数语,写尽了诗人心境的孤独。

一天忙过,晚餐后,我搬了一把椅子到平台上,与青山对坐,虫鸟为邻,屏神敛气,收视反听,努力把整个身心融汇到神奇的大自然之中。四围林涛涌动,浓绿间杂着青葱、秀嫩,枝分叶布,翠影婆娑,晚风吹过,一如波澜起伏的海浪,前波刚刚漫过,后波便又推涌过来。置身其间,犹如轻舟漂浮海上,在簸动中体味孤独,感受寂静,正所谓"蝉噪林逾静,鸟鸣山更幽"也。

　　灵魂的生活是在独处中展开的,独处是一种独特的生存能力。源于治学与创作的需要,多年来我已习惯于独处,把它看成是一种难得的享受。对于一个重视精神生活、拥有自我的人来说,独处是生命中美好的时刻和堪资珍视的体验。柏拉图曾说:"人在世上所获得的最好结局是:坐在那儿,沉思美好的事物。"对此,我有深切体会,在岁月的河川中,自是千帆过尽,但独处中"沉思美好的事物"的余痕,仍然时复荡漾在晚境的心窝里,带给我精神上无边的愉悦。

　　独处,为我提供了灵魂生长的必要空间。灵感在孤独中产生,创造在孤独中萌发,思想在孤独中闪烁,在孤独中营造全新的境遇,擘画未来的拓展,拥有一份与天地对话、与永恒沟通的灵思、虚静与解悟。独处,尤其有利于想象力的发挥。独对自然,头脑在宁静中开启了灵窍;独坐观书,思维像电波一样连接物我,贯通古今。

　　当然,并非人人都能耐得住孤独,禁得起寂寞。面对五彩缤纷的世界,许多人不甘寂寞,奔走驱驰,沉迷外在耀眼的辉煌,竭力彰显自己的优越,多的是生活的外部形态,而无补于内心的营卫,忽略了给生命留一份自我,让生命在精神境界中灵动起来。

　　而孤独者,都属于强者,他们有高度的自信,坚定的信念,执着的追求,内心足够的充实、强大。孔夫子"发

◎ 在南开大学中文系讲学：《拉丁美洲魔幻现实主义的文化生成》

愤忘食，乐以忘忧，不知老之将至"，困于陈蔡之间，"七日不火食，藜羹不糁"，读书习礼乐不休。庄子拥有"周旋于亿万人间，如处独焉，如蹈虚焉"的定力，神游天外，思之无涯，心灵无羁绊。域外的先哲，以不同的方式、同样的追求，寻找精神的自由飞翔方式，泰勒斯习惯于独行旷野，仰观星斗，以致跌进深坑。可见，独处不是茶余饭后的无谓消闲，而是一种特立独行，一种特殊的理想精神状态，体现着灵魂的放射、人生的境界。它没有外延，却有内涵；没有温度，却有深度。

◎ 在少数民族地区采风

列夫·托尔斯泰说过，在交往中，人面对的是部分和人群，而在独处时，人面对的是整体和万物之源。人只有在独处时，才能与无限之谜相遇。没有独处，难有个人的独立思考，文学艺术和哲学思维都需要独处的环境。特别是，随着现代社会的发展，人类生活空间会变得日益狭窄，这样，要求有一个私人空间的想望，也就日益迫切；而且，这种想望不仅仅限于生活，更多是哲学层面上的。

英国天才女作家伍尔芙在《一间自己的房间》中提出，妇女写小说，必须要有每年500英镑和自己的一间屋。这是一种象征说法，她的"500英镑"，标明妇女经济地位的稳固自足，而"一间自己的屋子"则象征着女性精神世界的独立与被尊重。由此可见,"为自己保留一间单房",也并非单纯地从物质意义上立意,而是着眼于心理境界。

有些艺术家,在客观生活中接触大量的现象,获得了一些感受,往往就以为可以跨进艺术创造的门槛了。其实,事实证明,沉淀是必不可少的,就是说,还须先在这间"幽居的单房"里休整一些时日。在这里,艺术家要对把握到的客观世界的实在性作个性化的熔炼,调动自己全部才情来统摄客观素材。在这种情况下,主体、客体的遇合,就不再是一般的历史知识与地理背景上的联想式的沟通,而是一种天籁式的把握。可见,这个"保留一间单房",既包括物理空间,更多的还是指心理空间。

与此不谋而合,大体上与伍尔芙同时代的法国文学家罗曼·罗兰,于1935年,针对当时苏联艺术家过分强调观察客观世界、关心社会生活,把这看成是艺术创造的唯一保证,而忽视内心情感的开掘,致使艺术创造的力量只能分散在客观事物的表面,也曾善意地劝告这些同行:"在连绵不断的行动和感情的激流里,你们应该为自己保留一间单房,离开人群,单独幽居,以便认清自己的力量和弱点,集中思想,深入思考。"

林林总总众生相

20世纪90年代中期以来，我重点转入历史文化散文创作，结集为《面对历史的苍茫》《沧桑无语》《寂寞濠梁》《文明的征服》《皇王百趣图》《龙墩上的悖论》《历史上的三种人》《事是风云人是月》《文在兹》《千秋叩问》《一夜芳邻》《秋灯史影》《中国人的活法》《中国人》《张学良的人格图谱》《王充闾人物散文系列（三卷本）》《域外集》《用破一生心》《纳兰心事几曾知》《文脉》等二十余部。其中十之八九写的都是历史人物，而且，这些林林总总、异彩纷呈的人物群像还形成了一些系列，大别之有以下七种类型——

君王系列。从中华民族的人文初祖黄帝，治水英雄、苦工皇帝大禹，到秦始皇、汉高祖、晋惠帝、陈武帝、隋文帝、宋太祖、宋太宗、金熙宗、海陵王、元太祖、明太祖、建文帝、清太祖、康熙帝、乾隆帝，直到玩偶小皇帝溥仪

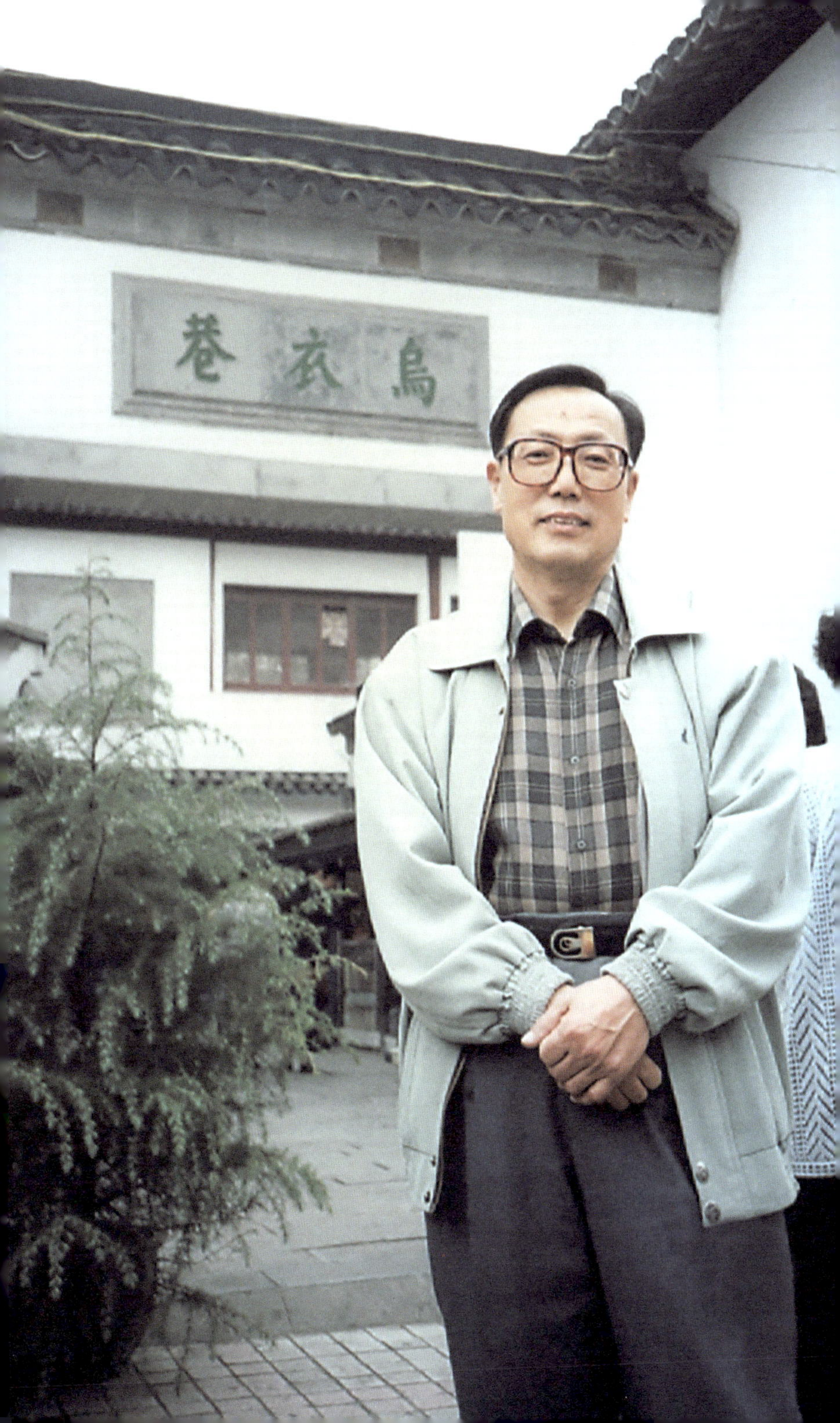
烏衣巷

半个世纪前，就已熟背"朱雀桥边""乌衣巷口"的诗句，直到1998年初夏，才获得置身其间的机会，因而辗转流连。其实，"堂前燕"早已成了熟客，说不清在"百姓家"见过多少次了。

◎ 1998年，江苏南京，"乌衣巷口夕阳斜"

等，近三十人。

文人系列。包含三大部分，陶潜、韩愈、李白、杜甫、苏东坡、曹雪芹等几十位文学家、诗词曲赋名家；先秦的孔、孟、老、庄等伟大思想家、世界级文化巨人；汉代以降的贾谊、朱熹、李贽、杨慎等知名学者。

政要系列。既有曹操、马援、松赞干布、林则徐、曾国藩、李鸿章等大批身居高位的权臣显要，也有先秦著名的水利专家、蜀郡太守李冰，晚清有"状元实业家"之誉的张謇，还有现代的国民党爱国将领张学良，早期中共领导人、无产阶级革命家瞿秋白烈士。

女性系列。情况也很复杂，像正家风、施母教、培育英才、垂范百世的古代"四贤母"——孟（轲）母、陶（侃）母、欧（阳修）母、岳（飞）母；从唐蕃友好的大局出发，协助藏王为藏民族的繁荣发展建立了不朽功勋的文成公主；勇于冲破封建藩篱、追求爱情自由的卓文君、朱淑真；无视皇权威压，敢于向封建皇帝说"不"的香妃；集心灵美、姿容美、艺术美于一身，堪称"诗书画三绝"的管道升；中国历史上唯一凭战功封侯、唯一由国家正式颁饷的女将军，也是"二十四史"中，皇帝后妃传、列女传之外，唯一单独载入正史的女性英才秦良玉等，不一而足。

域外作家艺术家系列。像俄罗斯的普希金、列夫·托尔斯泰、契诃夫，德国的歌德、格林兄弟，印度的泰戈尔，法国的伏尔泰、巴尔扎克、罗丹，英国的勃朗特三姊妹、柯南·道尔，智利的聂鲁达，挪威的易卜生、维格兰，奥地利的海顿，美国的欧·亨利、杰克·伦敦，日本的水上勉，韩国的崔溥等，都赫然在列。

另有两个系列，是由人物衍生出来的：

人才系列。1980年代，我曾写过一部《人才诗话》，以清新活泼的诗话形式，在七十篇散文随笔中，探索中国历代发现人才、识别人才、培育人才、使用人才方面的思想、经验、规律，阐明独具特色的中国人才观与人才成长之路。

情感系列，包括亲情、爱情、友情、乡情等方面。

按照论者的这种分法，原本还可以列出一个人生困境、人性纠葛系列，诸如，李清照的愁，曾国藩的苦，李鸿章的无奈，严子陵的遁世，马援的执着，纳兰性德的难言之隐，瞿秋白的内心矛盾，李后主、宋徽宗的人生错位所造成的困惑，还有歌德的割情断念，老托尔斯泰的痛苦解脱，等等，完全可以专设一部，但为了避免交叉重见，就没有单独列出。

至于这些人物群像系列的形成，大体有两种情况：一是事先有计划的设置、选择，比如君王系列，当时针对一个时期以来一些电视剧、小说、电影刻意美化封建王朝、封建帝王的不良倾向，而以哲学思维、历史眼光、"悖论"视角，写成《龙墩上的悖论》《皇王百趣图》等系列散文，进行剖析评判，有目的地予以解构、破局；还有人才系列，也是出于统筹擘画、计划安排。其余五个系列，则是在艺术创造实践中自然而然积累形成的，"系列"云云，是日后的归纳、概括。

这要归功于著名文艺评论家、博士生导师王向峰教授。正是王先生最先关注到这一文学现象，并且名之为"工程意识"。早在21世纪之初，他就带领几位博士生就此进行系统、深入的研究，并写成长篇论文《王充闾文学创作的工程意识》。指出："充闾创作中鲜明的工程意识，体现于历史文化散文中形成的交相辉映的多个系列，构成了他的散文创作的一座高峰。这里所说的工程意识，是指作家在创作过程中，从内容到形式，特别是题材和风格、语言方面，具有集中、连续、自觉的动机指向，进而构成一组完整的成果群。它标志着作家的创作经验和审美观念的高度成熟性。"

分析认为："在这一创作工程中，作家以其独特的艺术历史观，鲜明的主体意识，结合自己的人生感悟，让思维的张力充分渗入到对象领域，通过不断的探寻与追问，阐扬个性化的、独立的文化批判精神，坚守精神的向度，进行灵魂烛照、文化反思。写作这些历史文化散文，作者习惯于运用一种递进联想式的审美创造，往往是怀着一种朦胧期待与深度追求，进行实地文化寻访，驱遣内心储存的历史文化记忆，进而对古人进行一种超越时空的灵魂叩问；通过创造性的审美联想和对客体对象的精神感悟，实现主客体之间的心灵的审美对接，从而充分地调动了作者创造思维的潜能，丰富着他的形象思维创造力。"

就我个人体会，有五点带有规律性的认识，在创作中是始终坚持的：

一、人是中心。历史是人的实践活动在时间中的展开，是人创造并书写了历史。唯其如此，所以，我在历史文化散文创作中，总是着力于分析、研判、品评历史人物，在力求深刻、准确地揭示社会历史规律的同时，注重从哲学与人性的深度，探寻人的存在意义、人的命运，以及人为什么活、怎样活等形而上的课题。

二、关于书写对象，我习惯于"啃硬骨头"，注重选择那些经历复杂、阅世深邃、命运曲折、处境艰难、形象多面、个性突出、功过兼备、争议很大，可以做多种解读、深度探求的历史人物。写作中，展开多视角、多侧面的剖析，着力揭示人物的深层心理结构，力求达到历史文化认知应有的深度和较强的审美效果。

三、读史、写人，重在通心，以期消除时空界隔、精神窒碍，进入历史深处，直抵古人心源，进行生命与生命的对话。这就要求作家能够设身处地地加以体察，换位思考予以理解。如同古人所说："观史如身在其中，见事之利害，时之祸患，必掩卷自思，使我遇此等事，当作何处之。"借用钱钟书先生的说法，就是"遥体人情，悬想事势，设身局中，潜心腔内，忖之度之，以揣以摩"。

四、强调现实期待、人文关怀，关注人生难题、生命困境。作为过往的现实，历史是经过沉淀、过滤了的人生。空谈历史，"不问苍生"，不将过去与现在联系起来的写作，是没有价值的。写作中，我总是把古人的心灵世界看作一种精神库存，努力从中发掘出种种连接现实的文化底蕴。在同古人展开对话，进行心与心的交流中，着眼于以优秀民族传统的精神之火烛照今人的灵魂；在对古人进行灵魂拷问的同时，也进行着对于今人（包括作家自己）的灵魂拷问，一起在历史文化精神中接受撞击。从而在历史和现实之间，架起一座沟通的桥梁，挺举起作家人格力量和批判精神的杠杆。

五、历史文化散文，写的是历史，而其本质却是文学。写作中，应须强调主体性、个性化、独特性，力戒面面俱到地陈述史实，满足于史海徜徉而忘记文学本性，所谓"以历史挤压艺术"。散文写作是一种极富个性的创造性劳动，是一个作家表现与塑造自我形象的特殊形式，是作家人格精神的外露。也就是说，作者要通过自身的灵性和感受力，通过哲学思维的过滤与反思，去烛照历史，触摸现实，探索文化，追寻美境。这里有个话语转换问题。英国女作家弗尼吉亚·伍尔夫指出："在一篇散文里，必须凭借写作的幻术，把学问融化起来，使得没有一件事实突兀而出，没有一条教义撕裂作品结构的表面。"我们的不少作品所缺乏的正是这种"写作的幻术"和"融化学问"的功力。

孔老夫子有"益者三友"之说，认为结交"直"者、"谅"者、"多闻"者三类朋友是有益的。我很赞同这一论断，现在，借助这句成语，谈论一番我的切身经历与体会——无论是鼓励，是汲引，是箴规与批评，都曾使我受惠良深，铭记不忘。

探索成长之路，解读智慧人生，本章内容，扫码聆听。

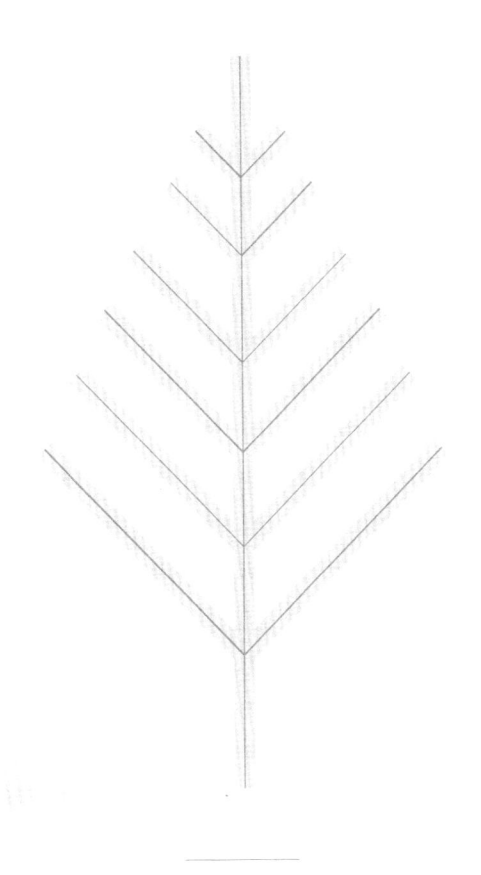

第十一章

深情厚望

郭峰书记二三事

我所深为敬重与感念的老领导郭峰同志病故了,连日来,心情沉重,悲痛难已。

半个月之前,我前往医院看望,把多年来郭书记写给我的信、一束赠阅的诗稿,还有我任职宣传部期间他对我的谈话记录,亲手交给他,说:"这些珍贵的文物,应该由党史部门很好地保存下来。"

这天,他的精神比较好,坐在沙发上,随手翻看诗稿,吟诵出1995年写的《八十述怀》:"忆昔八旬历历程,如磐风雨奋然行。牢房战地英雄气,远水高山坎坷情;筋骨几番经烈火,肝肠百度铸忠诚。每思壮士牺牲志,何计生前身后名。"郭峰同志的诗,恪遵"诗言志"的古训,开口见心,情真意切,感人肺腑。

早在二十几年前担任徐少甫书记秘书时,我就认识了仰慕已久的省委第一书记郭峰同志,但也只限于工作接触,真正交谈是在1982年夏初。郭峰同志早期胃癌手术后，在山东烟台疗养，李荒、少甫两位书记前去汇报工作，我曾随行数日。郭书记平易近人，习惯于同下属交谈，察询下情，听取意见。其间，他曾主动找我询问有关情况，谈了一些看法。他喜欢诗词，知道我有同好，便把当时写的十多首诗拿给我看，记得其中一首七律的前四句是："卧病经春已废吟，白云一片动乡心。农情苦旱牵情重，体改繁杂瞩望深。"说是休养，实际上，无时不在挂念工作。我回沈后，也应约把尚未结集的诗稿寄过去。秋初，他就返回工作岗位，而我半年后也调回营口市了。

1988年春，省委宣传部长出缺，我是几名人选之一。据说，当考察人员在省委常委会上汇报时，当时已任省顾委主任的郭峰同志问："王充闾的主要缺点是什么？"考察人员回答："没有发现明显缺点。"郭峰同志说："一个人总有他的不足，你们组织部门不应忽略把握干部的缺点。孔夫子有'观过知仁'的说法，意思是察看一个人所犯过错的性质，就可以了解他的为人。"这样，又派员进行第二次考察。

鉴于80年代末情况比较复杂，而省委又没有主管意识形态工作的副书记，郭峰同志建议成立省委宣传思想工作领导小组，由常委、宣传部长和主管文教的党员副省长兼任正、副组长，统一领导全省宣传思想工作，获得了很好的效果。后来，这种做法被中宣部借鉴、吸收，全国许多地方也加以仿效。

当时，宣传部协助组织部管理一些干部，我还兼任省委高校工委书记，工作对象中高级知识分子居多。郭峰同志嘱咐我，要认真研究知识分子政策，尊重人才，尊重知识；处理人的问题要加倍慎重，因为涉及当事人的一生前途、命运。计算比例时，往往说"不过百分之一、二、三"，可是，落到具体人身上就是百分之百。他还说，当领导，头脑必须冷静，动不动就发烟冒火最是大忌。有些事，冷静下来处理效果会更好。"每临大事有静气"，宁静才能致远，才能把准方向。

郭峰同志离开领导岗位之后，仍然关心国家大事，每当全国宣传工作会议结束，都找我到他家里汇报，了解会议精神，交流形势看法。他曾长期下放基层，关心民生疾苦、群众意向，告诉我：宣传部长要"通天接地"，准确、全面掌握中央精神，还要接地气、察民情，切忌想当然、"空对空"。一次，他问我近日听到什么民谣，我说了几条，附带解释：里面有牢骚，很偏激。他说，正确对待就是了。

有天晚上，我已经睡下了，突然接到郭峰老书记的电话，以他惯用的玩笑口吻，说："充闾，你行啊！坐上'林肯车'了。"我赶忙解释："原有的'桑塔纳'淘汰了，是省委办公厅给我们几个常委统一调换的。"郭书记说："那你不好把这部新车让出去吗？"对呀，我当时怎么没考虑到这方面？许多老同志从战争年代走过来，茹苦含辛，艰难历尽，莫说坐高级进口车，在职时连国产吉普都坐不上。我还比较年轻，应该主动让给他们。听我这么一说，郭峰同志笑了："脑袋里应该有这根弦。"撂下电话，我马上联系省委秘书长，提出换车请求。三天后，除了一位老同志，我们都改坐了调下来的旧车。

1993年初秋，体检中发现我肺部有肿瘤癌变，手术切除后，医疗专家认定为早期腺型肺癌，可以不做放疗、化疗；但考虑到毕竟属于大型手术，需要住院静养一段。为了有利于安心调养，恢复元气，减少交谈，集中精力接受输液、换药、诊疗、监护，我向省委全树仁书记提议，这个期间尽量谢绝探视。他极表赞同，确定楼口处设个临时值班室，由医院护士长向前来探病的领导与亲友通报病情及诊疗状况，秘书负责接待探视人员，提供留言纸笔，并随时转给患者本人阅览。还明确提出要求，探视者不要携带慰问金以及补品、鲜花、水果等，带来也一律不收。三四个月，始终都是这样执行的，记得只有两次例外：一是老领导李涛书记让沈阳迎宾馆送来一罐甲鱼汤；二是前任老部长刘异云同志送来亲自钓的二斤重鲫鱼，由医院食堂烹好，我饱餐了两顿。

其间，入室会面的，只有省里几位书记和老领导，正在我省调研的中央组织部王旭东副部长，受丁关根部长委托前来探视的中宣部办公厅王主任，吉林、黑龙江省委常委、宣传部部长胡厚均、杨光洪同志，再就是部里几位副部长汇报两次工作；其余上百位各市领导，省直机关负责同志，教科文卫、新闻出版界朋友，都是留下信件，温馨嘱慰。出院后，我把这些珍贵的留言，贴在一本厚厚的册子里，题为《探病实录》。披览简册，感到无比的亲切，无限的温馨。那种诚挚关怀、热切期望所体现的同志间的深情厚谊，不仅为我战胜癌魔、恢复健康提供了有力支撑，而且成为我忠心向党、献身人民的强大动力。我要把这一宝贵的精神财富永存心底，并且传承给子孙后代。

这一安排，得到了郭峰老书记的充分肯定。他来探视时，说："这是一举三得：减少干扰，有利休养；堵门塞洞，谢绝礼金；开创新风，弘扬正气。今后值得大力提倡。"

郭峰书记是我成长道路上，特别是走上高层领导岗位后名副其实的人生导师，对我的进德修业帮助至大。我终生不忘他的厚望深情、殷殷垂注。

春节怀沈公

一

前人诗云"每逢佳节倍思亲",而依我的切身体验,人到老年,逢年遇节,常会怀念多年不见的老朋友。2019年春节前,我就深深忆念起素所敬重的沈昌文先生,随之打了长途电话,并寄发一封邮件。略云:

> 日昨,一觉醒来,蓦然记起今岁吾兄喜值八八"米寿",遂拨通电话,敬致贺忱。但由于吾兄重听,电话交谈,尚觉意犹未尽,遂又书写这份邮件,藉抒情愫。弟在文学创作历程中,多承吾兄大力鼓舞、亲切关怀、多方帮助,自是铭感五中,没齿难忘。
>
> 别后十三年来,虽两地分襟,未能亲聆清诲,但吾兄仍是多次赠书,从赏读大作《知道》《阁

◎ 与沈昌文（中）、陆灏（左）相聚

楼人语》《八十溯往》《最后的晚餐》《书商的旧梦》中受惠良深，而时时仍在念中也。

每番见到晓群、青松二君，总是问询吾兄近况，得知健壮如常、福慧双修，心中无限欣慰。去岁浏览网页，偶然见到吾兄一张留影——意态悠然地阶前执帚扫叶情状，倍感亲切，不禁击掌叫绝。

弟今也已年逾八十，有幸尚称顽健。晚景自珍，读书、写作依然，未敢稍懈。但外出很少，一是舍不得时间，二则于人于己都减免麻烦。

春节即至，敬颂年祺，祝福寿安康！

追忆起来，我与沈公初次见面，是在1995年三月间。

彼时，我在京参加全国宣传部长会议，这天午后在房间阅读文件，忽有两位客人敲门进来，听了他们自我介绍，方知是《读书》杂志主编沈先生和编辑赵丽雅（扬之水）女士，令我惊喜交集。我告诉客人，非常喜欢《读书》，创刊伊始即按期订阅。客人听了接上一句："你的大名我们也早就听说了。"原来，进入90年代之后，辽宁教育出版社相继出版了《国学丛书》《书趣文丛》等在全国知识界、思想界颇有影响的书籍，誉者甚多，但所属部门有的领导，却认为赚不到钱而不以为然。我在有关会议上，明确表态予以支持。说要把目光放得远一些。好书的出版属于"长效应"，旨在弘扬优秀传统文化，营造书香社会。当时，我并不知道这类丛书是沈公帮助策划的。看来，沈公的造访当与此有关；再者，他一贯礼贤下士，听说这个宣传部长还喜欢动笔，写些东西，于是顺便约稿。这样，我就把随笔《走向大自然》送上，很快就在《读书》上刊发了。

二

关于沈公，业内人士素有"前有《读书》，后有《万象》"的佳话。20世纪90年代下半叶，一些知名学者盛赞上海孤岛时期，由柯灵先生创办的《万象》"亦今亦古，亦中亦西，亦雅亦俗"，极力鼓动沈公出面，筹划复刊。其时，柯灵老人尚在，亦积极促成此事，北京的"出版界大佬"陈原先生更是一再督办,而辽宁的俞晓群先生也怀有极大兴趣。俞君在《〈万象〉创刊的三个关键词》一文中披露:"谁都知道,要想批准一个新杂志是很难的。好在当时辽宁主管新闻出版的领导是王充闾,他是散文家,懂得《万象》的文化价值,非常支持我们'文化移植'的理念,他与沈昌文、扬之水是好朋友,这样,沈、扬便借他在京开会之机,请他支持此事,并出任《万象》顾问。当时恰值省内《春风译丛》停刊,有王先生做后盾,我们就顶了上去。刊号这个难题总算解决了。这也是我从事出版工作二十多年间,办成的唯一一本杂志。"至于编辑业务,则由沈公劝进,将它压在年轻的"老上海"陆灏肩上。他带领几个同道,干得非常出色,风生水起,声誉日隆。

转眼八年过去了。2006年春节过后,为了与《万象》编者、作者代表会面,俞晓群主编偕同柳青松君,邀请我一道前往上海,沈公、陆灏先生已先期等候在那里,黄裳、鲲西、钱伯城、葛剑雄、江晓原等著名学者一起出席聚会,堪称群贤毕至,少长咸集,气氛十分热烈。饭后,送走几位学术大家,我们同沈公一道散步闲谈,趁便表达了对他的敬意与谢忱,说他为辽宁策划一大批优质图书,功在当前,泽流后代。

这里我想多说几句。对于有些人的"闲言碎语",什么"出书赔钱、负债"啦,"不务正业"啦,我在多个场合都是明确地表态,这是一件大好事。我对他们说:作为一位资深的出版名家，沈先生以其高度的社会责任感，一秉至诚，任劳任怨。每次在京与我交谈，都是背个双肩包，骑着自行车往返，没吃过一次饭、喝过一杯酒、派过一次车。我说，实质上这里反映了出版书籍的价值取向，涉及社会效益与经济效益的关系问题。像《新世纪万有文库》《国学丛书》《书趣文丛》这类学术价值很高、弘扬优秀传统文化、传承中华文化基因的好书，单纯用眼前赚多少钱来衡量并不恰当。有些趋时媚俗、快餐式的所谓"畅销书"，倒是红极一时，一印动辄十万八万册，可是，最后又留下了什么？"一团茅草乱蓬蓬，蓦地烧天蓦地空。"其间，我曾就忽视优秀传统文化、一味趋时媚俗问题，专门给辽宁电视台写过信，提出我的看法。

三

年初，在致沈公的贺信中，有"多承吾兄大力鼓舞、亲切关怀、多方帮助"之语，这绝非一般的客套话。沈公于我，谊兼师友，二十五年来，相知相重，使我深获教益。这里说两件具体事——

自晓群先生主政辽宁教育出版社以后，先后出版过我的三部作品：《王充闾作品系列》（七卷本）、随笔集《面对历史的苍茫》（《书趣文丛》第五辑）、散文集《碗花糕》，每一部都得到了沈公的关注、鼓励与帮助。2004年，

《王充闾作品系列》面世后，沈公亲临沈阳参加作品研讨会，作了感人至深的讲话，赞誉有加，使我感与愧并。有些话被媒体报道后，流传甚广，像"王充闾的功底真好，举杯一唐诗，落杯一宋词，这样的文人已经不多见了"，经常被出版社用在我的作品介绍上。直到他后来写《口述自传》时，还说："《万象》的一个顾问，叫王充闾，他是当年中共辽宁省委的宣传部长，爱写散文，我们谈得来。我跟他见面，一起说话，他一看见外面刮风，口中就出来七个字，看见雪，就会端起酒杯，又有五个字。我水平没他高，只知道他说出的大概是唐诗宋词，但是不知道是谁写的，我没有这个学养呀！他有。"也正是为此吧，他回到北京后，又特意打电话给我："鉴于你的作品学养深厚，引事用典很多，大约每一页都有几处，建议：专门为《作品系列》编个索引，以利于读者阅读，这个索引本身也是一部学术专著。"这里既反映出先生对我的关注与厚爱，也体现了他的一贯以读者为中心的重要出版理念，这对于我以后的诗文创作与学术研究，都有直接的指导作用。

也是在沈先生的提示与直接关怀下，由辽教社晓群与青松君直接运作，我的散文集《北方的梦》，于2007年由香港城市大学多位学者译成英文，紧接着又有阿拉伯文译本，对外出版发行，并在法兰克福世界图书博览会上展出。为了把这本书编好并妥善地翻译出来，沈先生殚精竭虑，煞费苦心，不但亲自擘画，还把他供职于国外的女儿沈双女士也拉上，帮助研究、策划。

承柳青松君相告，沈双女士曾写给沈公一封信：

> 爸爸：王先生散文目录我看了。第一部分可能最易为西方读者接受，尤其是中间个人回忆的散文最好看。第二部分讲的一些人物，恐怕西方读者不了解，即便是李鸿章，很多西方人也未必知道。这当然不意味着这些散文因此不能翻译，但是在翻译过程中恐怕译者要做些改写，甚至加注、加前言等。第三部分有一个难度，就是我所了解的西方游记和中国的借景抒情的散文很不一样，西方的游记非常的具体，作家的主体和环境分得很清楚。但是，中国的游记讲究情景交融，有时候让西方人看起来就比较模糊，不知道某种感情是怎样产生的。我觉得可能在选游记时要选择写实的，以中国风景为主题的比较好。其他想到了再写电邮告你。

讲得实在是太好了。不仅对于这个文本的编选有直接的指导作用，而且对所有的国内散文写作者都极富参考价值，可以看作是编译散文的工作指南。最后，《北方的梦》选译十五篇，就是以此为准则定稿的。

沈双女士还提议，从中先选出三篇有代表性的作品翻译出来"投石问路",如果反响很好,再行操作。为此,她在百忙中以优美、准确的文字,为遴选的三篇作品,撰写了两千余言的《译者序》。结果是很受欢迎,这样便展开了全面翻译工作。

我与沈女士至今尚无一面之识,上述工作,她完全是受沈公郑重托付而做的。整个过程中,她竟然如此认真负责,诚以待人,此种精神与风范,典型地体现了乃父的仁者之风,着实令人感动。

仁者寿。值此沈公"米寿"之禧,我谨引用冯友兰先生八十八岁寿辰时写给同龄好友金岳霖先生的两句话,来祝贺沈公健康长寿:"何止于米,相期以茶。"

益者三友

孔老夫子有"益者三友"之说，认为结交"直"者、"谅"者、"多闻"者三类朋友是有益的。我很赞同这一论断，现在，借助这句成语，谈论一番我的切身经历与体会——无论是鼓励，是汲引，是箴规与批评，都曾使我受惠良深，铭记不忘。

20世纪90年代后期，中国台湾《世界论坛报》副刊连续转载了我的《忻州说艳》《采石江边》《两个爱情诗话》《他从这里走进了历史》等多篇散文，并及时寄送样报。盈盈一水，两岸隔绝。我从来未曾主动向台湾媒体投递过文稿；那么，文章是怎么传到海峡彼岸的呢？开始以为，是承香港《大公报》编辑帮忙（因为我在《大公园》副刊上发表过多篇文章）；后来，经过辗转查询，才知道是由沈阳市一位资深诗人推荐的。他把所见到的刊载我的作品的杂志，默默地逐期奉寄，不惮其烦，可是，却从来不向作者本人矜耀、邀功。

铭感之余，我就猜度这位"沈阳市资深诗人"究属何人，想来想去，锚定了刘文玉先生。经我当面询问，他笑了，风轻云淡地说："这是好事，是我应该做的。"刘公是一位建国前参加革命的老同志，作为市文联扛旗人物和国内诗歌界的耆宿，长期以来，以其诗文杰作、道德风范，博施雨露，霑溉良多；而我，就是一个实实在在的受益者。

在此后不久，全国作家代表大会正在京西宾馆举行。当天会议议程是差额选举全委会委员。由于人数众多，内容复杂，又是手工计票，会议足足进行六个小时，接下来召开新一届作协主席团会议，中央领导接见，已经到深夜了。突然，中宣部值班室转过来一个电话，说是民盟中央副主席张毓茂教授找我。我看了表，当时是零点二十三分。张先生为了祝贺我顺利当选，辗转周折，打来长途电话。略谓："八年前，你当上了省委宣传部长，我不祝贺你，宣传部长多着呢，祝贺不过来；三年前你加入了中国作家协会，我也没有电话祝贺，因为那只说明作家身份得到了组织承认；这次我从与会的北大同窗那里，得知你通过差额选举，当上了全委会委员、主席团委员，感到十分欣慰。因为它的意义非同一般，这说明，作为一个高级官员，你的文名，你的文学地位，获得了全国作家朋友的共同认可，这是我特别看重的，也是我急于电话祝贺的直接原因。"

当时正值数九寒天，外面滴水成冰，真是又饥又冷又累又困。可是，张教授的这番话语，却使我感发兴起，倦意全消，受到了巨大鼓舞。

进入新世纪之后，我写了一篇抒情散文《碗花糕》，其中引用了《浮生六记》一书，错将作者清人沈复误为明人。著名散文家林非先生驰函指误，令我感与愧并。

前人有"一物不知，学者之耻"的说法，吾辈常人固然不敢以此自矜，但在《浮生六记》作者这样并非僻典的事上出现"硬伤"，实在说不过去。因此，特向林先生致信，敬申谢忱，并认真表示：举一隅当以三隅反，要从这次失误中，切实反思自己治学粗疏的缺陷。接受这次教训，以后一定做到著文或讲学，凡是引用成语、典故、古代词语，或涉及年代、里籍、行迹，定要弄清原委，防止错讹；读书遇到生疏的词语，务必弄懂，绝不轻易放过；凡属引证，一定要查对原文，弄清上下关联，然后再用；引用他人的东西，首先要查明原委，防止断章取义；撰写批评文字，指摘瑕疵，要反复斟酌，找出足够根据，绝不信口雌黄。

关于这次失误，我要学习著名学者程千帆先生的做法，在改正的基础上，还要搞个附记或者写篇文章，公开承认纰误，把它公之于众。《程千帆选集》中收有《从唐温如〈题龙阳县春草湖〉看诗人的独创性》一文（写于1980年）。文章写道："唐温如这篇诗（"西风吹老洞庭波，一夜湘君白发多。醉后不知天在水，满船清梦压星河。"——充闾注），是我读唐诗时偶然注意到的。他是属于《全唐诗》

所谓'所考之列'的作家，但这首诗本身却证明，这位今天我们对其生平一无所知的诗人具有很独特的艺术构思。"正文后有一篇附记，略谓："唐温如生活于元明之际，并非唐人，陈永正先生曾著文考辨，所考可信。""因为不想掩饰自己读书不多，见闻鄙陋而造成的失误，没有对已发表过的文字再加修改，读者谅之。"

据查，中山大学陈永正著文指出程先生之失误时刚过四十岁，可说是青年学者，而程先生已是誉满天下的学术权威。但他遵循"学术面前人人平等"的准则，当众承认自己的失误，还修书寄陈永正，说："读大著辨唐温如年代文，极佩卓识。"这是对学术的尊重，也是对后辈的鼓励。

对编者的感念

近日，我写了一篇随笔《千年之问》，分析庄子与孟子生活在同一时代、出生地也相距不远，两人却迄未见面也未曾交锋的原因。文章寄给《光明日报》副刊编辑赵玙女士。很快就收到复函，称："文章已拜读，很好，我留用了。'千年之问'这个标题当然没问题，能概括全文，但感觉有些宽泛；具体一些，会不会更吸引人？比如"孟庄何事同时未见逢"之类，或者您有更好的想法。"

我觉得，这个意见很有道理，回信说，标题可以改为《庄孟何悭一面缘》，用成语"缘悭一面"。赵玙当即作复："新标题起得很好，既文雅又简洁，但有个问题，'缘悭一面'从字面上来看，意为无缘见一面，而文章更多的是在讨论二者为何未言及对方。类似'逢'这样的字词，是不是虚化一些，能包含言及对方的意思。我拿不准，'一面'是否也能包含这样的意思？只是一点阅读感受，请您定夺。"

我在复函中解释:"'庄孟何悭一面缘'属于诗性表达,里面透露憾意;如顾及全面或曰重点,则应使用'孟庄何以未交锋'之类标题,但那就成了直白的叙述词语,缺乏诗意了。诗性表达的局限性往往在此。其实,二人未见,是前提,是母题(一般人更关心此点),由此引申出他们是否知闻、何以未交锋问题。两个题目(或其他)各有短长,请您核定。"

赵玙复信说:"感谢您的回复。每次和您探讨,都很有收获,这对我今后的编辑工作也很有教益。在编辑过程中,其实,很希望有个能够一起讨论的人,有时候也是在寻求他人的支持,从而印证自己的想法。我就按您说的,用'庄孟何悭一面缘'。"

作为作者,我与编辑赵玙文字交往已经六七年了,由她经手编发的散文随笔多达十六七篇。无一例外,篇篇都有研究讨论。虽然至今尚未谋面,但是相互理解,心心相印,配合得十分默契。说到标题,我又想到另一篇文章。2020年3月23日,赵玙来信,说感谢来稿《"罗""目"新解》,拜读后收获良多。只是关于标题,感觉全文虽然涉及现代事例,但还是基于本意而展开论述、引申,"新解"的特点并不很突出,倒是《"罗""目"之思》之类可能更恰切,不知我意如何?我当即回信,表示同意。

同年5月13日,赵玙又来信,说:"本文还有一处:'使之见者,乃不见者也',语译为'让你看见的却是本身看不见的',我感觉有点不好理解,结合前文,解释为'使某种情形得以呈现的,是本身看不见的东西',是不是更合理?"我回信说:"为慎重起见,成文之前,我曾查看了岳麓书社1998版和万卷出版公司2009版的《淮南子》解说,后者释为'眼睛看见的,其实是本身看不见的'。我在引文中选用了前者的说法,这是属于'见是而实非'的辩证法。古书中这类语句颇为常见,就中当以《老子》为最。您又提供一种解释。三者如何取舍,您是编辑,最后应由您敲定。"赵玥当即回复:"您这么说,我确实觉得像是《老》《庄》里的句子,您古文功底深厚,家里辞书多,我还真不敢妄自改动了。"

前此,我还写过一篇两千多字的短文,就古语"文章自古无凭据,唯有朱衣暗点头"这个话题,谈对于鉴美、衡文、取士的认识。文中指出,在价值判断中,确实不能排除认知主体文化水准、知识结构、价值取向、思维方式、观察视角、责任意识、心理素质等诸多因素的影响,这就带来了主观方面的不确定性;但若说"文章自古无凭据"就失之偏颇了。应该承认,鉴美、衡文、取士,一向是有规律、有标准、有章法可循的,总体上体现了客观性与主观性的统一;不能因为对象千差万别,标准把握不易,率尔否定客观"凭据"的存在。

文章发给赵玥女士后,很快就接到回复,略谓:"文章以小见大,内容挺有意思,但有两处需要请教:一是关于范进。在我的认知中，范进并非真正的才子，周进提携他或许很大程度出于惺惺相惜，怀有同情，所以用这个例子来说明'高才不入俗人眼，其唯一性、独创性，决定了认知主体必须加倍关注，否则就有遗珠之憾'，是否不太贴切；二是结尾引《淮南子》谈射箭的例子，感觉逻辑层次有些多，似可精简。"

我为编辑的认真负责、精确剖析所感动，当即回复："您所言甚是，射箭例子应予删削。至于周进看卷一事，我再次找出《儒林外史》原著核查，觉得吴敬梓和周进对于范进的文才还是认可的，从《周学道校士拔真才》的题目看得出来；而且，范进后来中了进士，在山东担任学政（主管教育、文化的官），政声不错。由于《范进中举》一文曾经入选中学课本，'发疯'一节，在人们心中形象很差。我想，吴氏本意是借他来讽刺封建社会的人才制度，而周进此举恰可说明问题的实质。不过，确如您所说，若径直讲'高才不入俗人眼'还是有些不妥，因而应把那两行去掉。"

待到文稿见报前夕，赵玙又发来邮件，询问："文中说'佑文、崇儒、通经'，似乎应是'右文……'；'提学道周进'里的'提'为何意？周进的职务是否为学道？"我的答复是：古书上"佑""右"相通，《现代汉语词典》1531页"右"字解释，第6款："〈书〉（书面语言）同佑。"《汉语大词典》"佑"字解释，第二款："右，谓使处于上位。"我按古籍，习惯地写成"佑文"，现改为"右文"

◎ 在本省外的文学刊物上发表散文作品，始于《散文》杂志。此为与《散文》执行主编甘以雯（右）相聚于湖南

更通俗，易理解，很好。"提学道"，职官名，宋代以后管理与主持一省儒学和学政的长官，也称为"提督学道""学道"。我理解，这里的"提"应是"督"的意思。此语除见《儒林外史》，还有明人周朝俊《红梅记》第二十四出："这厮好无礼，明日送提学道处置他。"

赵玙女士不仅编辑工作出色当行，还是一位勤奋、务实的记者，文笔矫健、空灵，我在报刊上看过她的多篇名家访谈。在我的印象中，她具有很强的社会责任感，认真负责，恪尽职守；有很高的编辑水平和文字驾驭能力，思想敏锐，善于提出问题，把握分寸；而且谦虚严谨，从不师心自用；尊重作者，推心置腹，开诚相见，每有改动都仔细斟酌，反复商量；还曾多次给我找题材、出题目，从真诚帮助作者中领受乐趣，收获成就感，成为作者的良师益友。

"五四"以来，留下颇多编辑与作者建立深厚友谊的逸闻佳话。巴金先生的处女作长篇小说《灭亡》，经由叶圣陶先生刊出并热心推荐。对此，他始终感怀不忘，曾专函向叶老致谢，铭感其知遇之恩，说："三十年前我那本拙劣的小说意外地转到您的手里，您过分宽容地看待它，使我能够走上文学的道路。虽然我始终未写出较好的作品来报答您的鼓励，但是我每次翻阅旧作，就想起我从您那里得到的那点温暖，我高兴今天能够向您表示我的感情。"直到1981年，年高77岁的巴金先生，还在一篇文章中说："在这里，我只想表达我对叶圣陶同志的感激之情，倘使叶圣陶不曾发现我的作品，我可能不会走上文学的道路，做不了作家；也很有可能我早已在贫困中死亡。作为编辑，他发表了不少新作者的处女作，鼓励新人怀着勇气和信心进入文坛。"

景仰前代学人的道德风范，向风慕义，我也要向赵玙女士和所有关心、帮助我的编辑表示由衷的感念。

作家之友——批评家

文友、华中师范大学王先霈教授来函，略谓："从《长江文艺》杂志读到杨光祖教授的文章，其中对你的叙述，使我深受感动，非常敬佩！能做到这样的同龄人极少。"

我回函称：过去我在文章中也写过，为了不使自己落在时代后边，为了保持一些敏锐的感觉，特别是创新意识，我极度重视同年轻人的交往。他们思想敏锐，接受新事物能力强；而且出言无忌，率直叫真，不像西太后说的"王文治那样的琉璃蛋"。单就文学批评来说，我也受益多多。其实，作品为妍为媸，原本客观存在，不会因为人家批评与否而有所增减，倒是苦于"过而不自知"、自我感觉良好。如果经常有人在一旁提醒一下，从而自警自戒，就会保持清醒头脑，不断地取得进步。

下面是先霈先生发来的杨文摘要：

"我的批评一直是比较刻薄的，或者换一种说法，是：

◎ 与王先霈教授（左）合影

犀利。这是朋友给我下的定义，我觉得也对。因此，我和作家的关系，自然也比较复杂。有些作家，比如陈忠实、杨显惠，作为前辈，他们都很善意地接纳了我的批评，并成了忘年交。有些就似乎成了仇敌，老死不相往来。还有一些，就在不离不弃之间，场面上都可以应付一下，'哈哈，今天天气很好'之类，但肯定没有私交。李建军说，一个批评家如果没有几个仇敌作家，就不是合格的批评家。似乎也有道理。本来我生性淡薄，不善交际，正好可以静心读书。

"不过，也有一些作家在看到我的尖锐批评后，并不为意，而是正常来往，甚至对我青眼有加。有这样一位前辈作家，与我来往十多年，我们之间，有批评，更有深厚的友谊。他对我的批评不但不以为忤，还多方提携我。他的高贵人品，是我佩服的，他可能喜欢的是我这种孩子式的童言无忌吧。他，就是王充闾，曾担任过辽宁省人大常委会副主任，鲁迅文学奖散文评委组组长，也是鲁迅文学奖（散文）的获奖者。我们2003年8月曾在'中国作家三峡行'采风团里相见，十多天的过程中，相知相识，也亲身感受到了他学问的渊博，我深为佩服。但我回来，读了他写的《读三峡》《重读三峡》，很不以为然。就全面阅读了他的散文，写了一篇评论：《王充闾散文的一种解读》，发表在《山西文学》2005年4期。指出王充闾的散文几乎都是杨朔模式的巧妙伪装。这类散文的最大特点，就是语言优美，注意造境，具有一定的艺术性，但思想内容单薄，文章结构完全复制，基本都是颂歌体。说'巧妙伪装'，是因为王充闾先生在写作中大量使用古典诗词、历史文献，即便是颂歌，也就非常隐蔽了。到此我们可以这样说，王充闾散文最大的特色，或者说最大的优点，就是他古典文史的素养带来的一种文化氛围，这种氤氲的古典诗词味，确实在某种程度上遮蔽了他散文灵魂的苍白。如果去掉这层皮，王充闾的散文，在精神层面和当年杨朔的散文、贺敬之的诗没有多少实质性的区别。

"当时是年少气盛，快意为文，一吐为快，不计后果。

如今看来，话虽然有道理，但后面的详细的文本分析似乎有点刻薄了。这篇文章王充闾先生看到后，没有觉得年轻人怎么背后来一刀，而是很大度地一笑而已。从后来我们俩的密切书信交流中，从他对我的提携中，可以看到他不仅没有生气，相反似乎更喜欢我。他是前辈，他对一个晚辈的调皮，也还是认真对待和理性思考的。这种作家与批评家的关系，真可算是文坛佳话了。我对先生家世不太熟悉，但从他的书信里，我能看到一个良好的家教，他总是那么文质彬彬，真是古之君子。百年斯文，文化世家，是让我向往的。

"王充闾先生给我的信比较多，早期都是手写的，后来就是电子信箱交流。他给我的很多信，都是优美的散文，我爱不释手。比如：

光祖先生，您好！很高兴接读您的函件与文章。因为近期有苏北之行，刚刚回来看到，致稽作复，尚望鉴谅。

您是我非常看重的一位青年学者和作家。只要在报刊上发现您的作品，我总是存留下来认真展读。几乎达到白居易钦慕元稹"每到驿亭先下马，循墙绕柱觅君诗"的地步。这篇《文学的技术与灵魂》，我是半个月前看到的，留下了较深印象。记得《人民日报》发表时，题为《文学的技巧与灵

◎ 与杨光祖先生（左）合影

◎ 作品评论集

魂》。"技巧"的层面很窄，无法与"灵魂"对应，失去了"技术"的原有蕴涵；而且，好像作了删节。现在读到了原文，感到更为丰沛、充实，十分解渴。

兰州我也到过，是在一个傍晚，登上了三台阁，黄河蜿蜒东下，有一种苍凉的感觉。可惜，不知道还有那么多旧书店，交臂失之。您把"提刀却立，四顾苍茫"的孤独心境写绝了。日内即将这篇《孤独地走过兰州街道》推荐给编选散文的李晓虹博士。

王充闾即日（2010年6月15日）

"这真是一篇很好的小品了。可惜是电子信件，如果是手写的，可以装裱起来，挂在书房里了。尤其结尾写到兰州的那几句，'是在一个傍晚，登上了三台阁，黄河蜿蜒东下，有一种苍凉的感觉'，读来真是过瘾。

"关于作家与批评家，我们看到太多的乱象，要么就是批评家成了作家的跟班，甚至变相的经纪人，要么批评家成了作家的仇人。有人说，批评家死了，都没有人参加追悼会。而作家辱骂批评家最多的一句，就是：你有本事写一本看看？在有些作家眼睛里，批评家的文字是没有创造性，不能算作文学的。他们狂妄地认为，批评家只是作家的附庸，是靠他们吃饭的，似乎没有他们，批评家就要饿死。更有轻狂之辈，甚至认为批评家无法匹配作家，无论智商，还是情商。听到这话，我都怀疑：这样的作家是不是有智商或情商？我们的文坛缺少像王充闾这样的作家，能够可以与批评家进行平等交流的作家。"

它们本来都是出自作家的想象，并无实地可供考察、实物堪资钩稽的，但按迹寻踪、踵事增华者，历代绵延不绝，以致至今各地还在为夺取它们的领有权而纷争不已，它雄辩地证明了：文学的创造力多么强大，艺术的魅力何等惊人。

探索成长之路，解读智慧人生，
本章内容，扫码聆听。

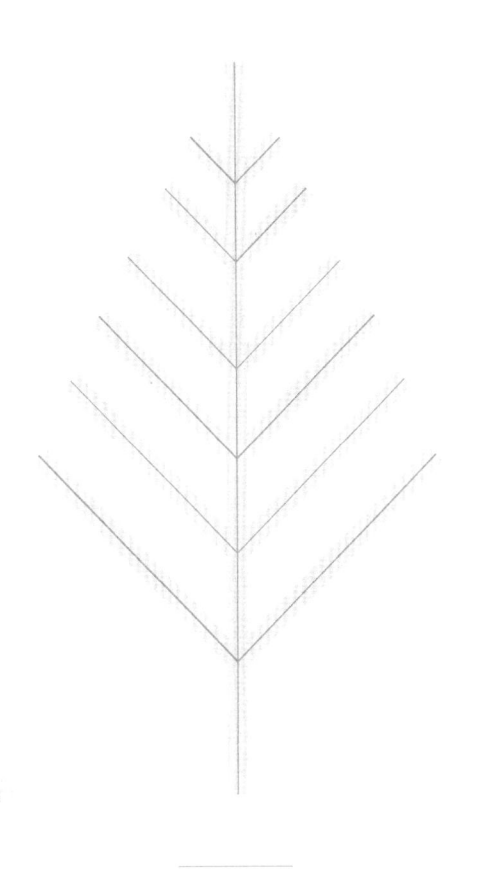

第十二章

人在天涯

中秋咏月

承蒙辽宁出版集团垂注，苏叔阳先生和我，分别以《中国读本》和《北方的梦》两部外文版作品，应邀参加了法兰克福国际图书博览会。其间，正好赶上祖国的传统节日中秋节，出版集团总裁在驻地宾馆举行晚宴招待我们，出席的还有其他一些省市的参展人员和旅德侨胞。

叔阳先生以才华横溢、丰神潇洒、口才出众著称，为经常"出镜"的知名作家。与会者文人居多，有的见他在场，便向主持人提议，请他朗诵诗文助兴，当即博得全场的热烈响应。苏君起身抱拳致意，说："一出国门，便成万里。月下思乡，今古同怀。在下愿意就中秋月这一主题，吟咏几首唐宋诗词，聊抒爱国怀乡之情，同时也向东道主与在座各位祝贺中秋佳节。考虑到有的诗词本事（包括背景）和内在蕴涵需要加以解说，有劳充闾兄大驾，请能相助一臂之力。"苏君青眼垂顾，却之不恭，我遂应声而起，颔首致意。

叔阳先生是见过大阵势的,开场后,他略微整理一下衣装,华发飘萧,满脸堆笑,精神抖擞地在麦克风前站定,高声朗吟——

"明月几时有,把酒问青天……"字正腔圆,嗓音洪亮,听来确是一番艺术享受。吟诵过《水调歌头》词,又以东坡词《阳关曲·中秋月》继之:"暮云收尽溢清寒,银汉无声转玉盘,此生此夜不长好,明月明年何处看。"接下来,吟诵了苏辙的《中秋夜八绝》:"长空开积雨,清夜流明月。看尽上楼人,油然就西没。"

异国中秋同赏月,叔阳偏是爱苏家。吟诵过苏氏昆仲诗词之后,稍事停顿,清了清嗓子,喝了半杯清茶,随之又吟诵了辛弃疾的《太常引》词:"一轮秋影转金波,飞镜又重磨。把酒问姮娥:被白发欺人奈何!乘风好去,长空万里,直下看山河。斫去桂婆娑,人道是清光更多。"最后以韩愈的《八月十五夜赠张功曹》(摘句)收场:"纤云四卷天无河,清风吹空月舒波。沙平水息声影绝,一杯相属君当歌……君歌且休听我歌,我歌今与君殊科。一年明月今宵多,人生由命非由他。有酒不饮奈明何。"

前后总共是五首诗词,构成一组完整的"中秋明月篇"。大家完全沉浸在艺术氛围之中,无不惊叹叔阳先生的超强记忆力和精彩的朗吟,长时间报以热烈的掌声。

我的解说穿插在每首之后。为了不致隔断气氛、喧宾

◎ 与苏叔阳先生（右）合影

夺主，尽量简捷、节制，紧紧切题，只是画龙点睛，不做过多渲染。关于东坡的《水调歌头》，我说：词的上片咏月，凌空蹈虚；下片怀人，返虚入实。东坡当时出任山东密州知州，月下怀想胞弟苏辙，他们已经七年没见面了，但他能够达观地看待盈亏聚散、悲欢离合，苍凉中凸显出豪放、乐观。

针对东坡的《阳关曲·中秋月》，我讲，天河无声，银盘暗转，诗人从月色的美好写到人月双圆的愉悦，又从今年此夜推想到明岁中秋，从"此夜不长好"引申到人生聚散无常。意境幽远，一波三折。

关于苏辙的《中秋夜》，我说，他总共写了八首，这是第一首，用的是形象化、拟人化手法：月亮看到欣赏它的人一个个上楼去了，也就知趣地徐徐游向西边躲藏起来。"看尽上楼人，油然就西没"，宛然如画，充满情趣。

对于辛弃疾词，我着重点明：抒怀写景中，寓有政治寄托，"斫去桂婆娑，人道是清光更多"，化用杜甫诗"斫却月中桂，清光应更多"句意，隐含着对朝中主和派黑暗势力的讥刺。

韩愈的中秋诗，有楚骚韵味，悲凉苍古，结构独特。开头四句、最后五句为诗人自咏，中间一大部分引述张功曹（张署）的歌词。叔阳先生做了巧妙剪裁，只是吟咏一头一尾九句诗，属于全篇的精华所在。

最后的总评是："整场吟咏，选择精当，格调高昂，精彩有序。"

趁着东道主端起酒杯逐桌敬酒，叔阳先生忙里抽闲，抓紧给自己注射了胰岛素——他一直患有糖尿病。我低声说："不要喝酒，戒掉算了。"他俏皮地含笑作答："不饮酒，还是苏叔阳吗？'有酒不饮奈明何'！"

千载心香域外烧

那次,我率领中国作家代表团访问越南,在我国驻越使馆听到一个惊人的信息:唐代著名文学家王勃的墓地和祠庙,在紧靠北部湾的越南北部的义安省宜禄县宜春乡。《旧唐书》中本传记载,王勃到交趾省父,"渡南海,堕水而卒"。罹难场所和葬身之地向无人知,想不到竟在这里!

由于急切地想要看个究竟,第二天,我们便在越南作家协会外联部负责人的陪同下,驱车前往实地访察。二百公里路程足足走了六个小时,到达那里已经是夜幕沉沉了。住处邻近海边,窗户敞开着,林木缝隙中闪现出几星渔火。"哗——哗——哗——",耳畔涛声阵阵,好像就轰响在脚下,躺在床上有一种船浮海面,逐浪飘摇的感觉,似乎随时都可能漂走。迟迟进入不了梦乡,意念里整个都是:王勃到底是怎么死的,死了之后又怎么样……很想冲出楼门，立刻跑到海边去瞧一瞧，无奈环境过于生疏，只好作罢，听凭脑子去胡思乱想。

次晨，东方刚刚泛白，我便赶到海边。当地文友说，这里是蓝江入海口，距离中国的海南岛不远，大体在同一纬度上。气候很特殊，看上去浪软波平，可是，老天爷喜怒无常，瞬息万变。说声变脸，立刻狂风大作，搅动得大海怒涛汹涌，往来船只不知底里，时常招致倾覆。听到这些，王勃遇险的因由，我已经猜到几分了。

草草用过了早餐，我们便赶忙去看王勃的祠庙和墓地。听说有中国作家前来拜望王勃，乡长停下正在进行的会议，早早等候在那里。见面后，首先递给我一本铅印的有关王勃的资料。封面印着王勃的雕像，里面还有墓碑的照片，正文为越南文字，后面附有以汉文书写的《滕王阁序》。大家边走边谈，突然，一大片荒榛断莽横在眼前，几个圆形土坑已经长起了茂密的茅草。乡长指着一块凸凹不平的地基说，这就是王勃祠庙的遗址，整个建筑1972年被美国飞机炸毁了。我急着问："那么，坟墓呢？"当地一位乡民指告说：离这里不远，也都被炸平了。这时，乡长从我手里取回资料，让大家看封底的照片——炸毁前此地的原貌：几株参天乔木笼罩着一座园林，里面祠堂高耸，径路依稀，不远处有荒冢一盔，累然可见，徜徉其间还有一些游客。于今，已全部化作了尘烟，进入了虚无。真是"此情可待成追忆，留得残图纸上看"了。

全场静默，榛莽无声。苍凉、凄苦、愤懑之情，壅塞了我的心头；而目光却继续充盈着渴望，我往四下里搜寻，很想从历史的丛残碎片中，打捞出更多的劫后遗存。于是，又拨开对面的灌木丛，察看隐没其间的一座墓碑。已经断裂了，碑额抛掷在一旁，以汉字刻写的碑文多处残损，而且漫漶模糊，大略可知树立于王勃祠庙重修之际，时间约在18世纪末年。

承乡长见告，王勃祠庙遭受轰炸后，当地一位名叫阮友温的退伍大尉，冒着生命危险，把王勃的雕像抢救出来，没有地方安置，便在家中腾出一间厅堂把他供奉起来。这引起了我的极大兴趣，立即赶赴阮家探望。阮先生已经故去，其胞弟阮友宁和先生的儿媳、孙儿接待了我们。王勃像供在中堂左侧，前面有一条几，上设香案。雕像由上好红木镌刻，坐姿，为唐朝士大夫装束，通高一米四五左右。由于年深日久，脚部已开始朽损，面孔也有些模糊。跟随着主人，我们一同上前焚香拜祝。我还即兴吟咏了一首七律：

南郡寻亲归路遥，孤篷蹈海等萍飘。
才高名振滕王阁，命蹇身沉蓝水潮。
祠像由来非故国，神仙出处是文豪。
相逢我亦他乡客，千载心香域外烧。

站在雕像面前，我为这样一位悲剧人物深情悼惜——

王勃字子安，绛州龙门（今山西河津）人，生于唐太宗贞观二十三年（649年）。祖父王通，世称"文中子"，是隋末知名学者。王勃悟性极高，六岁善文辞，即有"神童"之誉。他见到庭前的风吹叶落，便随口吟出："高高山头树，风吹叶落去。一去数千里，何当还故处！"寥寥二十个字，竟然隐喻了他一生的行藏。

他的仕途并不顺畅，由于恃才傲物，深为同僚所嫉，屡遭颠折，曾经两次遭贬。后一次严重到不仅自己丢掉了官职，被投进监狱，险些送了性命，而且连累了他的父亲。后来幸亏赶上高宗册立太子，大赦天下，他才挣脱了这场杀身之祸。仕途的险恶，使他惊悸万端，心灰意冷，决意从此告别官场，远涉千山万水，前往交趾看望被流放的父亲。

王勃于676年夏初来到交趾，陪父亲度过炎热的溽暑，秋八月踏上归程，由蓝江启航，刚刚驶入南海，即不幸为风浪所噬，终年二十八岁。据越文资料记载，那一天，海水涨潮倒灌，把王勃的尸体顶入蓝江，被村人发现，认出是这位中土的早慧诗人，即刻通知他的父亲，然后就地埋葬在蓝江左岸。出于对他的崇敬，雕像、修祠，永为纪念。

千古文章未尽才，无论就整个文坛还是就他个人来讲，都是抱恨终天的憾事。传说王勃死后，情怀郁结难舒，冤魂不散，蓝江两岸总有乌云滚动。还有人在南海之滨看到过他那飘忽不定的身影；夜深人静时，风翻叶动，簌簌有声，细听，竟是他操着中原口音在吟咏着诗文。

我在纪念文章中悲愤地写道：

对于文学天才，造物主不该这样刻薄悭吝。唐代诗人中得享上寿者为数不少，怎么偏偏同这位"初唐四杰"之冠过不去，不多留给他一些创造璀璨珠玑的时间！

短命还不算，在他二十几年的有限生涯中，几乎步步都在翻越刀山剑树，弄得伤痕累累，焦头烂额。他的身心实在是太疲惫了，最后，满怀积怨，来到南海之滨，寻觅一方逍遥化外的净土，让那滚滚狂涛去冲洗倦客的一袭黄尘，让那富有诗情画意的蕉风椰雨，去抚慰那颗久滞异乡的破碎的心。

他失去的太多太多，他像彗星那样在大气层的剧烈摩擦中倏忽消逝，如一粒微尘遗落于恒沙瀚海。他似乎一无所有，然而，却在文学史上留下了一串坚实、清晰的脚印，树起一座高耸云天的丰碑，特别是能在域外长享盛誉，历久弥新。如此说来，他可以死而无憾了。

王勃属于那种精神世界远比行为层面更为丰富、更为复杂的文学家，有着广泛而深邃的可研究性。相对于诗文的解读，我们对于这位天才诗人的人生道路、性格、命运的研究，还是很欠火候的。

"少年版"福尔摩斯

访欧归来，由于受时差影响，睡眠不好，我觉得有点头痛，便趁星期天去一位从医的文友家闲坐。不凑巧，医生夫妇出去参加一个朋友的婚礼，只有刚上初中的儿子小冬冬在家。听我说头有点疼，冬冬便拉着我玩一种叫做"二十猜"的游戏，说："这样，伯伯的病就好了。"

玩法是：甲方事先确定一个谜底，它可以是人名或者物事，古今中外、飞潜动植不限。乙方在猜测的过程中可以提问，但是，如果不能在二十次之内猜中，就算认输。因此，如何设问就颇有讲究，比如对方的谜底是一个人名，猜这种谜，就要考虑：是今人、古人？文人、武人？活人、死人？男人、女人？中国人、外国人？实有人物还是艺术形象？一般的规律，应该是先拉大网，尽量把一些无关因素排除掉，逐渐缩小范围，步步逼近，最后直抵答案。

这天，我连续出了三个谜，都被冬冬猜中，而他出了一个却把我难住了，经过十八个回合，已经猜到是英国的一个名人，什么莎士比亚、牛顿、瓦特、撒切尔……都猜过了，一一遭到否认，最后我只好认输。冬冬狡黠地亮出谜底，一看竟是"福尔摩斯"。我说，这就有毛病了：刚才已经问过"是不是实有其人"，你作了肯定的答复，因此就排除了文学作品中艺术形象这个因素。

冬冬说："福尔摩斯当然是真人了，现在还活着。"说着，他顺手拉开抽屉，找出几封信件，说是班上同学读过《血字的研究》和《四签名》之后，写给这位神探的。——"不是真人、活人，同学们能给他写信吗？"每个信封上都有用英文标明的地址：伦敦市区贝克街221B。

"可惜太晚了，如果是半个月以前，我会亲手把这些信交给福尔摩斯博物馆的。"我说。

冬冬眼睛刷地一亮："啊？王伯伯，您去过福尔摩斯博物馆了？"

"是的，"我说，"博物馆前身是福尔摩斯的私家侦探所，他与朋友华生医生在这里住了二十三年。"

"那是一个四层小楼，一楼是房东哈德森太太的餐馆，福尔摩斯的书房和卧室在二楼，三楼住着华生医生，最上一层是仆人的房间。"冬冬不假思索地说。

他对小说中的描述竟谙熟到这种程度，令我颇感惊讶。我告诉他，馆内的陈设正是这样。福尔摩斯的书房正对着贝克大街——这条大街是实有其地的，当时只有几十户人家，编号至84。作家防止读者以假当真，特意给它编了个221号。书房的壁炉里似乎还升腾着红彤彤的炭火，旁边有两把老旧的沙发座椅，中间茶几上，放着神探的前后两个帽遮的方格花呢帽子，还有平时常用的烟斗和放大镜。靠窗的方桌上，摆着三部卷宗，分别是《人类社会学》《脚印与演绎推理实证》《化学分析原理》，桌旁立着一把制作精细的小提琴。

"神探常常从拉琴中获得灵感，侦破疑案。"冬冬插了一句。

我接着说，书房的隔壁是福尔摩斯的卧室，里面有一张单人床，床上放着一副手铐、一只黑色小皮箱和一件蓝色外套。楼上房间的陈列台上，放着一部老式的电话和福尔摩斯用过的左轮枪、拐杖、怀表、小刀等物件。还有大量的书信册，里面保存百余年来世界各地的来信——有要求得到福尔摩斯亲笔签名、照片和题词的，有抒发对其仰慕、向往之情的，更多的是遭遇了困难，碰到了疑问，请求神探帮助解决的。据博物馆接待员马修先生讲，这类信件每年都会接到数千封，馆里只好指派专人以福尔摩斯口吻，对重点信件予以答复。最有趣的是，每逢1月6日福尔摩斯的生日，总有许多人寄来贺卡；平时他也经常收到一些请柬，邀他出席婚礼、毕业典礼或者生日舞会等。

我告诉冬冬，像到处都有球迷一样，世界各地都有数目可观的"福尔摩斯迷"，形成一种宗教式的崇拜的狂热，欧美许多地方都成立了福尔摩斯学会、协会、研究会。我还见过一份福尔摩斯的年谱，不知根据什么确定他出生于1854年，说他是一个乡绅的后代，祖母是法国画家贺拉斯·凡尔奈的胞妹，继承了这一艺术血统，使他终生酷爱音乐。1872年，接受大学教育，他专攻化学，不愿与人交际，只喜欢一个人闷在屋里苦苦思考。1877年创立侦探所，连续接办多起重大疑案，均获成功，从而声名大振。1903年之后宣告退休，金盆洗手，并离开伦敦到乡间隐居，从事养蜂研究，1914年出版了《养蜂实用手册》，此后音讯全无。

听到这里，冬冬溢出一种洋洋自得的神情，摇着我的手说："怎么样，王伯伯？福尔摩斯是真人吧？"

"冬冬，我还和福尔摩斯合影了哩。他站在那里，戴着一顶前后双沿的花格呢帽，面目清瘦，眉毛浓重，鹰钩鼻子，短短的络腮胡子，围着一个长而尖的下巴，白衬衫打着黑领结，外罩一件也是花格呢的风衣，脚上穿着一双大皮靴。旁边一个老年妇女，可能是房东太太。华生医生坐在一旁看书。我走上前去准备和他握手，顺便问一声'您好'，可是，却不见他有任何反应，原来是一尊蜡像。"

"真扫兴。"冬冬喃喃地说。

其实，英国作家柯南·道尔创造这个典型，并不是凭空想象的。他虽然从医，却对文学怀有浓厚的兴趣，并注重研究侦探技术，阅读过号称"侦探小说之父"的爱伦·坡、柯林斯的许多作品。在爱丁堡大学攻读医学过程中，他按照外科医生约瑟夫·贝尔的要求，对病人进行精确的观察和逻辑推理，作出准确的判断，从中受到很大启发，在脑海里形成一系列有趣的故事。于是，他就以贝尔教授为原型，创造出神探福尔摩斯的形象，一部部作品陆续问世，获得了巨大成功。后来，他想停止这类题材的创作，便在《最后一案》中安排福尔摩斯在与宿敌莫里亚蒂搏斗中坠下悬崖。可是，广大读者却拒绝接受这个令人伤痛的结局，强烈要求作家想办法恢复神探的活动。这样，他只好让福尔摩斯攀上悬岩，化险为夷。可以看出，这一典型人物在读者心目中的强大魅力，也说明典型人物一经创造出来，便成为社会的财富，生杀予夺之权，已不能独操于作者之手了。

听说，地处瑞士迈林根的福尔摩斯遇险地，如今已经

与福尔摩斯蜡像合影

成为著名的旅游景点，当地村民在峡谷边挂了一块标志性的铜牌，游人可以乘缆车前往参观，亲身体验一番当时生死搏斗的险境。小镇上的贝克街221号，也有一座福尔摩斯故居，每逢周末还按照探案中的情节，举行通宵的"恐怖之夜"活动。各个餐馆、酒店也都弥散着追怀这位神探的浓厚气息，像福尔摩斯冰淇淋、华生沙拉之类的食品随处可见。

说到这些虚拟实境和衍生产物，人们会联想起我国的桃花源、大观园之类的景物。它们本来都是出自作家的想象，并无实地可供考察、实物堪资钩稽的，但按迹寻踪、踵事增华者，历代绵延不绝，以致至今各地还在为夺取它们的领有权而纷争不已，它雄辩地证明了：文学的创造力多么强大，艺术的魅力何等惊人。

"王伯伯，我想了一个这样的问题，"原本活泼好动的小冬冬，忽然变得凝重起来，歪着脑袋瓜像个哲学家似的，"我觉得，重要的不在于是真人还是虚构的，而在于是不是活在人们的心里。活在人们心里的，就是活人，就是真实的存在，就应该在茫茫宇宙之间，拥有一席之地。说不定他们聚合在什么地方，但同样会构成一个奇妙的世界，那里住着孙悟空、林黛玉、丹麦王子、白雪公主，还有拇指姑娘和简·爱，当然还有福尔摩斯。您说是吗？"

"应该是这样。"我说。

临出门时，我问冬冬："那几封信你还往外邮吗？"

冬冬说："我再考虑考虑。"

眼　神

　　我原本不擅长摄影，可是，那天在亚马孙河上却出了彩——拍得一个令人心灵震撼、永生难忘的特写镜头。

　　豪华的游船从巴西城市玛瑙斯出发，沿着宽阔的河道，劈波犁浪，哗哗地驶向被称为"大地之肺"的热带雨林区。开阔的河面像天空一样邈远，邈远得简直让你忽视了它的存在。经过近两小时的航行，游船驶入亚马孙河的一条支流。说是支流，其实也宽得很。这时河水正在上涨，大片大片的森林都浸泡在河边的沼泽地里，前面隐现着两只柳叶似的飘摇、动荡的小渔船。

　　又走了一段，游船在"魔鬼沼泽地"停泊了。靠近岸边的水面上，零星地搭设着几个极为简陋的小窝棚——由木架托起的不能遮蔽风雨的茅草帐篷，这是以捕鱼为生的土著居民的"浮家泛宅"。他们生活所需极少，仅足维持其生命的延续。在终年炎热的气候下，渔民身上除了一块窄布遮羞，再没有任何装饰；脸上普遍映现出一种冷漠、木然、呆滞的神情，看不到丝毫的活气。

这里有一个典型的镜头：一只不足一米宽的小舢板向游船靠拢过来，驶船的是一个六七岁的小男孩儿，几乎全裸的身躯皮包着骨头，瘦弱不堪，臂弯处蹲着一只猕猴，和小男孩儿一样的瘦削，一样的黝黑，它是专供游人照相取景的。游人纷纷拍摄，然后递过去一两枚硬币。而我所关注的却是小男孩的眼神。

人们常说，眼神是心灵之窗，心灵是眼神之源。在人的五官中，这个直径大约二点五厘米的眼睛是最为敏锐的，任你心灵中的情感和欲望隐蔽得多么深，它都会通过眼神映现出来。言语、动作、行为都可以造假，都能够掩饰，唯独眼神无法伪装。

我发现，这个小男孩儿的眼神十分独特，它是我从来没有见过的，这里面不是哀伤、愤慨，也不是凄苦、悲凉，更看不到欣喜与慰藉，乞求与期望，而是毫无感觉，极端冷漠，麻木、呆滞中透出一种无奈，一种绝望。这真是可悲、可叹而又可怕的。这样一个刚刚闯入人世间的幼童，原本应该活泼、顽皮，恣意玩耍笑闹，尽情欢蹦跳跃，充满着好奇心、新鲜感，可是，却过早地踏上了他的祖辈、父辈的旧辙，失去了发芽、开花的活力，没有发酵、蒸腾的欲望，欠缺喷射、爆裂的热能，只剩下了淡漠与麻木。

我的心揪揪着，实在不忍心再看他一眼，然而，还是按下了相机的快门。于是，一个撼人心弦的特写镜头，便永远地被记录下来。

尔后，便陷入了沉沉的思索——

是什么东西摧残了他那幼稚的心灵？

是哪些因素致令他的脆嫩的心长出了厚厚的硬茧？

它使我联想到雨果在《悲惨世界》中所写到的可怜的芳汀姑娘："她在变成污泥的同时，变成了木石"，"她已经感受了一切，容忍了一切，放弃了一切，失去了一切，痛哭过一切。她忍让，她那种忍让之类似冷漠，正如死亡之类似睡眠"。

....

导游员正在讲"魔鬼沼泽地"的来历。他说，这里原来都是热带雨林，印第安土著居民世世代代在这里生息繁衍。葡萄牙殖民者霸占了这块地方，强制他们砍伐和运送这里的贵重木材，结果遭到当地民众的反抗，殖民者便大肆进行灭绝种族的屠杀。

为了施行报复，土著居民把木棍插进死者的身躯，加进去箭毒木的汁液，让它充分腐烂化毒，然后刺向入侵者，使其招致惨重的伤亡。于是，殖民者就对印第安人施行整个村落的血洗，只要见到人影就开枪射击，结果河面上漂满了尸身，鲜血染红了滔滔的流水。从此，"魔鬼沼泽地"的名字就传出去了。

印第安土著居民是非常善良的。1492年，当哥伦布第

◎ 与活泼可爱的儿童在一起

一次踏上这个新大陆时,曾这样描述过:

> 印第安人游向我们坐着的小艇,并且给我们带来了一些鹦鹉、棉纱、标枪和许多其他物品……他们很乐意地赠送所有的物品给客人。他们全都赤裸裸行走,光着身体……没有携带、也不懂得武器。当我们把剑拿给他们看时,他们抓住了利刃,因无知割伤了手指,他们没有任何铁器。……你向他们要东西,只要他们有,就从不会拒绝;不仅如此,他们还自动邀请任何人来分享,表现出他们的确是衷心爱你的。

韦里尔在所著《美洲印第安人》一书中也说："哥伦布踏上巴哈马时，和平的土人用礼物和殷勤的款待来欢迎这些西班牙人，把他们当成神灵或者超人。"

可是，那些殖民者又是怎样对待印第安人的呢？西班牙国王费迪南在 1509 年的《圣谕》中，以威胁的口吻说：如果不归顺的话，"我们便向你们开战，用我们所能用的一切方式方法，使你们服从教会和王公们的约束；我们将抓住你们，你们的妻子、儿女，并将使他们成为奴隶"。他们这样说也是这样做的，一手挥舞着刀剑，一手拿着十字架，最后终于把拉丁美洲征服了，随之而来的是历史上空前的种族大屠杀，至少有一千万土著居民丧生。他们掠走的是无尽的财富；而留下来的，是落后、疾疫与贫穷。

下面再看看印第安人在美国殖民统治者统治下的悲惨命运。大家都知道，美国有个一年一度的极为隆重的民间节日——感恩节。据《简明大不列颠百科全书》介绍：这是一个庆祝收成、带有吉庆性质的全国性节日，始于公元 1621 年。当时的普利茅斯港口——第一批美洲移民白人在此间登岸，正值严冬，饥寒交迫，意外地获得了土著印第安人的无私援助。为此，到了丰收季节，总督 W. 布雷德福邀请邻近的印第安人举行了三天的狂欢活动，以示感恩。19 世纪末，感恩节活动已经风行新英格兰各地；1863 年，林肯总统正式宣布感恩节为国定假日。可是，到了后来，感恩却化作了迫害，美国对印第安人不仅进行血腥屠杀、疯狂驱赶，而且，通过屏幕影像和纸质媒体编造事由，诬说印第安人野蛮凶残，缺乏正常人情感，为镇压无辜者张本。

如果说，对于现存的一代代印第安人的孑遗来说，那些关于种族屠杀的斑斑血迹，已化作辽远的尘烟，至多不过是淡淡的伤痕；那么，新的种族压迫、经济掠夺所造成的贫富悬殊的生存困境，则彰彰在目，刻骨铭心。反抗未见成效，忍受又不甘心，剩下来的就唯有宿命、无奈，唯有冷漠与麻木了。

我经历过天崩地坼般的海城·营口大地震，也感受过亲人生离死别那惨烈的情感冲击，但是，当我看到这总角儿童的麻木的眼神，还是由衷地震撼了。一整天，不论是在滚滚滔滔的河上，还是在摩肩接踵的闹市中，总觉得有一种眼神在追随着我，或者说，我的脑海里总是浮现出一种眼神，时时刻刻都能感觉到它的存在。

悠悠童话路

一

格林兄弟，是大家所熟知的德国著名童话作家，他们以毕生精力，搜集、编写了二百多篇童话，诸如《白雪公主》《小红帽》《灰姑娘》《睡美人》等载入文学史的名篇，都出自他们的笔下。这样，我们的"格林童话之旅"首站，就是他们的出生地哈瑙。

这座拥有七百年历史的古镇，位于法兰克福以东二十公里处，车行不到二十分钟就到了。遗憾的是，他们的故居在第二次世界大战中毁于战火，只是在集市广场还有他们高大的纪念碑铜像，雕塑于一百多年前，也属珍贵的文物。

雅各布·格林和威廉·格林，先后出生于1785年和1786年，在姑姑和外祖父的指导下，他们接受了最初的教育，并且开始埋下钟情童话的种子。故乡民众对格林兄弟怀有深厚的感情，以他们为本镇的巨大骄傲，每年都要举办多项活动纪念他们。

离开了哈瑙，我们驱车北行，来到格林兄弟童年时住过的施泰瑙。这座隐没于群山怀抱中的迷人古镇，至今仍然完好地保存着他们的故居。现在就地辟为博物馆，在一楼展厅，我们看到了兄弟二人的生活照片、创作手稿和世界各地出版的书籍。得知格林童话在世界各地，已有一百六十种语言、文字加以传播，版本多得难以计数，

◎ 施泰瑙格林兄弟故居和塑像前，童话从这里开始

这里展出的就有中国上海人民出版社和南京译林出版社印行的《格林童话全集》；二楼为音像馆，我们戴上具有同声翻译功能的耳机，直接欣赏了作家的童话作品。然后，又到楼外花园的草坪上，观看了一组反映青蛙王子故事的雕塑。

北行约一百公里，我们来到有"小红帽故乡"之称的阿尔斯菲尔德。古城建于公元13世纪初。二百多年前，格林兄弟整天游转在小城内外，搜集民间传说，酝酿童话故事。他们在构思小姑娘、老奶奶和大灰狼的故事时，刚写到"从前有一个可爱的小女孩，谁见了都喜欢，最疼爱她的要数她的奶奶"时，看到了当地女孩身着传统的服饰、头戴小红帽的形象，立刻从中受到了启发；于是，接着写下去："一次，奶奶送给她一顶红绒线缝制的小红帽，往头上一戴，漂亮极了。于是，人们就只管叫她'小红帽'了。"每年，这里都要围绕着这个童话，举办一些节庆活动。城内还有一座建于1628年的童话屋，为明黄色三层古典建筑。那天，我们在这里听到了童话说书人讲的《小红帽的故事》，描情拟态，娓娓动听。

然后，我们乘车来到沃尔夫哈根小镇。这里是著名童话故事《狼和七只小山羊》的诞生地。在老集市广场上，有个童话喷泉，旁边雕塑一只与实物等高的大灰狼铜像，肚子鼓得滚圆，现出一副痛楚难堪的窘相。原来这里有一个意趣盎然的故事——

那天，羊妈妈从森林里回到家中，发现房门敞开，屋里一片狼藉，七个孩子统统不见了。她便挨个叫着孩儿名字，前面六个没有回应；当叫到最小的孩子时，只听得暗处传来稚嫩的声音："妈妈，妈妈！我藏在钟盒里了。"妈妈走过去打开钟盒，抱出她来，听她讲述哥哥、姐姐被老狼吃掉的经过。妈妈悲伤、痛苦至极，含泪走出家门，出外查看，小羊也跟在身后。到了草地上，见老狼正在酣睡，鼓胀的肚皮，一蹦一蹦地跳动着，看来六只小羊还都活着。羊妈妈回家取来剪刀和针线。小心地剪开老狼的肚皮，小羊们一个跟着一个跑了出来。妈妈当即在老狼肚子里填满石块，再用针线缝好。这时，老狼也醒转过来，觉得口渴难耐，便挪动着脚步，到井边喝水。边走边唱：

"什么东西哗啦哗啦？

肚皮里面疼如刀扎！

原来以为羊羔好吃，

早知如此，不吃也罢！"

二

一般地说，一个地区之所以盛产童话传说、儿童故事，往往是由于年代悠久，传统古老；人烟稀少，交通闭塞，与世相对隔绝；而且，人文积淀深厚，有的曾经发生过奇闻逸事。我们一路上到过的童话景区，大都兼具这些条件。眼前的卡塞尔市，就是这样。此间有"德国童话之路的首都"之誉，格林兄弟在这里居住了近三十年，市区到处都有他们的足迹。他们的故居现已辟为博物馆，里面陈列着他们的手迹和《白雪公主》《灰姑娘》等大量重点作品珍贵的原稿；展品系统地介绍了他们的生平及家族的历史，也载记了后人对他们的追忆。我们还在展厅里观看了两场家庭童话剧；尔后，又前往山地公园，参观了童话剧《白雪公主》的拍摄现场。

随之，我们顶着瓢泼大雨，进入莱因哈特密林中的童话景区萨巴堡，踏着摇摇晃晃的木板桥，登上一座中世纪的宫殿，去看望那个躺在高达三十五米的塔楼上，悠悠沉睡了一百年的"睡美人"。童话故事里讲——

> 国王和王后生下了一个非常漂亮的女儿，喜不自胜，便请客庆祝。除亲戚、朋友之外，还特邀十二位女巫师，却偏偏漏掉了一个重要人物。她也是个巫师，由于心怀不满，蓄意进行报复，恶毒诅咒女孩必将昏睡过去，一睡就是一百年。结果，一切都成了现实。这天，一位王子踏上了这块土地，听白胡子老人讲起沉睡公主的故事；还说，过去有

许多公子王孙、豪门贵胄来过这儿,他们都想去探望这个"睡美人",但都被蒺藜缠住了双腿,困在里面死去了。王子却说:"所有这些都吓不倒我,就是拼上一死,我也要见到公主!"历尽千辛万苦,王子终于进入王宫,见到公主正在酣然睡去,双眉微挑,粉靥轻红,美艳动人。王子看着看着,禁不住俯下身去吻了她一下,岂料,就这一吻,竟把公主唤醒过来。她张开双眼,透着盈盈笑意,充满深情地注视着他。于是,王子抱起她来,一起走下了宫楼。最后的结局,自然是有情人成了眷属;但是,也有人说,又出现了波折。这且不管,反正"睡美人"已经醒了。

出了萨巴堡,绕道东行,便到了著名的大学城哥廷根。这是一座历史文化名城。建于1734年的哥廷根大学,是德国最古老也是知名度最高学府之一。由于曾经培养出三四十名诺贝尔奖奖金得主,在国际上享有崇高的声誉。格林兄弟曾在这里执教八年。中国著名学者季羡林先生,在这所高等学府学习、工作达十年之久。

真是无独有偶,这里竟然也有一个"百年之吻"。原来,1901年,哥廷根大学根据格林童话,在政府广场上塑造了一尊美妙无比的牧鹅少女铜像。童话故事的梗概是:心地善良的公主,带着女仆远嫁他乡。而这个女仆却居心险恶,蓄意倾陷，使公主遭受无情打击，最后沦落到终日在田间牧鹅。后来，信息传递到国王那里，予以施救，终于恢复了公主原来的身份。

故事哀婉动人，塑像更具有极高的艺术水平——少女身穿长裙，微低着头，神态安详，状若仙子，身旁还有一只白鹅相伴。那绰约的丰姿，甜美的笑意，青春荡漾，玉貌花容，赢得了无数人的青睐。尤其是哥廷根大学的博士研究生，每当他们通过答辩、学位证书到手的那一刻，都会头戴博士帽，在亲友的陪同下，乘坐花车，专程到这里来亲吻少女的面颊。结果，百多年来，少女的脸颊被吻得精光闪闪，铮明透亮。

三

告别了哥廷根，我们继续驱车北上，两个小时之后，便来到了以花衣吹笛人和老鼠为标志的小城哈默恩。这里同样有个既富传奇特色，又有警世价值的著名童话——

> 很久以前，哈默恩这个不大的村庄，突然发生了鼠害。老鼠迅速繁殖，遍布村内处处，各家的衣物、食品、书籍，地里的粮食、蔬菜、水果，全都遭到糟蹋、破坏，连鸡鸭、猫狗也被咬伤致死；有的母亲防范不周，婴儿竟也被老鼠咬掉了耳朵。

就在村民一筹莫展之际，从城里过来一个穿着红黄相间条纹裤褂的吹笛人。他对村长说："只要付给我五千马克，我就能把鼠害根除。"村长高兴地满口答应："只要能够制服老鼠，五万马克也不在话下。"这样，花衣吹笛人便走向街头，拿起挂在胸前的风笛，嘀嘀嗒嗒地吹奏起来。开始还不见什么动静，半个时辰之后，便发现老鼠随着笛声，一个跟着一个，陆续奔跑出来，争先恐后，密密麻麻，汇成一条灰色的暗流，奔涌而去。最后，全都跳进威悉河里，被翻滚的浪涛卷走。

消除了鼠害的村庄，连日狂歌醉舞，沉浸在一片欢声笑语之中。这边的吹笛人静静地等着村长兑现承诺。可是，村长却舍不得支出这笔钱款，只是淡淡地说："是老鼠自己跳进河里的，与你吹笛无关。"吹笛人气恼地说："对于不讲信用的人，我半个眼睛也瞧不起。你会为失信付出惨重的代价，你会后悔的。"说着，扬长而去。

两天过后，吹笛人又出现在街头，照样操起那支笛子，嘀嘀嗒嗒地吹奏起来。这次，是全村的孩子，欢跳着跟随在他身后，半个时辰过去，一百三十个儿童全部到齐。于是，吹笛人带领他们进入了西边的威悉山；然后，吹了一个高音，岩石上立刻开出一个门洞，待他们全部进去，洞门就哗啦一声锁上了。任凭家长们怎样号啕大叫，捶胸顿足，山门深闭，寂然无声。从此，再也没有这些儿童的消息了。

我们赶到了哈默恩小城——如今这里已经由偏僻的小村落发展成一个具有相当规模的城镇了——看看日轮很高，距离天黑尚早，便先去游览了威悉山，但见林木葱茏，却没有关隘、洞口的痕迹；威悉河洪流翻滚，涛声依旧，河岸边的建筑物上，到处都涂有老鼠的标识。马路上，也同样刷印上清晰的"鼠迹"；城内面包店都出售老鼠形状的面包，商店里也有许多和老鼠相关的纪念品。旧市区南边转角处，有一栋石造建筑物，传说吹笛人等候讨债，曾在这里落过脚，现已改作餐厅，生意十分红火。旁边一条小巷，有标志说，就是当年儿童失踪前聚集的地方，至今这里仍然保持着禁止跳舞嬉闹的传统。旧城街道中心矗立着一尊花衣吹笛人的雕像，石座四周雕满了各种形态的老鼠，许多儿童围着观看，有的还合影留念。他们料应知道由于村官失信致令孩子遭殃的陈年往事吧？

写作中，我的悬鹄甚高，力求实现思、诗、史的结合，以史事为依托，从诗性中寻觅激情的源流，在哲学层面上获取升华的阶梯。使文学的青春笑靥给冷峻、庄严的历史老人带来生机与美感、活力与激情；而阅尽沧桑的史眼，又使得文学倩女获取晨钟暮鼓般的启示，在美学价值之上，平添一种巨大的心灵撞击力。

探索成长之路，解读智慧人生，
本章内容，扫码聆听。

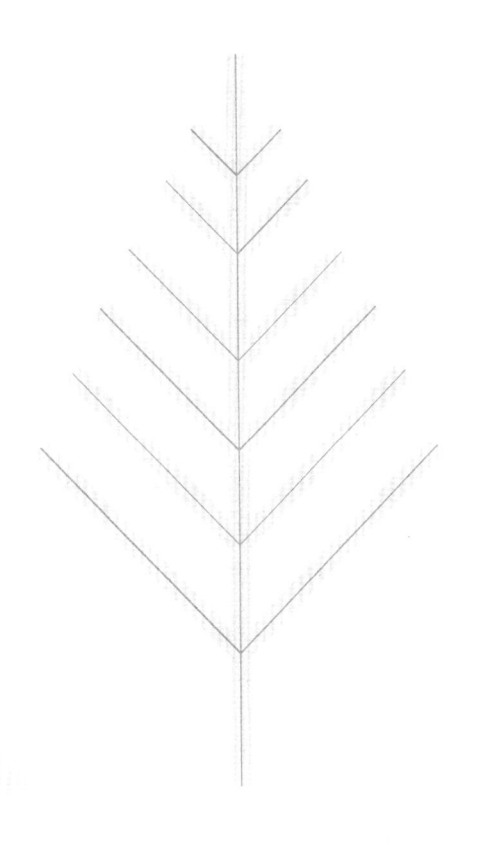

第十三章

勇于碰硬

吾与庄子

上篇

说来,结缘庄子已经七十多年了。记得在我就读私塾的第七个年头,"四书"、《诗经》、《左传》、《史记》都读过了,塾师确定:从是日起,诵读《庄子》。

那是一部扫叶山房民国十一年印行的四卷本,是父亲回祖居地河北大名探亲时,在邯郸书局买到的。上面有晋代玄学家郭象的注和唐人陆德明的音义解说。不过,老师并没有参照着讲。即便是《庄子》正文,讲解得也并不细致,只是阐释大意;接下来,逐日地按照篇章领读一遍,提示僻字、难字读音,然后就要我们反复诵读,直到熟读成诵了,再进入下一章节。"书读百遍,其义自见",这是他所一贯强调的。

要说真正把玩《庄子》的奇文胜义,体验到一些灵识妙悟，那是二三十岁以后的事。有一次在南开大学讲学，接受记者采访，曾被问道："童年时，你由读'四书'到读《庄子》，从脑袋里塞满仁义、忠恕的儒家信条，一变而为大鹏'怒而飞，其翼若垂天之云'，是不是有一种豪情四溢、生命清新的感觉？"我如实地回答："应该是这样。但当时并没有如此对比鲜明的感觉，因为食而不知其味，还没有达到解悟的程度。"

半个多世纪过去了，当年的月亮早已沉下去，花开叶落说不清多少次了，敬爱的塾师早已骨朽形销；而"口诵心惟"的绿鬓少年，也已垂垂老矣；只有那部《庄子》，依然高踞案头，静静地像一件古玩，意态悠闲地朝夕同我对视。它是我的枕边书之一，对我的人生道路抉择、价值取向，曾经产生过深远影响。

在我的身上，就传统文化的影响来说，儒道两种思想，相反相成，相资为用，演绎着一种力的纠结、势的平衡。如同整个传统文化和国学是精华杂着糟粕、瑕瑜互现的，《庄子》一书也不例外。毕竟是两千多年前的产物，必然有其历史与时代的局限性。我在接受它的积极影响的同时，也受到了它的消极方面的浸染，这在几十年的生命历程、工作实践中都有所反映。有时候，凡事看得太透，就不再热衷，不免走向消极。幸而接受马克思主义立场、观点的指导，增强了原则性、是非观与积极进取精神，最大限度地克服、消解那种消极避世、崇尚无为、不谴是非的负面作用。

庄子在思想上，崇尚自由，摆脱各种羁绊，浮云富贵，秕糠功名，表现为高度自觉、允满理性的逍遥。有这个思想垫底，他才能主动地选择运用减法，"游于世而不僻，顺人而不失己"。所谓做减法，也就是"舍得"和"放下"，舍弃多余之物，舍才能得；凡事看得开，不计较。"放下"不是放弃、任何东西都不要，而是要有所选择，卸掉背上沉重的负担。"放下"，既是一种解脱的心态，豁达的修为，更是一种人生智慧。庄子的哲学思想，为"舍得"和"放下"提供一种开阔、多元、超拔的认知视角。

庄子强调人生的有限性。人从本质上讲，是有限的存在，必然要受到空间、时间的拘缚和种种社会环境、传统观念的约束。庄子说："无知无能者，固人之所不免也"；"计人之所知，不若其所不知"。任何人都不可能全知全能，任何人的作用都是有限的，没有理由无限度地期求，无限度地追逐，无限度地攀比。这在现实生活中，为心灵减去种种愁烦，卸掉般般痛苦，提供了理论依据。

在庄子看来，事物的性质都是相对的，一定条件下的失去，从另一面来看却是获得；一件东西的生成，对另一件东西来说是毁损。"以道观之，物无贵贱。"而且，世间万事万物，都处在不断变化与流转之中；人生的种种际遇，都是相比较而存在的，视角不同，衡量标准有异，情况、状态就会随之而发生变化。看开了这个道理，自然会化解许许多多胸中积闷、眼底波澜，使心态平和下来。这样，也就能以超越的眼光、豁达的心胸、高远的境界来观察、处理客观事物，防止和避免认识上的绝对化。

这样，也就能做到知足知止。知足，不会事事、处处与人攀比。一个人活得累，小部分原因是为了生存；大部分来源于攀比。知止，可以抑制贪求，抑制过高、过强的物质欲望。也只有这样，才能坚守做人的基本准则，不失自我本色。庄子特别强调本分、本色，强调"顺人而不失己"；要人们警惕名累、势累、情累、物累，保持身心自由，防止"人为物役""心为形役"，从而自觉地少往身上套挂枷锁。

有早期的优秀传统文化做底色，后来接受马克思主义科学世界观的指导，在新的历史时期走上领导岗位之后，我能够坚守"德乃官之本，为官先修德"的道德底线，时时严以律己，保持清正廉洁，不忘初心，凡事做出表率，达到俯仰无愧。在我看来，职位高低、权势大小，无足轻重，我没有那么多的欲望；对一些人权欲熏心，不理解，更非常反感。营口市我的一个同事，为了由办公室主任升任市人大常委会副主任，换届前半年本已发现胃癌，但一直隐匿病情，结果拖延了手术治疗，只升迁四个月就故去了。文学创作中，我曾借助贪得无厌的秦始皇和为着实现"内圣外王"弄得心力交瘁的曾国藩这两个典型，写了《欲望的神话》和《用破一生心》两篇散文，以期醒世励俗，兼以自警。

下篇

2012年3月,国家重点文化工程《中国历史文化名人传》启动,受丛书编委会之邀,我承担了撰写《庄子传》的任务。应该说,它的难度是相当大的。有人说:"庄子存在于时间之中,而不是生活在空间里。"尽管他存世八十四载,可是,有关他的文献资料,却少得可怜。司马迁在《史记》中仅仅写了234字,身世出处,语焉不详。

古人著书治学,有"读万卷书,行万里路"之说。我在1997年、2005年,加上这次,耗时近一个月,曾三度往返于豫、鲁、皖南北狭长地带,踏访了庄子故里及传闻中的其他庄子遗迹。第一次,去了商丘、开封(大梁)、曹州、凤阳(濠梁)等地,获取了一些直观印象;第二次,按照《庄子》一书中提供的线索和现当代学者考证资料,北起曲阜、淄博、菏泽,中经商丘、开封,南下淮北蚌埠,旁及邯郸、大名、徐州等地,亦即战国时的宋、魏、楚、赵、鲁、齐等国的部分辖区,察其川泽丘阜,遍览府州县志,凡是庄子可能到过的区域,尽量实地踏查一番;最后这次,是定点考察、研讨,在菏泽、商丘、亳州三市及其所属六个县区,先后十几次,邀请有关人士(多为当地"庄学会"学者)进行座谈,交换看法,收集资料,获得许多有益启发,掌握一些新的线索。

《庄子》一书，近七万字，谈不上"万卷"，但若是加上历代学人关于庄子研究的学术著作，那可就浩瀚无涯了。于是，我首先用了三个月时间，聚精会神，心无旁骛，从多角度、多层次读解《庄子》这部元典。自从束发受书，开篇初读，已经过去了六十余年；于今，重新把卷研习，心惟手记，对于章节字句、义理辞采，特别是关于庄子其人其事，进行了比较认真的考究。日夕寝馈其中，未敢稍有懈怠。读《庄》、解《庄》中，我采用的是前人倡导的"八面受敌法"，"每次作一意求之"，即读前选定一个视角，有意识地探索、把握某一方面内容，一个课题一个课题地依次推进。时日既久，所获渐多，不仅初步连接起早已模糊不清的传主的身世、行迹、修为，而且从中读出了他的心声、意态、情怀、风貌、价值取向、精神追求，寻索到一些解纽开栓的钥匙与登堂入室的门径。

读《庄》，也包括研索前贤与时人的解《庄》著作，我坚持一条准则，就是力求与传主灵犀互见，心性相通，着眼于人生境界、生命智慧，而不是停留在一般的知识层面上。无疑，这里面有灵思，有慧悟，更有深情。林语堂说："在古代与现代作家中，一个人必须找到一个其神意与自己的神意相会合的作家"；"这样发现作家的情形事实上很多，往往有的学者们彼此所生的时代不同，相隔有万年，但他们的思绪及感觉却十分相似，以致他们从书页间彼此神会，犹如一个人发现了自己的影子一样"。我对《庄子》

的喜爱与解悟，做到"彼此神会"，正是与自己的赋性淡泊、不慕荣利有关。

就《庄子传》的撰著来说，这里的文章就更多了。中外多数名家传记，在写法上都是按照传主生平经历，由少而壮、由壮而老地次第展开。这既本于人物的成长规律，也符合读者的阅读习惯。庄子传记却是例外，我们全然不清楚他的先世、远祖的来历，甚至连祖辈、父辈、子孙辈的情况也一无所知；至于本人的生涯、行迹，年寿几何，归宿怎样，治学根脉、后世传承状况，则统付阙如。一切都是"恍兮忽兮""芒乎昧乎"，可以说整个就是一个谜团。那么，在这种情况下，又该怎么撰写呢？

办法是逼出来的。经过对素材的几度梳理、整合，我想象着，眼前是一把展开的折扇，传主的性情与思想——我把它概括为"逍遥游"——可以看作是折扇的轴心，而二十个专题，则是向外辐射式地伸出的一支支扇股。它们既统一于传主的思想、性情、行迹、修为，相互紧相联结着；又各自独立，各有侧重，互不重复，互不撞车。而且，这二十个专题的排序，也并非随意安置，仍是大体上体现了传主生命流程的顺序。

这种写法也得到了丛书编审委员会学术组、创作组专家的认可。黄留珠教授指出："长期以来，有关研究庄子思想的论著，可谓汗牛充栋，但关于他本人的传记作品，却不多见。人们转来转去，似乎很难跳出司马迁所撰《史记》中关于《庄周列传》的框架，搞出一点新东西来。王充闾先生撰著的《逍遥游——庄子传》一书，可说是彻底打破了这样的局面。该书以全新的视角，生动优美的语言，为我们展现出一个有血有肉、生活于两千多年前的庄老夫子。应该说，这是一部相当出色、极具个性特点的上乘之作。"文学评论家李炳银先生认为："有关庄子人生经历的史料非常有限，而且不少还只能够从他的言论中去寻觅。所以，以惯常的紧密围绕传主人生经历的写作方式写《庄子传》，几乎不可能实现。……作者采用'八面受敌法'，从各个角度辐辏中心的艺术结构形式，对于像庄子这样资料缺乏的传主对象，不失为一个巧妙的靠近方法，渐渐地靠近，不断地显影，最后现其全像。很好。"

所谓《吾与庄子》，也就是我的读庄、用庄、访庄、写庄的经过，最后概括为四句话："下一辈子苦功，读二百部著作，走三千公里路程，写四十万字书稿。"

为少帅写心

我一向认为，一些有价值的具有长久魅力的精神产品，解读中往往具有足够的以至无限的可能性。艺术的魅力在于用艺术手段燃起人们探索未知领域的欲求，有时连艺术家自己也未必说得清楚最终答案。布莱希特在谈到自己的"叙述性戏剧"时说，他不热衷于为戏剧人物裁定种种框范，包括个性特征在内，而把他们当成未知数，吸引观众一起去研究。

张学良就是一位具有足够的可言说性的传奇人物，称得上一个真正的谜团，其间有着谜一般的代码与能指，可予破译，可供探讨。他的人生道路曲折复杂，生命历程充满了戏剧性、偶然性，带有鲜明的传奇色彩；存在着太大的因变参数，甚至蕴含着某种精神密码。

他是成功的失败者。他的一生始终被正确与谬误、尊荣与耻辱、得意和失意、成功与失败纠缠着。他的政治生涯满打满算只有十七八年，光是铁窗岁月就超过半个世纪。政治抱负，百不偿一。为此，他自认是一个失败者。然而，如果从另一角度看，多少政治强人、明星大腕，极其得意，闪电一般照彻天宇，鼓荡起阵阵旋风、滔滔骇浪，可是，不旋踵间便蓦然陨落，一朝风烛，瞬息尘埃。而张学良，作为"100位为新中国成立作出突出贡献的英雄模范人物"之一，中华民族将千秋铭记他的英名。这还不是最大的成功吗？

张学良并非完人，更不是一个圣者，以他的本性，即使想"圣"也"圣"不起来。一生中，他做的事不算多，可是，有几件可说是有声有色，有光有热，刻下了历久弥新的印记。他的平生可议之处颇多。曾经颂声载道，又背过无数骂名，他抱着"行藏在我，毁誉由人"的超然态度。对于他的举措，人们未必全然赞同；但说起他的为人，丰标、器度，无不竖起拇指，由衷地赞佩。他的信仰是驳杂的，但对真理的追求，对祖国的热爱，能够终始如一，之死靡他。

同历史上的大多数悲剧人物一样，张学良也是令人大感伤、大同情、大震撼的。他的百岁光阴，充满了大悲大喜，大起大落，确是一部哀乐相循、歌哭并作、悲欣交集的情感标本。在人生舞台上，他做了一次风险投资，扮演了一个不该由他扮演的角色，挑起了一份他无力承担却又只有他才能承担的历史重担。

张学良之所以成为一个言说不尽、历久弥新的热门话题，在很大程度上，得益于他的独特的人格魅力，他的充满张力的不可复制的自我，他的迥异寻常的特殊的吸引力。他是那种有快乐、有忧伤、有情趣、有血气、个性鲜明、赢得起也输得起的人。而且有一颗平常心，天真得可爱，让人觉得精神互通。他既有青少年时代"不知今夕何夕"的忘我狂欢；又有"哀乐中年"的志得意满、纵情欢笑、乐极生悲、义愤填膺，以及苦中求乐、强颜欢笑；更有晚年的忘怀得失，超脱于苦乐、哀荣之外的红尘了悟，自得通达。作为性灵的展现、情思的外化，这一切，都是意趣盎然、堪资玩味的。

除了上列因素，我写他，还由于是同乡，所谓"桑梓情缘"。我的故园大荒乡后狐狸岗屯，离张学良将军的出生地桑林子乡詹家窝棚只有十几公里，小时候到那里去过。当地乡亲讲过许多关于他的逸闻趣事；我的族叔和塾师，同东北军有过交往，而且都见过张将军本人。乡关故旧，对他的人格与德政赞佩有加，每当说起他来，都流露出一种深深的怀念之情，亲切地称之为"少帅"，里面夹杂着几分同情，几分惋惜，几分悲愤，几分赞佩。

2006年初，应大连白云书院之邀，我曾做过一次以《话说张学良》为题的学术报告，《都市美文》杂志将它全文刊载。这个刊物同国际龙源期刊网合作，向海内外发行了网络版。据统计，一年间海外读者浏览最多的一百篇文章中，《话说张学良》排名第一。这大大增强了我的信心，带来一种动力。这样，就有了以张学良为题材的写作构想。

当时的心境是，对于那些有机缘同汉卿公直接接触的写作者，我是心怀感激与敬意的——正是拜他们之赐，才得以了解大量丰富而翔实的史料，从而获取进行深入研究探索的方便条件；不过，同时也常常怀有不甚满足的心情，总觉得许多传记只是着眼于行迹、事件的揭示，而忽略了人物的内在蕴涵，"取貌遗神"，缺乏鲜活的生命状态，尤其缺乏对于内在精神世界的探索与挖掘。

为此，我有一个想望，叫作"为少帅写心"，亦即着眼于展现传主及有关人物的个性特征、内在质素、精神风貌、心灵境界。这也就决定了，写法上不可能是须眉毕现，面面俱足，而应是努力追求清人张岱所说的"睛中一画、颊上三毫"的传神效果。如果读者询问："你的书写何以区别于其他传记？"这可视为主要一点吧。我的目标是向读者托出一个活灵活现、有血有肉的真实人物，我要挖掘张学良的精神世界，写出一部心灵史。也就是在讲述他的人生轨迹、行藏出处的同时，突出他的个性特征，并且从人格层面上揭橥他之所以具有如此命运、人生遭际的原因。

在我看来，张学良的性格特征是极其鲜明的，属于情绪型、外向型、独立型。一是活泼、好动，反应灵敏，喜欢与人交往，情绪易于冲动，兴趣、情感、注意力容易转移。二是正直、善良、果敢、豁达、率真、粗犷，人情味浓，重然诺，讲信义，勇于任事，敢作敢为。在他的身上，始终有一种磅礴、喷涌的豪气在。三是胸无城府、无遮拦、无保留、"玻璃人"般坦诚，有时像个小孩子。而另一面，则不免粗狂、孟浪、轻信、天真，思维简单，而且我行我素，不计后果。这种性格和气质，有一定的先天因素，而更多的是受一定思想、意识、信仰、世界观等后天因素的影响，它们制约着张学良的行为，影响着他的命运——休咎、穷通、祸福、成败。探索张学良的个性的形成，是读者共同关注的一个话题，我从他的家庭环境、文化背景、社会交往、人生阅历四个方面加以剖析。四者互为作用，形成一种合力，激荡冲突，揉搓塑抹，最后造就了张学良的多姿多彩、光怪陆离的杂色人生。

攻城不怕坚

　　我在完成了《逍遥游——庄子传》《成功的失败者——张学良传》之后，紧接着又"趁热打铁"，撰写了几篇传主为重量级的中外文化名人的散文，他们的共同特点是人格高尚、思想深刻、处境矛盾、性格复杂、灵海熬煎。要为他们造像，难度自然很大。这我倒不在乎，挑战自我，直面人生，攻城不怕坚，专啃"硬骨头"，原是我的个性。

　　二三十年来，活跃在我笔下的形形色色的人物，许多都是性格鲜明、个性突出、阅历丰富、思想复杂、命运曲折、形象多面、蕴含丰富，可以做多种解读的，亦即所谓"言说不尽的历史人物"。之所以选中他们，是因其拥有足够的驰骋思辨、大作文章的广阔空间。举凡有关人性的拷问、命运的思考、生存的焦虑以及生命的悲剧意义的探索，自由超拔的生命境界的呼唤，都可以在他们身上探赜洞微，寻索答案。

而在写法上，我欣赏那种"超以象外，得其环中""得其精而忘其粗，在其内而忘其外"的大写意手法。我平素喜欢看黑白照的人物摄影展。有些是捕捉瞬间形态，做特写式的略带夸张的剪影。记得在一次印度摄影家的作品展上，我印象最深的是一张特蕾莎修女的类似肖像的照片。作为苦难的亲历者与同情者，特蕾莎修女脸上的皱纹、深陷的眼窝和握在眼前的双手，无言而雄辩地对于凄惶、苦楚作出了最直接、最精彩的宣示。瞬时就是历史，眼角写着沧桑。人生就是这样，小时候喜欢糖球儿，到老了爱吃苦瓜，因为过来人体验到了苦的真味犹胜于甜者。

2006年，我曾访问过德国法兰克福和魏玛的歌德故居，还有其他几处歌德的旧游地，归来写了散文《断念》以及《未了情》《爱别离·拟歌德日记》，形象地展示了歌德这位绝代天才的生命历程（主要是后半期）与精神世界。他讲，人不可能成为上帝，越是具备理想性格的人，就越要历练人生，克制欲望；情感有多丰富，欲望有多炽烈，自制力就需要有多强，二者相辅相成，形成一种稳定发展的张力。若是任性下去，恐怕要粉碎了一切。他从一个以热情支配一切的狂放的人，变成一个比热情更可宝贵的有责任的人、克制的人。他每逢对自己克制一次，便会进入一种新的境界，得到一次新的发展。因而，即使到了暮年，人们仍然看不出他有丝毫的衰飒、颓唐之气。他带给人们一种重新回归本真自我的可能。他之所以被许多人奉为"最好的人的榜样"，就因为他是一个"人"——这是拿破仑对他的评价。唯其是一个"人"，他才被认同有血有肉，有精神，有灵魂；也唯其是一个"人"，才使我们想到，他和其他生物一样，有生长，有变化，有波折，体现出精神的复杂性、丰富性。

可以视为《断念》姊妹篇的《解脱》，则是另一位绝代天才的生命书写。我在瞻仰过俄罗斯亚斯纳亚波利亚纳的列夫·托尔斯泰墓园之后，写作了这篇散文。

高尔基说过，列夫·托尔斯泰是"19世纪所有伟大人物中最复杂的人"，他的内心深处升腾着错综而深刻的矛盾，甚至形成了无解的悖论。人性与神性的纠缠，生活和理想的龃龉，使托尔斯泰陷入了出走、决裂、解脱与留恋家庭、关怀妻子中间依违两难的困境。他一直在家庭之爱与上帝之爱中间徘徊。他对妻子的既怜爱又反感的矛盾心情，笼罩着整个后半生。他们夫妇各自坚守着高过自己生命的东西——托翁维护他的至高无上的精神、信仰，守护着他的灵魂的圣洁；而作为家庭主妇，夫人索菲娅考虑的则是一家人的生计，孩子们的现时健康与日后前程。

这些错综复杂、难剪难理的矛盾，积聚在心头，如同利刃切割，烈焰炙烤，把托翁折磨得烦躁不堪，连片刻清净都难以得到。而庄园与家庭——这从前的避风港、安乐窝、温馨的爱巢，此时却成了他心灵的牢狱，恨不得立刻就远远离开。不堪痛苦的折磨，在生命的最后三十年，托翁一直在探求着解脱之路。在他看来，只有离家出走，才能摆脱上流社会穷奢极侈的生活方式，才能同这个"被疯狂包围"的"老爷们的王国"彻底决裂。他的理想去处，是偏僻的农村茅舍，生活在劳动人民中间。他幻想做一个苦行僧——不珍视生活中的任何东西，蔑视一切，不为人知，背一只袋子到农家的窗户底下，去谦卑地乞讨一块面包。

离家出走的念头，他一天也没有去怀，但几经尝试都没有达成；最后，终于在病苦与死神的配合下，摆脱了家人跟踪、警察监视以及由于盛名所累造成的种种麻烦，实现了不算奢侈却百蹶未就的愿望。不过，这一用生命换来的解脱，代价也实在太高昂了。

多年来，我一直想写一篇关于瞿秋白烈士的散文，原因也在于他的思想的超越性、深刻性、复杂性。恰好，近年有闽西之行，我特意在烈士就义地长汀住了几天。我想在满是伤痛的沉甸甸的历史记忆中，亲炙烈士的遗泽，体会其独特而凄美的人生况味，对这位内心澎湃着激情，用生命感受着大苦难，灵魂中承担着大悲悯的思想巨人，做一番近距离的探访，走进他的精神深处，体验那种灵海煎熬的心路历程。

如所周知，秋白同志走上党的最高领导岗位，是在斗争环境错综复杂，而共产党正处于幼年的不成熟时期。就其气质、才具与经验而言，他确实不是最理想的领袖人选。但形格势禁，身不由己，最终还是负载着理想的浩茫，"犬代牛耕"，勉为其难。他没有为一己之私而消解庄严的历

◎ 九年间两访歌德故居

史使命感。结果演出了一场庄严壮伟的时代悲剧。

不幸被捕之后，他的心境是无比沉重的。想到为之献身的党的事业前路曲折、教训惨重，他忧心忡忡；对于血火交迸中的中华民族的重重灾难，他痛彻心扉，深切反思。他以拳拳之心，"担一份中国再生时代思想发展的责任"，感到有许多话要说，如鲠在喉，不吐不快；可是，处于铁窗中不宜公开暴露党内矛盾的特殊境况，又只能采取隐晦、曲折的叙述策略。在语言的迷雾遮蔽下，低调里滚沸着情感的热流，闪烁着充满个性色彩的坚贞。他因承荷重任未能克尽职责而深感内疚；也为自己身处困境，如同一只羸弱的病马负重爬坡，退既不能，进又力不胜任而痛心疾首。这样，心中就蓄积下巨大而深沉的痛苦。

至于一己的成败得失，他从来就未曾看重，当此直面死亡、退守内心之际，更是薄似春云，无足顾惜了。即使是历来为世人所无比珍视的身后声名，他也同样看得很轻、很淡。真，是他的生命底色。他把生命的真实与历史的真实看得高于一切，重于一切，有时达到过于苛刻的程度。为着回归生命的本真，保持灵魂的净洁，不致怀着愧疚告别尘世，他"有不能自已的冲动和需要"，想要"说一些内心的话，彻底暴露内心的真相"。于是，以其独特的心灵体验和诉说方式，留下了一篇《多余的话》，向世人托出了一个真实而完整的自我，对历史作出一份庄严的交代。

他的信仰是坚定的，从来没有说过一句否定革命斗争的话，但也不愿挺胸振臂作英烈状，有意地拔高自己。他要敞开严封固闭的心扉，显现自己的本来面目。当生命途程濒临终点的时候，他以足够的勇气和真诚，根绝一切犹豫，把赤裸裸、血淋淋的自我放在显微镜下，进行毫不留情的剖析和审判。在敌人与死神面前，他是一条铁骨铮铮的硬汉子；而当直面自己的真实内心时，他同样是一位真正的强者、卓绝的勇士。

且从诗外作文章

《诗外文章——文学、历史、哲学的对话》出版后，我曾应邀在中国传媒大学博士生班作过一次学术讲演。首先说到这个文本的前世今生。四十年前，出于治学与创作的需要，我翻检了历朝诗歌总集和许多专集、选本、诗话、纪事类古籍，记录下数百首含有哲思理蕴的诗歌。后来经过选编，以哲理诗解读形式，于1998年、2012年，先后由两家出版社出版。

这次在人民文学出版社付梓，这本书是以全新面貌出现的：选诗范围扩大，远溯先秦，近及近代，涉及270多位诗人、近500首哲理诗或带有哲思理趣的各体诗歌；再就是，形式创新，内蕴扩展，对应每首诗歌都写了一篇阐发性的随笔，长者几千字，短的八九百字；似诗话不是诗话，无以名之，说是"诗外文章"，意在依托哲理诗的古树，绽放审美益智的新花，创辟一方崭新的天地。充分发挥诗文同体的优势，散文从诗歌那里领受到智慧之光，渗透进人生感悟，蕴含着警策的醒世恒言；而历代诗人的寓意于象，化哲思为引发兴会的形象符号，则表现为一种恰到好处的点拨，从而唤起诗性的精神觉醒；至于形象、意象、联想与比兴、移情、藻饰、用典的应用，则有助于创造审美意境，拓展艺术空间。

写作中，我的悬鹄甚高，力求实现思、诗、史的结合，以史事为依托，从诗性中寻觅激情的源流，在哲学层面上获取升华的阶梯。使文学的青春笑靥给冷峻、庄严的历史老人带来生机与美感、活力与激情；而阅尽沧桑的史眼，又使得文学倩女获取晨钟暮鼓般的启示，在美学价值之上，平添一种巨大的心灵撞击力。

为了增强文章的可读性。我的取径是：采用散文形式、文学手法，交代事实原委，尽量设置一些张力场、信息源、冲击波，使其间不时地跃动着鲜活的形象生动的趣事、引人遐思的叩问。为了增加情趣、吸引读者，解读中广泛联想，征引故实，取譬设喻，使抽象与具象结合，尽力避免纯政论式的沉滞与呆板，坚持从明确的思想认识和清晰的逻辑关系出发，选用清通畅达的性情化、个性化语言，以增强作品的表现力。在这里，说理表现为一种恰到好处的点醒，有时是抒情、叙事的必要调剂。立论采取开放、兼容态度，有时展列不同观点，供读者择善而从。

解读、阐释这些哲理诗，是建立在时贤往哲的研究成果之上的，由于是"站在他们的肩膀之上"观察、瞭望，有可能产生一些新的认知、新的发现。"颠覆以往认识的观点"不敢说，但是，按照冯友兰先生提出的学术上有"照着讲"和"接着讲"的方式，在"接着讲"的过程中，我还是努力争取通过新的探索在某些方面有所突破。

一、在坚持标准的前提下，尽力发掘固有的精神资源，扩展哲理诗遴选范围，拓宽读者视野。有些哲理诗选本，侧重于这类作品比较集中的宋代与清代，首先着眼于"富矿"，这无疑是对的。我在这样做的同时，特别关注了先秦、六朝与金元明三代。就作者看，文学史上重要诗人这方面的重点诗作，自是列为首选；同时，也收录了许多普通诗人的作品，一些见诸前人笔记、纪事类著作以及方志的哲理诗，作者知名度不高，但特色独具，亦予录入，展现一些新的面孔。

二、阐释、解读中，开阔新的思路，说前人所未说。比如《诗经·蒹葭》，过去大都从怀人、抒情角度阐释。近年，通过研读中外美学论著，特别是王国维、宗白华、钱钟书先生的有关论述，我觉得眼界洞开，摆脱单一的情景交融的视角，向着兴会、境界与人生哲理、心理效应的立体纵深拓展，始悟《蒹葭》原是一首意境优美的哲理诗。诗中所展现的是向而不能往、望而不能即的企盼与羡慕之情的结念落想，明明近在眼前，却因河水阻隔而形成了远在天边之感的距离怅惘；愈是不能实现，便愈是向往，对方形象在自己的心里便愈是美好，因而产生加倍的期盼。

三、对于已有的定论做延伸性的补充。比如，关于"唐诗主情，宋诗主理"，这在中国文学史上已经成为通识。我在"接着讲"中，对于前者，以大量实际事例说明，唐人不仅长于抒情，在说理方面也是各擅胜场，迭出新见。诸如李白的"流俗多误""生寄死归"之论，韩愈的"祛魅""距离产生美感"之说，刘禹锡咏叹"功臣政治"，白居易评说"境由心造""美色的悖论"，刘得仁的"雨露翻相误"，梁锽的"真人弄假人"，王镣的"境遇能够改变人"，都能发人深省。说到"宋诗主理"，分析了宋代哲理诗昌盛原因：一般都是从客观环境和诗词递嬗规律方面谈；我则注意到主观因素——宋代诗人在唐代诗歌情韵天成、盛极难继的风光下，为了另辟蹊径，便大规模地转向以议论说理入诗。并举出立论的根据：清人纪昀评说，宋人"鄙唐人不知道，于是以论理为本，以修辞为末，而诗格于是乎大变"。现当代著名学者缪钺先生有言："唐诗技术，已甚精美，宋人则欲百尺竿头，更进一步"；"唐人以种种因缘，既在诗坛上留空前之伟绩，宋人欲求树立，不得不自出机杼，变唐人之所已能，而发唐人之所未尽"。用今天的话说，就是"创造性转化，创新性发展"，体现了一种积极、主动的进取精神。

四、从选诗到解读，都紧贴现实，关注当下，运用现代思想理念，探索人生智慧、生命体验、心灵撞击、人性叩问和人间万象、世事沧桑等诸多深层次课题。而在阐释过程中，则调动自己的一切精神资源，"排兵布阵"，大张旗鼓，广泛联想，旁征博引，从"四书五经"、《老》《庄》等先秦典籍，到后世学人的海量著述，以及中外逸闻趣事；特别是尝试运用"以诗解诗"（或引用诗人自己的诗词联语，或他人的，或二者兼备，总量相当大）的手法，收到了说理有据、论述充分、启发联想、平添情趣的效果。

五、引用马克思主义的一些基本原理，阐释古代诗人具有深刻认知、独到见解的命题。比如，阐释清人赵翼"始知鸥鹭闲眠处，也在谋生既饱时"之句，引用马克思、恩格斯把物质生产活动称为人类生存的"第一个历史活动""一切历史的第一个前提"的论点，说明就个体的人来说，必须首先解决生命存活的基本物质需要，而后才能谈到其他方面的需要；而从社会历史发展来说，只是到了在满足社会成员生存需要并且有所剩余之时，部分成员才有可能从事物质生产以外的精神文化活动的道理。

说到《诗外文章》的具体写作，概括起来是处理好四个关系：

合理处置诗作原生义与转生义、衍生义的关系。前提是着力发掘、把握原诗作者的意旨，结合其身世际遇、心路历程，了解诗的本事，切合当时语境。——准确把握原生义，是至关紧要的。与此同时，也应充分重视衍生义、转生义的开掘。现代阐释学与传统接受美学恰好提供了理论支撑。这一理论认为，作品的意义并非由作者一次完成，阅读过程中还会不断扩展；文本永远向着阅读开放，理解总是在进行中，这是一个不断充实、转换以至超越的过程。

解读、阐释中，同时兼顾调动学术功力与借助人生阅历、生命体验的关系，二者不可偏废。哲理诗中的理趣，是诗人从独特的切身感受与审美体验中获得的，它生发于诗人的当下感兴，既不脱离具体的审美意象，又能寄寓普遍性的哲理蕴涵。这就决定了它的赏评、解读，不同于一般知识与学问的研索，也有异于抒情、写景、纪事诗的阐释。为了探求其中的精神旨趣，既需要依靠渊博、深厚的学术功力，又要借助于人生阅历与生命体验。黄庭坚谈他读陶渊明诗的体会，说："血气方刚时，读此诗如嚼枯木，及绵历世事……每观此篇，如渴饮水，如欲寐得啜茗，如饥啖汤饼。"

处置好诗内与诗外、诗性与哲思、作者心灵与读者心灵的多重关系。《诗外文章》由于是诗文合璧的"连体婴儿"，要同诗歌打交道，就须把握其富于暗示、言近旨远、意在言外的特点，既要领会诗中已经说的，还要研索诗中没有说的，既入乎诗内，又出乎诗外。应须会通古今，连接心物，着意于哲学底蕴与诗性旨趣，需要以自己的心灵同时撞击古代诗人和今日读者的心灵，在感知、兴会、体悟方面下功夫，这才有望进入渊然而深的灵境。

处置好取舍、扬弃的关系。同是一首诗，时贤往哲解

东坡居士

1994年春访问海南儋州，在东坡书院参谒了仰慕已久的坡翁。他在3年放谪生涯中，完成了两方面的价值转换：一是心智由入世归向自然，归向诗性人生；二是立足于贬谪的现实，把实现"淑世惠民"理想的舞台，由"庙堂"移向"江湖"，在敷扬文教、化育人才中拓开实现自我、积极用世的渠道。

1994年，海南儋州拜会东坡居士

读时，所见略同者固多，而由于"诗无达诂"，后人阐释"各以其情而自得"，歧见纷呈也属常态。面对这种情况，我的原则是"爱其所同，敬其所异"，抱着博采众长、虔诚求教、精心鉴别、慎重对待的态度，分享思想的洞见。如果双方说得都有道理，那就兼收并蓄，一并征引，为读者提供辨别、思考的空间。

《国粹》答问

《国粹：人文传承书》获2017年"中国好书"奖后，引起了国内媒体的充分重视，对作者和评论家进行多次采访。这里摘编了《中华读书报》记者对作者的采访记录（前三题），和《辽宁日报》对王向峰教授的访问稿（第四题）。

一、长期以来，您主要是致力于散文创作，取得丰硕成果，怎么对于"国粹"这个古老而又时尚，冷僻却很热门的话题产生了浓厚的兴趣？

2014年10月，传达、学习习近平总书记关于文艺工作的讲话，觉得精神振奋，方向明确，有指针，有遵循，有规范，有底线；特别是2016年11月，我又亲聆书记在文代会上的讲话，进一步增强了文化自信和用文学振奋民族精神的责任意识。总书记指出，中华优秀传统文化是中华民族的精神命脉，是涵养社会主义核心价值观的重要源泉，也是我们在世界文化激荡中站稳脚跟的坚实根基。当时提出"四点希望"，首要一条就是增强文化自信，从中华传统文化中萃取精华。《国粹》一书体现了优秀传统文化现代化对接与转换的要求，对于传统文化中的精华成分予以充分展示；不是从历史上某派某家出发，而是运用综合思维，对各个时代、各个学派的思想，熔儒、墨、道、法等为一炉，加以通盘观照、整体研究，从而标举出适应今天要求的新思想、新养分、新元素；体现大文化的观念。本书的编纂侧重于意识、精神，又兼顾河山大地，宇宙万有。应该说，综合思维也好，大文化观念也好，都是全面比较、分析、鉴别的结果，是与创新性发展紧密结合在一起的，都是着眼于新的时代要求。

二、书中关于"国粹"这一中华传统文化遗产，做了独特的哲理思考和文学表达。请您谈谈有关的构想。

依我理解，国粹主要是指我国固有文化中的精华，也就是华夏民族的传统文化中最具代表性和最富独特内涵、受到各个时代的人们重视的优秀文化遗产。与理解直接相关的，是"文学表达"问题。通常的做法，既然书名"国粹"，那就应该从国粹的一般范畴入手，去展布知识格局，亦即从定义出发，梳理头绪，条分缕析，做系统阐释、逻辑演绎。如果这样，那么，写出的就不是文学作品，而成了学术著作；而我进行的是文学创作，这样在"表达"的时候，就不能从概念出发，而必须就具体素材来作文章，就是说，"国粹"在我心中，应该是具象的，我必须"立象以尽意"，运用文学笔法，钩沉蕴含国粹文化的诸般命题，以事为经，以情为纬，独辟蹊径地写出中国传统的人文情怀、文化观念、价值选择、心灵空间，统摄诸多国粹文化范畴的精神脉络；通过一篇篇散文，纵谈那些华夏文明、传统文化的元话语，生动形象地讲述中国所特有的"科举""和亲""隐士""诗词""楹联""姓氏""丝绸之路""徽文化""竹林七贤"和贺兰山岩画、江南小镇等文化根脉与生命符号。对此，著名文学评论家孟繁华先生在《传统文化与当代性》一文中，作了深刻的解析。

三、繁华先生是怎样阐释的？

繁华先生充分肯定了拙作关于"国粹"的理解与阐发。孟文指出——

"《国粹》的副题是《人文传承书》。所谓'人文传承'，是对文化传统的延展，是继承，更是激活，是文化自觉，更是一个知识分子的文化担当。王充闾的文化自觉与文化担当，首先表现在读史通心，感同身受，这是他能够同'国粹'对话，写出篇幅浩瀚的历史散文的前提与秘诀。

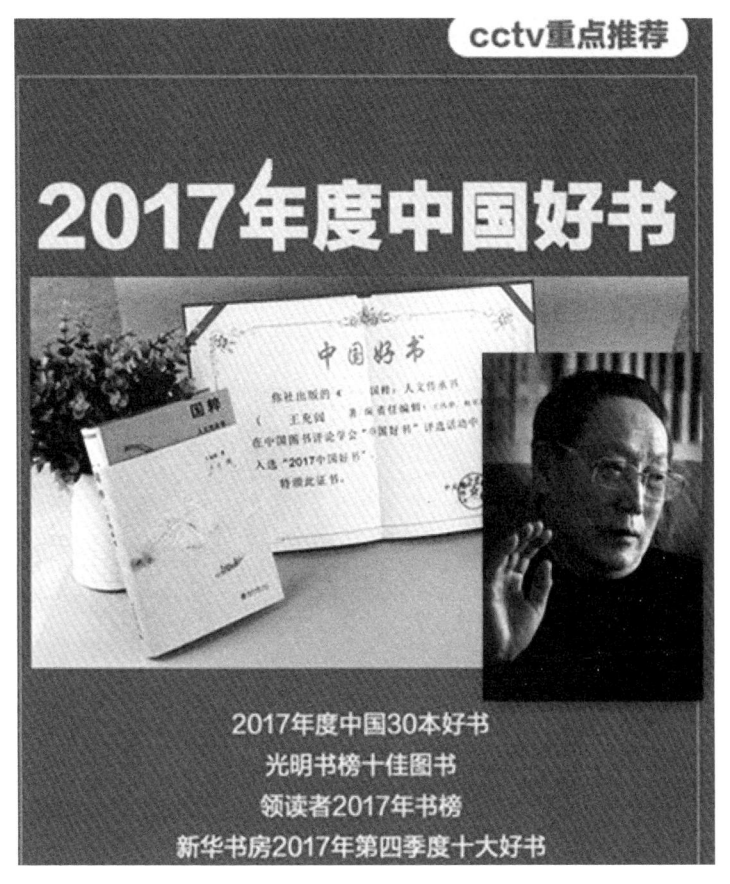

《国粹：人文传承书》获"中国好书"奖

"《国粹》一书，作为中华民族的文化史、传统史、心灵史，祖先崇拜、生命符号、思想文化、人文地理以及生活哲学等，同样也是历史学家、思想史家所要处理的对象。它的不同凡响，就在于作者独具特色的言说方式，也就是鲜明的文学性，艺术的超越性。他的笔下有历史，有中国哲学智慧，同时也更具文学性。他谈论的是历史上的人与事，但常常枝蔓开去，或联想或抒情或状物，天上人间，信马由缰。既撒得开也收得拢，既鲜活又形象，他深谙中国传统文章的神韵和做法。

"他的文字，用'庾信文章老更成'来形容，是再贴切不过了。他的这些文章给人的感受，如涓涓细流，沁人心脾。我们在他的娓娓道来中，润物无声地受到感染和滋养；他的知识储备、讲述方式，以及对历史的理解、同情与会心，都给了我们通透、明了的启发。他书写日常生活的片段感受，抒写清风绿水的恬淡情怀，他的文字里有仙风道骨，也有人间冷暖，但他更沉迷的，似乎还是几千年来的华夏本土文化历史，这些文字里有一个民族的精神血脉，有人文世界的日月星辰和江山万里。"

四、知名美学家王向峰教授就《国粹》的艺术创造性，回答《辽宁日报》记者的提问。

《国粹》一书，荟萃了古典文化的丰富内容，更兼有艺术审美的生动笔法，文辞高雅，饱含诗意，尤其是对于今人比较生疏的一些古代文化问题，能深入浅出地加以化解，让人读来不觉隔生，且能得到有益有趣的艺术享受。

令人叹服的是，书名"国粹"，可是，作者并没有从国粹的一般范畴入手，去展布知识格局，不是从概念出发，做定义阐释、逻辑演绎，而是运用散文笔法，钩沉蕴含国粹文化的诸般命题，在一篇篇美文中，侃侃而谈那些华夏文化的元话语。我们既可以把它作为历史著作来读，也可以将其作为饱含哲学智慧的文学作品来读。此其一。

其二，马克思在《1848年经济学哲学手稿》中，提出并阐释了"人化的自然界"和"人同自然界的关系直接就是人同人之间的关系"的重要课题。书中就此，以几个专章酣畅淋漓地状写了人文地理、人化自然。写法上非常别致——通过山川风物表现哲思、史眼、世态、人情。比如，他写江南名镇周庄、同里，把江南名菜"莼菜脍鲈羹"与名园《退思园》作为切入点，来写西晋名士张翰和晚清官员任兰生，最后落脚在中国文人的出处、仕隐、进退之类的人生道路抉择上。

其三，作者惯于采用时空交错、散点透视方法。时间是历史，空间是存在，空间未变，时间在变，时间变了，空间的文化与审美存在也在变化。这种纵横交错的联想、想象，使同一景观发生了奇妙的变化。与此相关联的，还有生活观念与思想观念的处置技巧，二者经常搅和在一起；不同的是，思想观念不断流动，迅速更新，而生活观念常以民俗民风形式沉淀下来，相对稳定。这些都是以艺术手法表现传统文化时需要把握的课题。

从中华传统文化优秀资源中汲取精神养料，在现实条件下致力于文化提升和思想超越，让传统文化中的充沛价值理念助推社会主义核心价值观的培育。时代永远是文化创新发展的源泉和动力，既云创新，就不是简单地搬运、移植，而须赋予新蕴含、新样式、新观照。

探索成长之路，解读智慧人生，
本章内容，扫码聆听。

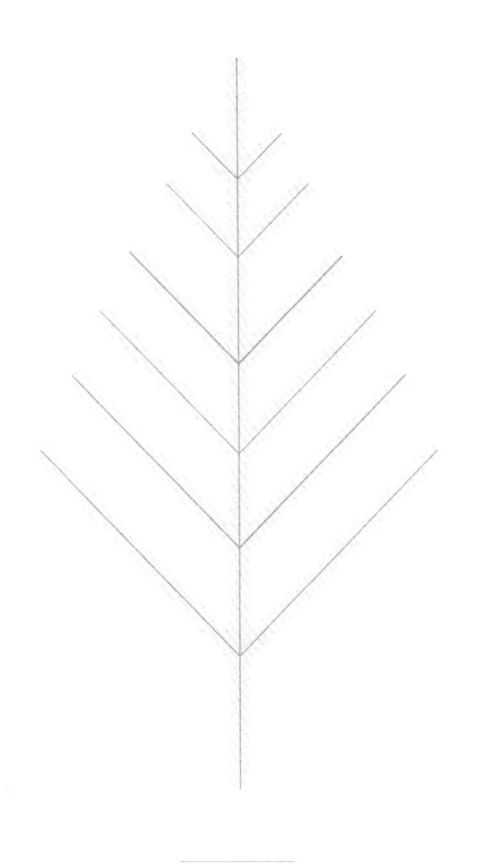

第十四章

山花烂漫

温故重在知新

一

说来已经是多年前的旧话了。2009 年,我应邀在北京大学中文系讲了《历史文化散文的深度追求与现实期待》。晚餐桌上,一位素所敬重、谊兼师友的知名学者谈到,现在,传统文化与国学研究受到普遍重视;但是,面临一项重大挑战,就是这方面人才"青黄不接",老一辈的功底深厚,受精力、体力限制,不堪重负,而年纪尚轻的积极性很高,有些却苦于功底不足,难以胜任。先生鉴于我自幼曾接受过系统的国学教育,后来也未曾废止这方面研究,而今尚笔耕不辍,建议我从自身优势出发,侧重向这方面转轨。我自知力有未逮,但还是受到了巨大的启发鼓舞,而且,得到了北京大学出版社的鼎力支持。他们积极帮我策划撰写这方面的著作,近年相继出版《国粹:人文传承书》《文脉：我们的心灵史》《逍遥游：庄子传》之后，又策划《经典解读》一书，现已交稿。书中重点解读了《周易》《诗经》《论语》《孟子》《老子》《庄子》等先秦原典，以及中古时期陶渊明、李白、杜甫、韩愈、苏轼等多位名家的诗文作品。

我的解读经典，与一般的有所不同。其一，温故重在知新。同样是精读原著，但由于童年时下过苦功背诵，于今许多语句仍然烂熟于心，现在旧籍重温，主要是探求新知。如晤故人，前尘旧事无须再问，今日重逢，最想知道的是别后新的发展变化。其二，着眼点在很大程度上是创作、讲学的需要，而非系统、全面的学术研究，多少带点"六经注我"的味道。其三，知识、学问之外，充分重视人生感悟，体现主体意识，联系自身实际。其四，考虑到可读性，形成的文章基本为散文随笔，而非标准的学术论文。

二

依我的切身体会，解读经典，是一项看似简单，实则艰巨异常的精神劳动。这里需要解决一系列密切关联又相互制约的重要课题——解读经典的目的，在于古为今用、服务现实，需要进行现代性转化、创新性发展；而大前提，是精读深研经典原著，作出准确、深入的阐释。这里有一个关键环节，是紧贴当时语境，精准地把握、发掘其精神内涵、时代价值。最后，还要见诸文字，面向广大读者，使之喜闻乐见。

　　古代典籍，特别是那些高踞文化源头、出自两三千年前的元典，由于文字的简古、玄奥，表达的潜隐性与多义性，无疑造成了阅读与理解的障碍；加之，文本作为一个充满未知和空白的、需要读者在阅读中加以弥补的未定结构（召唤结构），唤起读者的阅读期待，并在阅读中予以不断更新，也会造成经典解读存在多种意义的巨大空间。按照现代阐释学与接受美学理论，文本永远向着阅读开放，理解总是在进行中，这是一个不断充实、升华以至超越的过程。即便是同一解读者，随着阅读中视角的转换、问题的提出，也会不断地产生新思想、新觉解、新体悟。

　　其实，古人早已接触到上述多方面的挑战，并摸索出多种"对症下药"的门径。比如，"八面受敌法"（苏轼："每一书皆作数过尽之""每一过求一事。不待数过，而事已精窍矣"）之于精读；"知人论世说"（孟子："颂其诗，读其书""知其人"）之于语境的把握；"以意逆志说"（用自己的切身体会去揣度、追逐作者的用心所在与著书宗旨，掌握作者寄寓于作品中的意愿、情感、取向）之于阐释者与作者的双向契合；"涵泳工夫"（沉浸书中，涵咀意蕴，细细品味，慢慢消化）、"读书得间"（从字里行间、从间隙中获得效益，找到窍门）之于文字的艰深、表达的多义性与召唤结构，都提供了百试不爽、行之有效的救治良方。

古代经典是旧时代的产物，精华、糟粕互见，具有鲜明的两重性与矛盾性。解读中，需要运用辩证唯物史观与方法，进行客观的审视与鉴判，赋予其新的时代内涵和现代表达形式，激活其生命活力，使之与当代文化相适应；对于富有当代价值的内涵和形式，经过淬炼与升华，将现代思想理念、思维方式融入民族精神之中，以形成全民族奋发向上的精神力量和团结和睦的精神纽带，服务于以文化人的时代使命。

过去一个时期，学术界也包括一些听众，对电视台《百家讲坛》中的经典解读节目议论颇多。有的文友以此见询。我说，凡属语用活动都离不开一定的环境，亦即所谓"语境"。应该说，任何文本的阐释，都是不同境遇的两颗心灵的对话；而且不仅限于文字词条，总是不断地返回人性与人格自我塑造的根脉、个人的经验与特殊的环境中去。阐释者、接受者应须自觉地进入经典当时所依傍的心灵境遇与社会背景中去，进而悉心窥探与把握其背后的文化渊源，而不能互不关涉，甚至大相径庭。然而，有的阐释者却惯于以当代语境为依据，混淆了经典文本当代意义与历史意义之间的界限，从而遭到质疑与批评。

三

现在回到近作《经典解读》文本上来。以《论语》为例，展开说一下——

　　读过《三字经》的都记得:"《论语》者,二十篇。群弟子,记善言。"谁的弟子?谁的善言?当然都是孔子。我从六岁入塾,就开始叩拜这位至圣先师,八年多时间里,三千次日升月落,几乎天天都同他的圣像见面,有时还会在梦境中相遇,应该是最了解了;实则大谬而不然。他老人家在我心中一直是个谜,长期纠结着一个特大的问号:作为伟大的思想家、教育家、导师、学者,怎么竟会沦为政治舞台上的演员,闹剧里的变形金刚——得意时高踞"大成至圣文宣王"的神坛,倒霉时被打翻在地,成为备受侮辱、惨遭毁弃的"孔老二",甚至是什么"复辟狂""大恶霸""吸血鬼""刽子手"?

　　为此,重读《论语》,我在悉心研索其精言妙义、丰富蕴涵的同时,着实下过一番祛魅解惑的功夫。为了弄清来龙去脉,我从孔子殁后,孔门弟子出现分化,"儒分为八""学随术变"开始梳理;中经汉代董仲舒建起新儒学,后又出现附会圣人神道设教,孔子成为教主;宋明以还,程朱理学与陆王心学花样翻新;直到五四运动、"文化大革命",追溯了孔子圣化、异化、妖魔化,遭到皇权体制的绑架,成了维护封建王朝统治的政治工具的全过程。

　　既然"孔夫子之在中国,是权势者们捧起来的"(鲁迅先生语),那么,他老人家也便必然像面团一样,被权势者任意揉来揉去。于是,他便时而被捧杀,时而被棒杀;

时而是圣人，时而是罪人；时而是"王者师"，时而是"复辟狂"，成了历史上命运遭际最惨的悲剧人物的典型。

与此同时，我也找出了孔子学说本身堪资被历代统治者利用的所谓"先天性"因素。孔学体系博大而庞杂，举凡政治、经济、哲学、历史、教育、伦理、文艺，几乎无所不包。这就为阐释的多样性与理解的差异性提供了基础条件；特别是融汇其间的所谓"治术"，更容易为不同当政者的不同需求所利用。而与这种庞杂、博大的内容形成强烈反差的，是语录体的疏略简约，可然可否，却又缺乏背景、语境的必要交代，其模糊性、多义性也导致了歧义丛生，莫衷一是。这样一来，孔子学说的异化，原质性消失于渺茫的时空黑洞之中；孔子本身沧桑迭变，饱尝命运的残酷，也就难以避免了。

这样剖判的结果，使我心中的孔子，又复庄严地站起，还其渊博的学者、出色的导师，伟大的思想家、教育家的本来面目。他老人家以其毕生的思想、实践，帮助我们现代人完善了一条观照人生、反思自我、修身立德的传统思路。他所开展的精神活动，创造的文化成果，包括许多优秀的传统理念，反映了中华民族的精神追求，为我们今天构建社会主义核心价值观，提供了宝贵的思想文化资源。

重读《论语》，我所做的第二件事，是就解读中感受最深的话题，如"知之为知之，不知为不知""友直友谅友多闻""从心所欲不逾矩""观过知仁""色难"等，进行专题研究，写成思想随笔。

第三方面收获，是纠正谬误。有些过去长期误读、理解失当的，这次发现后，一一加以厘正。比如《论语·为政》篇，有"子曰：多闻阙疑，慎言其余，则寡尤；多见阙殆，慎行其余，则寡悔"之语。正确的解释应是：多听，有疑难的地方加以保留，其余足以自信的，谨慎地说出，就能减少错误；多看，有怀疑的地方加以保留，其余足以自信的，谨慎地实行，就能减少懊悔。关键在于这个"阙"字作何理解。过去一直认为与"缺"同义，作"多闻可以祛疑、多见可以免去危殆"理解。这次通读上下文，才察觉错了。当即口占一首七绝："一字悬疑六十年，望文生义愧前贤。从今不敢轻言古，齿冷人前笑语传。"

五封回信的辞谢

却聘研究生导师

沈阳师范大学中文系，经专家评定、国家教委审批，即日起将设置当代文学硕士研究生点。日昨，收到校方公函，拟聘我为带硕士研究生的专职教授，讲授文学创作课程，每学期三十六个课时。沈师为我母校，如此信任与垂顾，自是令我倍感荣幸与欣慰。但是，考虑到我现在仍在省人大常委会任职，而且创作任务也十分繁重，诚恐贻误教学与研究生指导工作，有负校方与学生的期待。是以致信校方，予以辞谢。

其实，更深层次的原因，还是我作为一名省级官员，如充当研究生导师，即便学术水平未必高出他人，恐怕也会有大量研究生报考。因为在有些人看来，由于导师权势在身，未来不愁分配。这样，不仅我本身要担这类"污名"；

而且，还会让一些本来十分优秀的学生也跟着被累。这该是多大的罪过呀！

1998 年 3 月 4 日

辞谢函

十多年来，我经常接到北京等各地许多封内容相近的聘书，或为名誉主席，或为实职副会长，或为颁发金奖，或为评赠各种荣誉称号，或为邀约出任某某会议嘉宾。不管发函者出于何种考虑，我都一律寄奉这份通用的信函，婉言予以辞谢。

敬启者：

多承垂顾，情意殷殷，至为铭感。

长期以来，我一直是"文政双栖"，工作之余，从事散文创作，间或写一些旧体诗词，再就是进行有关文史哲方面的学术研究。仅此而已。至于书法、绘画、摄影、音乐、歌舞、棋艺等诸多艺术门类，闲暇时节，固然也有兴趣欣赏，但既不精于评鉴，更不能实际操作。说来也是十分遗憾的。俗话说，"隔行如隔山"；圣人也讲，"知之为知之，不知为不知。是知也"。

窃以为，对一个正统学人来说，最应避忌的是谬托博采，冒充行家，以致徒遭非议，贻笑大方。因此，我从来不肯、也不敢以艺术家自称。每当听到有人从善意出发，称我为作家之外的什么什么家时，我都毅然予以婉拒。提笔书写这类辞聘信函，我的心情也处于矛盾状态，觉得实在不该辜负诸君的期许与热望。古诗中有"还君明珠双泪垂，恨不相逢未嫁时"之句，借用来说，"还君聘书双泪垂，恨不相知少壮时"。俗谚说"艺多不压身"；我也曾经设想过，如果倒退二十年、三十年，一定从头学起，起码可以争取在书法、美术方面有所长进，既有益于文学创作，更可不负各方文友的青睐。

2005 年 12 月 5 日

致信厦门大学

接厦门大学与中国德国文学研究会邀请，参加在那里举行的国际歌德学术研讨会，铭感于心，回信略谓：

谬承关注，感与愧并。我是从事文学创作的，对于学术研究亦有涉足，但只限于中国传统文化，于域外花费的精力不多。不过，对于歌德还是有特殊兴趣的，多年来，读过他的许多作品和几部传记,还有学术界有关他的评论文章。前两年,因为一部英文版散文集在海外出版,参加法兰克福国际书展,往日的"歌德情结"又复勾起,遂于会后去了他的故居,还在魏玛住了一个星期,算是较为系统地接触了这位仰止已久的文学大师。回来后,写了一篇分量较重的散文《断念》,发在《人民文学》杂志上;还在《作家》杂志上发过一篇准小说《拟歌德日记》,写他与丽莉的爱海波澜。只此而已。

　　见到邀请函后,也曾动念前往,觉得这是一个很好的学习交流机会;但自忖终究不是这方面的专家学者,深恐名不副实,致贻清议,最后还是"断念"割舍了。后会有期,俟之来日。

2009年1月8日

辞谢题词

　　被书法界奉为神品的爨碑所在的云南省曲靖市,准备搞一个爨碑书法展,以四字千元的酬金邀请国内百位名家题词,在市美术馆展出后,还要举行全国巡展活动。日昨,我也收到曲靖市委宣传部的公函,说是经江西文化名家周正旺先生推荐,邀请我题供一张四尺对开、竖版的题词。

爨碑又称"二爨"：《爨龙颜碑》和《爨宝子碑》，分别刻立于南朝刘宋大明二年（458年）和东晋大亨四年（405年），距今已有一千五六百年历史。作为国家级文物，不仅具有重要的史料价值，其艺术含量、文物价值尤其令世人注目。爨碑书体体现了隶书到楷书的一个重要过渡阶段，在中国书法史上地位极高，素有"南碑瑰宝"之盛誉。举办爨碑书法展，应该说是一桩很有意义的文化活动；幸获推荐与邀请题词，与有荣焉。

但是，经过一番考虑，觉得还是不参与为好。"术业有专攻"，我之专业在文学创作与学术研究方面，而于书法，虽亦深爱，并在幼读私塾时做过研习，但已久疏此道，于今既非全国书协会员，更谈不上名家，不具备条件，也没有必要厕足其间，否将贻笑士林，徒遭讥议。希腊画家亚伯尔曾把自己的画放在街头，然后藏身画后，听取意见。有个鞋匠看了，说人物的鞋子画得不对，他马上改了。这鞋匠得意忘形，又放言批评别的部分，说了许多不着边际的外行话，画家忍不住从画后跑出来，说："你还是只谈鞋子好了。"鞋匠的教训告诉我们，人贵自知，需要懂得藏拙。此其一。其二，白居易诗云："名为公器无多取，利是身灾合少求。"诗的源头出自两千多年前的《庄子》。想到这些，我当即回函辞谢：

正旺先生：

音问久疏，时深怀想；顷奉瑶函，备感欣慰。感谢先生垂青，飞柬相邀；无奈，我本非书家，当年任职宣传部时，偶遇题词场合，苦辞不得，应付一二，于今老矣，虽创作未辍，但全凭电脑，久矣夫不亲翰墨。书法属于高级艺术，我一向怀有敬畏之心；何况又是面向全国征集，群星荟萃，众美纷呈，岂能随便措手！扬长避短，人贵自知，深恐"涂鸦""滥竽"，贻笑方家，实在不敢应命。

敬请代向曲靖诸同仁转达此意，祈求鉴谅。

2021 年 11 月 26 日

却评"鲁奖"

人民文学出版社责任编辑梦瑶女士来函称，鉴于拙作《永不消逝的身影》出版后获得各方面的嘉许，经编辑部研究，拟报中国作协参评第八届"鲁迅文学奖"，现征求作者意见。

我由衷地感谢出版社和编辑同仁的器重与关心。此书编创的初衷，意在欢庆建党百年和人民文学出版社创建七十年，突出闪光点，弘扬正能量。诚如来函所说，《永不消逝的身影》是我近年出版的着力最大、精心编选的一本散文集，自认参评"鲁奖"总还够格；而且，对于一个高龄作者来说，这样的机会今后恐难再有了。因而，此议确实令我怦然心动。

但细加考量，又觉得还是以谢绝为好。我是首届"鲁迅文学奖·散文奖"得主，曾被聘任三届、四届"鲁奖"散文奖评委会主任，知道参评作家、作品甚多，大量佳作由于数量限制，不能入选；作为已经评过的作者，还是让出一席地为好。孔子有言："及其老也……戒之在得。"人到老年切忌贪得无厌；老子说得更加斩截："祸莫大于不知足，咎莫大于欲得。"有念及此，便横定了心，不再参评。

念及此事不只关乎个人，而且涉及出版社与责任编辑的业绩，在我，终觉有负于诸位编辑的苦心诚意，回函中谨致深深的谢忱与歉意。

2022 年 3 月 16 日

"带着体温的铜板"

教材课本,在我的心目中,自始就是庄严而神圣的。叩其原因,这当然和我从六岁开始即入私塾读书有关——"四书五经"、《老子》、《庄子》等两三千年传承下来的国学经典,莫说小孩子,即便是在成人眼中也是神圣无比的。八年过后考入中学,翻开一页页的课本,同样也是怀有一种敬谨、虔诚的心情。手捧着一册册中学语文课本,那时,我还说不清楚文质兼美的典范性啊,符合语文学习规律、体现语文素养的知识点、能力点啊,只是由衷地喜爱,虔诚地听讲,尽心竭力地解读,直到凭借已经练就的"童子功"(超强的记忆力)一一背诵下来。待到我从师大毕业,也走上三尺讲台,当了中学语文教师,知道了手中的教材课本,都是经过语文专家和一线优秀教师们精心选择、层层论证,进行过大量基础性研究,并在师生教学互动中受到广泛而多层次的实践检验,那种敬谨的心情,更得到了进一步的强化。

这种情况，并未因我走上文学创作道路、成为散文作家而有所改变。一个具体例证是，我一直完整无缺地珍藏着20世纪50年代上半叶读过的中学语文课本，而且不时地研习那些早已熟记于心的范文，重温少时橙色宿梦，继续从中汲取营养。

突然有一天，接到上海一位友人函告，说是我的文章《换个角度看问题》进入了高中三年级语文课本；尔后十多年间，陆续收到京、津、沪、粤、苏、鲁、渝、辽等地教材出版单位寄来的入选大、中学语文课本样书；2012年，还曾应邀参加人民教育出版社在庐山召集的入选中学语文教材的作者座谈会。记得当时接受记者采访，其中一个问题是：作为一位作家，面对自己的作品被收入语文课本，有些什么感想？

我说，用一句话来概括，就是十分荣幸，百分责任。语文学习关系到亿万青少年的成长，不仅担负着思维能力、审美情操的培养和文化传承的使命，而且有助于中小学生树立正确的世界观、人生观、价值观，继承优秀的传统文化，增强民族自尊心和爱国主义感情，在很大程度上决定着未来国民的素质。复旦大学校长苏步青教授有言，如果说数学是学习自然科学的基础，那么，语文则是基础的基础，是所有学科中最基础的学科。正是基于这样的认知高度，所以说，作品能够入选语文教材，确是一个作家的幸事。

当然，同时我也感受到自己所肩负的社会责任。在这方面，鲁迅先生给我们树立了伟大的榜样。鉴于人是自身命运和社会发展的主体，先生以高度的文化自觉，提出"首在立人"的思想，推崇文艺的"立人"功能，指出："文艺是国民精神所发的火光，同时也是引导国民精神的前途的灯火。"也正是本着文学对于人的精神世界的唤醒、提升、引领作用，因而他在一篇文章中深情灼灼地说："还记得三四年前，有一个学生来买我的书，从衣袋里掏出钱来放在我手里，那钱上还带着体温。这体温便烙印了我的心，至今要写文字时，还常使我怕毒害了这类的青年，迟疑不敢下笔。"文学是铸造灵魂的工程，作家是灵魂的工程师。而铸造灵魂的工程，在青少年时期无疑是至为关键的，因而教学课本肩负着十分重要的使命。作为提供正能量的参与者，即便只是尽了一点微薄之力，所谓"沧海一粟"吧，就初心来说，也加倍感到责任的重大。

实质上，这里说的是作家与读者的关系问题。学生本身就是读者，而青少年更是规模宏大、起着支柱作用的读者群。从写作者角度，由此我联想到风行当代的所谓"读者意识"问题，亦即在写作过程中，作家自觉地考虑到读者的需要程度、接受水平、接受心理与审美兴趣。德国现代哲学解释学的创始人伽达默尔指出："艺术作品是在其所获得的表现中才完成的，并且我们不得不得出这样的结论，即所有文学艺术作品，都是在阅读过程中才有可能完

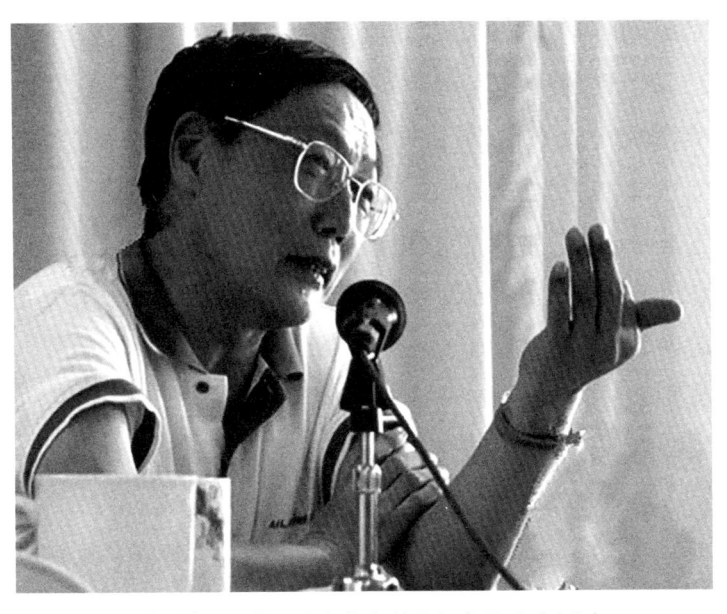

◎ 在"第四届中国当代散文创作与发展研讨会"上,就散文创作的深度追求问题进行演讲

成。"例如,戏剧只有在被表演时才存在,绘画只有在被观赏时才存在,包括文学作品也只有在阅读时才存在。而阿根廷著名作家博尔赫斯,则将创作比喻为"作者的一种自白",因而特别注重读者的在场性。依他看来,作家在创作时,就在潜意识中假定了读者的存在,正如街巷需要路人的注视,才得以确立自身的存在一样,诗人的自白,也需要一个聆听的对象,即读者。

在这方面,我有切身的体验。前些年,我曾有机会在吉林大学附属中学和浙江湖州师范大学,现场听了关于我的文章的教学课。那天,吉大附中初三年级语文教师讲授的是拙作《我的第一位老师》。这篇散文记述了我儿时入塾前后,同一位族叔交往并受教的见闻趣事。这位绰号"魔怔"的学究有两个特征,一是博学多闻,"多识于鸟兽草木之名";二是性情耿直,胸中常有一种怀才不遇、郁勃难舒之气。课堂上发现学生最感兴趣的是前者,七个发言的全都津津乐道;而对后者只是三人有所涉及,却又对引文"鱼龙寂寞秋江冷,故国平居有所思"(杜甫诗句)感到茫然。显然,对于时空界隔过于悬疏、年龄只有十四五岁、涉世未深的孩子来说,这些内容有些僻奥了。当时我想,若是重新把笔,在书写这方面内容时,一定会从小读者角度着想,做出某些调整。

与此形成对比的,是湖州师大中文系那次讲授并研讨我的散文《一夜芳邻》。对于文中所描述的访问英国女作家勃朗特三姊妹故居时的心理活动(包括想象、幻觉、联想、追思)与间接的生命体验,大学生们反应热烈,师生与作者间产生了互动效应。这使我明确了什么是文学青年所喜爱的思维方式、审美趣味与表现手法,进一步深化了读者观念,特别是对于教材这类典型的"公共知识产品",力求最大限度地提供实现文章价值的可能性。

对　话

　　写下"对话"这两个字，才察觉到，我是在一个最不适合的时间、场合来展开这个话题的。可是没办法，此刻涌上脑际、撞击灵府的就是对话。

　　走进殡仪馆大厅，我心情沉重地同无言静卧的王向峰先生见了最后一面。而当抬头仰视先生面含微笑的遗像，耳畔仿佛响起两个月前床头握别时先生的嘱托："待我再恢复一些天，咱们就对话李白。"

　　病发前，向峰先生著文称："近日，我和充闾在省政协文史馆的萃升书院，就杜甫诗进行了对谈，整理成文章刊发在《辽宁大学学报》上，近两万字。下一步，我和充闾还想谈两个专题，一是李白，二是白居易。前些年我们曾经有过两次关于文学创作的对谈，效果都很好。除了唐代三位大诗人，我们两个人还打算，今后再对谈一些课题，继续这种研究方式。"这里说的是关于学术方面的系统的

◎ 与王向峰（中）、彭定安（左）一同参加博士生答辩

长谈，至于日常交往中的对话，数不胜数。

向峰先生博学多识，腹笥丰厚，心地纯洁，凛然一身正气，淡泊世情，唯学是务，与之接谈，矜平躁释，有如沐春风之感。先生于我情同手足，谊兼师友，慰诲勤勤，其相望之殷，相扶之切，令我感怀难忘。我们自20世纪80年代之初相识以来，四十年间，彼此相知相重，无日不切磋学问、交流思想，或面谈或电话沟通或邮件传送，间以诗文唱和，对话成了不可或缺的"日课"。他在文章中指出："对话属于意见、观点、视角、眼界的交流，更容易彰显思想、视野、情采，实现灵魂的同频共振，这样，才能不断碰撞出思想的火花。这种对谈的方式，是互相推动、互相启发的过程，如果就其中某一个问题，我们各自独立

写文章，是写不到那个程度的。所以，这种对谈的方式，是一种提高学术研究质量的好方法。在我交往的范围里，高人并不少见，但广泛谈起传统文化、古典诗文、中外文学与历史掌故等，能够全面对话的人，并不多遇。'杨意不逢，抚凌云而自惜；钟期既遇，奏流水以何惭。'这是我所至为珍视的。"

对此，我亦有同感。对话具有内在的未完成性与自由开放性；对方全新的、独特的认知体验，对于拓展思路、吸纳新知，必不可少。每逢我们展开对话，都是我思维最灵动、心情最快活、才智得以充分发挥的时节。而今，幽明异路，迥隔人天，只能面对遗像，相见无言。悲夫，悲夫！心头不禁悲吟："觅得知音自古难，卅年遗爱结清欢。灵前确认人长往，细雨春深忆对谈。"

我注意到，前来吊唁者十之八九，为先生历届学生，年长的已白发盈颠，坐七望八，中青年彦俊更是数不在少。作为知名教授，向峰先生施教垂六十年，通过由孔夫子、苏格拉底开创的对话形式，汲汲于提携后进，传道解惑，于今及门桃李，已经灼灼其华，彬蔚称盛。应该说，纵谈对话，讲述切身体会，这些亲承芳泽的高足，当有更多体会，更多话说。——在对话交流中，老师发挥主导作用，学生发挥主体作用，既非单向的灌注，而是平等的交流，也非简单的接纳，而是精神的互动。打开思想的闸门，眼前随时敞开一方新的视界，相互启发，相互碰撞，情怀放纵，心态宽舒，其乐亦融融也。

再广泛一点说，生活就其本质来讲，就是对话。几百年前的经典小说《西游记》《金瓶梅》里，就有"不对话着头便打""俺娘要和你对话哩"的叙写。外国的文艺理论家巴赫金讲得就更深刻了：存在即交际，对话是个人存在的本真状态，既为目的，也是方式。单个人的意识难以自足，对话促进了意义创生，贯穿着对创造的呼唤。英国的物理学家、思想家戴维·伯姆也说："对话仿佛是一种流淌于人们之间的意义溪流，它使所有对话者都能够参与和分享这一意义之溪，并因此能够在群体中萌生新的理解和共识。"看得出来，对话追求的不是单方面的胜利，而是一赢俱赢，在对话中，人人都是获胜者、受益方。

向峰先生的辞世，是我国学术界、教育界、文学界的巨大损失。追悼会上的祭文和来自全国许多高校、美学学会以及省内各界的唁电，就此作了集中的表达。

告别殡仪大厅，我一步三回头地、依依不舍地瞩望着他的遗容，首先想到的是而今而后再也没有同这位师友会面的机会了，不禁悲从中来。尽管脑子里浮动着先哲老子的名言："死而不亡者寿。"向峰先生嘉惠士林，著作等身，他的精神当然得以永存；尽管韩愈的祭文中也曾说过："死而有知，其几何离？其无知，悲不几时，而不悲者无穷期矣！"但是，此刻的我，总还是难以接受当下生离死别的现实。现实是残酷的，多少大学者、思想家带着满腹经纶

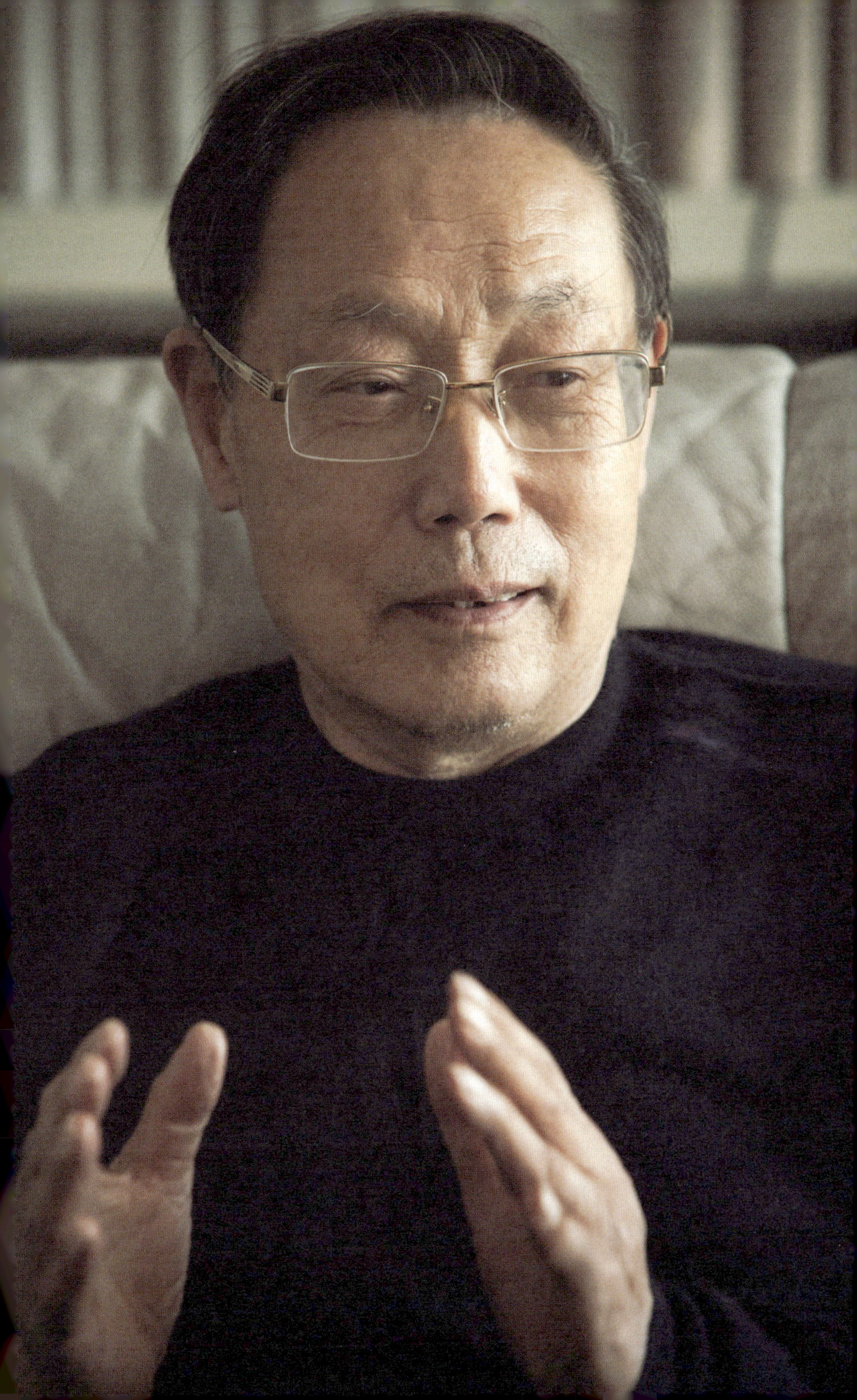

面对这张新摄的"老照片",我想说:人当耄耋之年,有了回忆的本钱。摸爬滚打了几十年,喜过、悲过、得过、失过、拼搏过、享受过,其中的酸甜苦辣,到头来回味无穷,这是年轻时所缺乏的另类财富。老了,有了心灵的归属。老了,才知道一切都是过眼云烟,而信仰与追求却是永在的。

新摄"老照片"

离开了人世。难怪有人要说，那些国宝级人物，应该赋有九条生命，随时可以赓续。这当然不过是甜蜜蜜的幻想。

"生者为过客，死者为归人"，最后都得以遗像方式面对亲人、朋友。只是焚尸炉里，不断地更换对象，颇似唐诗中说的江月那样："不知江月待何人，但见长江送流水。"不变的唯有殡仪厅正壁上那颗钉子，安安稳稳在那里，今天挂了这张像，明天又换那张像，包括底下低头默哀的人，说不清楚会轮到，谁在下面，谁在上面。

坚定文学信心

第十次中国作家代表大会召开前夕，接到邀请函，我倍感欣慰。原以为新冠肆虐，又兼冬奥会开幕在即，很可能要延期，没想到竟然如期举行，欢欣鼓舞之余，益发感受到习近平总书记和党中央对于文艺的高度重视。不过，同时又觉得出席会议困难颇多，疫情的防范，刷码、检疫登车的麻烦，犹豫不决之下，给几位熟悉的老作家挂了电话，答复都是"不去了"。这样，我也就打了"退堂鼓"，心想：在家好好学习文件也一样。恰在此时，接到了《文艺报》记者约稿电话。听我透露上述想法，记者说，据了解，我已列入大会主席团，开幕当天，就要发出我的文章。这样，自无不去之理。因问：文章应该讲点什么？记者说，可以谈谈九代会以来的创作成果。

从1996年到现在，我这是第六次参加全国作代会了。五年前，习近平总书记向全国广大作家、艺术家发出伟大号召：要从中华文化宝库中萃取精华、汲取能量，使自己的作品成为激励中国人民和中华民族不断前行的精神力量，至今还震响在耳边，成为我从事文学创作强大的鼓舞力、引导力与推动力。九代会后，我即着手新的创作筹划：从中华传统文化优秀资源中汲取精神养料，在现实条件下致力于文化提升和思想超越，让传统文化中的充沛价值理念助推社会主义核心价值观的培育。时代永远是文化创新发展的源泉和动力，既云创新，就不是简单地搬运、移植，而须赋予新蕴涵、新样式、新观照。这一构想，获得了北京大学出版社的热情支持。书名定为《国粹：人文传承书》。着眼于传统文化与现代化对接，写出中华传统的人文情怀、文化观念、价值选择、心灵空间和统摄诸多国粹文化因子的精神脉络。出版后获得广泛好评，被评为2017年"中国好书"。顺着这个路子，接下来我又写出它的姊妹篇《文脉：我们的心灵史》，已经出版；还有一部《回想录》，即将付梓。

为了弘扬优秀传统文化，我还为人民文学出版社写作一部三卷本的《诗外文章——哲学历史文学的对话》，写成近五百篇随笔，依托哲理诗的古树，绽放审美鉴赏的新花，创辟一方崭新天地。由于是诗文合璧的"连体婴儿"，更注意运用形象、想象、意象与比兴、移情、藻饰等手法，以利于创造审美意境，拓展艺术空间。本书获评"人民文学出版社2018年好书"。与此同时，人民文学出版社还出

◎ 登上玉龙雪山

版了《王充闾语文课》，收录我的入选大中语文课本的散文；另有一本《永不消逝的身影》散文集。

近期，香港中华书局、开明书店相继出了《国粹》《文脉》的繁体版，香港媒体采访中提到这样一个问题：基于新科技的影视与网络等电媒传播充分展示其诱人魅力，博得生活节奏加快、生存压力增大、心理感到疲惫的现代人的追逐，而传统的纸介传播则失去了往昔独霸天下的优势。那么，你这种凭借文字纸本展现思维功力与审美诉求的纯文学写作，是怎样坚定文学信心，闯关夺隘，独占鳌头的？

我的答复是，面对这种新的文学环境，作为写作者，无论从应变能力、文体把握、思维方式、精力活力、现代语言特征哪方面看，我都不具备优势。之所以还能通关，应该感恩时代、感恩文学，这里也有编辑、出版的艰辛劳绩，所谓"好风凭借力"吧。

"中华文化独一无二的理念、智慧、气度、神韵，增添了中国人民和中华民族内心深处的自信和自豪"，广大文艺工作者要"保持对自身文化理想、文化价值的高度信心，保持对自身文化生命力、创造力的高度信心"。这种文化自信，给了我有力的理念支撑。又兼创作方向比较明确，秉承"创造性转化、创新性发展"要求，对传统文化中那些至今仍有借鉴价值的内涵和陈旧的表现形式加以改造，赋予其新的时代内涵和现代表达形式，激活其生命力。此其一。

其二，文学本身强大的功能，借助书籍这一载体，其整体性、深邃性、恒久性，丰富的思想蕴涵，独特的艺术表现力，包括古汉语之独特魅力，得以充分展现，为新媒体所无法取代。

其三，面对各种新媒体的挑战，作者、编者、出版发行部门，认真吸收它们贴近读者、贴近生活、快速敏捷，灵活多样的经验，进一步强化读者意识。发展新的文学形式，探索新的文学可能，从中受益匪浅。不是说"从战争中学习战争"吗？

其四，实践表明，读者及其审美需要是多层次、多取向的；中华文苑有着无限广阔的发展空间，足够大的容量，各种载体尽可百花齐放，共存共荣。一个显例是，属于纯文学范畴的《国粹》，出版五年间，北大社已经加印十一次，发行十几万册，看来读者群并不算小。

其五，读书日益成为现代素质生活的重要组成部分。即便是新兴的网络文学，同样有一个从稚嫩粗疏到完善、提高的过程，随着法制观念的增强，创作实践的磨炼，报纸、杂志、电视的引导（如开展评选优质作品、先进写手活动），都会逐渐提升新媒体作者、读者的创作、欣赏水平。

要之，我对未来文学的发展前景是满怀信心的。期待这次作代会上再次亲聆领袖的教示，进一步明确方向，提振信心，弘扬优秀传统，守正创新，努力再创新绩。

后记

述往事　思来者

一

积数月之功，完成了这部书稿——以自述形式追忆了过往的成长之路。

如烟似梦的旧时月色，无量数的生活影像，尽管已经漫漶、模糊，但在心灵的长期浸染下，总还透着呼吸，连着血肉，作为生命的组成部分，可以按迹寻踪；而且，自述者拥有一定的选择性与自由度，不妨专拣自己印象清晰、情况熟悉、认知深刻的加以忆述。依我的切身体验，这种追思，始则"芒乎昧乎"，混沌无形；继而进入角色，"往事分明尽到心"，悠悠无尽的心路遗存、朦胧启示，纷至沓来；最终则像诗仙李白所说："却顾所来径，苍苍横翠微。"暮色苍苍中,青翠掩映,山林幽渺,正合乎老年人忆昔追怀的真实情境。

那么,作为一个作家,我的文学生涯的"所来径""翠微景",又是怎样一种情态呢?应该说,起步甚早,开局顺利,起点也不算低;可是,走下去却遭遇了波折,前进的路径崎岖险阻;待到玉宇澄明,天高海阔,已经年届"不惑",自是踔厉风发,不肯稍有怠懈,从而开启了西绪福斯式"推石上山"的艰辛奋进历程。

自述中,记录了我八十几年进德修业的四个阶段:幼年就读私塾,赶上旧社会末尾;少年、青年时代读中学、大学,走上工作岗位,恰值共和国初年,社会主义基本制度确立和社会主义艰辛探索时期;中年适逢改革开放,解放思想;老年进入中国特色社会主义新时代。我的生命历程尽管平淡无奇,但在成长之路中同样积累了精神财富。"欲知山下路,须问过来人","老马识途",前车可鉴。青少年同学和广大读者,可以结合时代,观照人生,借鉴得失，汲取经验教训，悟出一些不负韶华、与时俱进的规律性认识，以期增强自觉性，减少盲目性，少走一些弯路。这也正是我撰写这部书稿的初衷，移用太史公的话，叫作"述往事，思来者"。对此，我是深情寄望的。

二

现代阐释学与接受美学认为，作品是由作者与读者共同完成的，文本永远向着阅读开放，理解总是在进行中。中国古代文论也讲："作者用一致之思，读者各以其情而自得。"（清初王船山语）比如，当读到本书《八载寒窗》那一章，有的青年夫妇或可联想到幼儿的智力开发问题：儿童大脑拥有超常的记忆力，有极大的可塑性，应该重视"童子功"的磨炼。也可能有些年轻人，会从《补齐短板》中得到启发，清醒地认识自我，发现弱项、阙失，自觉及时补救。《挑战自我》《乐在忙中》《余勇可贾》诸章，或许能够启发一些文友，精进不已，保持"永远在路上"的精神状态，有了成就也绝不自满，不断摸索创新的路径。其他像增强想象力、提高思辨能力、充分利用业余时间、勇于啃"硬骨头"、体现深度追求、注重阅读经典等，对于从事创作、治学的青年朋友，亦当不无裨益。

  书中以相当篇幅，记述了两组可钦可敬的人物：一是，几十年来我所结识的多位蜚声全国的各界名家，他们德艺双馨、嘉惠士林，其高怀远韵，不仅对我，而且对所有立志成才的青少年读者，都会有直接的教益；二是，追忆了那些在我的成长历程、艺术实践中，给予热诚指导、深切关怀、慰诲勤勤的领导、师长、文友、亲人，他们的深情厚德、懿言嘉行，令我永生不忘。相信会有许多身居领导岗位或以传道育人为己任的朋友，能够从中领悟到，年轻人的成长，除了自身主观努力，还需要客观环境提供必要的条件；为人师长者应该自觉担负起提携、培养、指导、箴规的责任。

这里我还想说，长时期以来，承蒙媒体与学界人士殷殷垂注。他们在访谈中，经常向我提出如下一些问题：（1）扎实、深厚的国学功底是怎么养成的？辛亥革命前后，伴随着科举制的废除，新学堂的兴起，私塾已经取消了，怎么到了20世纪40年代，一个穷乡僻壤的孩子，还能读那么多年私塾？（2）在学术视野、知识结构方面，是如何实现在马克思主义指导下，现代文史哲美与中国传统文化对接、融合的？（3）从政多年，担负重要领导职务，同时进行业余文学创作与学术研究，面对"双栖之累"，是如何调适心态、保持活跃思维与创新能力、解决时间冲突的？从文从政两相配合，这里有什么诀窍？（4）退出领导岗位之后，二十年来，继续挑战自我，后劲勃发，硕果超前，完成重要作品多部，其中有什么经验可供借鉴？《国粹》获得"中国好书"奖，《庄子传》《张学良传》《诗外文章》《文脉》《回想录》都是七十岁之后的力作，这股后劲哪里来？关于这些问题，本书都有所回答。

三

身为作家，追述成长历程，纵谈读书、创作、治学，自是题中应有之义；同时，我也想借此和读者交流互证一些心得体会。

说到读书学习，我所深情关注的，无非是：阅读要深化，切不可满足于手机、电视、刷屏，只是搜罗一些信息，必须静下心来读书，体现深度追求；读书要博览与精读结合，应该有独特的领悟，不能满足于当"两脚书橱"。有六个环节需要把握：注重语境，把握视角，提出问题，勤写札记，细心涵泳，观照现实。宋人有几句诗："好书不厌百回读""涵泳工夫兴味长""腹有诗书气自华"，都是切中肯綮的。

有人让我谈谈培植后劲的诀窍，我说了六个字：老根底，新观念。老根底，就是幼年的"童子功"。优秀国学经典是民族之魂、文化之根，特别是孔、孟、老、庄等几部元典，必须原原本本地研读，有的还须背诵；再就是《史记》、唐宋诗词，不可不读。其实，古代元典字数都不多，《老子》只有五千字，《论语》一万两千字，《孟子》三万八千字，《庄子》六万五千字，总共不过十二万字。一天研读三百五十字，一年就完成了。新观念，就是着眼于与时俱进，"日日新，又日新"，长期坚持不懈，随时随地自觉补课。

从十二三岁开始，我就做起了文学之梦。记得读过辛弃疾的《贺新郎》词："问何物，能令公喜？我见青山多妩媚，料青山见我应如是。情与貌，略相似。"我怦然心动，似有所悟，当即将"青山"改作"文学"，成了"我见文学多妩媚，料文学见我应如是"。大抵世间美丽的东西都是短暂的。天际绚烂的彩霞，庭前盛开的花朵，不旋踵间就消失了。唯有文学例外，她妩媚地伴我一生，与生活同构，与生命同在；而且，每一步都留下了鲜活的记忆。

学境通今古，文缘并苦甜。此无他，只因文学既是一种精神的创造,又是一种文化积累,需要接受前人的智慧,这就离不开苦读精思,从古今中外的文化宝库里汲取精华。而文学创作又属于创造性劳动,它的本质特征在于创新,不能蹈袭别人,也不能一味重复自己;需要有思想,有创见,有文化底蕴,有精深感悟。诚如海明威所说:"对于一个真正作家来说,每一本书都应该成为他继续探索那些尚未到达的领域的一个新起点。"

创作的特殊性,在于苦乐相循,苦中有乐。创作本身就是一种精神享受,甘愿为此作出牺牲。柳永词中的"衣带渐宽终不悔,为伊消得人憔悴",正是这种境界。创作的艰辛,体现为一种长期熔铸性情,积贮感受,一朝绽放,四座皆春的甜美。作家面对作品,宛如母亲面对婴儿,那可爱的"宁馨儿",总会带来一种温馨感、成就感、自豪感。此际,我的心境,亦复如此。